Harald Mini

DER DA-LINZI-CODE

Thrillersatire

Leykam

Covergestaltung: Peter Eberl, www.hai.cc
Druck: Druckerei Theiss GmbH, A-9431 St. Stefan i. Lavanttal
Gesamtherstellung: Leykam Buchverlag

ISBN 978-3-7011-7791-2
www.leykamverlag.at

PROLOG

PROLOG

Am 22. Juni 1978
im Restaurant *Wienerwald* am Freinberg in Linz

Es war schon lange nach Mitternacht, als die beiden Männer in die schummrig beleuchtete Küche des Restaurants zurückkehrten. Sie hatten sich zuvor vergewissert, dass sie allein waren, und ihre Kellnerkleidung anbehalten. In der Ecke lief leise das Fernsehgerät – offenbar hatte der Letzte der Küchenbediensteten, als er seine Arbeitsstätte verlassen hatte, seine Pflichten verletzt und vergessen, den Fernsehapparat und auch das Licht auszuschalten.

Der ältere der zwei Kellner, der ein Brandeisen in der Hand hielt, wandte sich nun an den jüngeren: „Bist du bereit?"

Der Jüngere nickte nur, sodass der Ältere nachsetzte: „Du musst es *sagen*! Bist du bereit, Auserwählter, die Weihen zu empfangen und in die Korporation einzutreten? Bist du bereit, alle jahrhundertelang überlieferten Geheimnisse zu bewahren und sie zu gegebener Zeit dem von dir selbst erwählten Nachfolger anzuvertrauen, so wie ich sie dir anvertraut habe?"

Der Jüngere sagte feierlich „Ja, Meister, ich bin bereit", worauf nun der Ältere nickte und ihm ein Zeichen gab, niederzuknien.

„Du weißt, dass alle Mitglieder der Korporation ein Zeichen tragen", sagte er sanft und salbungsvoll. „Ich muss dir nun das Zeichen einbrennen, auf dass dein Körper für alle Zeiten ein sichtbares Zeichen für deine Mitgliedschaft in der Korporation trägt." Er hielt das glühende Eisen ein wenig in die Höhe und der Jüngere erschauderte beim Gedanken an die Schmerzen, die er nun bald empfinden würde. „Du kannst dir die Stelle deines Körpers aussuchen. Die alten Überlieferungen sehen keinen bestimmten Platz für die Anbringung des Zeichens vor."

„Ich habe mich dafür entschieden, das Zeichen an meiner rechten Pobacke zu empfangen", sagte der Auserwählte mit leiser Stimme und zog auch schon die Hose hinunter.

Der Ältere nickte wohlwollend. Das Gesäß war eine gute Wahl. Dort war das Zeichen sichtbar am Körper angebracht, wie es das Gesetz forderte, aber doch so gut versteckt, dass die meisten Unwürdigen es nie zu sehen bekommen würden. Auch er selbst hatte sich das Zeichen von seinem Vorgänger auf die rechte Pobacke einbrennen lassen.

„Dann ist es nun soweit", sagte der Ältere und trat hinter seinen Schützling.

Und während im Fernsehen zum wiederholten Mal das Tor gezeigt wurde, das am Tag davor einen gewissen Hans Krankl in Cordoba unsterblich gemacht hatte (und mit ihm im Schlepptau einen gewissen Edi Finger), fragte der Auserwählte sich, ob die Unsterblichkeit, die er aufgrund der Aufnahme in die Korporation möglicherweise erlangen würde, ein gerechter Ausgleich für den brennenden Schmerz war ...

ERSTES (UND EINZIGES) BUCH
Fast 35 Jahre später im Mai in Linz

ERSTER TAG
(Freitag)

1. Kapitel – 08:42

Als Rupert Plankton den Frühstückssaal des 3,9-Sterne-Hotels in der Innenstadt von Linz betrat, beachtete ihn niemand.

Das ging Plankton meist so. Er war dermaßen durchschnittlich und unauffällig, dass er sich schon eine bunte Feder ins Haar stecken oder – noch besser – splitternackt durch die Gegend laufen hätte müssen, um wenigstens ein bisschen Aufmerksamkeit auf sich zu lenken.

Nicht nur, dass er durchschnittlich alt war (46½, um genau zu sein), war er auch durchschnittlich groß, durchschnittlich schwer und von derart durchschnittlichem Aussehen, dass die meisten Leute, sofern sie überhaupt Notiz von ihm nahmen, ihn auch schon wieder vergessen hatten, sobald er ihrem Blickfeld entschwunden war.

Plankton nahm an einem Tisch für zwei Personen Platz und winkte eine Servierkraft herbei.

„Äh, Fräulein", sagte er und offenbarte dabei, dass er auch eine höchst durchschnittliche Stimme hatte (sie erinnerte ein wenig an den deutschen Synchronsprecher von Tom Hanks), „ich hätte gern zwei weichgekochte Eier, eines mit dreieinhalb Minuten und eines mit vier Minuten, das Dreieinhalbminutenei in einem weißen Eierbecher, das Vierminutenei in einem mit einer anderen Farbe, die Sie sich selbst aussuchen dürfen – zum Auseinanderhalten, wenn Sie verstehen – und dann …"

„Entschuldigen Sie", unterbrach ihn die Kellnerin mit einem fremdländisch klingenden Akzent, „aber wir haben Frühstücksbuffet." Sie wies ans andere Ende des Raumes, wo sich Speisenberge auftürmten, vor denen Menschenmassen geduldig Schlange standen. „Dort finden Sie Spiegeleier, Ham and Eggs, Eierpampe und natürlich auch weich-, mittelweich- und hartgekochte Eier. – Kaffee?"

„Kaffee?", wiederholte Plankton überrascht. „Ach ja, Kaffee. Natürlich. Nur her damit. Wussten Sie eigentlich, dass das Ursprungsgebiet des Kaffees die Region Kaffa im Südwesten Äthiopiens ist? Dort wurde er bereits im 9. Jahrhundert erwähnt. Von Äthiopien gelangte der Kaffee vermutlich im 14. Jahrhundert durch Sklavenhändler nach Arabien und im 15. Jahrhundert eroberte er dann Persien und das Osmanische Reich. Um 1511 entstanden in Mokka äh Mekka die ersten Kaffeehäuser. Nach Europapa gelalalalala äh ge-langlang-langte der Kaf-kaf …"

Er brach ab, von einem schweren Anfall von Dozenteritis geplagt. Plankton litt schon seit längerer Zeit an dieser eher unbekannten und, wie es schien, unheilbaren Krankheit. Sie befiel nur Menschen, die einerseits etwas Wichtiges und Lehrreiches zu sagen hatten, andererseits – meist aufgrund bitterer Erfahrungen – befürchteten, die Zuhörerschaft durch zu viele Fakten zu langweilen oder gar in Tiefschlaf zu versetzen. Sobald sie begonnen hatten, über ein bestimmtes Thema lehrerhaft zu sprechen – zu dozieren, um es wissenschaftlich korrekt auszudrücken –, verfielen sie nach einigen Sätzen in ein Stottern, vertauschten und verschluckten Silben, erfanden Worte und dergleichen. So viel zum Krankheitsbild der sogenannten „Dozenteritis", an der Plankton schwer erkrankt war.

Im vorliegenden Fall erwies sich das jedoch nicht als allzu schlimm, denn die Serviererin hatte schon nach der ersten Erwähnung des Landes Äthiopien rasch Kaffee aus ihrer Kanne in die Tasse des Hotelgasts gegossen und war fluchtartig an den nächsten Tisch weitergeeilt.

Plankton nahm einen Block und einen Bleistift aus seiner Jacketttasche und machte sich missbilligend eine Notiz.

Rupert Plankton war von Beruf Speisologe.

Zum einen war er Gastrokritiker und lebte davon, in der Welt herumzureisen, in teuren Lokalen zu speisen und noch teureren Hotels zu nächtigen und dann über seine Eindrücke zu schreiben und diese in Zeitungen, Zeitschriften und Büchern zu veröffentlichen – was abgesehen davon, dass er sich am Abend meist satt in ein sauberes Bett legen konnte, auch den angenehmen Nebeneffekt hatte, dass er die nicht unerheblichen Kosten des feinen Lebens von der Einkommensteuer absetzen durfte.

Und zum anderen war er noch der weltweit anerkannte Sachverständige für alle Fragen, die in Zusammenhang mit Speis und Trank standen, weshalb er als einziger Mensch im Universum den Berufstitel „Speisologe" tragen durfte.

Zurzeit arbeitete Plankton an einem Buch, das den Titel „Mehlspeisen mit Geschichte – Geschichten über Mehlspeisen" erhalten sollte. Oder so ähnlich. Zuletzt hatte er mehrere Monate in Italien verbracht, um die zahlreichen Rätsel des dort unerklärlicherweise so beliebten „Panettone" endgültig zu lösen, und das war ihm auch so gründlich gelungen, dass seine Erkenntnisse, sobald veröffentlicht, einen Aufschrei in der internationalen Gastronomie hervorrufen würden, und er hatte dabei dermaßen viele Panettoni verspeist, dass ihm schon beim bloßen Gedanken an einen dieser seltsamen Kuchen die Lust aufs Frühstück verging und er Mühe hatte, das Abendessen nicht hochkommen zu lassen. Da blieb als letzter Ausweg nur die Flucht, und so hatte er sich in den nächstbesten Flieger gesetzt, diretissima Milano–Linz/Hörsching. Linz war nämlich die nächste Etappe von

Planktons Reise durch Orte mit geschichtsträchtigen Mehlspeisen. Hier gedachte er, der weltberühmten Linzer Torte ein Kapitel seines Buches zu widmen.

Gleich am Nachmittag würde er seine Recherchen beginnen. Der Vormittag war noch dem Zusammentreffen mit seinem alten Freund und Mentor gewidmet. Irgendwie hatte Gisbert I. Landauer in Erfahrung gebracht, dass sich Plankton in Linz aufhielt und ihm, da er – Landauer – seine – Planktons – Handynummer kannte, eine SMS geschickt, ob er Lust hätte, sich mit ihm zu treffen, und Plankton hatte sofort zugesagt. Für Punkt zehn Uhr hatten sie ein Treffen am Taubenmarkt vereinbart, wo Landauer einen Gastronomiebetrieb besaß.

Gisbert I. Landauer war Rupert Planktons Lehrmeister gewesen, als dieser Anfang der 1980er-Jahre eine Kochlehre in einem Linzer Gasthaus begonnen hatte. Landauer, gut zwanzig Jahre älter als Plankton und in dem Gasthaus als Koch und Kellner beschäftigt, war es gewesen, der Plankton in die Geheimnisse der bodenständigen oberösterreichischen Küche eingeweiht hatte, und bis heute vergaß Plankton es ihm nicht, dass er ihm beigebracht hatte, wie man Frankfurter Würstel erhitzte, ohne dass deren Haut aufplatzte. Für Planktons Kochkünste hatte sich dann Linz als zu klein erwiesen und er war in die weite Welt gezogen, um dort als Küchenmeister berühmt zu werden. Gallneukirchen, Gramastetten und Eidenberg rühmen sich heute noch, Rupert Plankton in einigen ihrer besten Häuser aufkochen gesehen zu haben. Dann allerdings hatte er Oberösterreich verlassen und war ins Ausland, in eine der gastronomischen Metropolen Deutschlands – nach Dingolfing – gegangen, und als er einmal rein zufällig einem Freund aushalf, der bei einer Zeitung arbeitete und einen

Bericht über ein neu eröffnetes China-Restaurant schreiben sollte (Din-gol-fing klang ja auch irgendwie Chinesisch und war daher prädestiniert für China-Restaurants), aber an dem Abend verhindert war, da erwies sich dieses Freundes Ausfall für Rupert Plankton als unerwarteter Glücksfall. Plankton hatte sich auf Redaktionskosten den Magen vollgeschlagen und dann eine vernichtende, aber gastronomisch fundierte und stilistisch ausgefeilte Kritik geschrieben und damit den Grundstein für seine unaufhaltsame Karriere als Gastrokritiker gelegt. Nun galt er als der Star der Branche, was nicht nur Tausende von in renommierten Zeitschriften veröffentlichten Kritiken belegten, sondern auch ein paar Koch-Bestseller, die jeweils monatelang unter den Top 3 der meistverkauften Sachbücher rangiert hatten – zwar hinter dem aktuellen Abnehmkochbuch von Sasha Walleczek, aber noch vor dem jeweiligen Gartenbuch von Karl Ploberger. Oder auch umgekehrt. Seit etwa einem Jahr war Plankton überdies Gastprofessor an einer renommierten deutschen Universität (bezeichnenderweise in Essen), wo er drei Mal die Woche die gutbesuchte Vorlesung *Von der Pasta zur Pizza und retour* in einem Gemisch aus Deutsch und Italienisch hielt, sodass er sich nun auch noch „Professor" nennen durfte – und dies auch tat, sooft sich ihm die Gelegenheit dazu bot.

Plötzlich griff sich Plankton an die Kehle. Was war das für ein abscheulicher Geschmack? Wollte man ihn vergiften? Er versuchte, den Schluck Kaffee, den er soeben getrunken hatte, wieder auszuspucken, aber zu spät! Ein bitterer Geschmack breitete sich in seinem Mund aus, der ihn fast zu ersticken drohte. Er rang nach Luft.

„Ist Ihnen nicht gut?", wandte sich ein Kellner an ihn. „Soll ich eine Ambulanz holen? Oder lieber einen Priester?

Eventuell auch einen Notar?“ Er hatte erst vor Kurzem ein vom Hotel veranstaltetes Pflichtseminar über Verhaltensmaßregeln in Notsituationen absolviert und dieses mit ausgezeichnetem Erfolg und einer besonderen Belobigung vonseiten der Hoteldirektion bestanden.

„Zu spät“, ächzte Plankton, sich auf seinem Sessel windend. Schlagartig war ihm klar geworden, was hinter der Attacke steckte. In melancholischen Erinnerungen an seine Anfängerzeit versunken, hatte er seinen Kaffee zum Mund geführt, ohne ihn vorher gezuckert zu haben. (Den Kaffee, nicht den Mund.) Er gab in seinen Kaffee grundsätzlich mindestens zwei Löffel Zucker, und nun hatte er ihn ganz ohne getrunken. Grässlich.

Zucker ist schon ein seltsamer Stoff, sinnierte Plankton, während er sich langsam wieder erholte, verleiht dem Kaffee einen abscheulichen Geschmack, wenn man vergisst, ihn hineinzutun.

2. Kapitel – 10:04

Einige Sechstelstunden später stieg Plankton bei der Haltestelle Taubenmarkt aus. Um Punkt zehn Uhr sollte er Landauer bei dessen Gastronomiebetrieb – einem Würstelstand – treffen, doch obwohl es schon einige Minuten nach zehn war, war von seinem Freund und Mentor nichts zu sehen.

Planktons Verspätung resultierte übrigens daraus, dass er wertvolle Minuten verloren und einen Bus versäumt hatte, weil er sich nicht entscheiden konnte, ob er besser eine einfache Langstreckenkarte lösen sollte, mit der er die Strecke vom Hotel bis zum Taubenmarkt zurücklegen durfte, oder die natürlich deutlich teurere Tages- bzw. Vierundzwanzigstundenkarte, die ihm das Herumgondeln mit sämtlichen öffentlichen Verkehrsmitteln von Linz bis dreiviertel zehn am nächsten Tag erlaubt hätte. So viel Auswahl hatten wir damals noch nicht, überlegte Plankton, an seine Linzer Zeit in den Achtzigerjahren zurückdenkend. Kompliziert war es geworden, das Leben in Linz.

Die Minuten verstrichen, ohne dass von Landauer etwas zu sehen war. Plankton begann, sich Sorgen zu machen, denn er hatte Landauer als überaus pünktlich in Erinnerung. Wenn der damals Nudeln gekocht hatte, die laut Verpackungsaufschrift vier Minuten zu kochen waren, damit sie so richtig „al dente" waren, hatte er sie auch genau vier Minuten gekocht und nicht etwa dreieinhalb oder gar viereinviertel Minuten. Auch diese Pünktlichkeit und Genauigkeit hatte Plankton von Landauer gelernt und darum wunderte es ihn, dass ... In diesem Moment umschlossen zwei Hände von hinten seine Augen, sodass er nichts sehen konnte. Zwei sehr nasse Hände übrigens. Plankton erschrak. Wer um Himmels willen ... „Rupert“, rief da der Besitzer der Hände auch schon, dieselben wieder von Planktons Kopf lösend. „Wie freu’ ich mich, dich zu sehen!“

„Gisbert!“, rief Plankton zurück. „Na, und wie ich mich erst freue!“ Die beiden Männer umarmten einander.

„Wartest du schon lange?“, fragte Landauer. Er war ein großer, massiger Mann Mitte sechzig mit kurz geschnittenem Haar. „Ich musste rasch aufs Klo, leider hab’ ich eine schwache Blase, ich muss mindestens einmal pro Stunde, wenn du verstehst, und da bei meinem Würstelstand kein Klo ist, geh’ ich immer beim McDonalds auf die Toilette, und das hat ein bisschen gedauert, weil sie da meist Schlange stehen. Jedenfalls vor dem Klo.“

„Aha.“ Plankton, für den das Rätsel der feuchten Hände damit gelöst war (wobei er der Detailfrage, um welche Art von Feuchtigkeit es sich gehandelt hatte, lieber nicht näher auf den Grund gehen wollte), fragte: „Woher wusstest du denn, dass ich in Linz bin?“

„Ach, ein Freund von mir kellnert im Hörschinger Flughafenrestaurant. Und als er dich in der Flughafenhalle einchecken sah – du bist ja jetzt eine wirkliche Berühmtheit, Rupert –, da hat er mich angerufen, weil er weiß, dass du und ich ... von früher ...“ Er stockte, von Rührung übermannt. „Ach, Rupert. *Professor* Rupert, muss ich ja jetzt fast sagen!“ Er umarmte ihn neuerlich, wobei Plankton beruhigt feststellte, dass Landauers Hände mittlerweile getrocknet waren.

„Das ist also dein Würstelstand“, sagte Plankton beeindruckt. „Weit hast du es gebracht. Von einem einfachen Koch und Kellner zu einem echten Unternehmer.“

„Ja“, sagte Landauer stolz. „Ich werde dir dann nachher

alles zeigen, dich herumführen. Aber was hältst du davon, wenn wir erst einmal einen Kaffee trinken gehen. Ganz in der Nähe ist ein Kaffeehaus, dort haben sie auch ein WC für den Fall, dass – du weißt schon, was ich meine ..."

Und so begaben sich Gisbert Landauer und Rupert Plankton in das nicht weit vom Taubenmarkt entfernte Café Traxlmayr.

Das *Traxlmayr* war ein Kaffeehaus mit Tradition.

Hier hatte im Frühjahr 2010 die Gründung der Gruppe *Krimi⁷ (krimihochsieben)* stattgefunden – jener mittlerweile in Linz und Umgebung weltberühmten Truppe von sieben in Linz ansässigen Autoren von Kriminalromanen, die seit 2010 alljährlich die „Linzer Kriminacht" veranstalteten* und die man, wenn man Glück hatte, an manchen Samstagvormittagen im Café sitzen sehen konnte, wie sie gemeinsam neue Mord- und noch viel schlimmere andere Pläne austüftelten.

Landauer und Plankton verschwendeten allerdings an die Geschichte des Kaffeehauses keinen Gedanken, als sie im Inneren Platz nahmen und je einen Cappuccino bestellten.

„Was führt dich nach Linz?", fragte Landauer.

„Ich arbeite an einem neuen Buch", sagte Plankton. „Ich ergründe die Geheimnisse berühmter Mehlspeisen. Soeben war ich in Mailand und habe die Geschichte erforscht, die hinter dem Panettone steckt, und nun ist die Linzer Torte dran. Angeblich – ich sage, angeblich, denn meine Forschungen beweisen das Gegenteil! – also angeblich geht der Panettone ja auf einen Mailänder Bäckerlehrling namens Antonio zurück. Der soll verliebt gewesen sein und sich ein Gebäck für seine Angebetete ausgedacht haben – den *pane di Antonio*, auf

* Für Interessierte: *http://linz-krimi.net*

Deutsch *Tonis Brot*. Bald schon wollte jeder in Mailand dieses *pane di Antonio*. Aus dieser Bezeichnung wurde späpäpä äh später dadadann Tonnepane äh Pannetonne immer ohne kanone ..."

„Alles klar, hab' schon verstanden", kürzte Landauer Planktons Panettone-Monolog rasch ab, da er mit Planktons Krankheit vertraut war und ihn die Enthüllungen über diese rätselhafte italienische Möchtegernmehlspeise ohnehin nicht sonderlich interessierten. „Und welches Geheimnis steckt hinter der Linzer Torte?"

Plankton räusperte sich, um frischen Anlauf für den nächsten Monolog zu nehmen. „Nun, die Zutaten und die Zubereitung der Linzer Torte sind ja allgemein bekannt. Man nehme ¼ Kilo Mehl, ¼ Kilo Zucker, 250 Gramm gemahlene ..."

„Ja, ja, gut", unterbrach ihn Landauer eilig, einen neuerlichen Anfall von Dozenteritis befürchtend. „Aber welchem Geheimnis willst du auf die Spur kommen?"

„Nun, neueste Forschungen behaupten ja, dass die Torte mit Linz überhaupt nichts zu tun hat, sondern von einem Wiener erfunden wurde, der Linzer hieß. Brauchst nur im neuen *Kleinen Lexikon der unglaublichen Lügen und Irrtümer* nachlesen. Diese Herkunftsfrage will ich klären und vor allem, was den Original Linzer Torten – und damit meine ich die, die hier in Linz produziert werden – ihren unverwechselbaren Geschmack verleiht. Weißt du, Gisbert, ich bin weit in der Welt herumgekommen und habe an vielen schönen Stellen der Erde die seltsamsten Dinge verspeist – ich habe sogar einen dreiwöchigen Englandaufenthalt überlebt! – und dabei habe ich auch an manchen Orten eine Linzer Torte serviert bekommen, aber diesen einzigartigen, unverwechselbaren, nicht nachzumachenden Geschmack hat nur die Original Linzer Torte. Und ich will herausbekommen, welche Zutat dafür verantwortlich ist. Und wenn es das Letzte ist, was ich tue." Er hieb mit der Faust energisch auf den Tisch, sodass ihn die in der Nähe herumflanierende Kellnerin missbilligend anschaute.

„Du liebst Herausforderungen", stellte Landauer, im Schaum seines Cappuccinos rührend, fest.

„Ja. Weißt du, ich hab' das Geheimrezept von Coca-Cola herausgefunden und sie haben mir fünf Millionen Dollar bezahlt, damit ich es nicht in meinem übernächsten Buch enthülle, aber das war gar nichts gegen die Herausforderung, der ich mich nun stelle, um hinter das Geheimnis der echten Linzer Torte zu kommen."

„Vielleicht kann ich dir dabei helfen."

„Was? Wie?" Vor Überraschung vergaß Plankton, Zucker in seinen Cappuccino zu geben, bevor er die Tasse zum Mund führte.

„Vielleicht kann ich dir helfen", wiederholte Landauer. „Meine Tochter – Lisbeth – arbeitet in der größten Produktionsstätte von Linzer Torten, die wir hier in Linz haben."

„Lisbeth ist bei den Linzer Torten!", rief Plankton verblüfft aus.

Er wusste zwar, dass Gisbert I. Landauer eine Tochter hatte, war aber nicht auf dem Laufenden, was aus ihr geworden war. Er wusste auch, dass Gisbert der Erste immer auf einen Stammhalter (Gisbert II.) gehofft hatte, aber daraus war nichts geworden, Lisbeth war das einzige Kind von Gisbert Landauer und seiner vor einigen Jahren verstorbenen Frau geblieben.

„Ja", sagte Landauer. „Lisbeth ist dort Stellvertreterin der Gitterverantwortlichen."

„Der Gitterverantwortlichen?“ Plankton runzelte verständnislos dreinblickend die Stirn.

„Ja. Jetzt sag bloß, dir sagt diese Berufsbezeichnung nichts!“ Und als Plankton noch immer verblüfft den Kopf schüttelte: „Du kennst doch das typische Gitter der Linzer Torten. Für dieses Gitter braucht es einiges Fingerspitzengefühl – und das hat meine Lisbeth. Sie hat sich in den letzten Jahren zur Stellvertreterin der Gitterverantwortlichen hinaufgearbeitet, und wer weiß, falls diese einmal befördert wird oder in Pension geht oder von einem Auto erschlagen wird, vielleicht kann sie dann deren Stelle übernehmen.“ Träumerisch und von Stolz erfüllt, sah er in die Ferne.

„Und sie kann mich bei der Suche nach dem Geheimnis der Linzer Torte unterstützen?“, fragte Plankton aufgeregt. „Das wäre toll. Wann kann ich sie besuchen, sie sehen, sie sprechen, mit ihr reden, sie fragen, sie …?“

„Nur mit der Ruhe, mein lieber Freund“, lachte Landauer. „Ich ruf’ sie gleich an.“ Er griff nach seinem Handy, wobei Plankton auffiel, dass er an der rechten Hand einen verkürzten Mittelfinger hatte. Das Fingerglied mit dem Fingernagel fehlte.

Und während Gisbert Landauer die Nummer seiner Tochter in sein Handy tippte und Plankton den Schluck Kaffee, den er in den Mund bekommen hatte, wieder ausspuckte, starrte im Hintergrund des Kaffeehauses ein riesiger, ganz in Schwarz gekleideter, glatzköpfiger Mann, vor einem Glas Tee mit Milch sitzend, mit seinen strahlend blauen, aber eiskalten Augen auf einen Zettel, ließ dann seinen Blick durch das Café schweifen, wo er schließlich an Rupert Plankton hängen blieb.

3. Kapitel – 16:41

Nachdem Rupert Plankton an der Hand von Gisbert Landauer in ein großzügig ausgestattetes, aber fensterloses Büro geführt worden war, durfte er endlich die Augenbinde abnehmen.

„Du verstehst hoffentlich, Rupert“, sagte Landauer zum wohl schon dritten Mal. „Die Industriespionage macht auch vor Konditorwaren nicht halt und sie haben hier sehr strenge Sicherheitsvorkehrungen. Es bedurfte schon einiger Überredungskunst meinerseits, dass uns überhaupt gestattet wurde, ins Büro meiner Tochter vorgelassen zu werden. Na, und natürlich hat auch dein international überragender Ruf etwas dazu beigetragen.“

Während Plankton nickte und sich die aufgrund der zu fest zugezogenen Binde schmerzenden Augen rieb, wandte sich Landauer an den in einen Kampfanzug gekleideten, großgewachsenen Security-Beamten, der mit stoischer Miene und einer Maschinenpistole die beiden Männer vom Betreten des Firmengeländes an überwacht hatte: „Ich glaube, Aron, Sie können uns jetzt hier allein lassen. Meine Tochter kommt gleich, sie wurde schon ausgerufen.“

Der Mann schüttelte den Kopf. „Ich habe meine Anweisungen“, sagte er mit einem leichten Akzent, den Plankton als Vorarlbergerisch, möglicherweise auch Schwyzerdütsch einstufte. „Ich darf Sie auf gar keinen Fall allein auf dem Gelände lassen und das Büro der stellvertretenden Gitterverantwortlichen ist nun einmal Teil des Geländes. Bitte rühren Sie sich nicht von der Stelle, sonst müsste ich Gebrauch von meiner Waffe ...“ Er ließ den Satz vielsagend unvollendet und überprüfte den Sitz seines Gürtels, von dem einige Messer, ein Schlagstock und ein Paar Handschellen baumelten.

Landauer zuckte die Achseln. Da ging auch schon die Tür auf und seine Tochter trat ein.

Falls Plankton insgeheim erwartet hatte, Lisbeth Landauer wäre das – aus biologischen Gründen natürlich jüngere – Abbild ihres Vaters (groß, massig, Kurzhaarschnitt, verstümmelter Mittelfinger), so wurde er auf das Angenehmste überrascht. Zwar trug auch Lisbeth Landauer, die wohl Mitte dreißig sein mochte, ihr rotblondes Haar relativ kurz geschnitten, jedoch war sie mit ihren knapp 1 Meter 64 Körpergröße eher klein zu nennen und sie war auch im Unterschied zu ihrem Vater äußerst zierlich und wirkte beinahe zerbrechlich, als sie sich auf die Zehenspitzen stellte und ihrem Vater mit den Worten „Hallo Paps" einen Kuss auf die Wange drückte. Sie war in einen unförmigen weißen Kittel gekleidet, wie ihn sonst Ärzte tragen, weshalb es für Plankton nicht möglich war, ihre Figur einer genaueren Überprüfung zu unterziehen, etwa was so wichtige Details wie Busen und Hüften betraf. Abgesehen davon war seine Sehkraft noch nicht zu hundert Prozent zurückgekehrt.

Plankton ahnte noch nicht, dass er keine vierundzwanzig Stunden später Gelegenheit bekommen würde, den Körper von Lisbeth Landauer ganz genau in Augenschein zu nehmen ...

Lisbeth deutete dem Wachmann mit einer energischen Handbewegung, er solle gehen, worauf dieser auch sogleich mit einem knappen, aber ehrfürchtigen Nicken und dem befohlenen Verlassen des Zimmers reagierte, und streckte Plankton die Hand zum Gruß hin.

„Sie sind also der berühmte Rupert Plankton, von dem mein Vater immer so viel erzählt hat", sagte sie. „Freut mich sehr, Sie kennenzulernen."

„Ganz meinerseits", sagte Plankton, ihre Hand ergreifend und fest schüttelnd. „Und Sie sind also seine Tochter Lisbeth, von der er mir nie etwas erzählt hat. Hübsches Büro haben Sie hier." Er ließ, nachdem sich seine Augen wieder einigermaßen erholt hatten, seinen Blick durch den Raum schweifen. Auffallend waren – abgesehen von einer teuren Ledergarnitur, die offenbar wichtige Gäste oder Kunden beeindrucken sollte, und einem riesigen Schreibtisch, auf dem ein moderner Computer samt Drucker stand – die vielen Bilder, die an der Wand hingen und neben dem berühmten Gemälde *Das letzte Abendmahl* (eine Kopie, wie Plankton vermutete) vor allem Gitter zeigten. Gitter in allen Farben und Variationen.

„Ja, es geht. Die Firma tut einiges für ihre Angestellten in gehobeneren Positionen. Obwohl ich ein dermaßen großes Büro ja eigentlich nicht bräuchte, weil ich ja die meiste Zeit im Produktionsraum die Arbeiterinnen überwachen muss, die mit der Formung der Gitter beschäftigt sind. Manchmal experimentiere ich allerdings hier am Computer mit neuen Gitterformen. Aber – wie unhöflich von mir, Sie hier stehen zu lassen! Nehmen Sie doch Platz."

„Gern, Frau Landauer", sagte Plankton, während er im Ledereinsitzer versank. „Oder Fräulein?"

„Sagen Sie doch einfach Lisbeth zu mir", sagte Lisbeth. „Es reicht, wenn mich die Gitterverantwortliche dauernd Fräulein nennt."

„Gern. Also Lisbeth."

„Fein." Sie wartete, und als Plankton nichts sagte, setzte sie dazu: „Und Sie?"

„Wie? Ach ja, ich. Nun, Sie müssen natürlich nicht ‚Herr Plankton' zu mir sagen. ‚Professor' wäre als Anrede wohl angemessen."

„Oh! Aha. Okay. Vater hat mir gesagt, Professor, dass Sie dem Geheimnis der Linzer Torte auf der Spur sind“, sagte Lisbeth und ein leicht ironischer Tonfall lag in ihrer Stimme. „Ich wüsste aber nicht, was für ein Geheimnis es da noch zu entdecken gäbe. Es ist ja doch alles bekannt. Die Zutaten. Das Rezept. Der Produktionsprozess. Die Geschichte. Die Größe. Wir produzieren mit Durchmessern von 10 Zentimetern, 15 Zentimetern und für die, die es gern etwas größer haben, 18, 20½ und 26 Zentimetern. Ganz schöne Dinger, die mit 26 Zentimetern.“ Sie zeigte die Größe, indem sie ihre Hände vor den Körper streckte und zwischen ihnen eine Entfernung von exakt 26,0 Zentimetern ließ.

„Ja schon, aber …“

„Als international anerkannter Experte wissen Sie ja wohl wahrscheinlich, dass die Linzer Torte die älteste Torte der Welt ist. Schon 1653 wird sie in einem Kochbuch erwähnt und schon im Römischen Reich kannte man Torten, die ähnliche Zutaten enthielten oder zumindest ähnlich aussahen. Wie bei fast allen Rezepten gibt es mehrere Varianten, doch einige Dinge haben alle gemeinsam: Die Linzer Torte besteht immer aus einem Mürbteig, der viele gemahlene Haselnüsse enthält. Auf den Tortenboden kommt eine Füllung aus Johannisbeermarmelade und als Krönung erhält die Torte ein kunstvolles Teiggitter …“

Plankton hörte ihr nur mit einem Dreiviertel-Ohr zu, weil ihm die Fakten ohnehin bekannt waren. Viel mehr interessierte ihn, ob auch Lisbeth an Dozenteritis litt und wann spätestens sie anfangen würde, zu stottern oder Silben und Worte zu vertauschen, aber Lisbeth brachte ihren Linzer-Torten-Vortrag fünf Minuten später völlig unfallfrei zu Ende und versank erschöpft in Schweigen, worauf das leise

Schnarchen ihres Vaters, der im Lederfauteuil eingenickt war, etwas deutlicher zu hören war.

„Nun, es muss eine Zutat geben, die in den Büchern nicht geschrieben steht“, sagte Plankton stur. „Auf der ganzen Welt versucht man, unter Verwendung der allseits bekannten Zutaten und auf die gleichermaßen bekannte Art und Weise Linzer Torten zu backen, aber so richtig gelingt das niemandem und nirgends – außer hier in Linz. Und daher gibt es eine geheime Zutat ...“

„Und selbst wenn es die erstens gäbe, Professor“, sagte Lisbeth leise lachend, „und selbst wenn ich sie zweitens kennen würde, erwarten Sie wohl nicht drittens allen Ernstes, dass ich sie Ihnen viertens verraten würde?“

„Doch“, widersprach Plankton. „Genau das erwarte ich mir. Darum bin ich ja hier. Ich würde Sie auch in meinem Buch lobend erwähnen. Im Vorwort etwa. Das liest ohnehin nie wer.“

Das Lächeln gefror in Lisbeths Gesicht. „Aber es gibt sie nicht, diese geheimnisvolle Zutat. Das ist ein Märchen.“

„Alle Märchen haben einen wahren Kern“, beharrte Plankton. „Denken Sie nur an Schneewittchen und die sieben Geißlein.“

„Nun, wenn Sie auf der Suche nach der geheimnisvollen Zutat sind, kann ich Ihnen leider nicht weiterhelfen. Ich kann Ihnen die Produktionsstätten zeigen und unsere Gitterversuchsanstalt, wo wir versuchen, die optimale Passform der Tortengitter den Erfordernissen des 21. Jahrhunderts anzupassen – wobei Sie mir allerdings schriftlich bestätigen müssten, dass Sie über alles, was Sie zu sehen bekommen, Stillschweigen bis zum Tod bewahren, selbst wenn Sie gefoltert würden ...“

„Kein Problem", sagte Plankton. „Gehen wir!"

„Gut, Professor, folgen Sie mir." Und als Plankton, sich mühsam aus dem Ledersessel schälend, einen Seitenblick auf seinen nach wie vor daneben dahindösenden Freund und Mentor warf: „Paps kann einstweilen hier weiterschlafen, er findet dann selbst hinaus."

Plankton folgte Lisbeth durch weitverzweigte Gänge des Gebäudes. Mehrmals wechselten sie Stockwerke und Gehrichtungen und Plankton musste sich eingestehen, dass er ohne fremde Hilfe nie mehr aus diesem Labyrinth herausgefunden hätte.

„Und Sie haben nach der Lehre bei meinem Vater Linz verlassen?", fragte Lisbeth, um Smalltalk während der Wanderung bemüht.

„Ja. Dafür gab es mehrere Gründe. Obwohl ich mich bei Ihrem Vater – meinem Lehrmeister – sehr wohl fühlte. Die World in Linz wurde mir zu small. Und dann dieser Gestank."

„Gestank?", setzte Lisbeth überrascht nach.

„Ja. Die Linzer Luft. In den Achtzigerjahren war die sprichwörtlich schlechte Linzer Luft noch echt ein Problem. VÖEST und Chemie, Grenzwerte, Überschreitungen, Luftverpestung, Ozon, all das, Sie wissen schon. Das mag jetzt besser geworden sein, aber die Linzer Luft war auch einer der Gründe, dass ich es damals vorzog, aus Linz wegzuziehen."

„Aha. So. Wir sind da." Lisbeth ging auf Planktons Äußerungen über die schlechte Linzer Luft nicht näher ein, aber es war ihr anzumerken, dass sie über seine Worte verstimmt war. Sie gehörte zu den Linzerinnen und Linzern, die zwar selbst auch manchmal über die Linzer Luft lästern, aber der Ansicht sind, dieses Schimpfen stünde nur den Einheimischen zu.

Lisbeth zog einen Schlüsselbund hervor und öffnete, nachdem ein Scanner ihren Fingerprint analysiert und sie einen Code eingetippt hatte, mit drei verschiedenen Schlüsseln eine Tür.

Dann traten Plankton und sie in den Produktionssaal ein.

Plankton verschlug es vor Überraschung die Sprache.

Da er aber zuvor notariell beglaubigt geschworen hatte, bei sonstiger Todesstrafe über das, was er in den Räumlichkeiten der Linzer-Torten-Produktionsstätte zu sehen bekam, kein Wort zu verlieren, wollen wir sein Leben nicht gefährden und müssen wohl darüber schweigen, was es hier zu sehen gab …

4. Kapitel – 23:47

In seinem kleinen Hotelzimmer am Stadtrand stand der kahlköpfige Hüne kurz vor Mitternacht unter der Dusche und ließ eiskaltes Wasser über seinen erhitzten nackten Körper laufen.

Der Mann war von den Fußsohlen aufwärts bis zum Hals tätowiert. Motive aus Grimms Märchenwelt zierten seinen kräftigen, an der entscheidenden Stelle übrigens sehr männlichen Körper – Rotkäppchen und der böse Wolf, Rumpelstilzchen, der Froschkönig …

Er bückte sich und griff nach der Peitsche, die er auf den Boden des Badezimmers gelegt hatte.

Es musste wieder einmal sein. Montag war Knödeltag, Dienstag Nudeltag, Samstag war Badetag und heute war eben Geißelungstag.

Und während er mit der rechten Hand seine Brust geißelte und mit der linken Hand die Beschädigungen, die die Peitsche an den Tätowierungen anrichtete, wieder notdürftig ausbesserte, dachte er an seine Mission.

Die Mission, die sich aus dem Zettel ergab, den er wie einen wertvollen Schatz verwahrte.

Er war bereit.

Zweiter Tag
(Samstag)

5. Kapitel – 08:17

Am nächsten Morgen saß Rupert Plankton im Frühstückssaal des Hotels und blickte wohlwollend auf die zwölf Schälchen Marmelade, die er in einem perfekten Halbkreis vor sich platziert hatte. Angeblich war die Marmelade hier ja hausgemacht und Plankton hatte vor, diese Behauptung zu überprüfen. Von links nach rechts standen da vor ihm, wenn er das noch richtig in Erinnerung hatte, Kirsche, Himbeere, Heidelbeere, Marille …

„Herr Plankton!"

Ein Angestellter der Rezeption, der seinen Arbeitsplatz verlassen und die dem Frühstücksgenuss gewidmeten Räumlichkeiten betreten hatte und sich nun prüfend umsah, hatte dies gerufen.

… Orange, rote Ribisel …

„Herr Rupert Plankton! Ein dringender Anruf!"

… schwarze Ribisel, weiße Ribisel, Erdbeere, Hagebutte …

„Herr Professor Rupert Plankton!"

Na also, warum nicht gleich! „Ja?" Plankton winkte den Mann zu sich.

„Gott sei Dank, dass Sie da sind!", war der Rezeptionist erleichtert. „Sie sind Herr Plankton?"

„Ja, ich bin Professor Plankton. Was gibt es?"

„Ein Anruf, Herr Professor. Eine Dame. Sie behauptet, es sei dringend, es gehe um Leben und Tod."

Plankton runzelte die Stirn. Eine Dame? Seitdem er in Linz angekommen war, hatte er – abgesehen von Dienstpersonal – eigentlich nur die Bekanntschaft eines einzigen weiblichen Wesens gemacht, und das war Lisbeth Landauer.

„Hat sie ihren Namen genannt?"

„Nein, Herr Professor. Darf ich Ihnen den Anruf übergeben?" Er zog ein Handy aus seiner Hosentasche.

„Ja, natürlich. Geben Sie her."

Der Hotelangestellte gab Plankton sein Handy, verbeugte sich kurz und verschwand wieder in der Rezeption.

„Ja? Rupert Plankton hier", meldete sich Plankton, vor Verwirrung auf seinen Professorentitel vergessend.

„Bin ich froh, dass ich Sie erwische, Professor", erklang unverkennbar die aufgeregte Stimme Lisbeth Landauers.

„Lisbeth!", rief Plankton. „Was ist denn los?"

„Paps ist verschwunden!"

„Verschwunden? Was heißt das – verschwunden?"

„Wir wohnen ja im selben Haus. Seit Mama tot ist und ich mich von meinem letzten Kurzzeitlebensabschnittsgefährten getrennt habe, teilen wir uns ein Zweifamilienhaus. Und er ist letzte Nacht nicht nach Hause gekommen!"

„Na ja, Lisbeth, Ihr Vater ist ein erwachsener Mann, sehr erwachsen sogar schon, und da wird es wohl das eine oder andere Mal vorkommen, dass er ... wie soll ich das ausdrücken ..."

„Sie meinen, dass er irgendwo versumpft ist?", unterbrach ihn Lisbeth. „Nein, nein, ganz sicher nicht, so gut kenne ich meinen Vater. Ich würde mir auch gar nicht so große Sorgen machen, wenn nicht ..." Sie brach ab, offenbar den Tränen nahe.

„Was denn? Was ist denn passiert?"

„Ich habe vor ein paar Minuten ein Päckchen erhalten ..."

„Na, das ist doch schön! Haben Sie Geburtstag?"

„Zuvor hatte ich eine SMS auf mein Handy bekommen – Absender Paps oder zumindest Paps' Handy – und die lautete: SCHAU VOR DIE TÜHR."

„Äh, Sie haben jetzt Tür mit einem stummen H ausgesprochen“, bemerkte Plankton feinfühlig. „Absichtlich?“

„Ja, weil es mit einem stummen H geschrieben war. T-Ü-H-R.“

„Okay. Gut. Wahrscheinlich ein Ausländer. Davon gibt es hier ja einige. Und Sie haben dann wahrscheinlich vor die Tühr, äh Tür geschaut?“

„Natürlich. Und da lag eben das Päckchen.“

„Was denn für ein Päckchen?“

„Na, ein Päckchen halt“, rief Lisbeth, offenbar einem hysterischen Ausbruch nahe. „Ach, es ist zu schrecklich!“ Sie begann zu schluchzen. „Können wir uns irgendwo treffen? Ich muss es Ihnen zeigen. Ich weiß nicht, was ich tun soll. Ob ich die Polizei einschalten soll – oder ob es nicht sowieso schon zu spät ist.“

„Na gut“, sagte Plankton, etwas verärgert darüber, dass er seinen Marmeladenechtheitstest wohl auf einen anderen Morgen verschieben musste. *Vielleicht konnte er sich die Marmeladen in Alufolien einpacken lassen …?* „Wo wollen wir uns treffen?“

„Um neun Uhr im Neuen Dom. Ist Ihnen das recht?“

„Ja, gut. Ich komme.“ Er unterbrach die Verbindung.

Und er dachte daran, dass er am Vortag die falsche Entscheidung getroffen hatte, als er bloß eine Langstreckenkarte gekauft hatte.

Denn mit einer Vierundzwanzigstundenkarte wäre die Öffi-Fahrt zum Neuen Dom noch inklusive gewesen …

6. Kapitel – 08:59

Mit fast 20.000 Plätzen ist der Neue Dom zwar die größte, nicht aber die höchste Kirche Österreichs. Mit 134,8 Metern ist sein Turm um rund zwei Meter niedriger als der des Stephansdoms in Wien. Diese sozusagen körperliche Unterlegenheit war nicht auf dem Mist des damaligen Bischofs von Linz, Franz Joseph Rudigier, gewachsen, unter dessen Regentschaft 1862 mit dem Bau begonnen worden war, nein, das war von ganz, ganz oben verordnet, weil im Kaiserlich-Königlichen Österreich-Ungarn kein Gebäude höher sein durfte als der Südturm des Stephansdomes.

Diese Fakten, die er irgendwo in einer entfernten, selten benützten Ecke seines Gehirns gespeichert hatte, gingen Rupert Plankton durch den Kopf, als er kurz vor neun Uhr, korrekt in lange Hose und langärmeliges Hemd gekleidet, durch den Haupteingang die monumentale Kirche betrat.

Der Linzer Neue Dom muss nicht nur bei seiner Höhe etwas hinter dem Wiener Stephansdom zurückstehen. Auch beim Touristenzustrom belegt er im direkten Vergleich nur Platz zwei. Während der „Steffl" zu jeder Tages- und Jahreszeit von Besuchern aus aller Herren Länder frequentiert wird, ganz gleich ob römisch-katholisch oder nicht, Hauptsache eine Digicam ist mit dabei, verirren sich in den Linzer Dom nicht gar so viele Touristen.

Für Plankton war dies nun von Vorteil, denn so befanden sich höchstens zwanzig Leute in der Kirche, als er, gleich einem hohen Würdenträger auf dem roten Teppich durch den Mittelgang schreitend, nach links und rechts Ausschau nach Lisbeth Landauer hielt.

„Pst! Professor! Hier bin ich!", flüsterte ihm plötzlich aus einer Sitzbank eine leise Frauenstimme zu.

„Lisbeth!", flüsterte Plankton zurück und setzte sich zu ihr in die Bank. „Was ist denn los?"

„Paps ist nicht nach Hause gekommen", wiederholte Lisbeth, was sie Plankton bereits am Telefon mitgeteilt hatte. „Das allein würde mir ja noch nicht allzu große Sorgen bereiten, das kann ja schon mal vorkommen ..."

„Ja, ja, das sagten Sie schon. Aber warum flüstern wir eigentlich?"

„In einer Kirche flüstert man halt. Das gehört sich so."

„Und warum mussten wir uns dann ausgerechnet in einer Kirche treffen? Noch dazu in einer so großen?"

„Ich dachte mir halt, dass Sie auch ein paar Sehenswürdigkeiten von Linz sehen wollen, wenn Sie nach so vielen Jahren wieder einmal nach Linz kommen", verteidigte Lisbeth die Wahl ihres Treffpunkts. „Aber wenn Sie wollen, gehen wir woanders hin. Nicht weit von hier gibt es ein Café, das Café [redacted]*, ein ausgezeichnetes Kaffeehaus mit hervorragenden Mehlspeisen, dort können wir ganz normal sprechen."

„Gute Idee", meinte Plankton. „Ich werde von so viel Flüstern leicht heiser und wenn ich heiser bin, leidet die Qualität meiner Vorlesungen ..."

Und so zwängten sich die zwei aus der Sitzreihe.

Plankton bemerkte dabei, dass Lisbeth heute – im Unterschied zu gestern, als er sie in einen Arztkittel gekleidet kennengelernt hatte (wobei *sie* den Arztkittel getragen hatte und nicht er) – sehr weiblich angezogen war. Sie trug

* Hier könnte in der 2. Auflage dieses Buches IHRE WERBUNG stehen!

eine kurzärmelige, farbenfrohe, großzügig ausgeschnittene Bluse, die nun endlich auch erkennen ließ, dass Lisbeth trotz ihrer zierlichen Figur doch eine beachtliche Oberweite aufzuweisen hatte, und einen kurzen – sehr kurzen – knallroten Lederrock, aus dem schlanke, braun gebrannte Beine herauswuchsen. Plankton überlegte, welch Glück es war, dass die Eingänge zu den Linzer Kirchen nicht bewacht wurden. In Italien etwa wäre sie derart kurzgerockt nie im Leben in eine Kirche eingelassen worden und hätte wahrscheinlich sogar eine Verhaftung wegen Erregung öffentlichen Ärgernisses riskiert.

Sie verließen eilig den Dom und begaben sich nur wenige Hundert Meter weiter in ein Kaffeehaus, in dessen Innerem sie Platz nahmen.

In dem Moment, als die beiden die Tür des Cafés hinter sich schlossen, trat der glatzköpfige schwarzgekleidete Hüne aus dem Schatten des Kirchenportals.

7. Kapitel – 09:14

„Also, wie war das?“, fragte Plankton, nachdem sie den bestellten Kaffee samt einem Gramastettner Krapferl serviert bekommen hatten. „Gestern, nach dem Besuch der Linzer Torten-Produktionsstätte, als wir in Ihr Büro zurückkamen – ja ja, ich weiß schon, ich muss Stillschweigen bis zum Tod bewahren –, da hatte Ihr Vater das Büro schon verlassen.“

Lisbeth nickte. „Ja. Das war nicht weiter ungewöhnlich. Er hat mich schon ein paar Mal in meinem Büro besucht. Aron wird ihn hinausgeleitet haben.“

„Und Sie haben ihn dann am Abend nicht mehr gesehen?“

„Aron?“

„Nein, Ihren Vater.“

„Ach so. Nein. Aber auch das ist mir nicht weiter seltsam erschienen. Ich habe mir gedacht, er ist bei seinem Würstelstand oder er verbringt den Abend bei Freunden, eventuell auch mit Ihnen.“

„Nein, mit mir hat er ihn nicht verbracht. Und heute früh?“

„Nun, wir frühstücken immer gemeinsam, Paps und ich, das ist schon jahrelange Tradition. Und als er nicht zum Frühstück kam, habe ich in seinem Schlafzimmer nachgesehen. Sein Bett war unbenützt. Daraufhin habe ich versucht, ihn auf seinem Handy zu erreichen. Es ist niemand rangegangen.“

„Und dann?“

„Dann kam auch schon die SMS von seinem Handy.“

„Schau vor die Tühr.“

„Ja.“

„Und vor der Tür haben Sie dann ein Päckchen gefunden.“

„Ja." Lisbeth holte aus ihrer Handtasche eine kleine Schachtel hervor, 12 Zentimeter lang, 9½ Zentimeter breit und 2 Zentimeter hoch. „Das hat man mir vor die Tür gelegt, in ein Geschenkpapier verpackt."

„Aha", sagte Plankton nur. „Eine Kartenspielschachtel. *Pippi Langstrumpf macht, was ihr gefällt.* Und was ist drin in der Schachtel? Karten, wie es sich für ein Kartenspiel gehört?"

„Nein. Keine Karten." Plötzlich standen Tränen in Lisbeths Augen. „Jemand muss Vater entführt und ihm etwas angetan haben. Aber warum? Was wollen sie von ihm, von mir, von uns?"

Plankton runzelte die Stirn. Wie kam Lisbeth nur darauf, dass man Gisbert Landauer entführt und ihm etwas angetan hatte? Als John Paul Getty III. 1973 entführt worden war und sich sein Großvater zunächst geweigert hatte, Lösegeld zu bezahlen, hatten die Entführer dem 17-Jährigen ein Ohr abgeschnitten und es an eine Zeitung geschickt.

Sollte sich in der Kartenspielschachtel etwa das Ohr von Gisbert Landauer befinden?

Plankton nahm Lisbeth die Schachtel aus der Hand und machte sie auf.

Nein, in dem Kinderspiel lag nicht das Ohr von Gisbert Landauer.

Planktons entsetzter Blick fiel auf einen notdürftig in Zeitungspapier eingewickelten Mittelfinger mit einem verkürzten Fingernagelglied.

8. Kapitel – 09:20

„Jemand hat ihm einen Finger abgeschnitten?“, rief Plankton angewidert.

„So sieht es aus. Es ist unverkennbar Paps’ Mittelfinger. Das oberste Glied mit dem Fingernagel hat er sich einmal beim Holzhacken abgehackt, ich weiß es noch genau, er hat geblutet wie ein Schwein, daher ist es verkürzt – und eben unverkennbar sein Finger.“

„Aber warum? Was will derjenige, der das getan hat, damit bezwecken? Haben Sie schon eine Lösegeldforderung erhalten?“

„Nein. Und ich verstehe auch nicht, was der oder die Entführer sich bei uns erwarten. Sicher sind wir finanziell nicht schlecht gestellt, Vater gehört der Würstelstand, ich bin –“

„Stellvertretende Gitterverantwortliche, ich weiß.“

„Zusammen gehört uns ein Haus, aber das stammt auch schon aus den 1980er-Jahren und ist keine Millionen wert …“

„Wahrscheinlich haben Sie auch noch einen Bausparvertrag“, mutmaßte Plankton. „Und eine Überraschungseierfigurensammlung.“

„Ja, natürlich, aber insgesamt kann man uns nicht gerade als reich bezeichnen. Dass ich ein hohes Lösegeld bezahle, ist ausgeschlossen.“ Lisbeth führte ihr schon recht mitgenommen aussehendes Taschentuch an ihre Augen.

„Aber irgendein Motiv müssen die Entführer ja doch haben!“, rief Plankton beinahe vorwurfsvoll.

In diesem Moment erfüllte der Tarzan-Schrei die Räumlichkeiten des Cafés, sodass alle Gäste erschrocken zusammenzuckten.

„Oh! Mein Handy!“, erklärte Plankton. „Das ist mein Klingelton, der anzeigt, dass eine SMS eingelangt ist.“

Als Tarzan ein zweites Mal zu schreien ansetzte, schlug Lisbeth vor: „Wollen Sie nicht vielleicht nachsehen …?“

„Wenn Sie erlauben“, sagte Plankton. „Vielleicht ist es ja mein Verlag. Oder die Universität, wegen meiner Vorlesung. Oder der gute Jamie Oliver, der ruft immer so früh an …“

„Na, dann sehen Sie doch endlich nach!“

Plankton tippte einige Zeit auf seinem Handy herum, bis schließlich die soeben eingelangte Nachricht auf dem Display erschien.

Er erstarrte.

„Was haben Sie, Professor?“, fragte Lisbeth, der Planktons veränderter Gesichtsausdruck aufgefallen war.

„Lesen Sie!“ Plankton hielt Lisbeth das Handy vors Gesicht.

„WIR HABEN IHN – KEINE POLIZEI – SIE WISSEN, WAS WIR WOLLEN – SIE HABEN 24 STUNDEN ZEIT, SONST SCHICKEN WIR DAS NÄCHSTE GLIED“, las sie laut vor.

„Nicht zu vergessen der Smiley am Schluss“, ergänzte Plankton.

„Aber was soll das heißen: *‚Sie wissen, was wir wollen‘*?“

„Keine Ahnung“, sagte Plankton. „Aber die SMS kommt zweifellos von den Entführern Ihres Vaters.“ Er nannte Lisbeth die Nummer des Geräts, das als Absendehandy aufschien, und Lisbeth bekräftigte, dass es sich dabei um Gisbert Landauers Handy handelte.

„Es sieht also wirklich so aus, als habe jemand Ihren Vater entführt“, sagte Plankton schließlich. „Mit Haut und Haaren und Handy. Bis jetzt hatte ich ja gehofft, alles würde sich vielleicht als Irrtum herausstellen, aber da meint es offenbar jemand bitter ernst. Hm. Ob wir nicht doch die Polizei beiziehen sollten? Die Linzer Kriminalpolizei genießt einen ausgezeichneten Ruf. Ihre Aufklärungsquote insbesondere bei Mordfällen beträgt beachtliche –"

„Verzeihen Sie, Professor, wenn ich Sie unterbreche, aber glauben Sie nicht, dass wir dann Paps unnötig in Gefahr bringen? Schließlich schreiben die Entführer ausdrücklich ‚Keine Polizei'! Und ich möchte nicht, dass sich aus der Entführung meines Vaters ein in der Kriminalstatistik als gelöst aufscheinender Mordfall entwickelt!"

„Nun, wenn Sie meinen, dass wir es ohne Polizei schaffen ... Die hätte allerdings – anders als wir – die technischen Möglichkeiten, den derzeitigen Aufenthaltsort des Handys Ihres Vaters zu orten, und dann wüssten wir, wo die Entführer stecken."

„Und wenn die Polizisten dann diesen Ort stürmen, bringen die Entführer meinen Vater um!"

„Eine derartige Reaktion ist natürlich nicht auszuschließen", gab Plankton zu. „Gut, versuchen wir es ohne Polizei. Denken wir selber nach."

„Was ist das bloß, was die Entführer haben wollen?" Lisbeth zitierte nochmals den Text der SMS: „‚Sie wissen, was wir wollen'."

„Interessant ist", behauptete Plankton, „dass die SMS *mir* geschickt wurde und nicht Ihnen."

„Ja. Das ist mir noch gar nicht aufgefallen. Und das bedeutet?"

„Dass die Entführer offenbar meinen, dass *ich* weiß, was sie wollen."

9. Kapitel – 09:30

Gisbert Landauer erwachte aus einem unruhigen, traumlosen Schlaf.

Das Erste, was er wahrnahm, waren nicht die Schmerzen in seiner rechten, verbundenen Hand, sondern dass die Luft in dem Raum, in dem er auf einem Sofa geschlafen hatte, stickig und abgestanden war. Kein Wunder, hatte der Raum doch keine Fenster und die Tür zum Gang oder Vorzimmer (oder wo auch immer sie hinführte) war geschlossen. Das Zimmer wurde nur durch eine flackernde Neonleuchte, die längst schon ausgetauscht gehört hätte, schwach beleuchtet.

Landauer setzte sich mühsam auf und rieb sich die Augen, was einen Schmerzensschrei zur Folge hatte, als seine verletzte Hand den Kopf berührte.

Ach ja, der Finger, schoss es Landauer durch den Kopf, als die wunde Stelle auch schon zu pochen anfing. Die Verletzung war von der Frau nur notdürftig versorgt worden, dann hatte sie die Hand mit einem provisorischen Verband versehen, durch den die Schnittstelle leicht nachblutete.

Langsam kamen Landauer die Ereignisse der letzten Nacht wieder ins Gedächtnis und er griff instinktiv zu seiner linken Hosentasche, wo er sonst immer sein Handy verwahrte.

Sein Handy war weg.

Er hatte auch nichts anderes erwartet. Die Frau hatte ihm sein Handy abgenommen.

Er sah auf seine Armbanduhr. Halb zehn. *So lange hatte er geschlafen!*

Landauer sah sich in dem Zimmer um. Es war ein typischer, karg eingerichteter und anscheinend unbenützter Büroraum.

Schreibtisch, Drehsessel, Schrank, kein Teppich auf dem abgetretenen Parkettboden, keinerlei Blumenschmuck und – mit Ausnahme eines Bildes, das offenbar von der Wand abgenommen worden war und mit der Bildseite zur Wand lehnte – keine Bilder. Lediglich das Sofa, auf dem Landauer mehr schlecht als recht geschlafen hatte, verlieh dem Raum ein wenig Behaglichkeit. Dass das Büro nicht benutzt wurde, war daraus zu schließen, dass sich auf dem Schreibtisch keine Utensilien befanden, die man sonst in einem Büro üblicherweise erwartete – kein Computer und auch kein Telefon.

Gisbert Landauer schlich zur Tür und drückte vorsichtig die Klinke nach unten.

Die Tür öffnete sich nicht, Landauer war in dem stickigen Raum eingesperrt.

Seufzend ging Landauer zum Sofa zurück und setzte sich wieder darauf. Wenigstens das Pochen in seiner wunden rechten Hand ließ nun ein wenig nach.

Es blieb ihm wohl nichts anderes übrig, als hier zu sitzen und zu warten.

10. Kapitel – 09:31

„Und wissen Sie es?“, bohrte Lisbeth nach.

„Ich habe nicht den blassesten Schimmer“, gestand Plankton und kratzte sich am Hinterkopf, was bei ihm ein Zeichen höchster Konzentration darstellte.

„Aber die Entführer meinen, dass Sie es wissen.“

„Ja. Offenbar.“ Plankton schlug mit der Hand auf den Tisch, dass die Schachtel mit dem Finger darin einen kleinen Luftsprung machte. „Aber woher soll ich es wissen! Lisbeth, ich habe Ihren Vater jahrelang nicht gesehen. Ich bin in der Welt herumgereist und hatte keinen Kontakt zu ihm, außer ab und zu einem Anruf oder eine E-Mail. Bis gestern.“

„Und gestern?“

„Haben wir uns am Vormittag am Taubenmarkt getroffen, waren dann im Traxlmayr und haben dann am Nachmittag Sie besucht, Lisbeth. Daran müssen Sie sich doch erinnern!“

„Ja, natürlich. Und dabei hat Paps Ihnen nichts übergeben? Irgendeinen Gegenstand, den die Entführer nun haben möchten?“

„Lisbeth, Sie sehen zu viele Spionagefilme.“

„Aber es *muss* irgendetwas geben!“

„Zeigen Sie mir noch einmal die Schachtel.“

Lisbeth reichte sie ihm, Plankton besah sie sich von allen Seiten. „Hm. Eine Spieleschachtel.“

„Ja, das sagten Sie schon.“

„Das soll wohl heißen, der Entführer – gehen wir einmal davon aus, dass es nur *ein* Entführer ist – der Entführer will mit uns spielen. Er lädt uns zu einem Spiel ein. Ein Spiel um das Leben und die Freiheit Ihres Vaters!“

Lisbeth schluchzte kurz auf.

„Weiter. *Pippi Langstrumpf macht, was ihr gefällt* ist ein sehr bekanntes Kinderkartenspiel vom berühmten oberösterreichischen Spieleautorenduo Mini/Reindl nach einem gleichfalls relativ bekannten Kinderbuch. Es heißt *Pippi Langstrumpf.* Ich weiß nicht, ob Sie schon einmal von Astrid Lindgren gehört haben. Sie ist die Autorin der Buchvorlage. Sie wurde am 14. November 1907 auf Näs bei Vimmerby – in Schweden – als Astrid Anna Emilia Ericsson geboren und ..."

„Professor, das ist doch jetzt wohl nicht weiter wichtig!"

„Oh. Mag sein. Jedenfalls will uns der Entführer durch die Übersendung eines Kinderspiels wohl sagen, dass es ein Kinderspiel ist, das Rätsel um das Verschwinden Ihres Vaters zu lösen." Plankton kratzte sich am Kopf und öffnete die Spieleschachtel neuerlich.

„Hm. Der Finger ist in ein Stück Papier eingewickelt. In ein Zeitungspapier."

Er wickelte den Finger aus, ließ ihn in die Schachtel zurückfallen, gab auch aus Pietätsgründen den Deckel wieder darauf und besah sich dann das Zeitungspapier.

„Hm, das ist ein Kreuzworträtsel ... Ob das nicht ein Hinweis ist ..."

„Sie meinen doch nicht etwa, dass uns die Entführer mit dem Kreuzworträtsel einen Hinweis auf den gesuchten Gegenstand geben wollen?", fragte Lisbeth skeptisch.

„Wissen Sie einen besseren Anhaltspunkt, dem Rätsel um die Entführung Ihres Vaters auf die Spur zu kommen, als erst einmal dieses Kreuzworträtsel zu lösen?"

Lisbeth schüttelte den Kopf.

„Solange uns also nichts Besseres einfällt ...", sagte Plankton. „Haben Sie einen Kugelschreiber?"

Lisbeth fischte einen Kugelschreiber aus ihrer Handtasche hervor und Plankton machte sich ans Lösen des Rätsels.

„Es ist ein Kreuzworträtsel, wo dann einige Buchstaben richtig aneinandergereiht ein Lösungswort ergeben", erklärte er, während auch schon hurtig der Schreibstift über das Papier flog. „Ein Lösungswort mit elf Buchstaben."

„Und Sie glauben, dieses Wort sagt uns dann, was die Entführer von uns wollen? Also etwa SCHATZKARTE?"

„Möglich wäre es. Ja, *Schatzkarte* würde übrigens passen, das hat elf Buchstaben." Und als er sah, dass Lisbeth nach wie vor zweifelte, setzte er leicht verärgert dazu: „Haben Sie eine bessere Idee?"

Da Lisbeth im Augenblick tatsächlich keinen besseren Vorschlag anzubieten hatte, schwieg sie nur, einige Minuten lang, bis Plankton triumphierend ausrief: „So! Da haben wir es!"

„Sie haben das Rätsel gelöst?"

„Ja. Das Lösungswort heißt –"

Er brach ab.

„Ja? Wie?"

„Das Lösungswort heißt DA LINZI CODE."

11. Kapitel – 09:45

Auch Josef Pieringer erwachte aus einem unruhigen Schlaf, der anders als der von Gisbert Landauer aber ganz und gar nicht traumlos gewesen war. Nach dem Frühstück hatte er sich wieder ein wenig hingelegt. Er war dann eingenickt und nun hatte ihn derselbe schlimme Traum, der ihn schon seit einigen Wochen quälte, wieder aus dem Schlaf gerissen.

Der Traum war immer gleich, höchstens belanglose Nuancen brachten ein wenig Abwechslung. Ein großer, dunkel gekleideter Mann mit einer Sense in der Hand und einer Kapuze über dem Kopf erschien im Zimmer und winkte ihm, er solle mit ihm gehen. Die feinen Nuancen bestanden darin, dass der Mann das eine Mal die Sense links trug, dann wieder rechts, dass er konsequenterweise einmal mit der freien linken Hand winkte, dann wieder mit der rechten, dass er einmal gleich bei der Tür stehen blieb und auf Pieringer wartete, das andere Mal ein paar Schritte ins Zimmer hinein machte, aber diese kleinen Unterschiede in den Details waren für Pieringer ohne Bedeutung. Geistig baute er zwar seit ein paar Jahren stetig ab und er verbrachte deshalb seinen Lebensabend auch im Pflegeheim, jedoch selbst für ihn war der Sinngehalt des Traumes klar: Seine Zeit war abgelaufen, der Tod – in Gestalt des Sensenmannes – wollte ihn holen.

Als Pieringer sich mühsam zur Wand drehte, in der Hoffnung, bis zum Mittagessen ein wenig, wenn möglich traumlos, weiterschlafen zu können, wusste er noch nicht, dass dieses Mittagessen seine letzte Nahrungsaufnahme sein würde …

12. Kapitel – 09:46

„Da Linzi Code?", rief Lisbeth ungläubig. „Was soll das heißen?"

„Na, Da Linzi Code eben."

„Ich kenne einen Da Vinci Code, aber keinen Da Linzi Code."

„Hm, da haben Sie recht. Allerdings – wir sind hier in Linz. Es muss ein Hinweis auf Linz sein. Und ein Code ist eine Vorschrift, mit der Nachrichten oder Befehle zur Übertragung oder Weiterverarbeitung für ein Zielsystem umgewandelt werden können. Das Wort *Code* geht ja auf das lateinische Wort *Codex* zurück, das ‚Verzeichnis, Urkunde, Hausbuch' bebebebe-bedeutet. Der Corsemod, äh Morsecode speibstielsweise sti-, sta- stellt ..."

„Professor, ich weiß, was ein Code ist", unterbrach ihn Lisbeth. „Wenn Ihre Theorie stimmt, dass uns die Entführer mit diesem Kreuzworträtsel einen Hinweis auf das gesuchte Objekt geben wollen, müssen wir also den Da-Linzi-Code entschlüsseln."

„Das hört sich einfacher an, als es ist", stellte Plankton fest. „Wo wollen Sie ansetzen? Linz ist groß. Natürlich bei Weitem nicht so groß wie die Städte, in denen ich die letzten Jahre verbracht habe, aber groß genug, um einen Hinweis auf Linz als nicht gerade eindeutig erscheinen zu lassen. Hm."

„Was haben Sie?"

„Mir kommt gerade eine Idee. Bei diesen Rätseln muss man ja oft um die Ecke denken."

„Wie meinen Sie das – um die Ecke denken?"

„Nun, man meint beispielsweise, Linzi bedeutet Linz, und in Wirklichkeit bedeutet Linzi nicht Linz, sondern Linzi."

„Ich verstehe nicht …“

„Mir ist gerade eingefallen, dass es eine Stadt namens Linzi gibt.“

„Noch nie gehört.“

„Ja, Sie sind auch nicht so weit herumgekommen wie ich.“

„Und wo soll dieses Linzi sein?“

Und nun erwies sich die Wahrheit der Bemerkung von Günther Jauch, der in einer seiner 50.000 Sendungen Plankton als „wandelndes Wikipedia“ bezeichnet hatte (oder war es Johannes B. Kerner gewesen? Plankton, der in der besagten Sendung zum Thema *Darf man zu Neuburger wirklich nicht Leberkäse sagen?* eine fachkundige Stellungnahme abgegeben hatte, verwechselte die beiden immer).

„Der Stadtbezirk Linzi“, sagte er nämlich wie aus der Pistole geschossen, „auf Chinesisch 临淄区, liegt im Verwaltungsgebiet der bezirksfreien Stadt Zibo in der chinesischen Provinz Shandong. Linzi hat eine Fläche von 668 km^2 und zählt 590.000 Einwohner – also deutlich mehr als Linz aufzubieten hat! Während der Zeit der Frühlings- und Herbstannalen – einer Epoche während der chinesischen Antike – war Linzi sogar Hauptstadt des Staates Qi. Jetzt sagen Sie nicht, Sie hätten noch nie davon gehört!“

„Jetzt, wo Sie es erwähnen, bilde ich mir ein, schon einmal darüber gelesen zu haben …“

„Na also.“ Plankton griff nach seinem Handy.

„Was haben Sie vor?“

„Zwei Tickets buchen. Wir fliegen nach China!“

13. Kapitel – 09:55

„Aber, Professor, sind Sie sicher, dass wir das Richtige tun?“, fragte Lisbeth zum bereits zweiten Mal, während sie auf der Herrenstraße auf das von Plankton mittels Handy bestellte Taxi warteten, das sie zum Linzer Flughafen bringen sollte.

„Haben Sie einen besseren Vorschlag?“, antwortete Plankton wie auch beim ersten Mal auf Lisbeths Frage.

„Nein, nicht, aber vielleicht hat Paps Entführung mit den Chinesen gar nichts zu tun und wir verlieren wertvolle Zeit! Schließlich haben uns die Entführer nur 24 Stunden gegeben, dann wollen sie uns einen weiteren Körperteil von ihm schicken.“ Lisbeth war wieder den Tränen nahe.

„Sie meinen also, wir sollen nicht …“ Plankton wirkte nun doch ein wenig verunsichert.

„Ja. Überlegen wir besser, ob der Hinweis *Da Linzi Code* nicht vielleicht auch etwas anderes bedeuten könnte.“

„Gut.“ Plankton besah sich noch einmal den Zeitungsausschnitt mit dem Kreuzworträtsel, das er gelöst hatte. Plötzlich schlug er sich mit der flachen Hand auf den Kopf.

„Professor, was haben Sie denn?“, rief Lisbeth erschrocken.

„Dass ich da nicht gleich drauf gekommen bin! Wir müssen unsere Tickets nach Linzi stornieren!“

„Wir fliegen also nicht nach China?“

„Nein. Der Code hat mit China nicht das Geringste zu tun!“

„Sie haben ein Taxi zum Flughafen bestellt?“

Ein Auto hatte neben ihnen angehalten und der Fahrer – ein hippymäßig aussehender älterer Herr, der seine langen grauen Haare, die allerdings erst am Hinterkopf zu wachsen anfingen, zu einem Ponyschwanz zusammengebunden trug – hatte das Fenster der Beifahrertür hinuntergekurbelt und sah fragend zu ihnen hinaus.

„Wie? Wir? Ein Taxi? Zum Flughafen?“, stellte sich Plankton dumm. „Kein Hindenken! Was sollen wir denn beim Flughafen? Etwa nach China fliegen? Nein, nein, wir stehen hier rein zufällig herum.“

„So so, rein zufällig.“ Der Taxifahrer nahm sein Handy in die Hand, drückte ein paar Knöpfe und plötzlich läutete Planktons Handy.

„Blöd, wenn man beim Taxibestellen seine Nummer mitschickt“, erklärte der Taxifahrer grinsend. „Ein kleiner Rückruf, und schon weiß man, wer das Taxi herbeordert hat, sich jetzt aber nicht mehr daran erinnern kann. Also, wohin soll's gehen, weil verarschen könnt ihr wen anderen, aber nicht einen Woodstock-Veteranen wie mich ...“

„Na gut, dann fahren Sie uns meinetwegen irgendwohin“, sagte Plankton, während er auch schon die Beifahrertür öffnete, einstieg und Lisbeth ein Zeichen gab, sich hinten ebenfalls ins Taxi zu setzen. „Irgendwohin, wo man ungestört nachdenken kann.“

14. Kapitel – 10:10

„So", sagte Lisbeth einige Minuten später ungeduldig. „Jetzt sitzen wir ungestört auf einem Bankerl auf dem Schlossberg und jetzt bin ich doch sehr neugierig, worauf Sie nicht gleich gekommen sind."

„Dieses Lösungswort des Kreuzworträtsels", sagte Plankton. „Es ist ein Wort."

„Ein Wort, ja und?"

„Nicht ein *Wort* mit Betonung auf dem Hauptwort Wort, sondern *ein* Wort – mit Betonung auf dem Zahlwort ein."

„Ich verstehe noch immer nicht."

„Das heißt, es sind keine drei Worte."

„Keine drei Wörter?"

„Worte."

„Ich glaube, die Mehrzahl von Wort ist Wörter."

„Worte. Es gibt beides. Der Unterschied zwischen Worte und Wörter ist ganz einfach ..."

„Professor, das ist doch jetzt egal! Sie machen mich noch wahnsinnig mit Ihrer Geheimniskrämerei. Können Sie nicht ganz einfach sagen, worauf Sie gekommen sind?"

„Das von mir gefundene Lösungswort DA LINZI CODE besteht ja eigentlich aus drei Worten. Oder Wörtern, meinetwegen. Das Kreuzworträtsel sucht aber nicht nach einem Begriff mit drei einzelnen Wörtern, äh Worten, sondern nach einem einzigen Wort mit elf Buchstaben, aneinandergeschrieben. DALINZICODE. Ohne Leerzeichen zwischen DA und LINZI einerseits, zwischen LINZI und CODE andererseits. DALINZICODE."

„Ja, jetzt verstehe ich, aber was bedeutet das?"

„Schon einmal etwas von einem Anagramm gehört?“

„Anna wer?“

„Jetzt sagen Sie nur, Sie wissen nicht, was ein Anagramm ist?“

„Nun, ich weiß, dass es mit Deka- und Kilogramm nichts zu tun hat …“, sagte Lisbeth vorsichtig. „Und auch nicht mit einem Telegramm …“

„Der Begriff ‚Anagramm‘“, erklärte Plankton, „stammt aus dem Griechischen *anagraphein*, zu Deutsch ‚umschreiben‘, und bezeichnet ein Wort, das durch Umstellung der einzelnen Buchstaben oder Silben aus einem anderen Wort gebildet wurde.“

„So wie bei Harry Potter: ‚Tom Vorlost Riddle‘ – ist ‚Lord Voldemort‘?“, fragte Lisbeth.

„Äh, ja. Möglich. Wer bitte ist Harry Potter?“, fragte Plankton verwirrt. „Aber ja, grundsätzlich ist das ein Beispiel für ein Anagramm. Oder ‚Regierung‘ – ‚genug Irre‘. Anagramme werden häufig als Verschlüsselungsmethode gewählt. Als Vater des Anagramms gilt übrigens der griechische Grammatiker und Dichter Lykophron aus Chalkis, der den König Ptolemaios II. …“

„Ja, gut, Professor“, unterbrach ihn Lisbeth, die es aufgrund der aufregenden Erlebnisse um die Entführung ihres Vaters ohnehin schon schwer genug hatte und die nicht auch noch einen weiteren Anfall von Dozenteritis miterleben wollte. „Sie meinen also, DALINZICODE ist ein Anagramm?“

„Es muss so sein. Und da ich für das Durchschütteln der elf Buchstaben und das Neuzusammenstellen zu einem sinnvollen Begriff etwas Ruhe brauche, habe ich mir gedacht, wir fahren hierher und schauen uns das Wort in Ruhe genauer an.“

Der Schlossberg mit seinen vielen romantischen, von Verliebten so sehr geschätzten Plätzen war für die von

Plankton gesuchte Ruhe bestens geeignet. Sie waren bis zur Aussichtsplattform gewandert, von wo aus man einen beeindruckenden Blick auf die Donau, den Pöstlingberg, Alturfahr samt Neuem Rathaus und die Nibelungenbrücke hatte. Allerdings hatten sie für diesen Ausblick keinen Sinn, denn die Zeit drängte ... Planktons Freund, zugleich Lisbeths Vater, war von einem bislang Unbekannten entführt worden, der ihnen 24 Stunden gegeben hatte, um ein Rätsel zu lösen, das ...

„ACDDEIILNOZ", sagte Plankton in die Stille hinein.

„Äh, wie?", fragte Lisbeth.

„Wenn ich die elf Buchstaben des Wortes DALINZICODE nach dem Alphabet ordne, kommt ACDDEIILNOZ heraus."

„Ja gut, und was heißt das?"

„Keine Ahnung. Ihnen sagt das auch nichts?"

„Nein, überhaupt nichts."

„Das hatte ich befürchtet. Aber gut. Das soll uns nicht entmutigen. Anagramme zeichnen sich ja dadurch aus, dass die Buchstaben in eine andere Reihenfolge gebracht werden müssen, damit sie einen – neuen – Sinn ergeben. Sie in die Reihenfolge des Alphabets zu bringen, war zwar einen Versuch wert, aber wir müssen sie sozusagen durchschütteln."

Plankton runzelte die Stirn und starrte den Zettel angriffslustig an. Kurz war er versucht, den Zettel zu schütteln, auf dass sich die Buchstaben selbst in die richtige Reihenfolge brachten, dann sah er aber ein, dass diese Vorgehensweise wohl wenig zielführend war, und murmelte einige Buchstabenkombinationen vor sich hin, die für Lisbeth aber keinen Sinn ergaben – aus dem einfachen Grund, weil sie auch tatsächlich keinen Sinn hatten.

Einige Minuten vergingen, dann rief Plankton aus: „So, jetzt hab' ich's. Und es ist in höchstem Maße entmutigend."

„Sie haben das Anagramm gelöst!", rief Lisbeth erfreut aus.

„Na ja, zum Teil zumindest. In dem Wort DALINZICODE steckt ZODIAC drin."

„Zodiac?", fragte Lisbeth. „Was soll das sein – eine Automarke?"

„Nein, das ist Cadillac. Nicht zu verwechseln mit Cardillac, der eine Figur aus E.T.A. Hofmanns Novelle *Das Fräulein von Scuderi* ist, aus der wiederum Paul Hindemith eine gleichnamige Oper gemacht hat. Gleichnamig in Bezug auf Cardillac und nicht auf das Fräulein von Scuderi. *Cardillac* wurde 1926 in der Dresdner Staatsoper uraufgeführt, Dirigent der Uraufführung war der Ihnen sicherlich bekannte ..."

„Professor, Sie wollten mir sagen, wer oder was Zodiac ist!"

„Oh? Ach ja! Zodiac ist das Pseudonym eines Serienmörders, der in den USA – konkret im Raum San Francisco – Ende der 1960er-Jahre fünf Menschen ermordet hat. Seine Identität konnte bis jetzt nicht festgestellt werden." Plankton nickte ernst, wie um sich die Fakten selbst zu bestätigen.

„Und Sie meinen, er ist jetzt wieder tätig, hier in Linz?" Lisbeths Stimme klang einigermaßen zweifelnd. „Nach über vierzig Jahren?"

„Wir müssen die Möglichkeit zumindest in Betracht ziehen", sagte Plankton. „Wenn er damals Mitte zwanzig war, so ist er jetzt Mitte sechzig, also etwa im selben Alter wie Ihr Vater. Das könnte schon eine Bedeutung haben!"

„Aber, Zodiac ist doch nur ein Teil von DALINZICODE", wandte Lisbeth ein. „Da müssen doch noch ein paar Buchstaben übrig bleiben."

„Gut aufgepasst", lobte Plankton. „Ja, wenn ich ZODIAC von DALINZICODE abziehe – subtrahiere, wie man im Fachjargon sagt –, bleibt DEILN übrig."

„Und was heißt DEILN?"

„DEILN heißt natürlich so für sich rein gar nichts", sagte Plankton etwas verärgert. „Sie müssen DEILN anagrammatisch decodieren. DEILN bedeutet ganz einfach – LINDE."

„Linde?"

„Ja, Linde."

„Und was heißt das, Professor? Dass der US-Killer Zodiac meinen Vater unter einer Linde versteckt hat?"

Plankton schüttelte den Kopf. „Ja, wenn es nur so einfach wäre! Dann hätten wir Ihren Vater rasch gefunden. Der Begriff ‚Linde' steht ja leider nicht nur für einen Baum, sondern ist", er gebrauchte die Finger der rechten Hand, um die verschiedenen Möglichkeiten aufzuzählen, „ein häufig gebrauchter Familienname, eine Wappenfigur in der Heraldik, ein Nebenfluss sowohl in Mecklenburg-Vorpommern als auch in Jakutien, ein Name diverser Orte in Deutschland, Polen und in den Niederlanden und darüber hinaus auch der Name verschiedener Unternehmen, etwa eines juristischen Verlags in Wien, der hervorragende Bücher übers Exekutionsverfahren herausgibt."

„Sodass wir uns also fragen müssen, zu welcher der vielen Bedeutungen Zodiac einen Sinn ergibt."

„Genau." Wieder zog sich Planktons Stirn in Runzeln zusammen, während er leise „Linde – Zodiac, Zodiac – Linde" vor sich hinflüsterte. Dann sagte er: „Ich fürchte, so kommen wir nicht weiter. Lisbeth, können Sie mit Ihrem Handy ins Internet? Ich kann's mit meinem nämlich nicht."

„Wie? Ja. Ja, natürlich. Ich hab' ein [redacted]*, neuestes Modell, als Diensthandy. Wieso?"

* Hier könnte in der 2. Auflage dieses Buches IHRE WERBUNG stehen!

„Dann steigen Sie mal ein ins WorldWildWeb und öffnen Sie eine dieser Suchmaschinen. Am besten die, die unerklärlicherweise nach einem Stadtteil von Linz benannt ist."

Plankton sprach damit die sogenannte „Gugl" an – eine Anhöhe mitten in Linz, auf der sich nicht nur zahlreiche Villen und der zu allen Jahreszeiten sehenswerte Botanische Garten befanden, sondern auch das Linzer Stadion, in dem der ortsansässige Traditionsklub LASK alljährlich mit häufig wechselnden Trainern und Spielern gegen den Abstieg von der Bundesliga in die Erste Liga oder um den Wiederaufstieg kämpfte (es stellt wohl eine österreichische Besonderheit dar, wenn die *zweit*höchste Spielklasse *Erste* Liga genannt wird).

„Ach, verstehe", reagierte Lisbeth auf Planktons Anregung. „Und dann soll ich die beiden Worte eingeben, ob ich Treffer erziele."

„Kluges Mädchen", lobte Plankton, während Lisbeth auch schon auf ihrem Handy herumtippte. Wenig später war sie soweit und reichte Plankton ihr Handy.

„Also, da haben wir's", sagte Plankton nach einem Blick auf das Suchergebnis. „Zodiac und Linde zusammen ergeben sehr wohl einen Sinn. Nur ist Zodiac nicht ein Serienkiller ..."

„Und Linde auch kein Baum?"

„Richtig geraten. Es gibt einen weltweit tätigen Zodiac-Konzern. Zu dem gehört eine Firma, die Weltmarktführer im Bereich Vakuum-Toilettensysteme für Eisenbahnen ist. Und diese – wie gesagt zu Zodiac gehörende – Firma wird sich auf dem ehemaligen Linde-Gelände der Stadt Wedel ansiedeln. Verstanden? Zodiac – Firma ... Linde – Gelände."

„Interessant", sagte Lisbeth. „Das ist sicher gut für Wedel, wenn sich eine große Firma dort ansiedelt."

„Zweifellos."

„Sofern sie keinen Sondermüll produzieren."

„Damit müssen die Wedler wohl selbst fertigwedeln äh werden."

„Und wo bitte ist Wedel?"

„Die Stadt Wedel gehört zum Kreis Pinneberg in Schleswig-Holstein", antwortete Plankton. „Ich bin dort mal durchgefahren, als ich in der Nähe – in Hamburg – einen Vortrag gehalten habe."

„Ach, auf der Hamburger Uni?", war Lisbeth beeindruckt.

„Nein, auf dem Fischmarkt. Aber zurück zum Thema! Toilettensysteme für Eisenbahnen. Noch dazu Vakuum. Sagt Ihnen das was?"

„Na ja, Vakuum ist luftleerer Raum ...", gab Lisbeth zur Antwort.

Plankton zog die Augenbrauen hoch. „Das meinte ich nicht. Ob Ihnen das was im Zusammenhang mit Ihrem Vater sagt?"

Lisbeth schüttelte den Kopf. In diesem Moment drang Tarzans Schrei durch den Dschungel des Schlossbergparks.

Plankton nahm sein Handy aus der Tasche, brachte Tarzan zum Schweigen und sah aufs Display.

„Eine SMS – Absender ist wieder das Handy Ihres Vaters!", rief er.

„Und – was steht da?"

Plankton drückte auf die Taste, um sich den Text der SMS anzeigen zu lassen.

DIE ZEIT DRÄNGT, PROFESSOR, stand da. SIE HABEN NUR MEHR 23 STUNDEN ZEIT.

15. Kapitel – 10:18

Violetta Grünsteidl legte das Handy, das sie vor wenigen Stunden Gisbert Landauer abgenommen hatte, auf den Küchentisch. Die SMS an Plankton war versandt, nun hieß es warten.

Wie sie dieses Warten hasste!

Und wie sie die anderen Eingeweihten bewunderte, die vom Geheimnis schon seit Jahrzehnten wussten und dennoch genügsam auf den Augenblick warteten, an dem es enthüllt werden würde – falls es überhaupt je enthüllt werden sollte.

Sie selbst besaß bei Weitem nicht so viel Geduld.

Violetta Grünsteidl war erst seit ein paar Monaten in das Geheimnis eingeweiht. Sie selbst gehörte zwar nicht zu den Auserwählten, aber der jüngste Auserwählte, ihr Geliebter Manuel – oder Manu, wie er innerhalb der Korporation genannt wurde – hatte aus Liebe zu ihr seinen Treueeid gebrochen, wonach die Mitglieder der Korporation ihr Wissen nur an neu aufgenommene Mitglieder weitergeben durften, und ihr schon in der ersten Liebesnacht von diesem größten aller Geheimnisse erzählt. Eigentlich war er nach den strengen Regeln der Korporation nun dem Tode geweiht, aber bislang hatte offenbar noch niemand erfahren, dass Manu seinem Schwur untreu geworden war.

In den paar Monaten, seitdem sie Bescheid wusste, war ihre Ungeduld stetig angestiegen, und nun konnte sie es kaum noch erwarten. Möglicherweise noch am selben Tag würde das Geheimnis, das beinahe zweitausend Jahre auf seine Entdeckung gewartet hatte, enthüllt werden! Und sie würde dabei sein!

Violetta Grünsteidl war eine mittelgroße, eher dünne Frau mit langen blonden Haaren, die in Anbetracht ihres Alters – sie hatte die Vierzig schon vor einigen Jahren überschritten – schon rein farblich nicht hundertprozentig echt zu sein schienen. Sie saß auf einem Sessel in der Küche ihrer Eigentumswohnung vor einer Tasse Malzkaffee und einem Haselnusscremebrot.

Ihr Telefon läutete. Nicht Landauers Handy, das stumm auf dem Tisch lag, sondern ihr Festnetzapparat. Sie erhob sich und ging ins Vorzimmer, wo das Telefon an der Wand hing.

„Ja?", sagte sie nur in den Telefonhörer hinein und offenbarte dabei eine prachtvolle Mezzosopranstimme. Carmen, Eboli, Amneris und dergleichen wären ihr Repertoire gewesen, eventuell auch mit Abstechern ins schwere Wagnerfach. Dazu noch die klassischen Hosenrollen – Rosenkavalier, Cherubino, Prinz Orlowsky ... Im Koloraturfach allerdings ...

„Ich bin's", meldete sich ein Mann atemlos.

„Manu!", rief sie erfreut. „Na endlich!"

„Und? Hat er sich schon gemeldet?"

„Nein."

„Na ja, wir müssen Plankton wohl etwas Zeit geben. Was wir monatelang nicht zustande gebracht haben, kann er nicht innerhalb einer Stunde schaffen."

„Da hast du wohl recht", seufzte Violetta. Ja, man musste Plankton wohl Zeit geben. Auch wenn er ein wahrer Freund Landauers war und ihm sicherlich helfen wollte, war es wahrscheinlich zu viel verlangt, von ihm zu erwarten, dass er einen Gegenstand, der seit Jahrzehnten gut versteckt war, innerhalb weniger Stunden finden würde, selbst wenn das Leben seines Freundes auf dem Spiel stand. Also Geduld, auch wenn es noch so schwerfiel.

„Und er weiß Bescheid, dass sein Freund in großer Gefahr schwebt?“, fragte Manu.

„Ja. Der Finger, den ich heute Morgen gut verpackt vor dem Haus deponiert habe, spricht wohl eine deutliche Sprache und ich habe Plankton vor Kurzem erst eine SMS geschrieben, dass er nur mehr dreiundzwanzig Stunden Zeit hat. Ich frühstücke jetzt noch fertig und dann komme ich zu dir.“

„Gut. Und wenn Plankton scheitert?“

„Daran will ich gar nicht denken.“

„Und wenn doch?“

„Nun, dann müssen wir wohl sterben“, sagte Violetta.

16. Kapitel – 10:19

„Junge, wie die Zeit vergeht", sagte Plankton, das Handy wieder in die Tasche steckend. „Jetzt haben wir schon eine Stunde versch-"

„Professor!", rief Lisbeth aus.

„Verschwendet", ergänzte Plankton den Satz.

„Verschwendet ist der richtige Ausdruck", sagte Lisbeth, „denn ich glaube, dass wir der Lösung keinen Schritt näher gekommen sind. Zodiac – Linde. Was soll das schon heißen?"

„Ich gebe ja zu, dass wir erst am Anfang stehen", gestand Plankton ein.

„Ja, und einstweilen wird mein Vater vielleicht in irgendeinem Verlies gefoltert!", rief Lisbeth gequält aus.

„Nein, ich glaube, dass sie ihm vor Ablauf der vierundzwanzig – beziehungsweise jetzt noch dreiundzwanzig – Stunden nichts antun werden. Trotzdem ... Wir müssen uns beeilen."

„Da Linzi Code. Linde Zodiac", wiederholte Lisbeth die Worte, mit denen sie sich in der letzten halben Stunde herumgequält hatten, und schüttelte den Kopf. „Darf ich das Kreuzworträtsel einmal sehen?"

Plankton sah Lisbeth verwundert an. Wollte sie etwa die Richtigkeit des von ihm gefundenen Lösungsworts in Zweifel ziehen? Dann aber reichte er Lisbeth den Zettel, die diesen aufmerksam prüfte.

Wenig später sagte sie: „Professor, Sie haben sich geirrt."

„Wie bitte?", rief Plankton aus. „Das ist unmöglich."

„KFZ-Kennzeichen von Lettland?", fragte Lisbeth.

„LL", sagte Plankton.

Lisbeth schüttelte den Kopf. „Ich war mal einige Zeit mit einem Letten zusammen", erklärte sie. „Also mehr rein körperlich. Mit einem lettischen Lastwagenfahrer. Er hat in Lettland geerntete Erdäpfel nach Slowenien gefahren, wo sie gewaschen wurden, und dann wieder zurückkutschiert. Und unterwegs hat er manchmal Halt gemacht und mich ... na ja, das würde hier zu weit führen. Jedenfalls hatten wir damals immer genügend saubere Erdäpfel im Haus. Dabei ist er immer mit seinem Lastwagen vorgefahren und daher weiß ich, dass Lettland als KFZ-Kennzeichen LV hat. Schwarze Schrift auf weißem Grund, links die europäischen Sterne sowie die Buchstaben LV, dann zwei Buchstaben, ein Bindestrich und eine bis zu vierstellige Ziffernkombination. Das Kennzeichen seines Lastautos war LV-"

„Ist doch egal, was für ein Kennzeichen sein Auto hatte", sagte Plankton, dessen Kopf ein wenig rot angelaufen war. „Das heißt also, dass mein L als Buchstabe des Lösungsworts falsch ist."

„Und in Wirklichkeit ein V hingehört."

„Ich hab' mich eh schon gewundert, dass in Linz so viele Letten mit dem Auto herumfahren", gab Plankton zu.

„Wieso?"

„Na, die vielen LL ..."

Lisbeth klärte Plankton kurz darüber auf, dass Linz autokennzeichenmäßig von LL und UU* umzingelt war, und sagte dann: „Also kein Da-Linzi-Code."

Plankton nickte. „Offenbar."

„Sondern ein Da Vinzi Code."

„Aber Vinzi?"

* Für alle Nichtoberösterreicher: Linz-Land und Urfahr-Umgebung

„Bevor Sie sich jetzt Gedanken darüber machen, welche Bedeutung das Wort Vinzi hat und wo überall es Städte und Flüsse und berühmte Leute gibt, die so heißen, muss ich Ihnen leider sagen, dass auch das Z falsch gelöst ist."

„Das Z falsch?", wiederholte Plankton ungläubig.

„KFZ-Kennzeichen von Zypern", las Lisbeth vor.

„Jetzt sagen Sie nicht, dass es nicht ZY ist."

„Doch. Genau das sage ich. Das KFZ-Kennzeichen von Zypern ist CY."

„Und woher wissen Sie das?"

„Nun, ich war mal mit der zypriotischen Fußballnationalmannschaft zusammen, bei einem freundschaftlichen Länderspiel ..."

„Details will ich jetzt gar nicht wissen", wehrte Plankton ab. „Also ein C statt einem Z."

„Genau. Das Lösungswort – laut Aufgabenstellung des Kreuzworträtsels übrigens ein Film nach einem Roman von Dan Brown – heißt DA VINCI CODE."

17. Kapitel – 10:30

„Da Vinci Code“, sagte Plankton ungläubig. „Was sollen wir mit einem Da Vinci Code anfangen?“

„Und wie soll er uns zu dem Gegenstand bringen, den Paps’ Entführer von uns verlangen?“, schoss Lisbeth eine zweite, nicht minder schwer zu beantwortende Frage nach.

„Leonardo da Vinci war ein berühmter Maler, Bildhauer, Architekt, Anatom, Mechaniker, Ingenieur und Naturphilosoph“, dozierte Plankton. „Eigentlich hieß er ja Leonardo di ser Pieri da Vincio und er wurde 1452 in Anchiano bei Vinci geboren, sodass sein Namenszusatz ‚da Vinci‘ kein Familienname ist, sondern ‚aus Vinci‘ bedeutet. Er war der uneheliche Sohn eines Bauernmädchens und eines Ni-, Na-, Notars und nächste zulebt äh lebte zunächst bei meiner Sutter äh …“

„Professor, ich bin mit dem Leben und Werk von Leonardo da Vinci zumindest in Grundzügen vertraut“, unterbrach ihn Lisbeth sanft. „Aber wir sollten uns besser überlegen, ob dieses Lösungswort des Kreuzworträtsels, in das der abgeschnittene Mittelfinger meines Vaters eingewickelt war“, sie schauderte beim Gedanken an den grausigen Fund, „uns bei der Suche nach dem Gegenstand, den seine Entführer von uns wollen, behilflich sein kann – oder ob es ein Zufall war, dass er in ein Kreuzworträtsel eingewickelt war.“

„Lisbeth, ich glaube nicht an derartige Zufälle. Der Da Vinci Code muss etwas mit der Entführung Ihres Vaters zu tun haben.“

„Aber da Vinci? Was haben wir mit Leonardo da Vinci zu schaffen?“

„Ich habe keine Ahnung. Obwohl …" Er stutzte.

„Obwohl was?"

„Mir ist so, als ob ich Leonardo da Vinci in letzter Zeit irgendwo begegnet wäre – noch dazu im Zusammenhang mit Ihnen beziehungsweise Ihrem Vater. Natürlich nicht leibhaftig, schließlich ist Leonardo schon geraume Zeit tot, er starb im Jahr 1519 …"

„Begegnet?", rief Lisbeth aufgeregt. „Wann? Wo? Professor, denken Sie nach!"

Plankton schloss die Augen und lehnte sich auf seinem Bankerl zurück, um sich besser konzentrieren zu können. Er hörte das Summen der Bienen von der nahen Schlossbergwiese und den gedämpften Lärm der Stadt unter ihnen, wobei aus dem Geräuschemischmasch das Folgetonhorn eines Einsatzfahrzeuges herausstach. Plankton war zwar außerstande, die verschiedenen Signaltöne von Rettung, Feuerwehr und Polizei auseinanderzuhalten (für ihn war ein Tatü-Tata wie das andere), jedoch erinnerte ihn das Geräusch, ganz gleich von welchem Einsatzfahrzeug es ausging, an seinen entführten Freund, der ganz offenbar misshandelt worden war und wahrscheinlich dringend ärztlicher Hilfe bedurfte.

Daher dauerte es nicht allzu lange, bis Plankton sagte: „So. Ich weiß jetzt, woran mich Leonardo da Vinci erinnert hat."

„Ja?" Lisbeth hielt es nun nicht mehr auf ihrem Sitzplatz und sie sprang auf. „Professor, heraus mit der Sprache!"

„Gestern habe ich ein Bild von ihm gesehen!"

„Von Leonardo da Vinci?"

„Ja, Lisbeth. Bei Ihnen im Büro."

Lisbeth runzelte die Stirn, dann kam ihr die Erkenntnis, welches Bild Plankton offenbar meinte, und sie fing an zu lachen.

„Aber, Professor, Sie glauben doch nicht ernsthaft … Es stimmt schon, ich habe Leonardos *Letztes Abendmahl* in meinem Büro hängen, aber das ist ein billiges Poster, ein Mitbringsel aus einem Italienurlaub …"

„Wenn Ihnen im Zusammenhang mit Leonardo da Vinci sonst irgendwas von Bedeutung einfällt, dann sagen Sie es mir ruhig und dann können Sie mich ja gerne auslachen", sagte Plankton leicht pikiert und Lisbeth legte ihm ihre Hand auf den Arm.

„Oh, Entschuldigung, Professor, so hab' ich das natürlich nicht gemeint, ich wollte Sie ganz sicher nicht auslachen, aber es kommt mir so weit hergeholt vor …"

„Weit hergeholt mag ja sein, aber es geht um Ihren Vater. Meinen Freund. Gisbert I. Landauer. Und daher müssen wir jeder Spur nachgehen, und sei sie auch noch so weit hergeholt."

„Sie haben recht." Lisbeth setzte sich wieder und rückte nah zu Plankton heran. „Was also haben wir vor?"

„Wir müssen in Ihr Büro und uns das Bild genau ansehen. Leonardos *Letztes Abendmahl.* Vielleicht finden wir dort einen Hinweis."

„Also gut." Lisbeth griff nach ihrem Handy und tippte sich bis zu einer eingespeicherten Nummer durch. „Ich muss Sie natürlich wieder anmelden, Aron soll uns beim Eingang abholen."

„Oh Gott, dann muss ich mich auch wieder dieser entwürdigenden Prozedur mit dem Augenverbinden unterziehen?", rief Plankton gequält.

„Tja, leider, Professor, anders kommen Sie bei mir nicht rein. In mein Büro, meine ich. – Ja? Hallo? Aron?" Da hatte Lisbeth auch schon die gewünschte Verbindung und sie sprach nun, von Plankton abgewandt, leise ein paar Worte, die er nicht verstehen konnte.

„So, und wie kommen wir jetzt am schnellsten in Ihr Büro?", fragte Plankton, als sie fertig telefoniert hatte.

„Wenn ich mein Auto hier hätte ...", überlegte Lisbeth. „Also hier und nicht dort ..."

„Was meinen Sie damit, Lisbeth? Hier und nicht dort? Wo haben Sie es denn?"

„Vor dem Neuen Dom abgestellt."

„Sie sind mit dem Auto zum Neuen Dom gefahren?", rief Plankton aus. „Dann ... dann hätten wir ja zuvor gar kein Taxi gebraucht, um hierherzufahren!"

„So gesehen nicht unbedingt", gab Lisbeth zu.

„Aber, Lisbeth, warum haben Sie denn nichts gesagt, dass Sie mit dem Auto da sind?"

„Sie wollten unbedingt mit dem Taxi zum Flughafen, da wollte ich Ihnen nicht widersprechen ..."

„Ach, Lisbeth. Wissen Sie was! Ich rufe Ihnen jetzt ein Taxi herbei, das Sie zu Ihrem Auto bringt, und ich ..."

„Ja? Was haben Sie vor?"

„Ich muss noch einmal kurz in mein Hotel. Wir sollten unsere Handynummern austauschen, damit wir in Kontakt bleiben können. Rufen Sie mich einmal auf meinem Handy an, dann speichere ich Ihre Nummer ein, und dann machen wir es umgekehrt."

Plankton nannte ihr seine Handynummer, worauf Lisbeth diese Nummer anrief und Plankton die anrufende Nummer unter „LL" abspeicherte – LL für Lisbeth Landauer und nicht für Lettland. Dann drückte er auf Rückruf, worauf es bei Lisbeths Handy klingelte und sie der Nummer das Kürzel „PRP" – Professor Rupert Plankton – zuwies.

„So, das wäre getan“, sagte Plankton dann. „Ich laufe jetzt hinunter auf den Hauptplatz, fahre dann mit der Straßenbahn beziehungsweise dem Bus in mein Hotel und Sie holen mich in ... sagen wir ... 28 Minuten dort ab.“

Plankton wartete gar nicht erst ihre Reaktion auf diesen Vorschlag ab und nahm auch schon sein Handy erneut in die Hand, um ein Taxi herbeizurufen.

„Ja? Ein Taxi bitte zum Schlossberg. Wie? Nein, ich will nicht schon wieder nicht nach China ...“

18. Kapitel – 10:45

Wenige Minuten später musste Plankton feststellen, dass er seine leichtathletischen Fähigkeiten etwas überschätzt hatte.

Er hatte die wenigen Hundert Meter vom Schlossberg zum Hauptplatz herab tatsächlich laufend zurückgelegt, zunächst zwischen den beiden Flügeln des Schlosses hindurch – dem geschichtsträchtigen alten Teil und dem Anbau aus dem 21. Jahrhundert, der seiner Ansicht nach zum Alten Schloss dazupasste wie eine Salzgurke zu Topfenknödeln – und dann den Hofberg hinunter. Dieser sportlichen Herausforderung war sehr entgegengekommen, dass es dabei ausschließlich bergab ging, aber als Plankton dann vom Hofberg in den Hauptplatz – den zentralen Platz von Linz – eintauchte, war er doch ziemlich aus der Puste.

Und dann dieser Anblick!

Plankton traf es wie ein Schlag.

Rund um die Dreifaltigkeitssäule und auf dem gesamten Hauptplatz südlich von ihr tummelten sich unzählige Leute, die nur eines im Sinn hatten … FLOHMARKT!

Plankton hatte nicht bedacht, dass heute Samstag war – der Tag, an dem schon seit Jahrzehnten am Vormittag auf dem Hauptplatz ein großer Flohmarkt veranstaltet wurde. Heute war schönes Wetter und so hatten sich gut hundert Aussteller eingefunden, die auf Tapetentischen ihre Ware anboten.

Schon auf dem Weg vom Schlossberg herab hatte Plankton im Vorbeilaufen ein Plakat gesehen, das für einen heute in der allgemein „Gehörlosenschule" genannten Schule in der Kapuzinerstraße stattfindenden Flohmarkt Reklame machte, aber so ein Schulflohmarkt war natürlich nichts gegen den traditionellen Flohmarkt auf dem Hauptplatz.

Plankton liebte Flohmärkte, ja er war geradezu flohmarktsüchtig. Er, der die vielleicht größte Sammlung der Welt an Kochbüchern besaß und deswegen schon mehrmals daran gedacht hatte, sich um eine Aufnahme ins Guinness-Buch der Rekorde zu bewerben (und bislang nur deshalb davon Abstand genommen hatte, weil er befürchtete, dadurch Neider, vielleicht sogar Einbrecher anzulocken, die bei ihm einbrachen, um sich seiner geliebten Kochbücher zu bemächtigen und ein Lösegeld dafür zu verlangen), Plankton also konnte Flohmärkten nicht widerstehen. Vielleicht fand er auf dem Linzer Hauptplatz-Flohmarkt ein Kochbuch, das ihm noch unbekannt war? Es war zwar fast unmöglich, dass jemand ein Kochbuch besaß, das er noch nicht hatte, aber fallweise kam es doch vor, dass er auf einem Flohmarkt fündig wurde – und es gab nur wenig auf der Welt, was dieses Glücksgefühl übertreffen konnte …

In Planktons Brust nahmen zwei Seelen einen erbarmungslosen Kampf auf.

Die eine Seele sagte *He, dein Freund ist in Gefahr, du musst ihn retten, du hast keine Zeit, dir jetzt einen Flohmarkt reinzuziehen*, die andere Seele jedoch meinte *Hör nicht auf den Idioten, für deinen Freund sind ein paar Minuten auf oder ab auch kein Beinbruch oder zusätzlicher Fingerverlust, gib dir den Flohmarkt und dann kannst du den Kerl immer noch retten …*

Es muss zu Planktons Ehrenrettung gesagt werden, dass sekundenlang die *Du-hast-keine-Zeit*-Seele Oberhand hatte, dann jedoch sah er, dass soeben eine Straßenbahn aus der Haltestelle Hauptplatz wegfuhr, die hatte er also versäumt, und bis die nächste kam, dauerte es sicher an die zehn Minuten – genügend Zeit, um eine rasche Runde zu drehen …

Bevor Plankton seine Tour durch den Linzer Hauptplatz-Flohmarkt begann, bemerkte er mit Verwunderung, dass auch die Pöstlingbergbahn – jene steilste Adhäsionsbahn der Welt, die seit ihrer Wiederinbetriebnahme im Jahr 2009 vom Hauptplatz aus auf den Pöstlingberg fuhr – eine Haltestelle – und zwar ihre Endhaltestelle – auf dem Hauptplatz hatte. Zu seiner Linz-Zeit war das noch nicht der Fall gewesen. Der Fahrer der Bergbahn war gerade ausgestiegen und im ersten Moment schien es so, als ob er ihm – Plankton – zuwinkte, was Plankton nicht sonderlich überrascht hätte, weil aufgrund seiner Prominenz oft Leute auf ihn zugingen, ihn um Autogramme oder ein Kochrezept baten, zum Essen einladen wollten etc. Dann jedoch begrüßte der Bergbahnfahrer einen Mann, der direkt neben Plankton auf die Bahn zuging, mit den Worten „Hallo, Maggi!"

„Hallo, Knorr!", gab dieser zur Antwort und für einen kurzen Augenblick meinte Plankton, in eine Doppelconference geraten zu sein. *Farkas & Waldbrunn … Dick & Doof … Maggi & Knorr …*

„Hast du heute Dienst, du Ärmster?", fragte der Knorr genannte Bergbahnfahrer seinen Gesprächspartner, und Maggi antwortete: „Ja, muss dieses Wochenende wieder bei den Zwergerln meine Runden drehen."

Als Plankton erkannte, dass es wohl doch keine witzige Doppelconference werden würde, startete er seine Blitztour durch den Flohmarkt. Bei dieser kam ihm zugute, dass er als Flohmarktprofi mit einem einzigen Blick abschätzen konnte, ob jemand ein interessantes Buch feilbot, und so kam er hurtig voran.

Plötzlich wurde Planktons Aufmerksamkeit von zwei Büchern gefangen genommen, die jemand neben ein paar Spielen und CDs in einer Schachtel auf dem Boden stehen hatte. Er bückte sich, nahm sie aus der Schachtel und hob sie und auch sich in die Höhe. Das eine war ein *Lexikon der berühmten Geiger*, das ihn nicht weiter interessierte, aber der Einband des zweiten Werkes war ihm aufs Angenehmste vertraut! Mit einem wohlgefälligen Grinsen sah Plankton auf das von ihm selbst verfasste Buch *Die Top-Restaurants im Inneren der Sahara im Wandel der Zeit*. Ja, das war vor ein paar Jahren ein Bestseller gewesen und hatte sich einige Hunderttausend Mal verkauft, insbesondere im Tschad, wo es vor allem dort stationierte österreichische Soldaten gekauft hatten. Und da lachte ihn ja auch sein eigenes Gesicht an! Er fand, dass das Porträt, das er damals für das Umschlagfoto gewählt hatte, sehr gelungen war. Weise sah er aus, wie es sich für einen – damals noch angehenden – Professor geziemte, aber auch irgendwie verschmitzt, und insgesamt kam er höchst sympathisch rüber. Wäre interessant, wie viel der Flohmarktverkäufer für dieses mittlerweile leider aus dem Verlagsprogramm genommene Meisterwerk verlangte …

„Wie viel kos-“, begann Plankton, musste jedoch feststellen, dass der Flohmarktstand unbesetzt war. Vielleicht auf die Toilette gegangen oder auf ein Eis oder selbst auf Schnäppchenjagd, überlegte Plankton und sah auf die Uhr. Ob er genügend Zeit hatte, um zu warten? Er ließ seinen Blick rundum schweifen, ob sich der Flohmarktverkäufer vielleicht in der Nähe befand und mitbekam, dass bei seinem Stand ein Kauflustiger auf ihn wartete. Da bemerkte er einen großen, glatzköpfigen, ganz in Schwarz gekleideten Mann, der zwei Flohmarktreihen weiter stand und ihn – Plankton – anstarrte.

Plankton runzelte die Stirn und starrte den Mann seinerseits an. Ihm war, als ob er ihn schon einmal gesehen hätte, aber er kam nicht drauf, wo.

Plötzlich hob der Riese einen Arm in die Höhe, sodass er aussah wie die Freiheitsstatue in Schwarz, nur etwas – wenn auch nicht viel – kleiner, und schrie, eindeutig an Plankton gerichtet: „He! Sie da! Ja, Sie!“

Plankton war es, als ob sein Herz kurz einen Aussetzer machte. Was wollte dieser Hüne von ihm?

„Sie da!“, rief der Mann auch gleich noch einmal und setzte sich in Bewegung. Offenbar suchte er nach dem kürzesten Weg von seinem Standplatz zu dem Ort, wo Plankton stand, und da der kürzeste Weg zwischen den zwei Punkten A (sein Standplatz) und B (Planktons Standplatz) immer noch die Gerade A–B ist (und nicht ein Umweg von Punkt A bis ans Ende der Standlreihe = E1, von dort auf gleicher Höhe hinauf zur Standlreihe 2 und von deren Ende – E2 – wiederum herunter zu Punkt B), schob er mit einer raschen Handbewegung die Frau, die neben ihm einige Pornohefte durchsah, zur Seite und versuchte, sich zwischen zwei Tischen hindurchzuzwängen, was ihm aufgrund seiner Größe und vor allem Breite aber nicht gleich gelang und nur dazu führte, dass einer der beiden Tapetentische umstürzte und die gesamte darauf befindliche Ware auf das Pflaster des Hauptplatzes fiel.

„Ja, sind denn Sie total deppert?“, schrie auch schon der Besitzer des verunfallten Tisches, jedoch der Hüne beachtete ihn gar nicht, schob vielmehr auch ihn zur Seite, stieg über das nun auf dem Boden verstreute Flohmarktzeug drüber und machte weitere, weit ausladende Schritte auf Plankton zu.

Das war der Augenblick, als Plankton beschloss, einer Konfrontation mit diesem Mann aus dem Weg zu gehen. Was auch immer der Riese von ihm wollte, Plankton wollte mit ihm nichts zu tun haben.

Plankton ergriff die Flucht.

Die beiden Bücher noch immer in der Hand haltend, setzte er sich in Trab. Er sah, dass soeben eine Straßenbahn in die Haltestelle Hauptplatz eingefahren war. Wenn er die erreichen konnte, bevor ihn der Riese erwischte ...

Plankton fing an zu laufen, an der Dreifaltigkeitssäule vorbei. Aus den Augenwinkeln sah er, dass der Hüne auch noch die zweite Standlreihe (S 2) passiert hatte, die ihn von Planktons ursprünglichem Standplatz (B) getrennt hatte, wobei es diesmal ohne Beschädigungen und umfallende Tische abgegangen war, und ihm weiterhin an den Fersen klebte.

Plankton, für den der Lauf vom Schlossberg herunter auf den Hauptplatz ein gutes Training gewesen war, hatte etwa zwanzig Meter Vorsprung, als er die Straßenbahnhaltestelle erreichte. Die Tür der Straßenbahn wollte sich soeben wieder schließen, Plankton setzte rasch noch seinen Fuß auf die Einstiegsplattform, worauf sich die Tür widerwillig wieder öffnete und Plankton einließ.

„Schnell, schnell, geh wieder zu!“, versuchte Plankton die Tür zu beschwören. Der Hüne kam indessen immer näher.

Falls Straßenbahntüren parteiisch sein können, so war diese Tür auf Seiten Planktons. Langsam – für Plankton viel zu langsam – ging sie wieder zu und sie hatte sich soeben geschlossen, als der Hüne die Haltestelle erreicht hatte und auf den Knopf neben der Tür drückte, um sie wieder zu öffnen.

Jedoch die Möglichkeit zum Einsteigen war vorbei, der Straßenbahnfahrer hatte beschlossen, genug Zeit seines Lebens in dieser Haltestelle verbracht zu haben. Die Tür blieb zu und die Straßenbahn fuhr los.

Heftig atmend und mit noch heftigerem Herzklopfen sah Plankton, wie ihm der Mann mit wutverzerrtem Gesicht nachsah und der Straßenbahn sogar noch einen hastigen Fußtritt versetzte, was sie aber nicht weiter beeindruckte oder gar beschädigte.

Das war knapp gewesen.

Wenn sich Plankton auch nicht erklären konnte, was der Mann von ihm wollte, so war doch klar, dass er nichts Gutes im Sinn gehabt hatte.

Plankton atmete tief aus. Der Tag hatte es in sich ...

„Fahrscheinkontrolle! Ihre Fahrausweise bitte!", hörte er aus dem Inneren der Straßenbahn, und als er in Richtung Fahrer sah, von wo die Stimme herkam, bemerkte er auch schon einen in lässige Alltagskleidung gewandeten kleinen, aber ungemein dicken Mann, der eine Plakette in der Hand hielt und die Fahrscheine der Insassen und -steher kontrollierte.

Plankton kam schlagartig zu Bewusstsein, dass er ohne Fahrschein unterwegs war. Für die Strecke vom Hotel zum Neuen Dom hatte er erneut einen Einzelfahrschein gelöst und diesen nach dem Aussteigen ordnungsgemäß in einem Altpapiercontainer entsorgt.

Plankton versuchte, sich unauffällig in die andere Richtung – zum hinteren Ende der Straßenbahn hin – durchzuschlagen, um dann bei der nächsten Haltestelle unertappt auszusteigen, und er kam auch ganz gut voran, doch plötzlich stand ein auch nicht gerade großer, aber nicht ganz so dicker Mann vor ihm, der ihm kurz eine Plakette vors Gesicht hielt und mit näselnder Stimme „Ihren Fahrausweis bitte" sagte.

Scheiße, schoss es Plankton durch den Kopf. Zu seiner Zeit war immer nur *ein* Kontrollor in den Öffis unterwegs gewesen und den hatte man meist auch schon hundert Meter gegen den

Wind als Kontrollor erkannt, da hatte man oft noch abhauen können, aber heutzutage waren sie paarweise oder gar zu dritt unterwegs und unterschieden sich optisch kaum mehr von den anderen Fahrgästen – sahen selbst abgerissen oder ausländisch aus ... Ja, früher war vieles einfacher gewesen ...

„Mein Fahrdings ... äh ... ich ...“, stammelte Plankton. „Ich bin gerade geflüchtet ... Ich wurde verfolgt ... von einem großen, schwarzen Mann ohne Haare ... also kahlköpfig, wenn Sie verstehen, was ich meine ...“

„Ihren Fahrschein bitte“, wiederholte der Kontrollor ungerührt.

„Aber haben Sie nicht gehört?“, rief Plankton verzweifelt. „Dieser Mann hat mich verfolgt! Mich in die Straßenbahn zu retten, war meine einzige Möglichkeit. Da konnte ich nicht vorher noch einen Fahrschein lösen!“

„Sie haben also keinen gültigen Fahrausweis bei sich“, stellte der Kontrollor messerscharf fest und holte auch schon einen Block hervor. „Das Fahren beziehungsweise Angetroffenwerden ohne gültigen Fahrschein beziehungsweise Fahrausweis kostet 50 Euro beziehungsweise ...“

„Aber ich habe Ihnen doch gerade erklärt, dass ich verfolgt wurde“, begann Plankton wieder von vorne. Dann wandte er sich an eine junge Frau, die auf einem Sitzplatz neben ihm vor sich hindöste. „Sie müssen doch auch gesehen haben, wie mich der riesige Mann da draußen verfolgt hat und wie ich mich gerade noch in die Straßenbahn retten konnte!“

Die Frau erwiderte irgendetwas auf Türkisch, was Plankton nicht weiter verstand und was der Kontrollor, sofern er es verstand (Grundkenntnisse in diversen orientalischen Sprachen wurden bei Öffikontrolloren ja mittlerweile vorausgesetzt), nicht weiter beachtete.

„Hätte ich mich von dem Mann *umbringen* lassen sollen?“, rief Plankton theatralisch. Währenddessen näherte sich die Straßenbahn der Haltestelle Mozartkreuzung.

„Also, ich hab’ ja schon viele Ausreden gehört, warum die Leute keinen gültigen Fahrausweis bei sich haben“, näselte der Kontrollor verärgert, „aber dass sie von einem großen schwarzen Mann – offenbar einem Rauchfangkehrer – verfolgt werden und in die Straßenbahn flüchten müssen, ist mal eine neue Variante. Sie steigen mit mir bei der nächsten Haltestelle aus. Ich werde dort ihre Personalien aufnehmen und das erhöhte Fahrgeld von Ihnen kassieren. Falls Sie sich weigern ...“

Plankton schüttelte den Kopf. Er hatte nicht vor, sich zu weigern. „Schon gut. Ich wollte sowieso aussteigen ...“

Als sich die Tür bei der Haltestelle Mozartkreuzung öffnete und Plankton neben dem Kontrollor langsam ausstieg, ging ihm schlagartig durch den Kopf, dass Landauers Leben auf dem Spiel stand. Er hatte schon viel zu viel Zeit vertan und konnte jetzt nicht auch noch wertvolle Minuten dafür verschwenden, dass der Straßenbahnkontrollor seine Personalien aufnahm. Das erhöhte Fahrgeld hätte er ja in Kauf genommen und rasch bezahlt, aber die langwierige Amtshandlung der Datenfeststellung ...

Und daher versetzte Plankton, kaum dass er festen Boden unter den Füßen hatte, dem Kontrollor einen Stoß und lief Richtung Schillerplatz davon. Dabei fielen ihm jedoch ungeschickterweise die beiden Bücher, die er bei der Flucht vor dem Hünen irrtümlich und ohne eigentliche Diebstahlsabsicht mit in die Straßenbahn genommen hatte, aus der Hand. Der Kontrollor, der mit dem Angriff nicht gerechnet hatte, stürzte und wurde unter den Büchern begraben ...

19. Kapitel – 11:03

„Otto!“, erschallte ein gequälter Ruf quer über die gesamte Mozartkreuzung, sodass gut hundert Leute aufmerksam in die Richtung sahen, aus der der Schrei kam, und dann, als sie merkten, dass nur ein relativ dicker Mann gestürzt war, ungerührt weiter ihrer Wege gingen. „Bist du verletzt?“

Der andere – noch etwas dickere – Kontrollor war ebenfalls an der Haltestelle – und gleichfalls in Begleitung eines auf frischer Tat ertappten Schwarzfahrers – ausgestiegen und hatte mitbekommen, wie sein Kollege von dem Mann umgestoßen worden war. Er lief – so gut es mit seinen kurzen, dicken Beinchen ging – die etwa zehn Meter von seiner Ausstiegsstelle (A) zum Liegeplatz seines Kollegen (L) und half ihm keuchend (die lange Strecke A–L hatte ihn sichtlich gefordert) aufzusitzen, was der Schwarzfahrer, mit dem er ausgestiegen war, prompt dazu nützte, sich gleichfalls raschen Fußes in Richtung Schillerpark auf den Weg zu machen.

„Otto! Alles in Ordnung?“, rief der Dicke.

„Ja, ja“, behauptete Otto. „Ich glaube schon. Er ... er hat mich gestoßen! Beim Aussteigen gestoßen.“ Er sagte das in einem Tonfall, als wäre ihm Derartiges in seiner Berufskarriere noch nie passiert. „Puppi, ich könnte tot sein! Oder gar verletzt!“

„Mörder!“, schrie sein Puppi benannter Kollege in die Richtung, in die der Attentäter – und mittlerweile auch der von ihm erwischte Schwarzfahrer, wie er soeben schmerzlich feststellen musste – verschwunden war. „Soll ich die Polizei rufen? Oder die Rettung? Hast du dir wehgetan?“

Otto bewegte vorsichtig alle Glieder und stellte fest, dass nichts gebrochen war. Dann schüttelte er den Kopf. „Nein, nein. Alles in Ordnung."

„Hast du dann aber ein Glück gehabt!", rief Puppi und legte eines der beiden Bücher, die Otto bedeckt hatten, behutsam zur Seite.

Da fiel Ottos Blick auf den Buchumschlag.

„Ja, das ist doch ...", sagte er.

„Was ist was?", fragte Puppi.

„Das ist er!", rief Otto.

„Wer ist wer?", fragte Puppi.

„Der Mann, der mich gestoßen hat! Der da auf dem Buchumschlag!" Er nahm das Buch in die Hand. *„Die Top-Restaurants im Inneren der Sahara im Wandel der Zeit*", zitierte er den Buchtitel. „Von Rupert Plankton."

„Rupert Plankton?", wiederholte Puppi. „Den Namen hab' ich schon mal gehört."

„Der Mann, der mich vorhin gestoßen hat, heißt Rupert Plankton", stellte Otto, den Klappentext überfliegend, fest.

„Dann kriegen wir ihn!", rief Puppi. Er holte ein Handy aus seiner Tasche und drückte auf eine Geheimtaste, die ihn mit allen FahrscheinkontrollorkollegInnen verband. Er wartete kurz, bis alle seinen Anruf angenommen hatten, dann sagte er: „Hier Puppi. An alle, Männlein und Weiblein. Jemand hat Otto aus der Straßenbahn gestoßen und ist dann davongelaufen. Ein Schwarzfahrer. Wir wissen, wie er heißt. Alle sofort zur Mozartkreuzung! Und keine Sorge, Otto geht es gut."

Er nickte mit grimmigem Lächeln. Ja, Otto geht es gut. Aber ob es Herrn Rupert Plankton bald noch gut gehen würde ...

20. Kapitel – 11:05

Plankton rennt …

Aller guten Dinge sind drei, sagte sich Plankton, während er sein Lauftempo in Richtung Schillerpark ein wenig verlangsamte. *Vom Schlossberg zum Hauptplatz bin ich heruntergelaufen, um rasch eine Straßenbahn zu erwischen und in mein Hotel zu kommen. Von einem Flohmarktstandl zur Straßenbahnhaltestelle auf dem Hauptplatz bin ich dann gelaufen, um diesem riesigen Kerl zu entkommen, von dem ich bis jetzt nicht weiß, was er eigentlich von mir wollte. Und nun bin ich ab der Haltestelle Mozartkreuzung gelaufen, um einem Straßenbahnkontrollor zu entkommen …*

Plankton ahnte noch nicht, dass er in wenigen Sekunden – nach einem Blick zurück – diesen wohlbekannten Spruch umtexten würde, da er noch einen weiteren Lauf vor sich hatte …

Denn als Plankton das Laufen nun gänzlich einstellte und in ein gemütliches Spazieren verfiel, sich aber umdrehte, um nachzusehen, ob ihm auch niemand folgte – nur mal so, zur Sicherheit –, sah er, dass jemand im Laufschritt offenbar hinter ihm her war.

Plankton seufzte, sagte sich *Na ja, dann sind halt aller guten Dinge ausnahmsweise mal vier*, und setzte sich, mittlerweile läuferisch fit wie ein Turnschuh, wieder in Trab.

Er wusste ja nicht, dass der Mann, der hinter ihm die Landstraße entlanglief, der zweite geflüchtete Schwarzfahrer war, der sich bei ihm bedanken wollte, dass er durch seinen Stoß die Aufmerksamkeit von ihm abgelenkt hatte …

21. Kapitel – 11:10

An der Haltestelle Mozartkreuzung hatten sich mittlerweile gut ein Dutzend Fahrscheinkontrollore eingefunden, die Otto und Puppi umringten.

„Umgestoßen" – „Angerempelt" – „Davongelaufen" – „Gehirnerschütterung" – „Rippenprellung" – „Unterlassene Hilfeleistung" – „Versuchter Totschlag!" Diese und noch mehr Schlagworte machten die Runde, bis Puppi plötzlich die Hand hob und um Ruhe bat.

„Freundinnen und Freunde, Kolleginnen und Kollegen", rief er. „Auf einen von uns ist ein Attentat verübt worden. Otto wurde von einem Schwarzfahrer umgestoßen. Wie durch ein Wunder wurde Otto nicht weiter verletzt. Glücklicherweise wissen wir, wer der Täter ist. Er hat seinen Ausweis verloren."

Er hob Planktons Buch über die Sahararestaurants in die Höhe.

„Er heißt Rupert Plankton. Offenbar ist er ein Bestsellerautor, aber das macht keinen Unterschied. Ein Angriff auf einen von uns muss gesühnt werden, ganz gleich, ob er von einem Prominenten oder von einem Unprominenten verübt wurde." Allseitiges Nicken gab Puppi in Bezug auf diese Gleichbehandlung recht.

„Ich werde jetzt jedem von euch ein Bild von diesem Plankton mitgeben", setzte Puppi seine Ansprache fort.

„Wie willst du denn das machen?", fragte ihn ein muskulöser Mann mittleren Alters, dem zu entkommen Plankton nicht so leicht möglich gewesen wäre. „Wenn er nur ein einziges Buch verloren hat. Wir sind aber viel mehr ..."

„Blöde Frage, er geht in den Copyshop in der Nähe, macht hundert Kopien und teilt sie an uns alle aus", beantwortete eine junge Kollegin die blöde Frage.

Puppi schüttelte den Kopf. „Viel einfacher. Ich mache ein Foto von dem Porträt auf dem Buchumschlag", er holte dazu auch schon sein Handy heraus und brachte es in Position, „und das simse ich euch dann. So hat jeder von euch das Foto auf seinem Handy." Er fotografierte Planktons Konterfei mit seinem Handy und schickte es dann als Bilddatei per SMS an alle Kollegen, die auch sogleich ihre Handys hervorholten, um zu überprüfen, ob es auch gut angelangt war.

Offenbar war es dies, weil alle Kontrollore wohlgefällig nickten und ihre Blicke hochkonzentriert auf das Bild richteten, das ihnen auf ihrem Handy entgegenlächelte, um nur ja kein Detail des verhassten Gesichtes zu vergessen.

„So, Leute", sagte Puppi. „Jetzt wieder an die Arbeit. Otto, du hast den Rest des Tages frei, um dich von dem Schock zu erholen. Haltet Augen und Ohren offen, und wer Plankton entdeckt, meldet es sofort. Habt ihr verstanden? Keine Einzelaktionen! Wer Plankton aufspürt, lässt ihn erst einmal unbehelligt und schlägt Alarm. Und dann ..." Er biss mit den Oberzähnen grimmig auf die Unterlippe. „Dann werden wir schon sehen, ob Herr Plankton in Zukunft noch einmal einen von uns umstößt ..."

22. Kapitel – 11:20

Plankton betrat die Hotelrezeption. Nachdem ihm aufgrund läuferischer Überlegenheit die Flucht vor dem Unbekannten geglückt war und er ein Taxi für die restliche Strecke zum Hotel genommen hatte, war er kurz in seinem Zimmer gewesen, um sich ein paar Utensilien zu holen, von denen er glaubte, dass er sie bei seiner Suche nach Gisbert Landauer eventuell brauchen konnte, und die er in eine kleine Tasche gegeben hatte.

Derart ausstaffiert, wandte er sich nun an den Angestellten der Rezeption, der ihm in der Früh mitgeteilt hatte, dass ein dringender Anruf auf ihn wartete, und der somit der eigentlich Schuldige war, dass Plankton sein Frühstück nicht zu Ende genießen hatte können.

„Äh, ich bin Professor Plankton“, begann er.

„Das weiß ich, Herr Professor“, sagte der Rezeptionist freundlich. „Was kann ich für Sie tun?“

„Dieses Telefonat, das Sie mir heute früh auf Ihrem Handy übergeben haben ...“, sagte Plankton vorsichtig, „Sie erinnern sich?“

„Ja, natürlich. Tut mir leid, dass ich Sie offenbar vom Frühstück abgehalten habe.“

Plankton verzog das Gesicht. „Kein Problem“, log er. „Zu diesem Telefonat hätte ich noch eine Frage. Können Sie noch feststellen, von welchem Apparat ich da angerufen wurde?“

„Selbstverständlich“, sagte der Hotelangestellte. „Ich weiß noch genau, dass es keine unterdrückte Nummer war und auch keine Festnetznummer, sondern eine von einem Handy.“ Er nahm sein eigenes Handy zur Hand und tippte darauf herum. „Der Anruf war um etwa neun Uhr in der Früh, wenn ich mich recht erinnere ...“

„Schon etwas früher“, sagte Plankton. „So gegen halb neun.“ Um neun war er ja schon beim Neuen Dom gewesen.

„Ach ja, halb neun“, stimmte der Rezeptionist zu. „Da hab’ ich es ja schon. Die Nummer war ...“ Er zeigte sie Plankton, der sie ablas und nickte.

„Vielen Dank“, sagte er dann. „Sie haben mir sehr geholfen.“

„Kein Ursache. Und schönen Tag noch.“

„Vielen Dank“, sagte Plankton nochmals.

Er hatte festgestellt, dass er tatsächlich von Lisbeths Handy aus angerufen worden war.

Insgeheim hatte er dies ja auch gehofft.

Für einen kurzen Moment hatte er auf dem Schlossberg allerdings überlegt, ob Lisbeth nicht ein abgekartetes Spiel mit ihm trieb, ob sie ihn nicht möglicherweise in der Früh von Gisbert Landauers Handy aus angerufen hatte, was bedeutet hätte, dass Lisbeth – wenn sie dazu Gisberts Handy benutzte – in die Entführung verwickelt wäre ... Schließlich hatte ja auch Lisbeth herausgefunden, dass das Lösungswort *Da Vinci Code* – und nicht *Da Linzi Code* – hieß und hatte ihn – sanft, aber doch – auf die richtige Fährte geführt, nachdem er – nur ein wenig natürlich, aber ein bisschen eben doch – versagt hatte ... Und sie war es auch gewesen, die unbedingt die Polizei aus dem Spiel lassen wollte ... Aber nein, Lisbeth hatte ihn tatsächlich von ihrem Handy aus angerufen, und ihre Verzweiflung – beim Telefonat, aber auch nachher im Dom, im Café und auf dem Schlossberg – war sicherlich echt gewesen. Und warum sollte sie auch an ihres Vaters Entführung beteiligt sein? Nein, Gisbert Landauer war in den Händen von Entführern und Lisbeth hatte damit nichts zu tun. Nun war er beruhigt.

In diesem Moment betrat das Objekt seiner Überlegungen – Lisbeth Landauer – auch schon die Hotelhalle, einen Mann im Schlepptau, der allerdings vor der Drehtür stehenblieb, sodass Plankton aus der Entfernung nicht ausnehmen konnte, um wen es sich handelte.

„Hallo, Lisbeth! Hier bin ich!", rief Plankton und winkte ihr, worauf sie auf ihn zulief.

„Gut", sagte sie. „Sind Sie fertig mit dem, was Sie im Hotel noch machen wollten?"

„Ja. Ich hab' ein paar Sachen zusammengepackt. Möglich, dass sie uns bei der Suche nach Ihrem Vater gute Dienste leisten." Er zeigte ihr die kleine Tasche, die er bei sich trug, aber sie erkundigte sich nicht weiter, was sich darin befand, und nickte nur.

„Können wir dann fahren?", fragte Plankton.

„Mhm", antwortete Lisbeth. „Er wartet schon."

„Äh, wer wartet? Er? Ihr Auto? Ist es männlich?"

„Der Taxifahrer. Jimi." Sie zeigte auf den Mann vor der Hoteltür.

„Äh, Taxifahrer? Ich dachte, Sie sind selbst mit dem Auto unterwegs? Sie sagten doch, Sie hätten es beim Neuen Dom geparkt?"

„Hab' ich auch. Auf einem Behindertenparkplatz."

„Behindertenparkplatz? Aber, Lisbeth, Sie sind doch nicht behindert! Zumindest nichts, was man so auf den ersten Blick ..."

„Natürlich bin ich nicht behindert!", zischte Lisbeth etwas ungehalten zurück. „Und daher bin ich jetzt ohne Auto. Abgeschleppt."

„Na ja, wenn Sie sich auch auf einen Behindertenparkplatz stellen, ohne behindert zu sein ...“

„Ich bin gleich mit dem Taxi, das mich zum Neuen Dom gebracht hat, weitergefahren.“

„Ach, unser Freund aus Woodstock?“

„Genau. Er nennt sich wie gesagt Jimi – nach Jimi Hendrix, Sie wissen schon, den Gitarristen, der auch damals bei dem Woodstock-Festival aufgetreten ist und der offenbar sein großes Idol ist. Ob er wirklich Jimi heißt, weiß ich nicht ... also der Taxilenker. Jimi Hendrix heißt – oder hieß – wahrscheinlich wirklich Jimi Hendrix, zumindest wäre mir nichts anderes bekannt ...“

„Lisbeth, das ist jetzt aber auch wirklich völlig egal, oder?“

„Möglich. Nach Woodstock hat Jimi jedenfalls ein paar Jahre in Nicaragua und dann in der Schweiz gelebt und war dort auch verheiratet, er hat sogar den Namen seiner Frau angenommen, ist das nicht rührend, aber die Ehe ging schief und –“

„Lisbeth, die Lebensgeschichte von Jimi interessiert mich nicht ein bisschen!“

„Oh. Na gut. Jedenfalls – Jimi wartet draußen. Wir können fahren.“

„Sehr schön.“

„Jimi hat übrigens eine Gitarre im Kofferraum.“

„Solange er uns nichts vorspielt, kann er meinetwegen ein ganzes Orchester spazieren führen ... – kommen Sie, Ihr Auto holen wir dann später vom Abschleppdienst.“

„Ja. Jetzt haben wir keine Zeit dafür. Wir müssen in mein Büro, uns Leonardos *Letztes Abendmahl* ansehen ...“

23. Kapitel – 11:35

Während Jimi sein Taxi – ein schon älteres, sehr klappriges Modell übrigens, das den äußeren Anschein erweckte, wie sein Besitzer aus der Woodstock-Zeit übrig geblieben zu sein – in Richtung Stadtrand lenkte, erstattete Plankton Lisbeth Bericht über seine Erlebnisse, seitdem er sie auf dem Schlossberg verlassen hatte – zumindest über einen Teil seiner Erlebnisse, nämlich über seine unheimliche Begegnung mit dem „Man in Black" auf dem Hauptplatz. Dass er dann als Schwarzfahrer ertappt worden war, dem Kontrollor einen Stoß versetzt hatte und wie ein Dieb geflüchtet war, verschwieg er lieber. Und auch dass der Grund seines Hauptplatzabstechers der Besuch des Flohmarkts gewesen war, hielt er nicht weiter für erwähnenswert.

„Ob dieser große schwarze Mann mit Paps' Entführung zu tun hat?", fragte Lisbeth dann laut.

„Der Mann selbst war nicht schwarz", stellte Plankton richtig. „Also kein Neger. Oder Farbiger. Oder Schwarzer. Oder wie man da heute korrekterweise sagt. Er war nur schwarz gekleidet."

„Ja, ja, das meinte ich ja", sagte Lisbeth. „Was er nur von Ihnen wollte?"

„Keine Ahnung", antwortete Plankton. „Er sah mich, wie ich da bei einem Standl ... äh ... er sah mir also tief in die Augen und schrie dann: ‚He, Sie da!' Und dann lief er auch schon auf mich zu."

„Sie hatten recht, dass Sie ihm aus dem Weg gegangen sind. Er hätte Ihnen vielleicht weiß Gott was angetan!"

„Ja, schon. Aber wenn er tatsächlich mit der Entführung

Ihres Vaters zu tun hat ... Vielleicht wäre es besser gewesen, wenn ich ihn gefragt hätte, was er von mir will?"

„Machen Sie sich keine Vorwürfe, Professor", beruhigte ihn Lisbeth. „Wir sind übrigens gleich da." In diesem Moment bog Jimi auch schon auf eine Parkplatzzufahrt ab und verlangsamte die Geschwindigkeit seines Gefährts. „So, wir sind gleich da", bemerkte er überflüssigerweise.

„Soll er auf uns warten?", fragte Plankton Lisbeth leise. „Wir werden wohl nicht allzu lange brauchen, um das Bild in Ihrem Büro zu inspizieren, und wenn wir dann wieder frisch ein Taxi herbeirufen müssen, verlieren wir vielleicht zu viel wertvolle Zeit."

Lisbeth schüttelte den Kopf. „Ich borge mir einen Dienstwagen aus."

„Sie haben einen Dienstwagen?", wunderte sich Plankton beeindruckt.

„Ja. Ich sagte Ihnen ja gestern schon, dass die gehobeneren Angestellten von der Firma gut behandelt werden. Ich muss es natürlich meiner unmittelbaren Vorgesetzten – der Gitterverantwortlichen – melden, aber üblicherweise gibt es da keine Probleme und stellt sie auch keine Fragen, wofür man den Dienstwagen benötigt. Sofern man es nicht übertreibt ... Die Stellvertretende der Johannisbeermarmeladenverantwortlichen etwa ist mit dem Dienstauto auf Urlaub gefahren, drei Wochen Toskana, ohne es vorweg zu melden, da hat sie dann schon einen Rüffel einstecken müssen, und da hat es ihr auch nichts genützt, dass sie behauptet hat, die Reise sei dienstlich gewesen, weil in der Toskana die besten Ribisel wachsen ..."

Mittlerweile waren sie auf dem Parkplatz vor dem Betriebsgebäude angelangt und öffneten die Tür. Während Plankton die Fahrt bezahlte und sich von Jimi einen Beleg ausstellen ließ, damit er die Fahrtkosten – die ja doch irgendwie auch im Zusammenhang mit seinen Nachforschungen zur Linzer Torte standen – von der Steuer absetzen konnte, bemerkte Lisbeth mit einem Blick auf einen parkenden weißen BMW mit dem Kennzeichen „LT1“: „Ah, gut, der Dienstwagen steht zur Verfügung.“

„LT 1?“, sagte Plankton. „Ist das nicht so etwas Ähnliches wie ORF 4*?“

„Wie? Nein, ist es nicht.“

„Hm ... LT“, überlegte Plankton weiter. „Aber wenn LL nicht Lettland ist, dann ist LT wohl auch nicht Litauen?“

„Doch. LT ist grundsätzlich schon das Autokennzeichen von Litauen“, sagte Lisbeth, die offenbar eine Expertin war, was KFZ-Kennzeichen im Allgemeinen und die der baltischen Staaten im Besonderen betraf. „Aber hier ist es ein Wunschkennzeichen. LT steht für Linzer Torte.“

„Aha. Linzer Torte 1.“

„Genau.“ Und zum Taxifahrer gewandt, der sie fragend ansah, sagte sie: „Nein, danke, Jimi, wir brauchen Sie dann nicht mehr.“

„Hat mir eh keinen Spaß gemacht, als wandelnde Werbung für ein Bordell hier in der Stadt herumkutschiert zu werden“, murmelte Plankton mit einer Anspielung auf die Werbeaufschrift, die auf Jimis Taxi angebracht war, nämlich für das – angeblich – beste Laufhaus der Stadt.

„Ist aber auch wirklich das beste“, behauptete Jimi grinsend und dabei erhebliche Lücken in den Zahnreihen offen-

* Für Nichtoberösterreicher: LT1 ist Oberösterreichs größter privater TV-Sender.

barend. „Die Werbung ist nicht übertrieben. Wenn Sie sich auf mich berufen, kriegen Sie einen Zehner Rabatt. Außer bei Lola, die lässt grundsätzlich nichts nach."

„Nein, danke", lehnte Plankton ab. „Könnten Sie nicht für etwas Unverfänglicheres Werbung machen? Für eine Zahnpasta etwa? Sodass man sich als Fahrgast nicht genieren muss."

„Nein", sagte Jimi bestimmt und fuhr los, den Motor im ersten Gang aufheulen lassend.

„Zu Diensten?"

Aron war, wie gestern in einen Kampfanzug gekleidet, zu ihnen getreten.

„Ah, fein, Aron, dass Sie schon da sind", begrüßte ihn Lisbeth. „Wir müssen wieder in mein Büro."

„Jawohl", sagte Aron. Sein Blick fiel auf die Tasche, die Plankton in seiner Hand hielt. „Was ist da drin?"

„Ach, nichts", sagte Plankton. „Das Übliche, was ein Mann halt so an Unentbehrlichem mit sich trägt ..."

„Aufmachen!", befahl Aron und sein Tonfall ließ den Schluss zu, dass er keinen Widerspruch dulden würde.

Murrend öffnete Plankton sein Täschchen, Aron warf einen Blick hinein. „Eine Digitalkamera", stellte er stirnrunzelnd fest. „Und ein Handdiktiergerät. Und eine Lupe. Und ein Fernglas. Und eine Packung Kon-"

„-taktlinsen zur Reserve, na und?"

Aron runzelte die Stirn. „Wozu brauchen Sie das alles auf dem Firmengelände?"

„Wer sagt denn, dass ich das alles brauche?", erwiderte Plankton leichthin. „Brauche ich ja alles gar nicht."

„Dann werden Sie ja wohl nichts dagegen haben, wenn ich Ihre Tasche einstweilen an mich nehme", sagte Aron. „Sie bekommen sie dann beim Verlassen des Gebäudes wieder zurück."

Plankton sah Lisbeth Hilfe suchend an, jedoch sie zuckte nur die Achseln, sodass er es widerwillig geschehen ließ, dass Aron ihm die Tasche abnahm und eine Empfangsbestätigung ausstellte. Nachdem Plankton diese in seine Hosentasche gesteckt hatte und wieder zu Lisbeth hinblickte, hielt diese bereits eine Augenbinde in der Hand.

„Oh nein", rief Plankton jammernd auf. „Muss das wirklich sein?"

„Die Sicherheitsvorschriften", sagte Lisbeth nur und befestigte die Binde um Planktons Kopf. „Keine Angst, es tut nicht weh."

„Aber es ist so ... entwürdigend", entgegnete Plankton, sich in sein Schicksal fügend.

Er konnte noch nicht ahnen, dass er keine eineinhalb Stunden später in eine noch viel entwürdigendere Situation geraten würde ...

24. Kapitel – 11:59

Einige Minuten später nahm Aron vor der Tür zu Lisbeths Büro Plankton die Augenbinde wieder ab und sah Lisbeth, auf weitere Befehle wartend, an.

„Danke, Aron, ich benötige Sie nicht mehr", sagte Lisbeth, während sie auch schon den Schlüssel ins Schloss steckte. „Ich bringe Herrn Plankton dann allein hinaus … und keine Angst, ich werde ihm die Augenbinde wieder aufsetzen."

„Sie wissen, dass es verboten ist, Fremde im Gebäude herumzuführen?", wagte Aron misstrauisch einen Einwand.

„Mir sind die Vorschriften sehr gut bekannt", antwortete Lisbeth scharf. „Es ist nicht nötig, dass Sie mich daran erinnern."

„Verzeihen Sie", sagte Aron und verbeugte sich. „Ich wollte keinesfalls andeuten …"

„Schon gut." Sie befahl ihm mit einer knappen Handbewegung zu gehen und öffnete, nachdem er sich einige Schritte in Richtung Lift entfernt hatte, die Tür.

Sobald Plankton Lisbeth in ihr Büro gefolgt war und hinter sich die Tür zugemacht hatte, schlich Aron wieder zurück zu Lisbeths Büro. Er legte ein Ohr an die Tür und lauschte. Aber die Türen schlossen schalldicht ab, sodass kein Laut aus dem Büro auf den Gang herausdrang, weshalb Aron schließlich die Achseln zuckte und mit dem Lift ein Stockwerk höher fuhr. Dort wandte er sich nach rechts. Vor der dritten Tür neben dem Lift blieb er stehen und klopfte.

Unter dem Namensschild an der Tür, an die er geklopft hatte, stand groß „GITTERVERANTWORTLICHE".

„Ja?", ertönte aus dem Büro eine Frauenstimme. „Herein."

Aron öffnete die Tür und betrat das Büro der Gitterverantwortlichen.

„Ach, Aron, Sie sind es", sagte die Frau etwas überrascht. Sie ging wohl schon auf die Fünfzig zu, war nur mittelgroß und hager und hatte ihr ergrautes Haar extrem kurz geschnitten, sodass sie fast aussah wie ein Mann. Dieser Eindruck wurde noch verstärkt durch den weißen Arztkittel, den sie trug – so wie auch Lisbeth gestern einen getragen hatte – und ihre eher männliche Stimme. Sie saß am Schreibtisch vor einem Computer, starrte auf den Monitor und sah nun Aron fragend an. Es kam nicht häufig vor, dass der Sicherheitsbeauftragte der Firma sie aufsuchte, daher musste es wohl etwas von Bedeutung sein.

„Ich glaube, ich muss es Ihnen wohl melden", begann Aron, „aber Ihre Stellvertreterin ... Frau Landauer ..."

„Ja?", fragte die Gitterverantwortliche. „Was ist mit ihr? Ich habe sie heute noch nicht gesehen."

„Sie ist soeben in die Firma gekommen", sagte Aron und ließ durch seinen Tonfall erkennen, dass er es missbilligte, wenn eine Angestellte erst gegen Mittag ihre Arbeit antrat.

„Na und?", entgegnete die Gitterverantwortliche ungerührt. „Sie wissen genau, dass Fräulein Landauer so wie ich und die anderen hohen Angestellten auch – und wie übrigens auch die Richter und Staatsanwälte – keine feste Dienstzeit hat. Noch dazu ist heute Samstag, sodass sie eigentlich überhaupt nicht arbeiten müsste."

„Ich weiß, ich weiß", beeilte sich Aron zu sagen. „Ich wollte auch keinerlei Kritik ... Jedoch ... Frau Landauer ist nicht allein gekommen."

Die Frau hob neugierig die Augenbrauen.

„Ein Mann ist bei ihr", erzählte Aron rasch weiter, erfreut, nun das Interesse der Gitterverantwortlichen geweckt zu haben. „Ein Betriebsfremder. Und gestern Nachmittag war sie auch schon mit diesem Mann hier in der Firma."

„Das ist ja interessant."

„Ja. Schließlich verstößt es gegen die Vorschriften, einen Fremden ..."

„Ich kenne die Vorschriften", kanzelte ihn die Gitterverantwortliche kurz angebunden ab. „Und Fräulein Landauer kennt sie sicherlich auch. Daher reden Sie mit mir nicht über Vorschriften! – Wer ist der Mann?"

„Ein gewisser Herr Plankton."

„Plankton?", wiederholte sie. „Rupert Plankton?"

„Ja, so heißt er."

„Nun, dann ..." Sie stimmte ein kurzes, erleichtert klingendes Lachen an. „Wenn uns Rupert Plankton, der Welt berühmtester und einziger Speisologe, beehrt ..."

„Äh, wie meinen?" Aron war beim Wort „Speisologe" leicht überfordert.

„Rupert Plankton ist *der* Fachmann für alles, was mit Speisen und Getränken zusammenhängt", erklärte die Gitterverantwortliche geduldig. „So, wie Spezialisten für Symbole „Symbologen" heißen, darf er sich „Speisologe" nennen."

Aron nickte verständnisvoll, erfreut, etwas fürs Leben dazugelernt zu haben.

„Darüber hinaus", fuhr die Gitterverantwortliche fort, „ist Rupert Plankton ein berühmter Autor – das Wort „Autor" werden Sie ja wohl schon einmal gehört haben?" Und als Aron nickte: „Er schreibt Bücher über Restaurants und Hotels sowie über Essen und Trinken. Er wird wohl an einem Buch arbeiten, in dem unsere Linzer Torte vorkommt. Anders kann ich mir seinen Besuch hier in der Firma nicht erklären."

„Meinen Sie?" Aron war skeptisch.

„Wobei ich Ihnen recht gebe, dass sein Besuch angemeldet gehört hätte“, räumte die Gitterverantwortliche ein. „Fräulein Landauers innerbetriebliche Kompetenzen erlauben es ihr nicht, selbst darüber zu entscheiden, ob jemand – und sei es auch eine Berühmtheit wie Rupert Plankton – frei auf unserem Firmengelände herumspazieren darf.“

Aron nickte zustimmend.

„Danke, Aron, für Ihre Meldung“, sagte die Gitterverantwortliche abschließend. „Ich werde mit Fräulein Landauer reden. Wo ist sie jetzt?“

„In ihrem Büro. Mit diesem Herrn ...“

„Plankton.“

„Ja.“

„Gut. Sagen Sie ihr, ich möchte sie sprechen, sie soll dann in mein Büro kommen. Und diesen Herrn Plankton soll sie mitnehmen.“

„Jawohl.“

„Wer weiß“, setzte die Frau noch hinzu und griff dabei nach einem dicken Wälzer, der hinter ihr in einem Regal stand (*Kartoffelpüree – Eine Alternative zu Pommes?*), „vielleicht kann ich ihn dazu überreden, dass er mir sein Buch signiert ...“

25. Kapitel – 12:06

Lisbeth Landauer und Rupert Plankton standen in Lisbeths Büro und starrten fassungslos auf das an der Wand hängende gerahmte Poster von Leonardo da Vincis Gemälde *Das letzte Abendmahl.*

„Nicht zu glauben", sagte Plankton.

„Wer kann das getan haben?", fragte Lisbeth.

„Und was soll es bedeuten?", ergänzte Plankton.

Das Poster des weltberühmten Bildes, das Jesus im Kreis seiner zwölf Jünger beim letzten Abendmahl zeigt, war von einem unbekannten „Künstler" um eine Person ergänzt worden.

Jemand hatte in die linke untere Ecke einen Kellner dazugemalt, der ganz offenkundig, ein Tablett in der Hand haltend, abservierend die Szene verließ.

Und in die Mitte unten – unmittelbar unter Jesus – hatte jemand „FKK" geschrieben.

„Wenn das nicht der entscheidende Hinweis ist …“, sagte Plankton. „Ein Zeichen …“

„Ja, aber was soll es bedeuten?“, wiederholte nun Lisbeth Planktons Frage von vorhin. „Ein Kellner … und FKK …“

„Damit hat sich bewahrheitet, was ich von Anfang an behauptet habe“, sagte Plankton mit einem nur leicht unterdrückten Anflug von Stolz in seiner Stimme, „dass uns der Entführer mit dem Kreuzworträtsel und dem Lösungswort „Da Vinci Code“ einen Hinweis geben wollte … dass nämlich das Rätsel in dem in Ihrem Büro aufgehängten Bild von Leonardo da Vinci steckt!“

„Ja, gut, hier steckt ein Rätsel, das seh’ ich genauso“, erwiderte Lisbeth. „Aber was hilft uns das weiter? Paps’ Entführer will, dass Sie ihm einen Gegenstand geben. ‚Sie wissen, was wir wollen‘, hat er Ihnen gesimst, erinnern Sie sich? Und? Wissen Sie jetzt, was er will, nachdem Sie nun einen Kellner bei Jesus’ letztem Abendmahl abservieren gesehen haben?“

„Lisbeth, Sie sehen immer alles so negativ“, gab Plankton leicht verstimmt zurück. „Natürlich weiß ich jetzt auf Anhieb noch nicht, hinter was der Entführer her ist. Aber dieses Bild gibt uns einen Hinweis darauf. Und es bedeutet, dass wir auf der richtigen Spur sind. Wir können Chinesisch-Linzi, den Zodiac-Killer und Estland/Lettland/Litauen samt Zypern und Umgebung vergessen.“

„Ein Kellner …“, wiederholte Lisbeth, „und FKK …“

„FKK ist die im gesamten deutschen Sprachraum allgemein anerkannte Abkürzung für Freikörperkultur“, erklärte Plankton. „Sie bezeichnet die gemeinschaftliche Nacktheit, meistens in der Natur. Anliegen dabei ist die Freude am Erlebnis der Natur oder auch am Nacktsein selbst, ohne direkten Bezug zur … ähem Sexualität. Die Anhänger dieser

Kultur heißen traditionell FKKler oder Nudisten, vom lateinischen Wort nactus = nud, äh nudus = nackt."

Mit einem raschen „Das weiß ich, Professor" kam Lisbeth einem unmittelbar bevorstehenden Anfall von Dozenteritis zuvor. „Zumindest in Grundzügen. Der Begriff FKK ist mir nicht neu. Aber was soll es in Verbindung mit diesem Kellner – oder dem Entführer – oder meinem Vater – oder mit wem oder was auch sonst immer – bedeuten?"

„Das ist eine gute Frage", gab Plankton zu. „Wenn wir darauf eine Antwort wüssten, wären wir ein schönes Stück weiter." Er legte die Stirn in Falten. „Kellner ... FKK ... Kellner ... FKK ...", murmelte er vor sich hin. Dann trat er ganz nahe ans Poster heran und untersuchte mit freiem Auge das Bild Quadratzentimeter für Quadratzentimeter, wobei er mehr als einmal maulte: „Wenn mir dieser blöde Securitybeamte nicht meine Lupe abgenommen hätte ...". Er konnte aber – außer dem dazugezeichneten Kellner und dem FKK-Schriftzug – keine weiteren Veränderungen feststellen.

„Sie haben aber enormes Glück", sagte er dann.

„So? Inwiefern?"

„Dass Sie nicht das Original besitzen. Das wäre durch diese Kritzelei ganz schön entwertet ..."

26. Kapitel – 12:10

Nicht nur Jesus auf dem berühmten Bild in Lisbeths Büro, sondern auch Josef Pieringer in seinem Zimmer im Pflegeheim hatte sein letztes Mahl schon zu sich genommen – wenn auch kein Abendmahl, sondern ein Mittagessen, und überdies auch keinesfalls mit dem – bei Jesus wahrscheinlich vorhanden gewesenen – Bewusstsein, dass dies die letzte feste Mahlzeit seines Lebens gewesen war.

Der Gerichtsmediziner würde ein paar Tage später dann feststellen, dass Pieringer als letztes Essen vor seinem Tod Backhendl mit Petersilienkartoffeln verspeist hatte, was sich übrigens zu hundert Prozent mit dem Speiseplan des Pflegeheims deckte. Vor- und Nachspeise hatte er (Pieringer, nicht der Gerichtsmediziner) ausgelassen, denn ihm fehlte in letzter Zeit der Appetit, und so beschränkte er sich meist auf die Hauptspeise, die wie gesagt in einem – knusprig panierten und sehr saftigen – Backhendl aus dem Mühlviertel mit minutengenau gekochten Bio-Kartoffeln, bestreut mit erntefrischer Petersilie, und – was auch nicht verschwiegen werden soll – einem gemischten Salat (frisch geernteter Häuptel aus dem Eferdinger Becken, glücklicherweise nicht aus Holland stammende Tomaten und knackige Gurken unbekannter Herkunft) bestanden hatte. Plankton (dem übrigens, wie an dieser Stelle erwähnt werden soll, seit etwa 11 Uhr 20 der Magen unangenehm knurrte – immerhin hatte er, abgesehen von ein paar Bissen bei seinem „Frühstückus interruptus“ und einem winzigen Gramastettner Krapferl im Café in der Nähe des Neuen Doms, den ganzen Tag noch nichts in seinen verwöhnten Magen bekommen) wäre begeistert gewesen.

Pieringers Begeisterung nach dem Essen hielt sich in Grenzen.

Sein Zimmerkollege befand sich seit einigen Tagen im Krankenhaus – man versuchte wieder einmal, den Hautkrebs, der sich auf seinem kahlen Kopf auszubreiten begann, ein wenig in die Schranken zu weisen – und wenngleich die Konversation zwischen den beiden alten Männern schon recht schwerfällig stattfand, so war sie immerhin besser als das ganztägige Schweigen, dem Pieringer nun ausgesetzt war – abgesehen von den raren Momenten, wenn eine Pflegerin oder Putzfrau in sein Zimmer schaute.

So wurde Pieringer nach dem Essen bewusst, dass er nun wieder einige Stunden allein im Zimmer liegen würde, bis ihm dann am späten Nachmittag das Abendessen serviert werden würde, und er war höchst verärgert über diesen – wie er einsah, nicht veränderbaren – Zustand.

Josef Pieringer wusste nicht, dass er schon viel früher Besuch erhalten würde ...

27. Kapitel – 12:15

„Professor, die Entwertung meines Posters ist mein geringstes Problem!", rief Lisbeth verzweifelt. Tiefe Sorgenfalten hatten sich in ihre hübsche Stirn gegraben. „Ich will wissen, was mit meinem Vater los ist!"

„Ich doch auch!", rief Plankton zurück. „Was mir aufgefallen ist: Das Gelände wird ja offenbar schwer bewacht. Wenn sogar am helllichten Tag ein – noch dazu äußerst prominenter – Gast der Gitterverantwortlichen – gut, der stellvertretenden Gitterverantwortlichen nur, aber immerhin – äh, ich beginne den Satz nochmals von vorne: Wenn also sogar ein Promi wie ich nur mit verbundenen Augen und in Begleitung eines bis an die Zähne bewaffneten Wachmanns in ein an und für sich bedeutungsloses Büro – ich hoffe, ich trete Ihnen damit nicht zu nahe – vorgelassen wird …"

„Ja?" Lisbeth beschloss, sich mit Plankton zumindest derzeit auf keine Diskussion über die Bedeutsamkeit oder Bedeutungslosigkeit ihres Büros einzulassen. „Worauf wollen Sie hinaus?"

„Dann wundert es mich, dass es offenbar jemand geschafft hat, in Ihr – ich nehme an, außerhalb Ihrer Anwesenheitszeiten abgesperrtes – Büro einzudringen, um sich auf diese mysteriöse Art künstlerisch zu betätigen."

Lisbeth nickte. „Sie haben recht. Wenn wir davon ausgehen, dass es niemand von innerhalb der Firma war …"

„Wüssten Sie jemanden, der da infrage käme?", hakte Plankton rasch ein.

Lisbeth schüttelte ihren Kopf. „Nein. Beim besten Willen nicht."

„Wenn wir also davon ausgehen, dass es jemand von außerhalb war", setzte Plankton Lisbeths Gedankengang fort, „dann muss das jemand sein, der – und das alles in einer Nacht! – erstens Ihren Vater entführt hat, ihm zweitens einen Finger abgeschnitten und drittens zu einem Geschenkpaket umfunktioniert hat – tut mir leid, Lisbeth, dass ich das erwähnen musste – und der sich dann auch noch viertens Zutritt in die Firma und fünftens in Ihr Büro verschafft und sich hier sechstens als Hobbymaler betätigt hat."

Lisbeth nickte.

„Und wenn das Gelände so gut bewacht ist, frage ich mich, wie er es geschafft hat, hier hereinzukommen."

„Mit einem Schlüssel", sagte Lisbeth.

„Mit einem Schlüssel?", wiederholte Plankton staunend.

„Ja. Sie müssen wissen, Paps besitzt – oder besaß, wie ich wohl jetzt sagen muss – einen Bund Schlüssel für dieses Gelände. Einen für den Eintritt ins Firmengebäude, einen für mein Büro und einen – na ja – für die Bedienstetentoilette, Sie wissen ja, seine schwache Blase ..."

„Sie haben Ihrem Vater Schlüssel für das Gelände gegeben?", rief Plankton überrascht. Er – Plankton – musste sich mit verbundenen Augen hier herumführen lassen und Gisbert Landauer hatte sogar eigene Schlüssel ...

„Warum denn nicht?", konterte Lisbeth. „Paps ist hundertprozentig vertrauenswürdig. Und nach diversen Feiern – Geburtstagen, Weihnachten, Krampus oder so – war ich ganz froh, dass mich jemand zu später Stunde abgeholt und heimgebracht hat und dass er zu diesem Zweck mit seinem eigenen Schlüssel ins Gebäude herein konnte. Ich erinnere mich noch an die heurige Faschingsfeier, als die Firmenleitung mehrere Kisten Sekt spendiert hat und wir alle kostümiert herumliefen. Sogar die GV hatte sich als Marilyn Monroe verkleidet …"

„Die GV?", warf Plankton ein.

„Interne Abkürzung für Gitterverantwortliche. Und das zu Recht."

„Aha. GV ist für so vieles eine Abkürzung", sagte Plankton.

„Wenn Sie jetzt an etwas Schweinisches denken …"

„Nein, gar nicht! Gerichtsvollzieher. Geschäftsverteilung. Generalvikar. Gesangsverein. Gigavolt. Güterverkehr. Gerichtsvorsteher. Gesprächsverweigerung …"

„Glauben Sie nicht, Professor, dass wir uns ein klein wenig vom Thema entfernt haben?"

„Oh! Sie haben recht. Na gut. Ihr Vater hat – hatte also Schlüssel. Das heißt …"

„Das heißt, wenn der Entführer Paps das Handy abgenommen hat, um zunächst mir und dann Ihnen SMS zu schicken, dann liegt die Vermutung nahe, dass er ihm wohl auch die Schlüssel abgenommen hat, um sich hierher Zutritt zu verschaffen. Das alles gehört ja schließlich offenbar zu einem größeren Plan."

„Darum war auch Ihr Schloss unversehrt", bemerkte Plankton. „Kein Wunder, wenn er einen Schlüssel hatte … Aber trotzdem … Wenn sich ein Unbekannter – und wohl auch Unbefugter – in der Nacht auf dem Gelände aufgehalten hat, hätte er da nicht dem Wachdienst auffallen müssen? Selbst wenn er einen Schlüssel zur Eingangstür hatte …"

„Ich hoffe, Sie erzählen das nicht weiter, aber in der Nacht ist das Gelände bei Weitem nicht so gut bewacht wie am Tag", gab Lisbeth nach kurzem Überlegen zu. „Nach 20 Uhr 15, wenn das Hauptabendprogramm beginnt, ist im Regelfall niemand mehr hier."

„Niemand? Auch kein Wachdienst?"

„Nein."

„Also kein Aron am Abend?"

„Nein. Aron geht um Punkt sechs heim. Und am Samstag machen wir schon um zwei Schluss."

„Alarmanlage?"

„Nicht wirklich. Wir haben natürlich Bewegungsmelder und Überwachungskameras – und Aufzeichnungsgeräte, die anspringen, wenn der Bewegungsmelder ... äh ... Bewegungen meldet ..."

„Das heißt, wenn sich jemand in der Nacht dem Gebäude genähert hat, müsste er – da er sich dabei ja wohl bewegt haben wird – den –"

„Bewegungsmelder aktiviert und dadurch eine Videoaufzeichnung ausgelöst haben!"

„Wo werden diese Aufzeichnungen denn aufbewahrt?"

„In dem gläsernen Großbüro gleich beim Eingang links. Müsste Ihnen eigentlich aufgefallen sein ... Ach, ich vergaß, dass Sie aufgrund der Augenbinde ja nichts sehen konnten."

„Glauben Sie, besteht eine Möglichkeit, dass wir Einsicht in diese Aufzeichnungen bekommen?", fragte Plankton aufgeregt. „Ohne dass wir uns einen richterlichen Durchsuchungsbefehl besorgen müssen – den wir zwei an einem Samstag wahrscheinlich auch gar nicht bekämen."

Lisbeth wiegte den Kopf hin und her. „Ja und nein. Ja, weil ich mich mit dem heute Dienst habenden Aufzeichnungsverantwortlichen gut verstehe – von einem Betriebsausflug her, im Vorjahr, in die Wachau, wo wir uns bei dem einen oder anderen Gespritzten ..."

„Lisbeth, das will ich gar nicht so genau wissen ..."

„Also, wenn ich dem einen halbwegs plausiblen Grund

präsentieren kann, warum ich mich plötzlich für die Videoaufzeichnungen interessiere ..."

„Gut. Dieses Problem können wir sicherlich lösen. Und nein?"

„Was und nein?"

„Sie sagten zuerst auf meine Frage, ob wir Einsicht in die Aufzeichnungen bekommen könnten: Ja und nein. Die typische Antwort einer Frau, und daher möchte ich nun den Nein-Teil der Antwort erfahren."

„Ach so. Das Problem ist Aron. Aron ist misstrauisch geworden. Haben Sie gesehen, wie er uns gemustert hat?"

„Lisbeth, ich hatte eine Augenbinde!"

„Auch vorher und nachher. Nein, vor Aron müssen wir uns in Acht nehmen. Und solange Aron im Securityraum herumlungert ..."

„Okay. Dann müssen wir halt schauen, dass wir Aron irgendwie ablenken können. – Aber mich wundert doch sehr, dass die Firma in der Nacht nicht besser bewacht wird."

Lisbeth zuckte die Schultern. „Wozu wäre das gut? Es gibt hier nichts zu stehlen – außer die am Tag fertiggestellten und für den Abtransport bereitstehenden Linzer Torten vielleicht, aber wer sollte sich die Mühe machen ...? Geld bewahren wir hier nicht auf ..."

„Na, und auf Ihren Computern? Sind da nicht heikle Daten drauf?"

Lisbeth lachte. „Sie glauben doch wohl nicht, dass wir das Geheimnis unserer Linzer Torte auf den Computern gespeichert haben?"

„Ha!", rief Plankton, „Es gibt es also doch, das Geheimnis der Linzer Torte! Lisbeth, jetzt haben Sie sich verraten!"

Lisbeth, die im Gesicht rot angelaufen war, versuchte vom

Thema abzulenken: „Sollten wir unsere Aufmerksamkeit nicht wieder *dem da* widmen?"

„Wem da ist dem da?"

Lisbeth wies auf das Gemälde. „Wir wissen noch immer nicht, was es zu bedeuten hat, dass irgendwer einen Kellner in mein schönes Poster gemalt und „FKK" dazugeschrieben hat. Selbst wenn wir auf dem Überwachungsvideo irgendeine Person sehen, die mitten in der Nacht mit Paps' Schlüssel die Tür zur Firma öffnet, hilft uns das bei der Lösung dieses Rätsels nicht weiter."

„Außer wir können die Person eindeutig identifizieren."

„Sicher. Wenn es etwa der Linzer Bürgermeister ist, bräuchten wir nur ins Rathaus zu fahren und ihn fragen, was er von uns will, wozu er uns vor all diese Rätsel stellt. Wenn wir die Person allerdings nicht erkennen, bringt uns das Videoband Paps keinen Schritt näher."

„Schlau mitgedacht", lobte Plankton. „Sie halten es also für möglich, dass Ihr Bürgermeister –?"

„Nein, das war nur so ein Beispiel für eine eindeutige Identifizierung. Ich hätte auch sagen können, der [redacted] oder die [redacted] * oder sonst ein Prominenter ..."

„Aha. Aber Sie haben recht; wir müssen das FKK-Kellner-Rätsel knacken. Hm. FKK und Kellner. Kellner gibt es in Linz wohl zu Tausenden, aber FKK ... Wohin geht man in Linz, wenn man seinen Körper frei kultivieren will? Zu meiner Zeit, als ich noch jung war – also, richtig jung – da gab es den Weikerlsee in der Nähe des Pichlingersees ..."

* An alle Prominenten: Hier könnte in der 2. Auflage dieses Buches IHR NAME stehen!

„Den gibt es heute auch noch“, sagte Lisbeth. „Also, ich würde, wenn ich FKK-baden möchte, an den Pleschingersee fahren.“

„Ach ja, der Pleschingersee, ich erinnere mich“, gab Plankton von sich. „Ein Mitte der 1960er-Jahre durch Schotterabbau entstandener Grundwassersee, der dann in der Folge als Badesee genutzt wurde. Sogar ich habe darin in meiner Jugend mehrmals gebadet, obwohl ich ihn dann doch eher als schmutzig und algig empfunden habe. Na ja, das und die Linzer Luft waren dann auch ausschlaggebend dafür, dass ich Linz verlassen habe ...“ Er schwieg kurz, in Gedanken versunken. „Und am Pleschingersee darf man auch nackt –?“

„Ja. Seit 1982 gibt es dort ein FKK-Gelände.“

„Aha. Schön für die Linzer. Und laufen dort auch Kellner herum?“

„Im FKK-Bereich? Keine Ahnung. Ich war noch nie nackt baden. Das heißt natürlich, zuhause in der Badewanne bade ich immer nackt, aber FKK ...“

„Ich verstehe schon, was Sie meinen. Ich habe auch noch nie gebadet ... also FKK ...“

Sie verstummten. Nach einiger Zeit sah Plankton Lisbeth mit großen Augen herausfordernd an.

„Sie meinen –?“, fragte Lisbeth.

„Haben Sie eine bessere Idee?“, wich Plankton mit einer heute schon mehrmals gestellten Gegenfrage aus.

„Im Augenblick nicht“, gab Lisbeth zu. „Und Ihre bisherigen Ideen haben sich ja durchaus als zielführend erwiesen. Sonst stünden wir nicht hier vor diesem verschandelten Poster.“

„Also, verschandelt ...“, widersprach Plankton. „Ich finde, dass der Kellner ganz gut gezeichnet ist. In einem anderen Stil zwar als Jesus und seine Jünger, aber Leonardo zu kopieren, ist wohl nicht ganz einfach. Und auch das „FKK" zeugt von einem edlen Strich, den der Künstler führt ... Um aber zum Thema zurückzukommen: Ich schlage vor, wir begeben uns zum FKK-Gelände des Pleschingersees und halten Ausschau nach einem Kellner."

„Und wenn keiner kommt?"

„Lisbeth, Sie sind schon wieder so pessimistisch!"

„Na gut, versuchen können wir es. Und zunächst schauen wir noch bei Dieter vorbei, ob er uns helfen kann."

„Dieter?"

„Der AvD."

„AvD? Also, Lisbeth, immer diese Abkürzungen ... Wenn die Menschen nicht so viele Abkürzungen verwenden würden, die ihre Gesprächspartner nicht verstehen, sodass sie nachfragen müssen und dadurch wertvolle Zeit verplempern, indem sie darüber reden, was die Abkürzung eigentlich bedeutet, dann würden die Menschen ohne diese Abkürzungen viel mehr Zeit dafür verwenden können, dass sie ..." Er schnappte kurz nach Luft.

Lisbeth nützte die Chance. „AvD ist die Abkürzung für ‚Aufzeichnungsverantwortlicher vom Dienst'", sagte sie. „Der heute Dienst habende AvD heißt Dieter."

„Ach so. Der aus der Wachau. Gut. Gehen wir zu ihm. Vorher mache ich noch ein paar Fotos von diesem Bild." Wieder maulte Plankton: „Wenn dieser blöde Aron nicht meine Digicam konfisziert hätte ... Aber Gott sei Dank hatte ich mein Handy in der Hosentasche, das hat er mir nicht weggenommen. Wenn mein Handy schon nicht ins Internet kann so wie Ihres, so schießt es wenigstens ganz passable Fotos." Er zog es aus der Hosentasche hervor und fotografierte das Abendmahl-Poster – und von diesem vor allem die Dazumalungen – aus verschiedenen Blickwinkeln. Kaum hatte er sein Handy wieder eingesteckt, klopfte es.

„Ja?", rief Plankton, erntete dafür aber einen missbilligenden Blick von Lisbeth. „Oh, entschuldigen Sie, Lisbeth, ich vergaß, dass das Ihr Büro ist."

„Ja? Herein!", rief nun, nachdem die örtlichen Autoritätsverhältnisse geklärt waren, Lisbeth. Die Tür ging auf und Aron trat ein.

„Ja? Was ist?", fragte Lisbeth.

„Verzeihen Sie, aber die Gitterverantwortliche möchte Sie in ihrem Büro sprechen. Sie und Ihren Begleiter, den Herrn Spei-, äh Speisologen."

„Aha", sagte Lisbeth erstaunt. „Okay. Wir sind hier ohnehin schon fertig." Zu Plankton flüsterte sie: „Ich bin gespannt, was die GV von mir will. Aber es trifft sich gut, ich wollte sowieso zu ihr – sie fragen, ob ich den Dienstwagen haben kann ..."

28. Kapitel – 12:20

Auch der Hüne war, kulinarisch betrachtet, besser dran als Plankton.

Er hatte sich knapp vor Mittag zwar nur mit einer Bosner an einem Würstelstand gestärkt, aber das war immerhin noch weit besser als gar nichts – zumal die für die Bosner verwendeten Bratwürste von außerordentlich guter Qualität gewesen waren. (Es war eine sogenannte „große Bosner" gewesen, also eine mit zwei Würsten, sodass die Verwendung des Plurals – Brat*würste* – im vorherigen Satz gerechtfertigt ist.) Die braun gebratenen Würstel eingequetscht in ein knuspriges Bosnerweckerl, gewürzt mit Ketchup, ein wenig Senf und natürlich reichlich Curry, war dieses – wenngleich eingängige – Mittagsmenü ein wahrer Genuss gewesen.

Ein kulinarischer Genuss, der allerdings nichts daran änderte, dass der Riese nach wie vor voll Zorn an die vormittägliche Begegnung auf dem Hauptplatz zurückdachte, ja dass ihm sogar noch immer die Hände ein wenig vor Aufregung zitterten, wenn er sich – wie soeben in seinem Hotelzimmer auf dem Bett sitzend – das Aufeinandertreffen Mann auf Mann in Erinnerung rief.

Fast hatte er ihn erwischt. Er war so nah dran gewesen! Und dann hatte ihm die Straßenbahn die Tür vor der Nase zugeknallt ... Wenn er nur eine Sekunde früher zur Stelle gewesen wäre ...

Der Mann sah auf seine Hände. Tatsächlich, Schneeweißchen und Rosenrot – die beiden Märchenfiguren, die auf seine Handflächen tätowiert waren (Schneeweißchen auf der linken, Rosenrot auf der rechten Hand) – zitterten ein wenig.

Nur Ruhe, sagte er sich. Gerade in seinem Beruf konnte er keine zitternden Hände brauchen, da war es eine Frage des Überlebens, ruhige Hände zu haben …

Er blickte in die Ecke des Hotelzimmers, wo ein Kasten an der Wand lehnte. Er hatte ihn erst vor ein paar Minuten aus dem Schrank genommen, wo er ihn unter einigen Kleidungsstücken versteckt gehalten hatte, weil er seinen Inhalt am Nachmittag brauchte.

Der – derzeit noch verschlossene – Kasten sah aus wie ein Geigenkasten. Der Mann grinste. Da gab es doch einen Witz, wie ging der noch schnell … Da geht ein Kind in den Geigenunterricht und packt vor dem Geigenlehrer – oder war es eine Geigenlehrer*in*, so genau wusste das der Mann nicht mehr, wie er überhaupt ein schlechter Witzeerzähler war, wenngleich dieses Detail für diesen Witz nun wirklich völlig ohne Belang war – das Kind macht also vor dem/der GeigenlehrerIn den Geigenkasten auf, und was ist drin? Überraschung! Eine Maschinenpistole! „Scheiße", sagt dann das Kind – oder etwas Ähnliches, der Mann wusste nicht mehr genau, ob das Kind wirklich exakt dieses Schimpfwort verwendete, und auch ob das Kind ein Bub oder Mädchen war, fiel ihm jetzt nicht ein, aber auch das war für den Witz eigentlich von untergeordneter Bedeutung – „Scheiße" sagt also das Kind, „dann steht mein Vater jetzt mit der Geige in der Bank!"

Der Mann lachte laut auf. Er fand den Witz wirklich gut … und so passend, wenn er an seinen Geigenkasten dachte …

Er stand auf, holte den Kasten und legte ihn vorsichtig auf das Bett. Dann sah er auf die Uhr. Knapp vor halb eins.

Er hatte noch etwas Zeit.

29. Kapitel – 12:25

Nachdem der Securitybedienstete Aron Lüttersrythli Lisbeth Landauer und Rupert Plankton ein Stockwerk höher ins Büro der Gitterverantwortlichen geführt hatte und von dieser aufgefordert worden war, hinter sich die Tür zu schließen und wieder an seine Arbeit zu gehen, erhob sich Lisbeths Vorgesetzte, trat in die Mitte des Zimmers, ignorierte Lisbeth völlig und streckte Plankton ihre rechte Hand entgegen.

„Rupert Plankton!“, rief sie überschwänglich. „Ich freue mich ja so sehr, Sie kennenzulernen! Ich habe alle Ihre Kochsendungen gesehen!“

„Ganz meinerseits“, sagte Plankton geschmeichelt und die dargebotene Hand kräftig schüttelnd. „Also die Freude des Kennenlernens.“ Nicht dass die Gitterverantwortliche glaubte, er habe von ihr Kochsendungen gesehen …

„Darf ich Ihnen einen Kaffee anbieten?“

„Nein, danke“, wehrte Plankton ab. Einen Kaffee nicht, aber ein dreigängiges Menü wäre nicht schlecht … „Machen Sie sich bloß keine Umstände. Tolles Büro haben Sie hier.“

„Finden Sie?“ Das Büro der Gitterverantwortlichen unterschied sich eigentlich in nichts von dem ihrer Stellvertreterin, außer dass hier keine Bilder an der Wand hingen – und somit auch kein verfremdeter Leonardo da Vinci. „Na ja, es gehört wieder einmal ausgemalt … und der Parkettboden müsste mal wieder geschliffen werden … und auch der Computer ist nicht mehr der allerneueste … und ein Laserdrucker wäre natürlich auch nicht schlecht … und mein Telefon …“

„Sie wollten mich sprechen?“, mischte sich Lisbeth ein, weil sie sich nicht eine lange Auflistung anhören wollte, was noch alles im Büro ihrer unmittelbaren Vorgesetzten renoviert werden müsste –, wobei Lisbeth ohnehin der Ansicht war, dass das, was hier am dringendsten erneuert gehört hätte, die Gitterverantwortliche selbst war – und sie kannte auch die Person, die prädestiniert dafür war, die Lücke, die der Weggang der Gitterverantwortlichen hinterlassen würde, wieder aufzufüllen, nämlich sie – Lisbeth – selbst.

„Ja." Die Stimme der Gitterverantwortlichen war nun völlig verändert. Nicht mehr freundlich, gurrend wie beim Gespräch mit Plankton, sondern kalt, unbarmherzig, beinahe zum Fürchten. „Ich habe erfahren müssen, Fräulein Landauer, dass Sie in Bezug auf die Vorschriften, wer hier wo in der Firma herumgehen darf – und vor allem, welcher Dienstweg bei der Entscheidung, wer für welche Stellen eine beschränkte Zugangserlaubnis bekommt, einzuhalten ist –, gewisse Nachlässigkeiten an den Tag legen, die üblicherweise mit einer sofortigen Entlassung ..."

„Ach, da dürfen Sie Fräulein Landauer keinen Vorwurf machen", zog Plankton mit jungenhafter Unbekümmertheit das Gespräch an sich und nahm Lisbeth damit aus der Schusslinie. „Ich habe sie überredet, beschworen, ja förmlich gezwungen, dass sie mir einmal die Produktionsstätte für Linzer Torten von innen zeigt. Sie hat mich natürlich darauf hingewiesen, dass alles streng geheim ist, und ich habe ihr auch eidesstättig bei meinem Leben versichert, dass ich alles für mich behalten werde, und ich werde daher auch keineswegs in meinem nächsten Buch erwähnen, dass etwa Ihre Gitter ..."

„Das will ich auch stark hoffen", warf die Gitterverantwortliche ein, wobei sie allerdings Planktons Charme um mindestens drei Stufen freundlicher gestimmt hatte. „Na ja, es gibt ja ohnehin nicht viel zu sehen bei uns."

Dafür habt ihr aber ziemlich strenge Sicherheitsvorkehrungen, dachte sich Plankton insgeheim, sagte aber: „Genau. Und darum müssen Sie ihr verzeihen. Ich – Rupert Plankton – bitte Sie darum."

„Na ja, wenn Sie so schön bitten ..."

Die Gitterverantwortliche war mittlerweile aufgrund von Planktons Charme völlig dahingeschmolzen und fuhr sich mit ihren Händen über ihr kurzgeschorenes Haar, um es zu glätten. „Dann wollen wir den kleinen Fauxpas meiner Stellvertreterin ausnahmsweise vergessen."

„Vielen Dank." Plankton führte die Hand der Gitterverantwortlichen an seinen Mund und drückte ihr galant einen Kuss auf den Handrücken. Lisbeth sah zur Seite, um sich nicht übergeben zu müssen.

„Und weil wir gerade beim Bitten und Danken sind", fuhr Plankton fort, nachdem er die Hand der Frau wieder ausgelassen und der Schwerkraft überantwortet hatte. „Fräulein Landauer hätte an Sie noch eine Bitte, die Sie ihr sicher nicht abschlagen können ..."

„So? Was denn für eine Bitte?"

Die Gitterverantwortliche sah ihre Stellvertreterin misstrauisch an.

„Dienstwagen!", zischte Plankton Lisbeth zu, weil diese offenbar ein wenig auf der Leitung stand und nicht sogleich wusste, was Plankton meinte.

„Ach ja! Ja, ich wollte Sie bitten, ob ich den Dienstwagen haben kann", sagte Lisbeth dann.

„Den Dienstwagen?", wunderte sich die Gitterverantwortliche. „Zum Wochenende? Wozu denn?"

„Natürlich dienstlich", gab Lisbeth zur Antwort. „Mein eigener Wagen steht leider nicht zur Verfügung – er ist nicht fahrbereit, könnte man sagen – und da ich dringend zum Pleschingersee muss …"

„Zum Pleschingersee?", warf ihre Vorgesetzte überrascht ein und auch Plankton war erstaunt, dass Lisbeth ihr Fahrziel vor einer in die Ereignisse rund um Gisbert Landauers Entführung nicht eingeweihten Person offenlegte.

„Ja. Ich habe einen anonymen Anruf erhalten, dass in einem Gasthaus in der Nähe des Pleschingersees gefälschte Linzer Torten verkauft werden. Er will das an dem Gitter erkannt haben, das etwas anders war als unser Standardgitter SG 14a. Na, und da ich die Gitterexpertin der Firma bin – abgesehen von Ihnen natürlich, aber Sie wollte ich mit so einer Lappalie nicht belästigen –, habe ich mir gedacht, ich fahre mal hin und schaue nach dem Rechten."

„Hm. Gut. Ja, erkunden Sie das", sagte die Gitterverantwortliche nach kurzem Nachdenken. „Und am Montag in der Früh erstatten Sie mir dann Bericht. Schriftlich, in dreifacher Ausfertigung, und zusätzlich per E-Mail. Falls es sich wirklich um eine Fälschung handelt, erwarte ich von Ihnen auch Vorschläge, welche Schritte wir ergreifen sollen – nur zivilrechtliche oder möglicherweise auch eine Strafanzeige. Oder – wenn der Fälscher besonders dreist und uneinsichtig ist – dass wir ihm Aron vorbeischicken …"

Sie trat zu ihrem Schreibtisch und holte aus einer Lade Fahrzeugschlüssel und -papiere heraus, die sie Lisbeth reichte. „Aber Vorsicht, der Wagen macht ab und zu beim Starten Probleme. Die Batterie möglicherweise, keine Ahnung, ich kenne mich bei Autos nicht aus, jedenfalls springt er manchmal nicht an."

„Gut. Vielen Dank."

„Nichts zu danken. Wir machen ja alle nur unseren Job."

Und sobald Lisbeth und Plankton – Letzterer mit einer hübschen roten Augenbinde um den Kopf – das Büro der Gitterverantwortlichen verlassen hatten, setzte sich diese nachdenklich hinter ihren Schreibtisch, überlegte eine Weile und griff dann nach dem Telefon.

30. Kapitel – 12:51

Nachdem Plankton nun schon seine vierte Strecke im Firmengebäude so gut wie blind und – diesmal von Lisbeth – an der Hand geführt zurückgelegt hatte, wurde ihm plötzlich von seiner Begleiterin mit einer raschen Handbewegung die Binde von den Augen genommen.

„Sind wir schon da?", fragte er heftig blinzelnd.

„Dort vorne rechts ist die Securityzentrale", sagte Lisbeth leise. „Und, Scheiße, Aron sitzt bei Dieter drinnen."

„Gut, dann kann er mir wenigstens meine Tasche zurückgeben." Plankton wühlte in seiner Hosentasche, um die Empfangsbestätigung herauszuholen, die Aron wohl Zug um Zug gegen Aushändigung der Tasche zurückverlangen würde.

„Ja, schon, aber solange Aron in der Nähe ist, haben wir keine Chance, uns die Videoaufzeichnungen anzusehen."

„Na ja, vielleicht haben wir Glück und er geht freiwillig", sagte Plankton.

„Professor, Sie sind ein hoffnungsloser Optimist", bemerkte Lisbeth, als sie auch schon nach rechts in ein Großraumbüro abbog und überschwänglich „Ja, hallo, Dieter!" rief.

„Ja, Lisbeth, welche Überraschung!", gab Dieter zur Antwort. „Dass du mich da besuchst!"

AvD Dieter lümmelte vor einem Tisch, auf dem sich einige Monitore und ein Schaltpult befanden, und aß gerade eine Wurstsemmel (Extrawurst, mit Gurkerl). Er war ein kleingewachsener, rundlicher Mann um die vierzig mit einer beginnenden Glatze und einem Sprachfehler in Form heftigen Lispelns (was insbesondere bei der Anrede „Lisbeth" zu unschönen Ergebnissen geführt hatte) und Plankton sagte sich insgeheim, dass es schon mehrere Gespritzte gewesen sein mussten, wenn sich die attraktive Lisbeth mit diesem unscheinbaren Männchen in der Wachau etwas angefangen hatte.

„Ja, warum denn nicht!“, gab Lisbeth zurück. „Wenn du schon so arm bist, an einem so schönen Samstag arbeiten zu müssen ...“

„Ist ja bald aus“, sagte Dieter (zwei S). „Am Samstag ist um zwei Schluss.“ (unzählbar viele S und Z). „Und du weißt ja, als Single macht es mir nichts aus, am Samstag Dienst zu machen, da ist nicht viel los in der Firma und ich kann mir GZSZ reinziehen.“

„GZSZ reinziehen?“, wiederholte Lisbeth lispelfrei.

„Ja, GZSZ“, antwortete Dieter ganz und gar nicht lispelfrei und Lisbeth wich unwillkürlich einen Schritt zurück. „*Gute Zeiten, schlechte Zeiten*. Die Daily Soap von RTL. Am Samstagvormittag wiederholen sie alle fünf Folgen der Vorwoche.“ Er schnalzte genießerisch mit der Zunge und biss wieder herzhaft in seine Semmel.

„Aha. Schön für dich.“ Irgendwie kommen wir nicht so recht weiter ..., dachte sich Lisbeth und auch Plankton schien derselben Meinung zu sein, denn nachdem er von Aron seine Tasche zurückerhalten und mit einem kurzen Blick hinein die Vollständigkeit des Inhalts überprüft hatte, sah er nun ungeduldig zu ihr hin.

In diesem Moment fielen für Lisbeth und Plankton Ostern und Weihnachten auf einen Termin zusammen, denn plötzlich ertönte über einen Lautsprecher eine barsche Stimme, die unverkennbar der Gitterverantwortlichen gehörte und die rief: „Aron, kommen Sie bitte sofort in mein Büro!“ Immerhin, sie sagte „bitte“ ...

Aron, der an der Tür gelehnt hatte, warf einen warnenden Blick auf Lisbeth und Plankton, der zu besagen schien „Macht mir inzwischen nur ja keine Dummheiten", und verließ grußlos das Büro.

„Darf ich dir übrigens Professor Rupert Plankton vorstellen", sagte Lisbeth eilig. „Du kennst ihn sicher. Der berühmte Speisologe ..."

„Aber natürlich kenne ich ihn", brachte Dieter einen Satz ganz ohne S und Z über die Lippen. Er reichte Plankton eine schweißnasse Hand und sagte: „Also, wie mich das jetzt freut ... Ich habe alle Ihre Kochsendungen gesehen!"

Noch einer, ging es Plankton durch den Kopf. Ob er sie sich gemeinsam mit der Gitterverantwortlichen angesehen – reingezogen – hatte ...?

„Professor Plankton ist beruflich sehr an unserer Linzer Torte interessiert", setzte Lisbeth fort. „Und da hab' ich ihm unsere Firma gezeigt. Nicht alles natürlich, nur die Stellen, die man öffentlich herzeigen darf ... Und ich hab' ihm von unserem ausgeklügelten Sicherheitssystem erzählt, über das du hier herrschst ..." Sie sah ihn bewundernd an und Dieter strahlte übers ganze Gesicht.

„Ja, so etwas interessiert mich sehr", nahm Plankton den Ball auf. „In der Nacht ist ja offenbar niemand im Gebäude, der den Eingang bewacht."

„Die Eingänge", korrigierte Dieter. „Mehrzahl. Wir haben zwei Eingänge. Die Eingangstür für den Personenzutritt hier und hinten das Tor für die Lastwägen, die die fertigen Torten abholen."

„Aha. Und da hab' ich mich gefragt, wie das so wäre, wenn sich zum Beispiel jemand in der Nacht Zutritt zum Gebäude verschaffen würde."

„Dann wird er von meiner Cleopatra in Empfang genommen“, sagte Dieter stolz und völlig S-frei.

„Äh, sagten Sie Cleopatra? Haben Sie scharfe Hunde hier? Beziehungsweise Hündinnen?“ Plankton sah Lisbeth fragend an, die ihm von derlei Bewachungsmaßnahmen nichts erzählt hatte.

„Aber nein!“, rief Dieter lachend. „Cleopatra ist doch kein Hund! Aber das wissen Sie natürlich nicht. Sowohl beim Vorder- als auch beim Hintereingang haben wir je eine Videokamera angebracht und ich nenne meine beiden Kameras Caesar und Cleopatra.“

„Aha. Und Cleopatra –?“

„Ist die Videokamera beim Personeneingang. Wenn die Securityzentrale unbesetzt ist – und das ist sie, wenn ich am Abend um 20.15 Uhr als Letzter das Firmengelände verlasse –, schalte ich die Überwachungsanlage ein. Die funktioniert mittels Bewegungsmelder. Wenn sich also in der Nacht jemand dem Gebäude nähert, schlägt der Bewegungsmelder an und aktiviert zum einen den Lichtschalter, sodass es im Umkreis von gut zehn Metern vor dem Eingang taghell wird, und zum anderen eine Videoaufzeichnung.“ Dieter deutete auf einen seiner Monitore und die Knöpfe des Schaltpults davor, die aussahen wie die Knöpfe eines herkömmlichen Videorekorders oder DVD-Geräts.

„Aha“, gab sich Plankton interessiert. „Das heißt, falls sich – nur mal zum Beispiel – letzte Nacht jemand dem Firmengelände genähert hätte ...“

„... würde ich das heute hier sehen.“ Dieter warf einen kurzen Blick auf das Zählwerk des Aufzeichnungsgeräts. „Oh! Offenbar hat sich tatsächlich letzte Nacht hier was getan ...“

„Woran ersehen Sie das?“, fragte Plankton, nun wirklich interessiert.

„Das Zählwerk ist bei acht Minuten stehen geblieben. Dazu müssen Sie wissen, die Videoaufzeichnung dauert immer nur genau zwei Minuten, dann stoppt sie wieder. Sonst würde sie ja die ganze Nacht weiterlaufen und so lang sind unsere Videobänder nicht. Daher stoppt die Aufnahme nach genau zwei Minuten und beginnt erst dann wieder, wenn der Bewegungsmelder neuerlich aktiviert wird.“

„Aha. Acht Minuten würden demnach ... vier Aufzeichnungen bedeuten?“

„Ja. Wobei Sie zwei mal zwei Minuten abziehen müssen.“

„Das verstehe ich nicht.“

„Nun, die erste Aufzeichnung löse ich aus, wenn ich am Abend nach dem Aktivieren der Anlage das Gelände verlasse.“ Um dies zu beweisen, ließ Dieter das Videoband an den Anfang zurücklaufen und drückte auf die Start-Taste. Auf dem Monitor war der Bereich vor dem Eingang zum Firmengebäude zu sehen – zunächst wie bei einem Standbild, dann – nach etwa einer Viertelminute – erschien ein Mann im Bild, von dem man zuerst nur den Rücken sah, der sich dann aber umdrehte und in die Kamera winkte – unverkennbar Dieter.

„Ich winke immer meiner guten Cleopatra zum Abschied“, gestand Dieter.

„Ich verstehe“, sagte Plankton, wobei er dies aber nicht auf die letztere Bemerkung bezog. „Die erste Aufnahme lösen Sie aus, wenn Sie am Abend gehen, und die letzte, wenn Sie in der Früh als Erster wieder zum Gebäude kommen – bevor Sie dann die Anlage wieder abschalten.“

„Ganz recht. Und daher müssen Sie immer zwei Mal zwei, also vier Minuten abziehen.“

„Das bedeutet aber, dass sich in der letzten Nacht zwei Personen dem Gebäude genähert haben?“, warf Lisbeth ein.

„Ja, das heißt es wohl“, gab Dieter zu. Zerknirscht gestand er: „Ich bin heute noch nicht dazu gekommen, mir die Aufzeichnung der letzten Nacht anzusehen, und daher weiß ich nicht ... War ziemlich viel los heute ...“

„Ja ja, GZSZ, wir verstehen schon“, sagte Plankton, ungeduldig darauf wartend, dass die ersten zwei Minuten der Videoaufzeichnung zu Ende gingen. Eigentlich wollte er sich das Video ja allein ansehen, beziehungsweise gemeinsam mit Lisbeth, aber es bestand wohl keine Möglichkeit, Dieter loszuwerden ...

Als das Bandzählwerk von 2:00 auf 2:01 sprang, war eine deutliche Veränderung auf dem Bild zu bemerken. War es soeben – bei Dieters Verlassen des Gebäudes kurz nach acht Uhr abends – noch, dem Monat Mai entsprechend, taghell gewesen, so beleuchtete nun künstliches Licht das Gelände. Plankton sah, dass die eingeblendete Uhr 23:17 zeigte, und er fand auch, dass die Ausleuchtung eher spärlich war – von der von Dieter behaupteten Taghelligkeit konnte keine Rede sein.

Mit Spannung warteten Lisbeth und Plankton, dass endlich eine Person auf dem Bildschirm die Szene betrat, jedoch die Sekunden vergingen, ohne dass sich irgendetwas tat. Dann, schon fast eine Minute nach Beginn der zweiten Aufzeichnung, huschte ein Eichhörnchen über den Boden.

„Ach, Idomeneo!“, jauchzte Dieter auf. „Hat er schon wieder einen Fehlalarm ausgelöst, der Schlingel!“

„Idomeneo?“

„Das Eichkätzchen. Ich nenne es Idomeneo.“ Dieter schien für alle Tiere und Gegenstände in seiner näheren Umgebung

Namen zu haben. „Unser Bewegungsmelder ist derart sensibel, dass er auch auf die Bewegungen eines Tiers anspringt. Na ja, solange es nicht ein Käferchen oder ein Eidechslein ist. Aber manchmal genügt sogar das Herumhüpfen eines Eichkätzchens. Was glauben Sie, wenn Idomeneo so richtig aktiv ist, vor allem wenn er mit Isolde unterwegs ist, da haben wir oft ein Dutzend Fehlalarme in einer Nacht!"

Dieter hatte mittlerweile sein Wurstsemmerl zu Ende gegessen und rülpste laut. Er schien jedes Interesse an der Videoaufzeichnung verloren, dafür aber Durst bekommen zu haben, denn er stand auf und begab sich zu einem Kühlschrank, der in der entfernten Ecke des Raumes stand, öffnete ihn und holte eine Flasche Bier heraus.

In der Zwischenzeit hatte Idomeneo die Bühne auch schon wieder verlassen, ohne dass Isolde aufgetaucht war, und das Bandzählwerk kämpfte sich langsam auf die 4:00 zu.

Mit dem Wechsel von 4:00 auf 4:01 blieb zwar der Hintergrund gleich, also von künstlichem Licht schwach ausgeleuchtet, aber nun erschien kein Eichhörnchen oder ähnliches Getier auf dem Monitor, sondern ...

„Lisbeth, willst du auch ein Bier?", rief Dieter vom Kühlschrank her Lisbeth zu.

Lisbeth wandte sich um. „Ja, gern, wenn du eins für mich übrig hast ..."

„Du weißt doch, dass ich sehr viel für dich übrig habe", gab Dieter zwinkernd zur Antwort und holte eine weitere Flasche Bier heraus. Lisbeth trat mit der Frage „Wie heißt eigentlich dein Kühlschrank?" zu ihm.

Die Gestalt, die laut eingeblendeter Uhr um 4 Uhr 15 Minuten und 21 Sekunden aus dem Dunkel des Firmenparkplatzes her die Szene betrat, war groß – nicht nur größer als zuvor das Eichhörnchen, sondern wirklich groß – und dunkel gekleidet. Ihr Gesicht war nicht zu sehen, denn die Person hielt vor den Kopf einen großen viereckigen Gegenstand, der ihn zur Gänze verdeckte. Zunächst war dieser Gegenstand nur verschwommen auszunehmen, dann jedoch – unmittelbar bevor die Person 27 Sekunden nach ihrem Erscheinen dem Blickfeld der Kamera entschwand, weil sie an der Eingangstür angelangt war – konnte man ihn für kurze Zeit deutlich erkennen.

Der Gegenstand, den die Person wie ein Schutzschild vor sich hertrug, um ihr Gesicht nicht der Kamera preiszugeben, war Lisbeths gerahmtes Poster vom *Letzten Abendmahl.*

31. Kapitel – 13:00

„So, Aron, Sie wissen nun, worum es geht“, brachte die Gitterverantwortliche ihr Gespräch mit dem Sicherheitsbeauftragten in die Zielgerade.

„Ja, Madame. Fräulein Landauer fährt mit dem Dienstwagen nach Plesching auf gefährliche Mission. Sie ist einer Verbrecherbande auf der Spur, die möglicherweise gefälschte Linzer Torten vertreibt. Ich soll auf sie aufpassen, sie notfalls beschützen, aber so, dass sie es nicht merkt.“

„Richtig. Bewundernswert, wie Sie das in drei Sätzen zusammengefasst haben. Und vergessen Sie nicht: Wenn es wirklich gefährlich wird, haben das Leben und die Unversehrtheit von Fräulein Landauer höchste Priorität! Mit dieser Tortenfälschermafia ist nicht zu spaßen!“

„Jawohl. Und das Leben und die Unversehrtheit des Herrn Speisologen Rupert Plankton, falls er Fräulein Landauer begleitet?“

„Hm. Plankton ...“, überlegte die Gitterverantwortliche. „Gute Frage. Sein Wohlbefinden kommt dann gleich nach dem von Fräulein Landauer auf Prioritätsstufe 2.“

„Jawohl.“ Aron verbeugte sich und verließ rückwärtsgehend das Zimmer.

„Eines noch, Aron“, rief ihm die Gitterverantwortliche nach. „Halten Sie mich telefonisch auf dem Laufenden!“

32. Kapitel – 13:03

Plankton bemerkte aus den Augenwinkeln, dass Dieter mittlerweile beide Bierflaschen geöffnet und eine davon Lisbeth gegeben hatte. Sie prosteten sich zu, wobei Dieter nur Augen für Lisbeth hatte und Plankton sowie die Arbeitsgeräte vor ihm keines Blickes würdigte.

Vorsichtig nahm Plankton seine Digitalkamera aus der Tasche, schaltete sie ein und wählte den Befehl „Videoaufzeichnung". Er hielt den Fotoapparat auf den Monitor gerichtet, drückte auf einen Knopf des Schaltpults vor ihm, der die Bandaufzeichnung zurücklaufen ließ, und gab diesen wieder frei, als die Uhr 04:15:18 zeigte. Gleichzeitig tippte er auf seiner Digicam auf „Videoaufzeichnung beginnen". Die folgenden dreißig Sekunden filmte er dann mit seiner Kamera mit. Als die Person auf dem Bildschirm wieder verschwunden war, drückte er auf „Videoaufzeichnung beenden", schaltete den Fotoapparat aus und ließ ihn wieder in seine Tasche gleiten.

Dieter hatte von all dem offenbar nichts mitbekommen, denn er lachte laut über eine Bemerkung, die Lisbeth von sich gegeben hatte, und nahm einen herzhaften Schluck aus der Flasche.

Auf dem Monitor hatte mittlerweile die Wiedergabe der vierten Aufzeichnung begonnen und man sah Dieter, wie er am Samstag um 06:12:17 Uhr gut gelaunt lachend seiner Cleopatra zuwinkte.

„Ah, da sind Sie ja jetzt wieder!", bemerkte Plankton laut. Er war der Meinung, dass sie in der Securityzentrale genug gesehen hatten. „Wie man nur so bald in der Früh – ich würde fast sagen, mitten in der Nacht – schon so fröhlich sein kann ..."

Dieter löste sich widerwillig von Lisbeth und trat zu Plankton. „Ja, da bin ich“, bestätigte er, was ohnehin jeder sehen konnte. „Toll, unser Überwachungssystem, finden Sie nicht?“

„Das ist sicher nicht übertrieben“, sagte Plankton. „Ein Lob auf Cleopatra. Aber ich glaube, jetzt haben wir Sie lange genug von der Arbeit abgehalten. Lisbeth?“

Lisbeth nahm das Stichwort auf. „Ja, fast hätte ich vergessen, dass wir auch noch eine Aufgabe haben. Mach's gut, Dieter!“

„Äh, ihr geht schon?“, fragte Dieter traurig.

„Ja. Ciao. Bis Montag!“, rief Lisbeth – nicht wissend, dass sie Dieter hier nicht wiedersehen würde – und war schon auf dem Gang verschwunden.

„Wiedersehen“, sagte nun auch Plankton und eilte Lisbeth nach.

Auf dem Gang drückte Lisbeth Plankton die noch fast volle Bierflasche in die Hand. „Wollen Sie?“, fragte sie. „Ich hasse Bier.“

„Ja, gern“, sagte Plankton und nahm ihr die Flasche aus der Hand. „Ich nehme an, Sie trinken lieber Wein. Am liebsten in der Wachau ...“

33. Kapitel – 13:10

Nachdem Lisbeth problemlos den LT1-Dienstwagen in Betrieb gesetzt hatte (die Gitterverantwortliche hatte wohl wieder einmal schamlos übertrieben, als sie von Startproblemen gesprochen hatte), sagte Plankton zu ihr: „Um etwa Viertel nach vier heute in der Nacht ist ein groß gewachsener, schwarz gekleideter Mann mit Ihrem Poster zum Firmengebäude gegangen."

„Mit meinem Poster?", rief Lisbeth überrascht.

„Ja. Wir müssen wohl davon ausgehen, dass die „Verschönerungen" auf Ihrem Bild auswärts angebracht wurden und dass der Mann es dann – eben um Viertel nach vier in der Früh – in die Firma zurückgebracht und in Ihrem Büro wieder aufgehängt hat. Die Schlüssel dazu hatte er ja."

„Wenn es sich um den Entführer meines Vaters gehandelt hat", ergänzte Lisbeth.

„Wovon wir wohl ausgehen müssen", setzte Plankton dazu.

„Ein groß gewachsener, schwarz gekleideter Mann also", sagte Lisbeth. „Aber wer? Haben Sie ihn auf dem Video nicht erkennen können?"

Plankton schüttelte den Kopf. „Sie müssen bedenken, dass ich noch nicht einmal zwei Tage hier in Linz bin und in der kurzen Zeit nicht allzu viele groß gewachsene, schwarz gekleidete Herren kennengelernt habe. Abgesehen von diesem Wahnsinnigen heute Vormittag auf dem Hauptplatz ..." Er stutzte kurz, dann fuhr er fort: „Das Gesicht des Mannes war auf dem Video nicht zu sehen. Er hat das *Abendmahl* wie ein Schild vor den Kopf gehalten. Ich habe die entsprechende Passage mit meiner Digicam gefilmt, während Sie sich mit

Dieter beim Kühlschrank unterhalten haben. Sie können sie sich dann anschauen, wenn wir an einer roten Ampel halten. Äh, ich nehme an, Sie bleiben vor roten Ampeln stehen?"

„Ja, natürlich."

„Gut. Wissen Sie, ich war in Ländern … da könnte ich Ihnen Geschichten erzählen. In Italien beispielsweise …" Bei dem Gedanken an einige einschlägige Erlebnisse lief es Plankton kalt über den Rücken. „Wo fahren wir jetzt überhaupt hin?"

„Zur Stadtautobahn", sagte Lisbeth. „Haben Sie vergessen, dass wir zum Pleschingersee wollen?"

„Ja, ja, der Linzer-Torten-Fälscher-Mafia auf der Spur …", bemerkte Plankton grinsend. „Toll, was Ihnen da so spontan eingefallen ist …"

„Ja, nicht wahr? Darin war ich schon immer gut."

Ebenfalls grinsend stoppte Lisbeth das Dienstauto vor einer roten Ampel und sah sich das Dreißig-Sekunden-Video an, das Plankton mit seinem Fotoapparat mitgefilmt hatte.

Aber auch sie konnte die Identität der geheimnisvollen Person nicht lüften.

Und sie sah auch nicht, dass ihr in einigen Autolängen Entfernung ein Fahrzeug folgte …

34. Kapitel – 13:30

Nachdem Rupert Plankton und Lisbeth Landauer den hohen Holzzaun, der den Spazierweg rund um den Pleschingersee vom FKK-Bereich blickdicht abtrennte, hinter sich gelassen hatten, bot sich ihnen ein atemberaubender Blick auf den vor ihnen liegenden, touristenwirksam in der Maisonne glitzernden See dar. Keine Spur von Dreck und Algen, die Plankton dem See vor gut einer Stunde noch angedichtet hatte.

Ein weiterer, nicht so sehr in die Ferne gerichteter Blick bestätigte ihnen, nicht minder atemberaubend, dass sie sich tatsächlich im Nacktbadebereich befanden. Obwohl es noch zu kalt zum Baden war (lediglich einige Unerschrockene – Plankton nannte sie insgeheim Wahnsinnige – schwammen bereits im fünfzehn Grad Celsius kalten See herum), hatte das schöne, warme Wetter zahlreiche FKK-Anhänger angelockt, die die Wiese zwischen dem Zaun und dem See bevölkerten – zum Teil auf Decken oder Liegestühlen platziert und sich in der Sonne badend, zum Teil aber auch aufrecht herumgehend oder gar -laufend – und alle ganz offensichtlich und ohne jeden Zweifel splitterfasernackt.

„Da sind wir also“, sagte Plankton und blieb im Schatten eines Baumes stehen, um seinen Blick über den FKK-Bereich schweifen zu lassen.

Zu Planktons Ehre muss gesagt werden, dass nicht den Nackten sein Interesse galt, sondern dass er auf der Suche nach einem – natürlich entsprechend bekleideten – Kellner war.

„Ja, da sind wir“, bestätigte auch Lisbeth.

„Weit und breit kein Kellner zu sehen“, sagte Plankton missmutig.

„Nur lauter Nackerte", ergänzte Lisbeth.

„Tja, das war im FKK-Bereich auch durchaus zu erwarten."

„Wobei es natürlich auch ein *nackter* Kellner sein könnte."

„Machen Sie die Angelegenheit nicht noch schwieriger, als sie ohnehin schon ist!", schalt Plankton. „Wir können doch nicht jeden nackt hier Herumliegenden oder -gehenden fragen, ob er von Beruf Kellner ist. Noch dazu war der Kellner auf dem *Letzten Abendmahl* angezogen."

„Dort ist ein Imbissstand!" Lisbeth wies aufgeregt nach rechts. „Dort könnte man allenfalls einen Kellner oder so etwas Ähnliches erwarten!"

„Tatsächlich!", rief Plankton. Er griff in seine Handtasche, die er aus dem Auto mitgenommen hatte, und holte sein Fernglas heraus. „Dann wollen wir mal sehen."

Er führte das Fernglas zu den Augen und spähte in die Richtung, wo sich der Imbissstand befand.

„So ein Pech!", rief er, weil er vor Lisbeth die Wendung „Verdammte Scheiße" nicht benutzen wollte. „Der Stand hat geschlossen."

„Vielleicht ist im Mai noch nicht Saison?", mutmaßte Lisbeth enttäuscht.

In diesem Moment trat ein etwa siebzig Jahre alter, braungebrannter und bis auf Badeschlapfen vollständig nackter Mann zu ihnen.

„He, ihr da", sagte er brummig. „Das ist ein FKK-Gelände."

„Ja, das wissen wir", gab Plankton zur Antwort, nach wie vor seinen Blick durchs Fernglas schweifen lassend.

„Und wir FKKler mögen das gar nicht, wenn wir von Spannern beobachtet werden", sagte der Alte mit einem ansteigend drohenden Tonfall in der Stimme.

„Oh, Sie meinen, ich schau mir die Nackten an!", rief

Plankton lachend aus und ließ das Fernglas endlich sinken. „Nein, nein, wir sind wegen etwas ganz anderem hier. Ich suche einen Kellner ... keinen nackten, sondern einen angezogenen Kellner ... Ach, es würde wohl zu lange dauern, es Ihnen im Detail zu erklären."

„Wenn ihr euch in diesem Gelände aufhalten wollt, müsst ihr euch ausziehen", sagte der Mann bestimmt. „Wir dulden hier nur Nackte."

„Ausziehen? Das zahlt sich gar nicht mehr aus", entgegnete Plankton. „Wir bleiben nicht lange."

„Ja, ausziehen!", befahl der Mann. „Ich gebe euch eine Minute, sonst hole ich Verstärkung."

Plankton bemerkte auch ohne Zuhilfenahme seines Fernglases, dass auch schon einige andere Nudisten auf die Anwesenheit von zwei Bekleideten in ihrem Gelände aufmerksam geworden waren und – einige bloß verärgert, manche allerdings auch mit kampfeslustiger Miene – zu ihnen hersahen.

„Na ja, ich glaube, dann gehen wir lieber ...", sagte Plankton zu Lisbeth.

„Aber, Professor, jetzt sind wir extra hierhergefahren, weil Sie glauben, hier müsste ein Kellner herumflanieren, der vielleicht der Schlüssel bei der Suche nach meinem Vater ist, und dann wollen Sie schon nach zwei Minuten aufgeben?", entgegnete Lisbeth.

„35 Sekunden", sagte der alte Herr und Plankton wunderte sich insgeheim, wie er die Zeit maß, zumal er – abgesehen von den Schlapfen an seinen Füßen – so nackt war, dass er nicht einmal eine Armbanduhr trug. Vielleicht las er die Zeit vom Sonnenstand ab? Er beschloss aber, sich auf keine Diskussion darüber einzulassen, ob von der Minute vielleicht doch erst bloß zwanzig Sekunden verstrichen waren, sondern sagte nur zu Lisbeth: „Sie meinen ...?“

„Ja. Wenn es sein muss, so ziehen wir uns halt aus.“

Damit entledigte sie sich auch schon ihrer Schuhe, legte mit einer raschen Handbewegung ihren Lederrock ab und zog kurz darauf ihre Bluse über den Kopf, sodass sie – während der alte Herr auch schon die letzten zehn Sekunden ankündigte – in einem lila BH und einem farblich dazu passenden, der Unterordnung Stringtanga angehörenden Slip vor den beiden Männern stand.

„Gnädige Frau, ich sehe Ihren guten Willen“, sagte der Nackte nach Ablauf der Minute galant und plötzlich vom ursprünglichen Du ins Sie verfallend, „aber das war wohl erst der halbe Weg. Und bei Ihrem Freund oder Begleiter vermisse ich auch den guten Willen.“ Er steckte seine beiden Zeigefinger in den Mund und ließ einen lauten Pfiff ertönen, worauf in einiger Entfernung sich vier Männer erhoben und langsam auf die Dreipersonengruppe zugingen.

„Los, Professor, geben Sie sich einen Ruck!“, forderte Lisbeth Plankton auf.

„Ja, ja, wenn es denn sein muss!“, zischte Plankton zurück und schlüpfte auch schon aus seinen Schuhen und seiner Hose und ließ das Hemd folgen, sodass er in Leibchen und Unterhose dastand – beide strahlend weiß, wie zu seiner Ehre gesagt werden muss. Insgeheim war er schon sehr froh, heute früh eine frische Unterhose angezogen zu haben.

„Und jetzt Luft anhalten und durch!“, murmelte Lisbeth, hakte ihren BH auf und ließ ihn in ihre Hände fallen und schlüpfte zuletzt auch noch aus ihrem Stringtanga, wobei sie dabei Plankton – ob absichtlich oder zufällig, war nicht abzuschätzen – den Rücken zuwandte.

Plankton schluckte ein paar Mal, als er sich erstmals angesichts der nackten Rückseite von Lisbeth bewusst wurde, welch traumhaften Körper sie besaß, und als sie sich dann zu ihm umdrehte, um zu erkunden, wie weit er schon mit seinem Striptease war, verschlug es ihm vollends den Atem und er senkte den Blick zu Boden, um nicht wie ein Idiot ihre wohlgeformten Brüste oder gar noch andere Stellen ihres schönen Körpers anzustarren.

„Na, der Herr, was ist mit Ihnen?“, riss ihn die Stimme des alten Mannes in die Wirklichkeit zurück.

„Nu- nu- nur mit der Ruhe, so schnell geht das nicht bei mir“, stotterte Plankton und zog zunächst sein Unterhemd über den Kopf, sodass er nur mehr in der Unterhose (und in gelben Socken, wie auch vermerkt werden soll) dastand.

„Na, Professor, nun schlägt die Stunde der Wahrheit!“, sagte Lisbeth munter. Das Nacktsein schien ihr offenbar nicht allzuviel auszumachen.

Gisbert, das tu ich nur für dich, dachte sich Plankton, während er die Unterhose über seine Beine hinunterschob, dann aus ihr schlüpfte und verschämt in der Hand zusammenknüllte.

„Na, geht ja“, brummte der alte Mann und gab den schon gefährlich nahe gekommenen vier Männern ein Zeichen, dass sie sich wieder zurückziehen konnten. „Willkommen beim FKK. Und – ich werde euch im Auge behalten!“ Mit diesen Worten verschwand er auch schon wieder hinter dem Baum und ließ einen bis auf die Socken nackten Rupert Plankton und eine noch um eine Spur nacktere Lisbeth Landauer zurück.

„Na, da stehen wir jetzt“, sagte Plankton verlegen und sah an sich hinunter. Plötzlich wurde er sich des etwas frivolen Doppelsinns dieses Satzes bewusst und errötete.

„Tja, das hätten Sie wohl heute in der Früh auch noch nicht geglaubt", meinte Lisbeth.

Plankton, der immer noch nicht so recht wusste, wo er bei Lisbeth hinschauen sollte beziehungsweise durfte, räusperte sich ein paar Mal und sagte dann: „Vielleicht sollten wir uns dort irgendwo hinsetzen?"

„Und auf den Kellner warten?"

„Zum Beispiel. Oder um nachzudenken, was wir tun, wenn kein Kellner auftaucht."

„Gut. Nur blöd, dass wir keine Decke oder so etwas Ähnliches mitgebracht haben."

Lisbeth ging auf einen wenige Meter entfernten Platz zu, der im Schatten lag, legte ihren Rock auf die Wiese und setzte sich darauf.

Plankton war noch dabei, das Ergebnis seiner zuvor gemachten Betrachtung seines Körpers vom Bauch abwärts geistig zu verarbeiten. Er wusste natürlich, dass er ein kleines Wohlstandsbäuchlein sein eigen nannte (war ja auch kein Wunder bei seinem Beruf, wo er rein dienstlich viel essen und trinken musste, sodass er eigentlich fand, unter diesen Umständen gar nicht so schlecht auszuschauen), aber wenn er angezogen war, gelang es ihm meist, seinen Bauch zu verbergen, aber nun, in seiner Nacktheit, war er doch nicht zu übersehen und wenn er Lisbeths Traumfigur damit verglich, schämte er sich doch ein bisschen seines Bäuchleins. Dazu kam noch, dass nicht nur sein Bauch etwas größer war, als er eigentlich sein sollte, auch die Region unterhalb des Bauches fühlte er nun stetig größer werden und das war ihm doch ziemlich peinlich. Daher folgte er Lisbeth rasch und ließ sich neben ihr im Gras nieder, sich auf sein Unterhemd setzend.

„Da sitzen wir jetzt also", bemerkte diesmal Lisbeth und

Plankton überlegte, ob irgendetwas Zweideutiges in dieser Aussage lag.

„Ja. Nackt wie Gott uns schuf."

„Wenn Sie damit auf den Zeitpunkt Ihrer Geburt anspielen, Professor, so glaube ich, dass der Vergleich etwas hinkt", entgegnete Lisbeth nach einem prüfenden Blick, der Plankton etwas unangenehm war, „denn damals waren Sie wohl noch nicht so weit entwickelt wie heute."

„Und Sie wohl auch noch nicht", sagte Plankton mit rauer Stimme und sah Lisbeth an, wobei er sich zwingen musste, ihr ins Gesicht zu schauen. „Und weil wir jetzt so nebeneinander sitzen – intim, wie es intimer wohl kaum mehr sein kann ..."

Na ja, ich könnte mir schon noch eine intimere Situation vorstellen, dachte sich Lisbeth, sagte es aber nicht, weil sie gespannt war, was Plankton ausbrütete.

„Daher würde ich meinen, äh sagen zu wollen", sprach Plankton leise weiter, „dass wir ab nun die förmliche Anrede „Professor" sein lassen äh sollten. Also Ihre Anrede mir gegenüber, weil Sie sind ja kein Professor. Liebe äh Lisbeth, wenn Sie wollen, können Sie Rupert zu mir sagen."

„Sehr gern, Profes-, äh, Rupert natürlich."

„Gut. Freut mich, dass wir diese Formalität abgelegt haben."

Plankton reichte Lisbeth zur Besiegelung der Formalitätsablegung seine rechte Hand, die sie eifrig ergriff.

„Ihnen ist das schon recht peinlich, nackt hier herumzulaufen", bemerkte Lisbeth, nachdem sie die Hände wieder gelöst hatten.

„Fein beobachtet", sagte Plankton. „Nicht dass Sie glauben, es wäre das erste Mal, dass ich mich vor einer äh hochgradig attraktiven Frau ausgezogen habe, nein, nein, Sie haben ja keine Ahnung, was da nach meinen Kochsendungen oder Lesungen mit den Groupies so los ist ..."

„Oh, là, là!", warf Lisbeth ein.

„Aber sich einfach so auszuziehen ... ohne triftigen Grund, vor all den fremden Menschen da ... das ist nicht so meine Sache."

„Jetzt haben Sie sich aber überwunden und dafür danke ich Ihnen", sagte Lisbeth und wieder bildete sich eine Träne in ihren Augenwinkeln. „Weil ich weiß, dass Sie es für meinen Vater tun. Sie könnten jetzt gemütlich in Ihrem Luxushotel sitzen, bei einem 4-Gänge-Menü ..."

Plankton verzog schmerzerfüllt das Gesicht, als er an Nahrungsaufnahme erinnert wurde. Er war der Mittagessen-Typ, der ein warmes Mittagsmahl brauchte, sonst war er den Rest des Tages nur bedingt einsatzfähig, aber eine warme Mahlzeit kam wohl heute nicht infrage ...

„Oder gar fünf Gänge." Wollte sie ihn quälen?

„Aber nein, stattdessen jagen Sie mit mir einem Phantom nach und das alles nur, um meinen Vater freizubekommen. Das werde ich Ihnen nie vergessen. Und wenn wir diese Sache heil hinter uns gebracht haben, werde ich Sie dafür auch belohnen."

Plankton schluckte ein paar Mal, wagte es aber nicht, nach der Art der versprochenen Belohnung zu fragen. Stattdessen sagte er: „Natürlich tu ich das für Ihren Vater. Das bin ich ihm schuldig. Ohne ihn wäre ich vielleicht heute nicht das, was ich bin – die Nummer eins im Gastrobereich, *der* Speisologe schlechthin ..."

„Und jetzt sitzen wir hier im FKK und weit und breit kein Kellner."

„Vielleicht sind wir am falschen FKK-Gelände", überlegte Plankton. „Sie erwähnten doch auch den Weikerlsee?"

„Nein, Prof-, äh, Rupert, jetzt fahren wir ganz sicher nicht auch noch ans andere Ende von Linz und ziehen uns nochmals aus!“, sagte Lisbeth mit einer Bestimmtheit, die keine Widerrede zuließ. „Entweder es kommt uns hier die Erleuchtung …“

„Oder?“, fragte Plankton.

„Oder …“ Lisbeth wusste keine Antwort und verstummte.

„Vielleicht sind wir aber auch auf einer ganz falschen Fährte“, meinte Plankton. „Hm. Ein Kellner und FKK …“

„Rupert, das hatten wir doch schon einmal!“

„Ja, und es hat uns hierher geführt und war ganz offensichtlich falsch. Oder sehen Sie hier irgendwo einen Kellner abservieren? Daher muss es wohl erlaubt sein, die Überlegungen noch einmal von vorne zu beginnen!“

„Natürlich.“

„Ich muss mir das nochmals anschauen“, sagte Plankton energisch und holte sein Handy aus der Tasche. „Den Kellner und das FKK-Zeichen.“

„Gut, dass Sie alles fotografiert haben.“

„Ja. Leider nicht mit meiner Digicam, dieser blöde Aron …“

Auch das hatten wir schon einmal, lag es Lisbeth auf der Zunge.

„Aber auch mein Handy macht ganz gute Fotos.“ Er betrachtete dessen Display, wo ihm zunächst der Kellner entgegenlachte.

„Hm. Ein Kellner. Irgendein ganz normal befrackter Kellner, der natürlich nicht in die Zeit von Jesus und seine Hawara …“

„Rupert!“

„Oh, entschuldigen Sie meine Ausdrucksweise, aber *Da Jesus und seine Hawara* ist eine in den 1970er-Jahren erschienene Übertragung des Neuen Testaments ins Wienerische, ich hab' sie neulich wieder mal gelesen, und daher ist mir das jetzt so rausgerutscht. Was ich also sagen wollte, ist, dass der Kellner auf dem Bild natürlich schon rein von der Kleidung her nicht in die Zeit von Jesus passt, aber auch Jesus und seine Jünger sind ja nicht richtig angezogen."

„Wie meinen Sie das – nicht richtig angezogen?"

„Nun, Leonardo da Vinci stellte Jesus und seine Jünger bekleidungsmäßig wie Menschen aus der Renaissance dar und nicht wie Juden aus dem 1. Jahrhundert. Ihr Aussehen und ihre Kleidung sind völlig untypisch für das antike Judentum. Daher ist es wohl auch egal, wenn der Kellner angezogen ist wie ein Kellner aus der Gegenwart. Darum betrachten wir das FKK-Zeichen einmal näher."

Plankton drückte die Taste, die ihm das nächste Bild aufs Display brachte – den aus nächster Nähe fotografierten FKK-Schriftzug.

„Hm. FKK. Zoomen wir uns mal ein bisschen hinein ins Foto."

Konzentriert bearbeitete Plankton die Tasten seines Handys.

Plötzlich war ihm, als ob Blitze in sein Gehirn einschlugen und alles, was darin in den letzten Stunden gespeichert worden war, grell erleuchteten. Jimis Taxi erschien vor seinem Geist und auf einmal war ihm alles klar.

„Dann gibt es diese Geheimorganisation also wirklich!", flüsterte er.

„Was sagen Sie da?" Lisbeth verstand kein Wort.

„Lisbeth", sagte Plankton feierlich. „Ich weiß jetzt, was dieses FKK zu bedeuten hat und was der Entführer Ihres Vaters von uns will!"

35. Kapitel – 13:40

Aron parkte den Wagen mit dem Kennzeichen L T007 auf dem dafür vorgesehenen Areal vor dem Badesee und stellte den Motor ab.

Durch Büsche und Bäume hindurch konnte er nicht weit entfernt den See erblicken, der malerisch in der Mittagssonne vor sich hin ruhte. Kein Wunder, dass an sonnigen Sommerwochenenden Zehntausende Badehungrige aus Linz und Umgebung es sich hier gut gehen ließen und dann am Abend gemeinsam nach Hause stauten.

Und trotzdem – irgendetwas stimmte nicht, er fühlte es mit seinem sechsten Sinn, den er für derlei Unregelmäßigkeiten entwickelt hatte.

Aron ließ sich das Gespräch mit der Gitterverantwortlichen nochmals Wort für Wort, Satz für Satz, Absatz für Absatz durch den Kopf gehen und stutzte dann.

Ja, es sah ganz so aus, als hätte er etwas falsch verstanden.

Hatte es nicht geheißen: Fräulein Landauer fährt mit dem Dienstwagen nach Plesching auf gefährliche Mission?

Und nochmals wiederholte er im Stillen die wesentlichen Hauptwörter des Satzes: Fräulein Landauer ... Dienstwagen ... Plesching ...

Ein Wort in diesem Satz war falsch.

Sichergehen konnte er wohl nur, wenn er eines tat: Sich bei der Gitterverantwortlichen zu vergewissern. Obwohl sie für ihre Zornesausbrüche bekannt war, nahm er sein Handy und wählte ihre Nummer.

In einigen Kilometern Luftlinie Entfernung war die Gitterverantwortliche gerade dabei, ihr Büro zu verlassen, um sich den Annehmlichkeiten des bevorstehenden Wochenendes hinzugeben. Sie hatte die Türklinke schon in der einen und den zum Absperren bereiten Büroschlüssel in der anderen Hand, als das Telefon klingelte.

Sie stieß eine Verwünschung aus und begab sich zu ihrem Schreibtisch zurück.

„Ja?“, sagte sie nur unfreundlich, um nötigenfalls „Sie sind ganz offenkundig falsch verbunden“ dazusetzen zu können.

„Aron hier“, meldete sich der Sicherheitsbeauftragte der Firma. „Madame?“

„Ja, Aron? Sie sollten mich eigentlich auf meinem Handy anrufen, ich war gerade dabei, mein Büro zu verlassen.“

„Ja, Madame. Verzeihen Sie, aber ich habe die falsche Kurzwahl gedrückt.“

„Egal. Und? Wissen Sie etwas Neues zu berichten?“

„Nein, noch nicht. Im Gegenteil. Ich fürchte ...“

„Was ist?“, entgegnete die Gitterverantwortliche besorgt. „Was fürchten Sie?“

„Äh, ich sollte doch Frau Landauer – und mit ihr Herrn Plankton – nach ... äh Plesching folgen?“

„Ja. Nach Plesching beziehungsweise an den Pleschingersee. Warum?“

„Ich fürchte, ich habe Sie da falsch verstanden.“

„Wieso?“

„Nun, ich bin hier ... am Pichlingersee.“

36. Kapitel – 13:44

„Sie wissen es nun!“, rief Lisbeth erfreut. „Dann raus mit der Sprache!“

„Es ist eine lange, unglaublich klingende Geschichte“, antwortete Plankton. „Und in ihr finden Sie das FKK-Zeichen, den Kellner und das letzte Abendmahl vereint. Schauen Sie sich zunächst einmal das FKK-Zeichen etwas genauer an.“ Er hielt ihr das Handy mit ausgestrecktem Arm vors Gesicht. Lisbeth rückte näher zu ihm, wobei sich ihre nackten Oberkörper berührten, jedoch sie bemerkten es nicht.

Auf dem Handy war der FKK-Schriftzug wie folgt zu sehen:

„Und was soll das bedeuten?“, fragte Lisbeth.

„Der senkrechte Strich beim F ist ein Löffel“, erläuterte Plankton. „Bei den beiden Ks ist es jeweils ein Messer. Die waagrechten Striche beim F sind Gabeln ...“

„Und beim K schauen die Seitenstriche aus wie die Scheren einer Geflügelschere.“

Plankton nickte. „So ist es. Dieses FKK hat mit Freikörperkultur nicht das Geringste zu tun. Es ist vielmehr – das Symbol einer Geheimorganisation.“

„Einer Geheimorganisation?“, rief Lisbeth. „Was denn für einer Geheimorganisation?“

„Einer religiösen Geheimorganisation, und zwar der ...“

In diesem Moment hörten Plankton und Lisbeth Schreie in ihrer unmittelbaren Nähe.

„Jetzt fotografiert diese perverse Sau uns auch noch mit seinem Handy!", rief ein Mann wütend.

„Erst sich nicht ausziehen wollen und dann herumfotografieren!", schrie ein anderer, nicht minder erbost.

„So ein Perversling!" Das kam von einer Frau, die sich, ein Handtuch vor ihren massigen Körper haltend, aufmühte.

„Los, Leute, dem werden wir es zeigen!"

Auf diesen Aufruf hin erhoben sich einige Männer – und auch ein paar Frauen – und schritten zielstrebig auf Plankton und Lisbeth zu. Einer der Männer, der von der Ferne wirkte wie der Vizeweltmeister im Bodybuilding, hielt einen oberarmdicken Ast in der Hand, der offenbar von einem Baum heruntergefallen war (oder den er – zu welchem Zweck auch immer – soeben abgebrochen hatte?).

„Ich glaube, Professor, wir sollten uns hier verdrücken!", schlug Lisbeth vor, darauf vergessend, dass Plankton auf die förmliche Anrede „Professor" ja verzichtet hatte.

Plankton korrigierte sie aber nicht, sondern sagte: „Da muss ich Ihnen uneingeschränkt recht geben."

Sie schnappten ihre Kleidungsstücke, erhoben sich und liefen, nackt wie sie waren, in Richtung Ausgang.

„He, die Schweine wollen abhauen!", rief einer der Nacktmänner. „Ihnen nach!"

Da Lisbeth und Plankton gut zwanzig Meter Vorsprung hatten, erreichten sie den rettenden Zaun, der den FKK-Bereich vom Außengelände trennte, ohne dass einer der Verfolger ihnen gefährlich nahe gekommen war. Sie huschten nach außen und bogen nach rechts ab, wo sie sich, wiederum nach kurzem Lauf, hinter je einem Baum versteckten und zurückblickten, ob einer der wütenden Nudisten es wagte, das FKK-Gelände zu verlassen – in welchem Fall sie wohl laut um Hilfe schreien mussten, so peinlich das auch wirken mochte. Plankton dachte sich dabei insgeheim, dass dies nun schon der fünfte Anlass an diesem Tag gewesen war, der ihn zu einem mehr oder minder langen Sprint genötigt hatte, wobei aber der dadurch ausgelöste Kalorienverbrauch bislang nicht zu einer merklichen Reduktion seiner Bauchfettmasse geführt hatte, weshalb er beschloss, Laufen nicht der Liste seiner Lieblingssportarten hinzuzufügen (sofern es überhaupt eine Sportart gab, die Aussicht hatte, auf diese Liste zu kommen).

Zehn, bald zwanzig Sekunden vergingen und keiner der FKK-Verfolger erschien diesseits des Zaunes.

Was irgendwie kein Wunder war, denn im Falle des Verlassens des FKK-Geländes durch einen der Verfolger wäre dieser im Zustand hundertprozentiger Nacktheit im Nicht-FKK-Bereich erschienen, und so wie es im FKK-Bereich ungern gesehen wird, wenn sich Angezogene darin aufhalten, wird im Nicht-FKK-Bereich noch viel weniger goutiert, wenn man sich dort ausgezogen herumtreibt. Daher hatten die Verfolger unmittelbar vor dem Zaun Halt gemacht und sich damit zufrieden gegeben, diese beiden perversen Spanner aus ihrem Refugium vertrieben zu haben. Der Bodybuilder hatte zudem auch noch verächtlich auf den Boden gespuckt und mit den Händen zweimal auf seine Brust getrommelt.

Wogegen Lisbeth und Plankton nun die Auswirkungen der zuvor erwähnten Benimmregel zu spüren bekamen, dass man sich im Nicht-FKK-Bereich nicht gänzlich nackt aufhalten sollte, denn eine Spaziergängerin, die einen etwa fünf Jahre alten Buben an der Hand hielt, stieß plötzlich einen gellenden Schrei aus. „Zwei Nackerte!“, schrie sie. „Hilfe! Polizei!“

Lisbeth und Plankton, noch schwer atmend aufgrund der Strapazen des Entrinnens aus der Gefahr des Gelynchtwerdens, sahen an sich hinab. Tatsächlich, sie waren splitterfasernackt!

Die Spaziergängerin verstand auch die Atemgeräusche des – wie sie annahm – Pärchens falsch. „Und schnaufen tun die zwei Schweindln auch noch, weil sie gerade miteinander geschnack-" Sie erinnerte sich in letzter Zehntelsekunde, dass sie in Begleitung ihres kleinen Sohnes war, der ohnehin schon genügend schlimme Wörter in fünf verschiedenen Sprachen aus dem Kindergarten nach Hause brachte, und verschluckte den Rest des Mittelworts der Vergangenheit.

Lisbeth war unterdessen rasch in ihren Rock geschlüpft und hatte ihre Bluse übergezogen (BH und Slip hatte sie in der Eile ausgespart und in ihr Handtäschchen gestopft, was rein platzmäßig angesichts der Winzigkeit ihrer Unterwäsche kein Problem war), Plankton hatte sich seine Unterhose wieder übergezogen und rief nun besänftigend zur Frau: „Alles in Ordnung, alles in Ordnung, gnädige Frau, nur ein Missverständnis ..."

Als die gnädige Frau sah, dass nun rein bekleidungstechnisch alles wieder vorschriftsmäßig zu sein schien, wurde sie tatsächlich etwas gnädiger, schimpfte noch ein wenig vor sich hin und ging dann mit ihrem Sohn, der sie mehrmals fragte „Mama, was heißt *geschnack*?", weiter, ohne seine Frage zufriedenstellend zu beantworten.

„Puh, das war aber knapp!", sagte Lisbeth.

„Und wie!", bestätigte Plankton, der nun dabei war, auch seine restlichen Kleidungsstücke wieder anzuziehen. „Dort vorne ist ein Bankerl, setzen wir uns hin, dann erzähl' ich Ihnen alles von der FKK."

37. Kapitel – 13:50

„Aron, Sie sind der größte Idiot, der mir je untergekommen ist!“, schrie die Gitterverantwortliche ins Telefon, unterdrückte dann aber die weitere Ausbreitung ihres Wutanfalls, weil dieser nur wertvolle Zeit gekostet hätte. „*Plesching* und *Pleschingersee* hab’ ich mehrmals gesagt und nie *Pichling* und *Pichlingersee*!“

„Tut mir leid“, sagte Aron zerknirscht. „Wie Sie wissen, bin ich noch nicht lange in Linz und daher habe ich die zwei Seen verwechselt.“ Es stimmte: Er arbeitete erst seit einigen Monaten in der Firma und kannte sich in Linz noch nicht so gut aus.

„Dann starten Sie mal Ihren Boliden und brausen Sie ab nach Plesching!“, befahl die Gitterverantwortliche wieder einigermaßen beruhigt. „Die 80er-Geschwindigkeitsbeschränkungen auf der Stadtautobahn können Sie ignorieren, dann müssten Sie – sofern Sie brav auf der Überholspur bleiben – in höchstens fünfzehn Minuten am Pleschingersee sein. Vielleicht treffen Sie sie dort noch an. Los!“

„Jawohl, Madame“, sagte Aron und startete den Wagen.

38. Kapitel – 13:58

„Nun, Lisbeth, Sie kennen sicherlich die Freimaurer", begann Plankton seine Erklärung.

„Die Freimaurer!", rief Lisbeth überrascht. „Na ja, klar, in Grundzügen zumindest ... Das ist ein Bund von Männern, die ihre Grundideale – Freiheit, Gleichheit, Brüderlichkeit, Toleranz und Humanität – im Alltag leben. Aber die Freimaurer sind doch keine Geheimorganisation!"

„Nein, natürlich nicht, jetzt nicht mehr. Es geht auch nicht um die Freimaurer. Worauf ich hinaus will, ist der *Begriff* Freimaurer. Da steckt die Berufsbezeichnung *Maurer* drin. Obwohl die Freimaurer, die wir auch dem Namen nach kennen – Churchill, Goethe, Mozart und George Washington beispielsweise –, mit dem Maurerberuf nicht das Geringste zu tun hatten!"

„Nein. Sonst wäre unser Herminator ja vielleicht auch Freimaurer."

„Äh, ja. Genau." Plankton kämpfte mit sich, ob er in den Sinn dieser sicherlich witzig gemeinten Bemerkung tiefer eindringen sollte, entschied sich dann aber dafür, seine Erzählung fortzusetzen. „Die heutige Freimaurerei", sagte er, „ist ja im Mittelalter aus sogenannten Steinmetzbruderschaften hervorgegangen, also den Vereinigungen jener Kunsthandwerker – auf Englisch *Freemasons* – die mit der Errichtung von Kathedralen ihren Unterhalt verdienten. Daher der Wortteil *Maurer* im Begriff *Freimaurer*."

„Gut, verstanden. Und was hat das mit dem FKK zu tun?"

„Mit *der* FKK", verbesserte Plankton. „Das zweite K von FKK bedeutet Korporation. *Die* Korporation, also weiblich."

„Okay, weiblich. Und was bedeutet das FK vor dem K?"

„Das F bedeutet ebenfalls *Frei-* und das K ist der Hinweis auf eine Berufsbezeichnung."

„Aber eben nicht Maurer?"

„Genau."

„Na was dann?"

„Denken Sie an Ihr Bild!"

Lisbeth überlegte kurz und sagte dann zweifelnd: „Kellner?"

Plankton nickte. „FKK bedeutet *Freikellner-Korporation*."

„Freikellner?", rief Lisbeth. „Von Freikellnern hab' ich in meinem Leben noch nicht gehört!"

Plankton nickte nochmals. „Und doch gibt es sie. Auch ich habe bis jetzt geglaubt, dass sie eine Mär sind, eine Erfindung oder meinetwegen auch etwas längst Ausgestorbenes, so wie die Dinosaurier oder volkstümliche Politiker, aber wie gesagt, offenbar gibt es sie doch. Ich selbst habe einen gekannt, vor vielen Jahren – und damals die Zeichen nicht wahrgenommen. Aber Jimis Taxi hat mir nun die Augen geöffnet."

„Jimis Taxi!", rief Lisbeth, nun vollends verwirrt. „Was hat Jimis Taxi mit den Freikellnern zu tun? Und was wollen diese Freikellner von uns? Sie haben gesagt, Sie wissen nun, was der Entführer von uns will."

„Ja. Aber ich glaube, ich erzähle Ihnen die Geschichte der Freikellner von Anfang an."

Er lehnte sich auf der Bank zurück und streckte den Arm seitlich aus, als wolle er die nahe neben ihm sitzende Lisbeth umfangen. Im Hintergrund war Stimmengemurmel der Badegäste zu vernehmen, lautes Lachen von Kindern, und irgendwo klimperte wer auf einer Gitarre herum.

„Die Geschichte beginnt – wie könnte es anders sein –

beim letzten Abendmahl", eröffnete Plankton seinen Vortrag. „Und zwar nicht bei Leonardo da Vincis berühmtem Bild, sondern beim realen letzten Abendmahl. Im Jahre 30 oder 31 nach Christus." Er holte tief Luft und sagte feierlich: „‚Jesus nahm das Brot, brach es, reichte es seinen Jüngern und sprach die Worte …'"

„‚Nehmet und esset, das ist mein Leib, der für euch hingegeben wird'", setzte Lisbeth die Bibelstelle eher gelangweilt fort. „Profes-, äh, Rupert, mir sind die Vorgänge beim letzten Abendmahl spätestens seit der 2. Klasse Volksschule bekannt. Und: Meine Eltern haben mich überaus religiös erzogen."

„Fein. Es wurde also Brot gegessen beim letzten Abendmahl", sagte Plankton ernst. „Bewahren Sie das erst einmal im Gedächtnis. Und wer war aller bei diesem Essen dabei? Und wo fand es statt?"

„Nun, seine Jünger waren dabei", antwortete Lisbeth. „Zwölf an der Zahl. Aber wo es stattfand, da bin ich überfragt. In Jerusalem natürlich, schließlich wurde er dort dann am Tag darauf gekreuzigt, aber wo genau in Jerusalem …" Sie überlegte. „Gibt es in Jerusalem nicht einen sogenannten Abendmahlssaal?"

Plankton nickte. „Abendmahlssaal ist die traditionelle Bezeichnung für den Raum, in dem Jesus in Jerusalem am Vorabend seines Todes mit seinen Jüngern das Abschiedsmahl gefeiert haben soll. Nach der christlichen Tradition ist dieser Raum derselbe Raum, in dem die Jünger sich nach der Kreuzigung Jesu eingeschlossen haben und wo ihnen dann der Auferstandene mit dem Friedensgruß begegnete. Laut Neuem Testament befand sich dieser Raum im Obergeschoß eines Hauses. Zumindest steht das so in den Evangelien nach Markus und Lukas, die genauen Stellen hab' ich jetzt allerdings nicht im Kopf. Im Matthäus- und Johannes-Evangelium fehlen diese Details."

„Aha", sagte Lisbeth nur und hoffte, dass Plankton nicht wieder von der Dozenteritis befallen würde.

„Der Raum", setzte Plankton, einstweilen noch sprachlich unbeeinträchtigt, fort, „bekam daher bald große Bedeutung als Keimzelle der Kirche, und als man in nachkonstantinischer Zeit die Schauplätze des Evangeliums zu lokalisieren versuchte, errichtete man auf dem Südwesthügel der Altstadt von Jerusalem, der seitdem Berg Zion genannt wird, eine Basilika, die den Ort des letzten Abendmahls markieren sollte. Interessiert Sie auch noch, was in den folgenden Jahrhunderten mit dem Bau geschah?

„Im Moment eher nicht", gab Lisbeth ehrlich zu. „Denn was hilft uns dieses Wissen weiter?"

„Noch ein Satz zu dem Raum des letzten Abendmahls", sprach Plankton weiter, ohne auf Lisbeths Frage einzugehen. „Man nimmt an, dass es die Privaträumlichkeiten eines der zwölf Jünger waren, in denen Jesus mit den Seinen das letzte Abendmahl gefeiert hat."

„Warum?", fragte Lisbeth pflichtschuldig. Nach wie vor verstand sie nicht, was der Ort des letzten Abendmahls mit der Entführung ihres Vaters zu tun hatte. Und überhaupt ... was hatten freie Kellner damit zu tun?

„Nun, die Vorgänge beim letzten Abendmahl sind ja allgemein bekannt. Selbst an religiösen Dingen nicht sonderlich Interessierte wissen, dass Jesus dort das Brot brach und den Jüngern den Kelch reichte, dass er davon sprach, dass einer ihn verraten würde ..."

„Rupert!", schrie Lisbeth. „Kommen Sie zum Thema! Die Freikellner!"

„Was aber weit weniger bekannt ist, ist die Einleitung zu dieser Bibelstelle", setzte Plankton ungerührt seine Vorlesung fort. „Markus und Lukas schreiben in ihren Evangelien, dass Jesus seine Jünger zur Vorbereitung des Paschamahls in die Stadt schickte und ihnen sagte, dort werde ihnen ein Mann begegnen, der einen Wasserkrug trägt. Dem sollen sie folgen, bis er in ein Haus hineingeht. Und dann sollen sie zum Herrn des Hauses sagen, der Meister lasse ihn fragen, wo der Raum sei, in dem er mit seinen Jüngern das Paschalamm essen könne. Und der Hausherr werde ihnen dann einen großen Raum im Obergeschoß zeigen, der schon für das Festmahl hergerichtet und mit Polstern ausgestattet sei."

„Ja, gut, Obergeschoß, schon verstanden", warf Lisbeth ein, mühsam ein Gähnen unterdrückend. „Und warum war der Hausherr ein Jünger?"

„Nun, man weiß es nicht hundertprozentig, ob er wirklich einer der Zwölf war", räumte Plankton ein. „Aber man vermutet es, weil er von den Jüngern mit „Der Meister lässt dich fragen" angesprochen wurde. So redet man nur, wenn man unter sich ist. Aber ehrlich gesagt ist es für unseren Fall ohne Bedeutung, ob der Hausherr nun ein Jünger war oder nicht."

„Und was ist für unseren Fall von Bedeutung?"

„Dass da ein Gelage stattfand mit dreizehn Personen."

„Und Sie meinen, das bringt Unglück?"

„Nein, ich bin nicht abergläubisch. Und zu Jesus' Zeit waren es die Leute auch noch nicht. Jedenfalls nicht, was die Zahl dreizehn betrifft. Die Bedeutung der Zahl dreizehn als Unglückszahl wurzelt erst ..."

„Rupert, bitte!", unterbrach ihn Lisbeth.

„Wobei als mögliche Herkunft für die Angst vor der Zahl dreizehn, die im Übrigen „Triskaidekaphobie" genannt wird (nicht die Zahl dreizehn, sondern die Angst), auch der Verrat des Judas gilt, da er beim letzten Abendmahl der dreizehnte Anwesende war. Womit wir wieder beim Thema wären."

„Äh, und das Thema war ...? Ich hab' ein wenig den Faden verloren."

„Dreizehn Personen essen und trinken", sagte Plankton. „Da geht es zu wie in einem Wirtshaus. Und in einem Wirtshaus gibt es einen ..." Er ließ offen, was er meinte, und als ihn Lisbeth weiterhin ungläubig anstarrte, setzte er dazu: „Na, denken Sie daran, was auf Ihr Poster vom letzten Abendmahl dazugemalt wurde!"

„Ein Kellner!", rief Lisbeth. Nun war bei ihr der Groschen (Cent) gefallen.

„Jetzt haben Sie's!", lobte Plankton sie. „Ich bin mir zwar nicht sicher, ob damals die Berufsbezeichnung „Kellner" schon existierte, aber es hat sicher einen Dienstboten gegeben, der servierte und abservierte. Bei so vielen Gästen war es für den Hausherrn eine Selbstverständlichkeit, entsprechendes Personal zur Verfügung zu stellen."

„Ja und?", fragte Lisbeth wieder.

„Dieser Dienstbote – ich nenne ihn weiterhin Kellner – erkannte – so der Glaube der Freikellner –die Größe und Göttlichkeit von Jesus. Und als Jesus sein Brot nicht zur Gänze aufaß – er ließ ein paar Krümel übrig –, servierte der Kellner die Brotreste ab – und bewahrte sie auf! Er ahnte, dass sie einmal eine Bedeutung erlangen könnten. Und nach Jesus' Tod und viel mehr noch nach seiner Auferstehung erkannte der Kellner, was für einen Schatz er da besaß. Die Reste der letzten Mahlzeit des auferstandenen Herrn! Die dieser mit seinen göttlichen Fingern berührt hatte! Nun, die Reste von Jesus' letztem Abendmahl erlangten im Laufe der Zeit den

Status einer Reliquie. Die Freikellner sagen ihr die Fähigkeit zu, Unsterblichkeit zu verleihen."

„Unsterblichkeit?"

„Ja. Wer sie isst, wird ewig leben. So zumindest der Glaube der Freikellner. Wie gesagt wurden die Brotreste als Heiligtum verehrt und von Generation zu Generation weitergegeben, wobei – und das ist jetzt wichtig – sie nur unter Kellnern weitergegeben wurden. Im 17. Jahrhundert nannten sie sich dann erstmals „Freikellner" und ihre Vereinigung „Freikellner-Korporation". Ihr gehören immer nur einige wenige Auserwählte an, wobei immer nur der Älteste den Aufbewahrungsort des Heiligtums kennt. Er ernennt dann einen Nachfolger, dem er in weiterer Folge – sobald er die Zeit für gekommen erachtet – den Aufbewahrungsort bekannt gibt. Nach dem Tod des Ältesten hütet dann *dieser* das Wissen um das Versteck wie einen Schatz, um dann *seinerseits* einen Nachfolger zu ernennen, dem wiederum *er* zu gegebener Zeit den Aufbewahrungsort nennt. Das wiederholt sich dann immer wieder ..."

„Bis herauf in die Gegenwart?", fragte Lisbeth. „Das heißt, diese Freikellner gibt es auch heute noch?"

Plankton runzelte verärgert die Stirn. „Ich bin im Zuge meiner Studien über Lebensmittel vor gut fünfzehn Jahren – als mein Stern gerade international im Aufgehen war und ich mich umfassend bilden wollte, um den gewaltigen Anforderungen, die der Beruf eines Speisologen mit sich bringt, gerecht werden zu können ... was heißt „Beruf" – Speisologe zu sein, ist eine Berufung! ... äh, Lisbeth, wie hab' ich den Satz begonnen?"

„Sie sind im Zuge Ihrer Lebensmittelstudien vor fünfzehn Jahren", wiederholte Lisbeth Planktons Satzanfang,

„und weiter war noch nichts. Also rein satzologisch ... satzmäßig."

„Aha. Gut. Also, bei diesen Studien bin ich beim Abschnitt *Essbares und Religiöses* auch auf die Geschichte über Jesus' Brotreste und die Freikellner gestoßen. Es gab dafür nur eine einzige versteckte Belegstelle, wo das erwähnt wurde und wo auch das FKK-Symbol, das sich die Korporation im 18. Jahrhundert als Erkennungszeichen gab, abgebildet war. Die Mitglieder der Korporation werden mit diesem FKK-Zeichen nämlich gebrandmarkt. Aber ich habe das damals eigentlich für eine Erfindung, eine unbewiesene Spekulation, ein Hirngespinst gehalten und nicht weiter verfolgt! Wie dumm von mir! Aber wie es scheint, gibt es die FKK wirklich. Sie ist kein Hirngespinst. Und ich habe das Zeichen auch einmal in natura gesehen!"

Und als ihn Lisbeth gespannt ansah, sagte er: „Am Körper eines Mannes!"

39. Kapitel – 14:06

Laut Gratis-Internet-Routenplaner sind es vom Pichlingersee zum Pleschingersee 15,4 Kilometer, wenn man die Bundesstraße (B 1), und 18,3 Kilometer, wenn man die Stadtautobahn (A 7) benützt. Ja, so groß ist Linz. Für den Weg auf der B 1 benötigt man laut Internet-Routenplaner – und der wird es wohl wissen, auch wenn seine Benützung kostenlos ist – 17, auf der Autobahn 19 Minuten.

Aron bewältigte die Strecke überaus schnittig in nur elf Minuten – mit der unliebsamen Konsequenz, dass in den nächsten Wochen fünf Strafbescheide wegen Schnellfahrens im Postkasten der Firma landen würden, was üblicherweise die sofortige Entlassung des Fahrers zur Folge gehabt hätte – was jedoch vorausgesetzt hätte, dass der Schuldige (Aron) dann noch Bediensteter der Firma gewesen wäre …

Zu den elf Minuten Fahrzeit kamen allerdings noch vier Minuten, die Aron vor Fahrtantritt dafür verschwendete, um auf seinem Navigationsgerät die Strecke (Pichlingersee – Pleschingersee) einzugeben und von den mehreren als Alternative angebotenen Routenvarianten die ihm als schnellste erscheinende auszuwählen.

So traf er erst gut eine Viertelstunde nach Beendigung seines Telefonats mit der Gitterverantwortlichen am Pleschingersee ein.

Nun ist der Pleschingersee relativ groß. Er besitzt eine Wasserfläche von 13 Hektar, umgeben von einer 20 Hektar großen Grünfläche, durch die wiederum ein etwa zwei Kilometer langer Geh- und Radweg führt.

Dementsprechend viele Möglichkeiten zum Parken gibt es auch rund um den See. Laut Presseaussendung der Stadt Linz vom 15. Jänner 2007 (einem kalten Wintertag ohne nennenswerte Niederschläge) sind die Parkplätze des Pleschingersees für 870 PKW dimensioniert. Sie wurden 2006/2007 zur Erfüllung wasserrechtlicher Auflagen neu gestaltet, wofür der Finanzausschuss der Stadt eine Subvention in Höhe von 1,158 Millionen Euro (exklusive Umsatzsteuer) befürwortete. Seitdem fließt das Regenwasser in eigens angelegte Sickermulden, äh ...*

Jedenfalls hatte Aron keine Ahnung, an welcher Stelle des Pleschingersees Lisbeth und Plankton weilten (sofern sie überhaupt noch da waren), sodass er den Firmenwagen erst einmal auf dem erstbesten Parkplatz abstellte und ausstieg.

Aron parkte den Wagen an der Nordseite des Geländes.

Der FKK-Bereich befand sich an der Südseite.

Noch im Kampfanzug steckend, holte Aron aus dem Kofferraum des Autos einen Feldstecher und betrat die Wiese.

Einige Sonnenanbeter sahen ihn aufgrund seines Outfits erstaunt an.

Aron kümmerte sich jedoch nicht um sie und begann, durch den Feldstecher das Gelände abzusuchen.

Er erledigte diese Aufgabe langsam und gründlich. Wenn sich Plankton und/oder Lisbeth im oder am See aufhielten, würde er sie entdecken ...

* Weitere Details unter: *http://www.linz.at/presse/2007/200701_11825.asp*

40. Kapitel – 14:08

„Sie haben das FKK-Zeichen am Körper eines Mannes gesehen!“, rief Lisbeth. „Eines Kellners?“

Plankton nickte. „Ja. Natürlich war er Kellner. Die FKK duldet keine Nichtkellner. Oder Unkellner – ich weiß nicht, was die Verneinung von Kellner ist.“

„Und wer war das?“, fragte Lisbeth aufgeregt.

„Nun, da muss ich weit in die Vergangenheit zurückgehen“, sagte Plankton. „Zu einer für mich vielleicht nicht ganz ruhmreichen Episode meines Lebens, die ich in meinen Memoiren, an denen zu schreiben ich nächstes Jahr beginnen werde, nicht zu erwähnen gedenke. Aber da es um die Freiheit und das Leben Ihres Vaters geht, will ich Ihnen die Geschichte erzählen.“

„Ich werde sie sicher für mich behalten“, versprach Lisbeth.

„Nun, das war Anfang der Achtzigerjahre“, begann Plankton. „Ich war etwa siebzehn Jahre alt und Koch-/Kellner-Lehrling im *Wienerwald*-Restaurant auf dem Freinberg. Piri-Joe feierte Geburtstag.“

„Piri-Joe?“, unterbrach ihn Lisbeth, sich über den seltsamen Namen wundernd.

„Ja. Er wurde von uns allen nur „Piri-Joe“ genannt. Im Moment fällt mir nicht ein, wie er wirklich hieß. Das „Joe“ deutet wohl auf einen Josef hin, aber das „Piri“ ... Da müsste ich länger darüber nachdenken.“

„Ist ja auch vorerst egal. Erzählen Sie weiter!“

„Nun, Piri-Joe feierte Geburtstag – ich glaube, den fünfundvierzigsten, so genau weiß ich das heute nicht mehr – und ich war – neben vielen anderen – eingeladen. Es war schon nach Mitternacht und er hatte schon einiges getrunken, denn plötzlich sagte er – lallte er, sollte ich vielleicht besser sagen –, jetzt wolle er den schönen Abend im Puff ausklingen lassen."

„Im Puff?"

„Ja. Man kann auch Bordell dazu sagen. Heutzutage gibt es auch viele sogenannte Laufhäuser. Ich weiß nicht, ob Sie wissen, wie das Laufhaus zu seinem Namen kam, nämlich weil die Freier durch die Gänge des Hauses laufen, um ..."

„Rupert, ich weiß, was ein Laufhaus ist, und auch den Begriff „Puff" kenne ich. Ich war nur etwas überrascht, dass jemand, der Geburtstag feiert ..."

„Es hat auch uns – also die, die wir bei seiner Geburtstagsfeier eingeladen waren – überrascht, dass Piri-Joe diesen Wunsch äußerte. Sonst war er nämlich eher von zurückhaltendem Naturell, ich glaube auch sehr religiös, und daher entsprach es ganz und gar nicht seinem Wesen, ein Bordell aufzusuchen ... Aber gut. Jedenfalls sagte er, weil wir ihm eine so schöne Feier bereitet hätten, würde er einen von uns ins Puff mitnehmen. Gratis. Und da wir doch noch vier oder fünf Leute waren, die für so einen Bordellbesuch infrage kamen, überlegte er sich einen Geschicklichkeitswettbewerb. Wer den gewann, der durfte ihn ins Puff begleiten."

„Ein Geschicklichkeitswettbewerb?", warf Lisbeth ein. „Was denn für ein Geschicklichkeitswettbewerb?"

„Hm, eigentlich wollte ich dieses Detail überspringen, aber wenn Sie es wirklich wissen wollen ..."

„Ich habe Ihnen ja schon versprochen, dass ich es für mich behalten werde. Und es interessiert mich wirklich."

„Wettpinkeln."

„Wettpinkeln?"

„Ja. Wir stellten uns auf dem Parkplatz vor dem *Wiener-*

wald auf, alle hinter eine Parklinie, und dann pinkelten wir um die Wette. Jeder so weit er konnte. Ich habe gewonnen."

„Rupert!"

„Ja doch! Ich kann ja nichts dafür, dass ich am weitesten konnte! Vielleicht weil ich der am wenigsten Betrunkene war? Drei Meter sechsunddreißig, wenn ich mich recht erinnere, um entscheidende achtzehn Zentimeter weiter als der Zweite."

„Ja, achtzehn Zentimeter können sehr wohl entscheidend sein", meinte Lisbeth. „Na, und dann?"

„Bin ich mit Piri-Joe ins Puff."

Die Prostituierte – sie nannte sich Carmen, war allerdings überall dort, wo sie Haare hatte, blond – lehnte es zunächst strikt ab, zwei Männer gleichzeitig zu bedienen. „Zwei Männer gleichzeitig, das mach' ich nicht. Ich hab' meine Prinzipien. Nur mit Gummi, kein Küssen, keine Türken, und nie mehr als einer!"

„Was heiß'n da gleichseitig", lallte Piri-Joe. „Kann ja auch hintereinander sein. Der eine tut's und der ann're schaut zu. Und dann umge-dings."

„Nein, nein, kommt überhaupt nicht infrage. Verzieht euch, Burschen!", lautete Carmens Antwort.

„Dann wird der Kleine da aber furchbar enttäusch sein", versuchte es Piri-Joe mit schwerer Zunge nochmals. „Er hat nämlich noch nie ... Für ihn issesas erste Mal. Und ich hab' ihn eingeladen, weil heut' hab' ich wassu feiern, Geburstag, und da soll nich nur ich allein glücklich sein ..."

Neugierig geworden betrachtete Carmen Piri-Joes Begleiter etwas näher.

Vor ihr stand ein knapp siebzehnjähriger, verlegen zu Boden blickender Bursche mit knallrotem Kopf, der es vor lauter

Scham nicht wagte, Carmens beachtlichen Reizen die gebührende Aufmerksamkeit zu schenken.

„Gott, ist der lieb!“, rief Carmen entzückt. „Na, dann will ich mal eine Ausnahme machen. Kommt rein, Jungs. Aber wie gesagt nur hintereinander und nicht beide gleichzeitig!“ Irgendwie fand sie es reizvoll (das Adjektiv „anturnend“ war Anfang der Achtzigerjahre noch nicht „in“), wenn ihr dieser junge Bursche dabei zusah, wie sie und der ältere – zwar betrunkene, aber hoffentlich erfahrene – Mann es miteinander trieben.

Die one and a half men folgten Carmen in ihr schummrig beleuchtetes Zimmer. Nachdem Piri-Joe das Finanzielle geregelt hatte und sich auszuziehen begann, sagte Carmen zu Rupert unerwartet sanft: „So, du setzt dich erst mal hierher und schaust zu. Kannst dich meinetwegen auch schon ausziehen, aber bleib ruhig sitzen, während ich deinen Freund verwöhne. Wie heißt du denn?“ Dabei fuhr sie ihm durchs Haar.

„Äh, Rupert. Und Sie?“

„Na, steht doch eh an der Tür. Carmen.“

„Sind Sie Spanierin?“, fragte Rupert, einerseits an der Herkunft seiner ersten Geschlechtsverkehrspartnerin wirklich interessiert, andererseits auch, um sich ein wenig von seiner Aufregung vor den bevorstehenden Dingen abzulenken. Er hatte vor Kurzem im Fernsehen eine Übertragung der Oper Carmen *gesehen und hielt seitdem alle Damen mit Namen Carmen für Spanierinnen – obwohl die Carmen in der Opernübertragung Russin gewesen war und die Habanera, Seguidilla und was sie sonst noch so an Bizet'schen Ohrwürmern drauf hatte, auch mit stark russischem Akzent gesungen hatte.*

„No na, Liechtensteinerin werd' ich sein“, gab Carmen zur Antwort und lachte.

„Mädel, hör auf su reden, ich warte!", rief Piri-Joe. Er hatte sich mittlerweile vollständig ausgezogen und stand, wenn auch leicht schwankend, nackt vor ihr.

„Na, dann zeigen wir deinem jungen Freund Rupi mal, wie das mit den Bienen und Blumen so funktioniert", sagte Carmen zu Joe, ohne ihre tatsächliche Herkunft näher zu erläutern. Dann stieß sie einen anerkennenden Pfiff aus. „Du kannst es ja offenbar kaum mehr erwarten. Mann oh Mann!"

Nachdem sie BH und Höschen abgelegt, Piri-Joes bestem Stück ein Kondom übergezogen und von ihm in Erfahrung gebracht hatte, dass er aufgrund soeben einsetzender leichter Übelkeit aus Zeitgründen auf ein Vorspiel welcher Art auch immer verzichten wollte, legte sie sich mit gespreizten Beinen aufs Bett. Rupert saß, noch vollständig angezogen, regungslos neben ihr. Dann hievte Piri-Joe seinen kräftigen Körper auf die Prostituierte, sodass von ihr nur mehr ihre rechts und links von ihm hervorschauenden nackten Beine zu sehen waren.

Von Piri-Joe war wesentlich mehr zu sehen.

Besonders auffällig für Rupert war dabei Piri-Joes Po.

Nicht weil dieser rhythmisch auf und ab wippte, sondern weil die rechte Pobacke von einer Tätowierung geziert wurde. Rupert vermeinte, auf der rechten Pobacke seines Arbeitskollegen die Buchstaben FKK zu entziffern.

Keine gewöhnlichen Buchstaben, sondern kunstvoll verzierte: Die Aufstriche der Buchstaben sahen irgendwie aus wie Messer und Löffel, die Querstriche wie Gabeln ...

Was hatte Essbesteck mit Freikörperkultur zu tun? Noch dazu auf dem nackten Hintern eines gestandenen Mannes?

Einige Zeit später war es dann soweit und Rupert konnte / musste / durfte sich anderen Dingen widmen als Tätowierungen auf Männerhintern, doch wieder einige Minuten später, nach-

dem er sein erstes Mal äußerst rasch hinter sich gebracht hatte, ergab sich für ihn die Gelegenheit, Piri-Joe nach der Tätowierung zu fragen – natürlich erst, nachdem er sich für die großzügige Einladung herzlich bedankt hatte.

„Ach, das!“, rief Piri-Joe leichthin. „Bin halt ein freier Kellner! Merk dir das, mein Junge, weil freie Kellner gibs nur mehr wenige auf der Welt.“

„Damals hab’ ich diese Bemerkung nicht verstanden“, schloss Plankton seinen Ausflug in die Vergangenheit. „Ich hab’ ihr allerdings auch keine weitere Bedeutung zugemessen. Als ich dann wie gesagt viele Jahre später bei meiner Ausbildung zum Speisologen bei meinen Lebensmittelstudien auch auf die Geschichte über diese Brotreste und die Freikellner gestoßen bin, hab’ ich das eigentlich für eine Erfindung gehalten und nicht weiter verfolgt. Leider ist mir damals der Zusammenhang des FKK-Zeichens mit der Tätowierung auf Piri-Joes Popo nicht aufgefallen. Ich hab’ gedacht, das mit den Freikellnern sei ein Hirngespinst!“ Er schlug sich auf die Stirn.

„Rupert, machen Sie sich keine Vorwürfe!“, tröstete ihn Lisbeth. „Jeder hätte das gedacht. Aber Sie erwähnten vorhin Jimis Taxi – dass dieses Ihnen die Augen geöffnet habe. Was hat sein klappriges altes Auto damit zu tun?“

„Na, die Aufschrift auf seinem Taxi! Erinnern Sie sich nicht?“

Lisbeth überlegte kurz, dann kam ihr die Erleuchtung. „Ja, jetzt klingelt es bei mir! Die Werbung für Linz’ bestes Laufhaus!“

Plankton nickte. „In meinem Geist ist mir diese Laufhaus-Werbung auf Jimis Taxi erschienen und irgendwelche chemischen Reaktionen in meinem Gehirn haben dazu geführt, dass mir aufgrund dessen mein damaliger Bordellbesuch und damit verbunden die Inspizierung von Piri-Joes Po eingefallen sind – und dass ich damals ebenfalls dieses FKK gesehen habe! Damit, Lisbeth, steht für mich eines fest: Die Entführer Ihres Vaters wollen, dass wir Ihnen Jesus' Brotreste servieren. Nur dann lassen sie Ihren Vater am Leben."

„Aber woher sollen wir wissen, wo diese Brotreste sind?", rief Lisbeth verzweifelt. „Wir haben doch keinerlei Hinweise!"

„Doch", widersprach Plankton. „Einen Hinweis gibt es."

„So? Welchen?"

„Piri-Joe, der offenbar ein Mitglied der Freikellner ist!"

41. Kapitel – 14:12

Aron ließ den Feldstecher sinken.

Er war nun überzeugt, dass sich die von ihm gesuchten Personen weder im See noch auf der Liegewiese befanden.

Ihm blieb allerdings noch eine zweite Möglichkeit.

Wenn Lisbeth und Plankton sich hier am Pleschingersee aufhielten, so waren sie mit dem Dienstwagen hergekommen, was bedeutete, dass auf einem der Parkplätze der weiße BMW mit dem Wunschkennzeichen LT 1 stehen musste. Wenn er den Firmenwagen aufspürte, hatte er auch Lisbeth und Plankton so gut wie gefunden.

Was ihn vor die Frage stellte, ob er mit seinem eigenen Wagen rund um den See fahren und dabei sozusagen im Vorbeifahren alle Parkplätze nach dem LT 1-Wagen absuchen sollte, oder ob es besser war, den Weg zu Fuß zu bewältigen, in welchem Fall die Suche zwar länger dauern würde, aber exakter ausfallen konnte.

Aron entschied sich für den Fußmarsch.

Er öffnete wieder den Kofferraum seines Autos, aber nicht, um den Feldstecher zurückzulegen, sondern vielmehr, um aus einem Versteck neben dem Pannendreieck eine kleinkalibrige Pistole herauszunehmen (natürlich erst nachdem er sich vergewissert hatte, dass ihm niemand dabei zusah) und in eine Tasche seines Anzugs zu stecken. Den Feldstecher hängte er sich um den Hals.

Nun konnte die Suche nach dem von Lisbeth verwendeten und hier irgendwo geparkten Dienstauto eigentlich losgehen.

Bevor Aron startete, tippte er jedoch in sein Handy noch eine Nummer ein.

Nicht die Nummer der Gitterverantwortlichen.

Weder ihre Büro- noch ihre Handynummer, und er verwendete auch nicht sein Firmenhandy, sondern sein privates, von dessen Existenz in ganz Österreich niemand wusste, und wählte eine Nummer mit einer Auslandsvorwahl.

0039 …

Er wartete geduldig eine Minute, jedoch niemand hob ab.

Aron steckte das Handy wieder ein und machte sich auf den Weg.

42. Kapitel – 14:15

„Und wie wollen Sie diesen Piri-Joe finden?“ fragte Lisbeth. „Wo Ihnen zuvor nicht einmal sein Familienname eingefallen ist.“

„Da brauch’ ich nur ein bisschen Ruhe zum Nachdenken“, sagte Plankton, aber es klang ein wenig wie eine schwache Ausrede.

„Und muss der nicht schon uralt sein?“, bohrte Lisbeth weiter. „Dieses … äh Ereignis mit der schönen Carmen war Ihrer Erzählung zufolge Anfang der Achtzigerjahre, als Sie siebzehn waren und er fünfundvierzig. Demnach ist dieser Piri-Joe, überschlagsmäßig gerechnet … fünfundsiebzig!“

„Na und?“, warf Plankton ein. „Fünfundsiebzig ist kein Alter für einen richtigen Mann!“

„Kann natürlich sein, dass er noch topfit ist“, gab Lisbeth zu. „Fit genug, um uns alles über die Freikellner zu erzählen. Kann allerdings auch sein, dass er längst schon das Zeitliche gesegnet hat. Aber alle diese Überlegungen bringen uns sowieso nichts, wenn wir nicht einmal wissen, wie dieser Piri-Joe mit vollem Namen heißt, geschweige denn, wo wir ihn finden können.“

„Piri-Joe“, sagte Plankton den Namen noch einmal laut vor sich her. „Piri-Joes richtiger Name war Josef …“ Seine Hoffnung, Joes Familienname würde sich im Fluss des Satzes von selbst als letztes Wort integrieren, erfüllte sich nicht. Er musste nach dem Vornamen abbrechen, überlegte kurz und versuchte es ein zweites Mal. „Piri-Joes richtiger Name war Josef äh …“ Und wieder verstummte er.

„Na, vielleicht ganz einfach Josef Piri?“, schlug Lisbeth vor.

„Nein, der Name war länger. „Piri“ war bloß eine Abkürzung.“

„Vielleicht der Anfang seines Familiennamens, den alle abgekürzt haben, weil er so lang oder kompliziert auszusprechen war? Etwa wie Pirimilonavtschenko."

„Nein, Pirimilonavtschenko hat er ganz sicher nicht geheißen", sagte Plankton. „Er war ein waschechter Österreicher. Sogar Oberösterreicher, worauf der Josef unzweifelhaft hindeutet. Nein, er hieß ..." Und plötzlich hatte er es. „Pieringer."

„Pieringer?", wiederholte Lisbeth.

„Ja, Pieringer. Mit einem langen I nach dem P."

„Josef Pieringer. Wir bräuchten ein Telefonbuch!"

„Haben Sie nicht mit Ihrem Handy Internetzugang?", erinnerte sich Plankton. „Da gibt's sicher auch ein Online-Telefonbuch."

„Sie haben recht!", rief Lisbeth, fischte auch schon ihr Handy aus ihrer Tasche und arbeitete sich bis zum Internet durch. „Oh weh!", rief sie zwischendurch. „Akku schwach. Aber vielleicht geht's noch ein paar Minuten. Also, dann geb' ich mal den Gesuchten ein ... Pieringer Josef. Schreibt man den auch ganz sicher mit langem I?"

„Probieren Sie's dann halt auch noch mit einem kurzen I", meinte Plankton diplomatisch.

Wenig später sagte Lisbeth wieder „Oh weh!".

„Was ist? Akku leer?"

„Nein, noch nicht. Kann aber nicht mehr lange dauern. Das Dumme ist: Der Name ist relativ häufig. Nicht so häufig wie Walter Maier oder Peter Müller, aber ich habe fast zwei Dutzend Leute mit dem Namen Josef Pieringer – oder Piringer – gefunden. 13 mit langem I und 10 mit kurzem."

„Und das sind nur die Pieringers, die ihren Anschluss zur Veröffentlichung im Telefonbuch gemeldet haben", sagte Plankton missmutig.

„Ja“, stimmte Lisbeth zu. „Da gibt es sicher noch einmal so viele, die eine Geheimnummer oder gar kein registriertes Telefon haben.“

„Wir müssen ihn auf andere Weise suchen“, beschloss Plankton. „Und wie beziehungsweise wo sucht man heutzutage?“ Er gab sich gleich selbst die Antwort: „Richtig, im Internet. Wir müssen ins Internet!“

„Aber mein Handy gibt gleich den Geist auf!“

Plankton zuckte die Schultern. „Ich habe dabei ohnehin nicht an Ihr Handy gedacht, Lisbeth, an dieses kleine Kastl, für das man fast eine Lupe braucht, damit man etwas sieht, und für das man Zwergenfinger bräuchte, um etwas einzugeben, und dem ohnehin in Kürze der Saft ausgehen wird ... Gibt es hier in der Nähe ein Internetcafé?“

„Da bin ich überfragt“, antwortete Lisbeth, etwas beleidigt, dass Plankton ihr Handy so gering schätzte. „Ich war noch nie in einem derartigen Etablissement. Meinen Kaffee trink’ ich zu Hause oder in einem richtigen Kaffeehaus oder im Büro zu einem Stück Linzer Torte, und um ins Internet zu kommen, brauch’ ich auch nicht in ein Café zu gehen. Aber ich weiß, dass es im Stadtzentrum eine ganze Menge Internetcafés gibt.“

„Im Stadtzentrum ...“, wiederholte Plankton. „Bis wir da wieder einen Parkplatz gefunden haben ... Noch dazu: Wenn wir ohnehin in die City fahren müssen, um in ein Internetcafé zu gehen, können wir gleich auch zurück in mein Hotel fahren, da kann ich in meinem Zimmer von meinem Laptop aus viel bequemer surfen.“

„Gut“, sagte Lisbeth und erhob sich von ihrem Bankerl. „Dann fahren wir in Ihr Hotel. Hier am Pleschingersee gibt’s für uns ohnehin nichts mehr zu tun.“

43. Kapitel – 14:20

„Vìo! Schatz!"

Der Mann, der an Violetta Grünsteidls Wohnungstür geläutet hatte, wollte die Frau zärtlich umarmen und ihr durch ihr langes blondes Haar streichen, jedoch sie wehrte ihn ab.

„Manu, bitte! Wir haben Wichtigeres zu tun. Komm rein!"

Der Mann – er war um einiges größer und auch älter als die Frau – folgte ihr ins Wohnzimmer und setzte sich auf die Couch.

„Hat Plankton sich schon bei dir gemeldet?", fragte er.

Sie sah auf das Handy, das sie in der vergangenen Nacht Gisbert Landauer abgenommen hatte und das nun eingeschaltet, aber stumm auf dem Wohnzimmertisch lag, und schüttelte den Kopf.

„Na ja", räumte Manu ein. „Was wir monatelang nicht zustande gebracht haben, kann er nicht innerhalb eines halben Tages schaffen. Vielleicht solltest du ihm wieder einmal eine SMS zur Erinnerung schicken, dass er nicht mehr lange Zeit hat, sonst wird seinem Freund ein weiteres Fingerglied abgehackt?"

„Meinst du? Würdest du denn wirklich noch eines ...?"

Manu zuckte ungerührt die Schultern. „Wenn es sein muss."

„Mich würde ja interessieren, wo die zwei jetzt unterwegs sind", sagte Violetta, die von Manu nur kurz Vìo (mit Betonung auf dem I) genannt wurde.

„Sehen wir uns doch einfach das Video an, vielleicht verraten sie es uns", schlug Manu vor.

„Ach ja, das Video! Wie war das noch mal? Du hast, als du heute Nacht *Das letzte Abendmahl* in Lisbeths Büro wieder zurückgehängt hast, genau gegenüber dem Bild eine Mini-Kamera installiert?"

Manu nickte. „Ja. Da in dem Büro lauter grässliche Gitter-Bilder aufgehängt sind, ist ihnen das kleine Objektiv mittendrin sicherlich nicht aufgefallen."

„Und diese Kamera liefert die Bilder direkt zu meinem Computer hier zu Hause?"

„Ja. Bewegte Bilder und Ton, ausgelöst durch einen Bewegungsmelder, sobald jemand das Büro betritt. Wenn wir deinen Computer starten, können wir sehen, wie Plankton und Lisbeth auf die Freikellner-Hinweise reagiert haben. Doch wie ich Rupert Plankton kenne, bin ich sicher, dass er den Kellner und das FKK-Zeichen richtig gedeutet hat. Er ist ein Genie in diesen Sachen. Er *muss* einfach wissen, dass es um die Freikellner und die heiligen Brotreste Christi geht – und dass er daher diese finden muss, um seinen Freund zu retten."

Während er dies sagte, trat er auch schon zu Vìos Computer und schaltete ihn ein.

Vìo erwiderte: „Ich verstehe sowieso nicht, warum wir ihm so viele versteckte Hinweise geben müssen. Warum präsentieren wir Plankton nicht einfach dieses Blatt Papier und sagen ihm, dies ist der einzige bekannte Hinweis auf den aktuellen Aufenthaltsort der heiligen Brotreste und er soll sie uns innerhalb von vierundzwanzig Stunden liefern?"

„Du bist so lieb", sagte Manu zärtlich, „und zugleich so naiv. Wenn die Würdigen verhindert sind, den heiligen Ort aufzusuchen und sie sich in höchster Not der Hilfe eines Unwürdigen – und Plankton gehört natürlich zu den Unwürdigen – bedienen, ist es nach unseren jahrhundertealten Regeln nötig, dass der Unwürdige über mindestens fünf verschlüsselte Hinweise geführt wird. Daher war es nötig, ihn ein wenig über Umwege beziehungsweise versteckte Hinweise zum Blatt zu leiten."

„Verstehe. Und diese versteckten Hinweise waren ..."

„Dass der Finger in ein Blatt Papier eingewickelt war. Dass dieses Blatt Papier ein Kreuzworträtsel ist, das als Lösungswort „Da Vinci Code" hat. Dass mit dem „Da Vinci Code" das Poster in Lisbeths Büro gemeint ist. Dass auf dem Poster ein Kellner und das FKK-Zeichen dazugemalt sind. Und dass hinten auf dem Bild ..."

Mittlerweile war der Computer hochgefahren und Manuel verstummte, während er sich bis zur Datei durchklickte, die die von ihm in Lisbeths Büro angebrachte Mini-Kamera drahtlos zu Violetta Grünsteidls Computer übermittelt hatte.

„So", sagte er zufrieden. „Wenn ich jetzt auf START drücke, sehen und hören wir, wie Plankton und Lisbeth auf das Bild reagiert haben."

Er betätigte die Start-Taste und sie sahen gespannt zu, wie Lisbeth und Plankton das Büro betraten, zielsicher vor das Bild traten und es fassungslos anstarrten.

Die Tonqualität war zwar miserabel, aber sie konnten zumindest Teile des Dialogs verstehen, den Lisbeth und Plankton in der Folge im Büro geführt hatten.

Sie vernahmen auch, dass die beiden über Freikörperkultur sprachen und dass sie den Pleschingersee aufsuchen wollten, und zuckten aufgrund dieser offenkundig falschen Fährte ein wenig zusammen. Und dann sahen sie, wie Lisbeth und Plankton das Büro verließen, ohne das Bild auch nur berührt zu haben.

Manu sah Violetta entsetzt an, Vìo erwiderte den Blick nicht minder entgeistert.

„Dieser Idiot", schrie Manu. „Dieser verdammte, verdammte Riesen-, Riesenidiot!"

44. Kapitel – 14:23

„Eines ist mir immer noch nicht klar", sagte Lisbeth zu Plankton, als sie sich raschen Schrittes auf den Parkplatz zubewegten. „Warum sollen diese Brotkrümel ausgerechnet in Linz sein?"

„Die Freikellner nennen diese „Krümel", wie Sie sie bezeichnen, ‚Die heiligen Brotreste Christi'", antwortete Plankton ausweichend. Und als er an Lisbeths Gesichtsausdruck merkte, dass sie nicht gewillt war, ihre Frage unbeantwortet zu lassen, sagte er unbestimmt: „Na ja, es gibt gewisse Quellen ..."

„Mag ja sein", ließ Lisbeth nicht locker. „Dennoch. Rom. Paris. Irgendwo in Israel. Das würde ich ja noch gelten lassen. Aber wieso gerade Linz? Ich liebe Linz, aber kirchengeschichtlich ist es ja doch eher als unbedeutend einzustufen. Ich finde es höchst unglaublich, ja fast abwegig, dass eine Reliquie von dieser enormen Bedeutung hier in Linz versteckt sein soll! Äh, „Reliquie" ist doch der richtige Ausdruck für die heiligen Brotreste Christi?"

„Ja. „Reliquie" ist sogar in mehrfacher Hinsicht die perfekte Bezeichnung dafür", sagte Plankton. „Ganz allgemein betrachtet ist eine Reliquie ja ein Gegenstand religiöser Verehrung, insbesondere ein Körperteil oder Teil des persönlichen Besitzes eines Heiligen. Und im speziellen, wörtlichen Sinn kommt das Wort „Reliquie" ja vom lateinischen „relinquere", zurücklassen – das, was Heilige – in unserem Fall sogar Jesus Christus selbst – zurückgelassen haben."

„Brotreste."

„Genau. Und daher passt die Bezeichnung „Reliquie" ungemein gut."

„Fein, dass wir das begrifflich abgeklärt haben. Aber wie gesagt, ich finde es unglaublich, dass diese Reliquie ausgerechnet in Linz versteckt sein soll!"

„Unglaublich? Ja, aber auch nein", blieb Plankton unbestimmt. Sie hatten mittlerweile den weißen Firmenwagen mit dem einprägsamen Wunschkennzeichen LT 1 erreicht und Lisbeth schloss mit der Fernbedienung die Tür auf. „Einerseits gebe ich Ihnen recht, dass man in Linz eine derartige Reliquie wohl nicht vermuten würde. Andererseits haben sich Reliquien auch in vielen anderen Fällen von den kirchenhistorisch bedeutenden Orten entfernt. Mir fällt da spontan Santiago de Compostela ein."

„Der Wallfahrtsort in Spanien? Wo der Jakobsweg endet?"

„Genau. In der autonomen Gemeinschaft Galizien, um genau zu sein. Dorthin sind nach der Legende die Gebeine des Apostels Jacobus gelangt. Santiago heißt ja soviel wie heiliger Jakob. Sie sehen: eine Reliquie an einem Ort, der um einiges kleiner ist als Linz. Und glauben Sie, dass jemand ohne die allseits bekannten Marienerscheinungen Lourdes oder Međjugorje kennen würde? Was ich damit sagen will: Warum soll nun nicht auch Linz das Los zuteil werden, kirchengeschichtlich in Erscheinung zu treten?"

„Und Ihre Quellen, von denen Sie vorher sprachen?", bohrte Lisbeth nach, während sie es sich auf dem Fahrersitz bequem machte.

„Nun", antwortete Plankton, der sich auf den Beifahrersitz gesetzt und angeschnallt hatte, „wie ich schon sagte, wurden die heiligen Brotreste immer von Kellnern zu Kellnern weitergegeben. Und wenn Sie die Geschichte der Gastronomie verfolgen, so verlagerte sich diese im Laufe der Zeit ja doch eindeutig vom Nahen Osten nach Europa, konkret nach

Mitteleuropa. Nach den von mir – wenn auch schon vor langer Zeit – studierten Quellen führt die Spur der Reliquie in der zweiten Hälfte des 18. Jahrhunderts nach München, konkret ins Umfeld des sicher auch Ihnen bekannten Hofbräuhauses."

„In München steht ein Hofbräuhaus", stimmte Lisbeth mit angenehmer Sopranstimme das bekannte Sauflied an (das übrigens keineswegs ein bayerisches Volkslied ist, sondern in den 1930er-Jahren von einem Berliner (!) namens Wilhelm „Wiga" Gabriel zum Text seines Freundes Klaus Siegfried Richter komponiert wurde), um dann – nicht gesangsmäßig, sondern rein sprachlich – dazuzusetzen: „Das gab's damals auch schon?" Sie steckte den Zündschlüssel ins Schloss.

„Ja. Das Hofbräuhaus wurde schon Ende des 16. Jahrhunderts von Herzog Wilhelm V. zur Versorgung des Wittelsbacher Hofes errichtet. Man wollte nicht mehr Gerstensaft aus Niedersachsen importieren, sondern eigenes Bier – „Hofbräubier" – brauen. War das Hofbräuhaus – seinem Namen entsprechend – zunächst nur eine Brauerei, erlaubte Wilhelms Sohn Maximilian I. im Jahr 1610 dann auch den Bierverkauf an Wirte und Privatleute – das Hofbräuhaus als Gaststätte, wie wir sie heute kennen, war geboren. Und in der zweiten Hälfte des 18. Jahrhunderts – konkret in den 1780er-Jahren – soll dort ein Kellner ..."

Er brach ab.

Denn mittlerweile hatte Lisbeth den Zündschlüssel umgedreht und war aufs Gaspedal gestiegen.

Und hatten sie und Plankton berechtigterweise erwartet, dass nun der Motor des BMW sanft brummen oder auch – je nach Intensität von Lisbeths Tritt auf das Pedal – laut aufheulen würde, wurden sie aufs Schlimmste enttäuscht.

Es tat sich nämlich gar nichts.

Während Plankton an dieser Stelle wohl wieder den Ausdruck „So ein Pech!“ verwendet hätte, rief Lisbeth kurz und bündig „Verdammte Scheiße!“ Sie versuchte es noch einmal, jedoch nichts geschah. Der Motor blieb stumm.

„Hat die alte Hexe also doch recht gehabt!“, murmelte Lisbeth und hieb mit der Faust auf das Armaturenbrett.

„Wenn Sie mit der alten Hexe die Gitterverantwortliche meinen“, sagte Plankton, „so hat sie Sie ja gewarnt, dass der Wagen manchmal nicht anspringt. Versuchen Sie es doch noch einmal.“

„Tu ich doch!“, rief Lisbeth ungeduldig und drehte den Schlüssel neuerlich im Zündschloss. „Aber die verdammte Mistkarre will nicht!“ Sie wartete eine Viertelminute und probierte es aufs Neue. Wieder nichts.

„Sind Sie Mitglied bei einem dieser Autofahrerclubs?“, fragte Plankton. „ÖAMTC oder ARBÖ? Die könnten uns Starthilfe geben.“

„Ich selber? Nein. Und ob die Firma Mitglied ist, weiß ich nicht. Ich hab’ jedenfalls nie eine Mitgliedskarte im Handschuhfach gesehen. Und wer glaubt denn auch, dass ein BMW Startschwierigkeiten hat!“

Plankton schoss durch den Kopf, dass dieser Autotype im Volksmund oft die Bezeichnung *Bayerischer Mistwagen* zugedacht wurde, sagte aber nur: „Dann sitzen wir wohl hier fest“.

„Aber das können wir nicht, hier fest sitzen bleiben!“, rief Lisbeth. „Es ist fast halb drei, die Zeit läuft uns davon. Der Entführer kann schon wer weiß was mit Paps angestellt haben!“

„Wie weit ist eine Straßenbahn-, U-Bahn- oder Bushaltestelle von hier entfernt?“, erkundigte sich Plankton.

„Schon ein gutes Stück“, antwortete Lisbeth. „Zu dieser Seite des Pleschingersees führt kein öffentliches Verkehrsmittel. Wir müssten wohl rund um den See gehen, um zu einem Bus zu gelangen.“

„Dafür haben wir keine Zeit“, bestimmte Plankton. „Na, dann sind wir wohl wieder einmal auf ein Taxi angewiesen“, sagte er und zog sein Handy aus seiner Tasche.

45. Kapitel – 14:31

„Dieser Idiot!", schrie Manu nochmals in den Monitor des Computers hinein, der nun wahrlich nichts dafür konnte, dann nahm ihn Violetta sanft in den Arm.

„Beruhige dich, Manu", sagte sie. „Du kannst ja jetzt sowieso nichts mehr daran ändern."

„Hätte ich vielleicht noch einen Zettel auf das Bild kleben sollen: „Bitte wenden"?"

„Das hätte wahrscheinlich geholfen. Aber dafür ist es jetzt zu spät."

„Jeder halbwegs vernünftige Mensch an Planktons Stelle nimmt doch das Poster von der Wand und schaut, ob nicht vielleicht auch auf der Rückseite Hinweise sind", wunderte sich Manu über Planktons Vorgangsweise, das Bild an der Wand hängen zu lassen. „Dann hätte er das Blatt gefunden. Ich hab' es ganz genau in die Mitte der Posterrückseite geklebt, mit einem Stück Tixo draufgepickt. Jeder Volltrottel hätte es gefunden."

„Wenn er auf die Idee gekommen wäre, sich das Bild auch von hinten anzusehen", schloss Violetta das Thema ab. Sie war praktisch veranlagt; ihr war bewusst, dass Geschehenes (oder in diesem Fall Nichtgeschehenes) im Nachhinein nicht rückgängig gemacht werden konnte, und blickte daher bereits in die Zukunft. „Wir müssen ihm das Blatt Papier auf andere Weise zukommen lassen. Auf ihm steht unser einziger Hinweis auf den Aufenthaltsort der heiligen Brotreste Christi, den wir haben."

„Und den wir nicht deuten können."

„Aber Plankton kann es?"

„Bis jetzt habe ich darauf vertraut – nein, nicht nur vertraut, ich war mir sogar sicher. Ganz sicher. Wie gesagt: bis jetzt“, sagte Manu, noch immer enttäuscht darüber, dass sich Plankton nicht die Mühe gemacht hatte, das verfremdete Poster genauer – nämlich auch auf der Rückseite – zu inspizieren.

„Haben wir noch Kopien des Blatts?“, fragte Violetta. „Das Original hast du ja in einem Schließfach deiner Bank, und die hat heute am Samstag sicherlich geschlossen.“

Manu nickte. „Kein Problem, ich habe genügend Kopien angefertigt. Nur – wie wollen wir sie ihm zukommen lassen?“

46. Kapitel – 14:32

„Taxi gefällig?“

„Schon wieder Sie!“, rief Plankton überrascht. Plötzlich war, nur knapp eine Minute, nachdem er telefonisch ein Taxi bestellt hatte, Jimi neben dem Firmenwagen aufgetaucht – und zwar Jimi höchstpersönlich, ohne sein Auto.

„Ja, schon wieder ich. Haben Sie ein Problem damit?“, fragte Jimi leicht beleidigt.

„Nein, nein, keineswegs. Es wundert mich halt nur, dass es in einer Stadt wie Linz mit circa 189.311 Einwohnern offenbar nur einen einzigen Taxifahrer gibt.“

„Wenn Sie immer wieder meine Nummer anrufen“, konterte Jimi leicht gereizt, „erwischen Sie halt immer wieder mich. Ich bin eine 1-Mann-Firma.“

„Schon gut“, sagte Plankton, während er und auch Lisbeth aus dem Firmenwagen ausstiegen und Lisbeth ihn mittels Fernbedienung abschloss. „Und schnell waren Sie da! Nicht einmal eine Minute, nachdem ich Sie angerufen hatte ...“

„Hätte ich mir etwas mehr Zeit lassen sollen, Kumpel?“, fragte Jimi angriffslustig. „Wenn Sie mich das nächste Mal rufen, lass’ ich Sie eine Viertelstunde warten, okay?“

„Jetzt seien Sie doch nicht gleich eingeschnappt“, verteidigte sich Plankton.

„Na, wer hat denn mit diesen blöden Bemerkungen angefangen? Ich war halt zufällig in der Nähe, darum war ich so schnell da“, sagte Jimi, der sein Taxi in gut dreißig Metern Entfernung geparkt hatte, sodass sie einen kurzen Fußweg zurücklegen mussten. „Wo soll’s denn hingehen?“

„Zu meinem Hotel. Die Adresse wissen Sie ja.“

Er und Lisbeth stiegen hinten in Jimis Taxi ein, wobei Plankton einen bedeutungsvollen Blick auf die Werbeaufschrift auf dem Wagen warf, der für Linz' (angeblich) bestes Laufhaus Reklame machte. Während sie dann auf der Freistädterstraße Richtung Zentrum dahingondelten, sagten sie eine Weile nichts, bis Lisbeth das Schweigen brach.

„Eines ist mir noch nicht klar", flüsterte sie.

Plankton runzelte die Stirn und gab ihr mit Gesten und Blicken zu verstehen, dass er es nicht für klug hielt, wenn sie in Anwesenheit des Taxifahrers die Sache weiter erörterten.

„Ja, ja, ich weiß schon", flüsterte Lisbeth weiter. Zwar teilte sie Planktons Bedenken, jedoch wollte sie eine brennende Frage beantwortet haben. „Dieses Ding da ... also die Erdbeeren vom Pleschinger Erdbeerfeld", sagte sie daher verschlüsselt, „wie haben die so lange Zeit ... überwintern können? Ich meine, das ist ja jetzt doch schon fast zweitausend Jah-" Als Plankton wieder mahnend den Kopf schüttelte, fuhr sie fort: „Also, das ist jetzt doch schon fast zweitausend äh Stunden her, dass diese Erdbeeren äh eingepackt wurden, und wie können sie da so lange Zeit überdauern, ohne dass sie sich sozusagen in Luft auflösen?"

Plankton überlegte kurz, ob das ein Thema war, das sie in Anwesenheit eines unbeteiligten Dritten besprechen konnten, ohne diesen auf die Idee zu bringen, dass das Thema viel interessanter war als es sich so verklausuliert anhörte, und sagte dann: „Dazu sage ich nur so viel, Lisbeth: Luftdichte Verpackung ist nicht eine Erfindung der Neuzeit. Heute kennt man natürlich die Vakuumverpackung, wo die Produkte gasdicht verpackt werden, indem die Gase in den Zwischenräumen des Produktes entfernt oder vakuumiert werden, wodurch insbesondere der Sauerstoff der Verpackung entzogen wird." Von der Fahrerseite her drang lautes Gähnen zu ihnen nach hinten. „Diese Verpackungsart hat mehrere Vorteile. Die Produkte sind länger haltbar, da keine Sau, äh kein Sau-, äh Sauerkraut …" Es war wieder einmal soweit, ein – wenn auch leichter – Anfall von Dozenteritis stand bevor.

„Sie meinen wahrscheinlich Sauerstoff", schaltete sich Jimi von vorne ein und gähnte nochmals gelangweilt.

„Ja, danke. Wenn also Stauersoff an die Dropukte gelalala …"

„Okay, hab' schon verstanden", setzte Lisbeth der Qual ein Ende. „Sie meinen also, es ist grundsätzlich möglich, dass so ein … Ding … also diese Erdbeeren längere Zeit überleben und demnach auch heute noch … äh vorhanden sein könnten."

„Ja, grundsätzlich glaube ich, dass das möglich ist. Konkret wissen werden wir es erst, wenn wir fündig geworden sind."

Lisbeth sah Plankton überrascht an. Was meinte er mit dieser Bemerkung?

Plankton ließ Lisbeth darüber aber nicht lange im Unklaren, denn er sah ihr fest in die Augen und sagte: „Ja, Lisbeth. Mittlerweile bin ich nämlich fest entschlossen, diese Erdbeeren zu finden!"

47. Kapitel – 14:35

78 Sekunden nachdem Lisbeth und Plankton in Jimis Taxi abgefahren waren, stand Aron vor dem weißen BMW mit dem Kennzeichen L T1. Hier irgendwo in der Nähe mussten sie also sein ...

Er drehte sich um und checkte mithilfe seines Fernglases die Umgebung.

Lisbeth und Plankton waren nirgends zu sehen.

Da bemerkte er, wie nicht weit entfernt ein Mann hinter einem Bretterzaun verschwand. Offenbar gab es hier einen Zugang zu einem abgeschlossenen Teil des Areals. Aron erinnerte sich, einmal davon gehört zu haben, dass man am Pleschingersee auch nackt baden konnte, und vermutete, dass dies der diskrete Zugang zum FKK-Bereich war.

Ob sich Lisbeth und Plankton etwa in dem Gelände hinter dem schützenden Zaun aufhielten?

Aron trat mit festen Schritten kraftvoll auf den Bretterzaun zu.

Er (der Zaun) war über zwei Meter hoch, sodass es – sofern man nicht zur Gattung der Riesen gehörte (und Aron war zwar groß, aber nicht riesengroß) – unmöglich war, über ihn hinüberzusehen.

Er (Aron) musste sich wohl selbst in die Höhle des Löwen begeben.

Aron war gerade dabei, ebenfalls den Bretterverschlag zu überwinden, als sein Handy klingelte.

Nicht das Firmenhandy, sondern sein privates.

Er sah, dass er aus dem Ausland angerufen wurde, und blieb stehen. „Aron Lüttersrythli“, meldete er sich.

„Mein Sohn, du hast vorhin angerufen?", wurde er in perfektem Italienisch begrüßt.*

0039 – die Vorwahl, die er selbst vor Kurzem gewählt hatte – war die Vorwahl von Italien …

„Ja, Eure Eminenz", antwortete Aron ebenfalls auf Italienisch.

0039 war die Vorwahl von Italien … aber auch die des Vatikans.

„Aha. Gut. Ich konnte vorhin nicht abheben, ich war im Gebet versunken. Was ist los? Warum riefest du mich an?"

„Eure Eminenz", sagte Aron, und eine nervöse Aufregung, die sonst gar nicht seinem Wesen entsprach, lag in seiner Stimme. „Ich glaube, es ist soweit. Die Suche geht los."

„Jetzt schon?", war der Kardinal überrascht. „Nun denn, dann werden wir wohl … unsere vorbereiteten Maßnahmen treffen müssen."

„Also liquidieren?", gab Aron zurück.

„Keine solchen Ausdrücke am Telefon", schimpfte sein Gesprächspartner. „Es ist zwar eine sichere Leitung, aber was ist heutzutage schon hundertprozentig sicher. Du weißt, was du zu tun hast?"

„Ja, Eure Eminenz", sagte Aron, worauf der andere mit den Worten „Gott segne dich und deine Taten" das Gespräch beendete.

Aron steckte das Handy in seine Tasche zurück und betrat das FKK-Gelände. Schweiß stand auf seiner Stirn – Schweiß, der nicht auf die warme Maisonne zurückzuführen war.

* Da der Autor nur rudimentär Italienisch spricht (amore, vino, gelato …), hat der Verlag keine Kosten und Mühen gescheut und für eine Simultanübersetzung ins Deutsche gesorgt.

Er machte ein paar Schritte, dann stellte er sich in den Schatten eines Baumes und führte sein Fernglas zum Auge, um die Umgebung nach Lisbeth und Plankton abzusuchen – nicht wissend, dass vor nicht allzu langer Zeit ein anderer Mann an dieser Stelle genau dasselbe getan hatte, um einen Kellner zu finden.

Und da sich gewisse Dinge im Leben wiederholen, baute sich wenig später ein nackter älterer Mann in Badeschlapfen vor ihm auf und sah ihn prüfend an.

Doch diesmal ergriff der Alte nicht das Wort, um den – seltsamerweise in eine Art Kampfanzug gekleideten – Nichtnackten zur Rede zu stellen, sondern ließ nur einen lauten Pfiff ertönen, worauf sich rundherum gut zehn Männer erhoben und langsam, aber zielstrebig auf Aron zugingen ...

48. Kapitel – 14:38

Nachdem Kardinal Gioacchino Rissoni das Telefonat mit Aron beendet hatte, widmete er sich wieder seiner Nachmittagsjause, die vor ihm auf einem antiken Tischchen stand – ein Cappuccino und eine Kardinalsschnitte. Sein Sekretär – ein um zwei, wenn nicht sogar drei Jahrzehnte jüngerer Mann mit engelsgleichen Zügen und für vatikanische Verhältnisse auffallend langen Haaren – sah ihn besorgt an.

„Schwierigkeiten, Eure Eminenz?“, fragte er.

Die zwei Männer befanden sich in einem reich ausgestatteten, aber nicht allzu großen Büro des vatikanischen Palastes; der Kardinal saß – wie bereits erwähnt wurde – beim Nachmittagskaffee, sein Sekretär stand ihm gegenüber mit dem Zuckerstreuer in der Hand.

Der Kardinal, der auf Mitte siebzig zuging und rein vom Äußeren her den – allerdings täuschenden – Eindruck eines gutmütigen Erbonkels machte, zuckte die Schultern und nahm seinem Sekretär das Streugerät ab. „Einmal musste es wohl so weit kommen“, sagte er nur und gab gedankenverloren so viel Zucker in den Kaffee, dass Plankton seine helle Freude damit gehabt hätte.

„Die Sache mit den Freikellnern?“, mutmaßte sein Sekretär.

Diesmal nickte der Kardinal. „Hören Sie, Gaetano“, sagte er eindringlich, „von diesen Freikellnern wissen im Vatikan nur Sie, seitdem ich vor Kurzem begonnen habe, Sie einzuweihen, ich und noch eine weitere Person, deren Identität ich Ihnen nicht verraten werde, selbst wenn Sie mich foltern – wobei ich meiner Hoffnung Ausdruck geben möchte, dass Sie das nicht im Sinn haben.“

„Nein, natürlich nicht, Eure Eminenz!“, beeilte sich sein Sekretär Gaetano Denizotti zu sagen, konnte aber nicht verhindern, dass sein Kopf rot anlief.

„Wobei es sich bei dieser dritten Person, die davon weiß, nicht um den Papst handelt!“, setzte Rissoni dazu.

„Oh!“ Denizotti hielt sich die Hand vor den Mund aus Überraschung, dass gewisse kirchliche Geheimnisse offenbar sogar dem Papst verborgen waren.

„Es gibt nicht mehr viele Freikellner auf der Welt“, sagte Kardinal Rissoni. „In Linz leben noch zwei, in Düsseldorf drei, im litauischen Klaipeda einer, östlich von Sankt Petersburg zwei ... Ach, was zähl’ ich sie Ihnen auf, egal, insgesamt mag es vielleicht noch zwanzig Freikellner auf der Welt geben.“

„Und sie alle verehren die heiligen Brotreste Christi“, sagte sein Sekretär ehrfürchtig.

„Ja. Die bislang irgendwo gut verwahrt waren. Den aktuellen Aufenthaltsort kennen immer nur maximal zwei Personen, selbst wir hier im Vatikan wissen nicht, wo sie sind. Und das war gut so. Oder, um es noch besser auszudrücken: Es war uns egal.“

„Egal? Es war dem Vatikan egal, wo sich die heiligen Brotreste Christi befinden?“, rief Denizotti entrüstet.

„Ja.“

„Aber warum? Das kann der Kirche doch nicht egal sein! Das Brot, das unser Herr Jesus Christus berührt hat!“

„Und woher wissen Sie, dass es wirklich das Brot ist?“, stellte der Kardinal dem Jüngeren eine Gegenfrage, nahm einen Schluck Kaffee und verzog den Mund. Viel zu viel Zucker.

„Sie glauben ... es ist eine Fälschung? Eine erfundene Geschichte?“

„Ich glaube an gar nichts“, sagte Rissoni – eine für einen Kardinal eher überraschende Aussage. „Aber im Zusammenhang mit den heiligen Brotresten stellen sich einem kritischen Geist doch einige Fragen.“

„Fragen?“

Der Kardinal gab seinem Sekretär ein Zeichen, dass es ihm erlaubt sei, sich zu setzen, worauf sich Denizotti dem Kardinal gegenüber auf einen Sessel platzierte und ihn erwartungsvoll ansah.

„Erste Frage“, begann Rissoni und zählte diese und auch die folgenden an den Fingern seiner rechten Hand ab. „Gab es diesen Kellner wirklich? Wenn ja – zweite Frage: Servierte dieser tatsächlich Brotreste ab? Wenn ja – dritte Frage: Waren es wirklich die Brotreste Christi? Wenn ja – vierte Frage: Bewahrte er sie tatsächlich auf? Wenn ja – fünfte Frage: Blieben die Brotreste wirklich so gut konserviert, dass sie auch heute noch nicht – wie soll ich sagen – zerbröselt sind?“ Er verstummte – vielleicht weil ihm seine rechte Hand keine weiteren Finger für noch mehr Fragen zur Verfügung stellte, vielleicht aber auch, weil er im Moment nicht mehr Fragen hatte.

„Aber, Eure Eminenz, ist es nicht Ausdruck unseres Glaubens, derartige Dinge eben nicht zu wissen, sondern zu glauben?“, warf Denizotti mit einem traurigen Unterton ein und der Kardinal nickte.

„Sie haben recht. Und daher beantwortete die Kirche, seit sie von der Freikellner-Bewegung weiß, alle diese Fragen einfach mit Ja und ging – und geht nach wie vor – von der Existenz der Brotreste Christi aus.“

„Dann wäre es doch wichtig, wenn sich die Kirche in den Besitz dieser Brotreste setzen würde!“, rief Denizotti bewegt.

„Auch da haben Sie wahrscheinlich recht. Aber – wie ich Ihnen schon sagte – es wissen immer maximal zwei Freikellner vom aktuellen Aufbewahrungsort der Reliquie. Der Ältere teilt sein Wissen zu gegebener Zeit dem von ihm bestimmten Nachfolger mit, und solange der Ältere lebt, sind es zwei Personen, die davon wissen. Wenn der Ältere stirbt, ist es nur eine Person, die ihr Wissen dann wiederum zu gegebener Zeit ihrem Nachfolger weitergibt, wodurch es wiederum zwei Personen sind und so weiter etcetera pp."

„Aber es muss doch möglich sein, diese Personen zum Reden zu bringen!", bemerkte Denizotti aufgeregt.

„Seien Sie versichert, Gaetano, dass die Kirche schon seit vielen Jahrhunderten die Möglichkeit hat, Menschen mit – wie soll ich sagen – überzeugenden Argumenten zum Reden zu bewegen", antwortete der Kardinal mit einem geheimnisvollen Lächeln. „Aber bedenken Sie: Die Freikellner glauben an diese Sache. Sie haben sich ihr zu hundert Prozent verschrieben. Nicht auszuschließen, dass sie bei den minderen Graden der Folter resistent bleiben und schweigen – und dass sie die höheren Grade nicht überleben. Dann aber stirbt das Geheimnis des Verstecks mit ihnen. Die Heilige Kirche hat daher vor Jahrhunderten schon befunden, dass es besser ist, wenn die Freikellner das Geheimnis von einer Generation zur anderen weitergeben – und für sich behalten. Daher war – und ist – es uns eigentlich gleichgültig, wo sich die Brotreste tatsächlich befinden – solange der Aufenthaltsort auch von den Freikellnern nicht preisgegeben wird und die ganze Angelegenheit so geheim bleibt, dass selbst im Vatikan immer nur zwei, drei Personen davon wissen. Und Sie können mir glauben, Gaetano, dass wir die Handvoll Freikellner stets unter völliger Beobachtung hatten – und haben."

Kardinalssekretär Gaetano Denizotti nickte nachdenklich. „Was wäre, wenn das Brot gefunden und die Sache publik wird?"

„Dann könnte dies das Christentum – und nicht nur dieses! – grundlegend verändern." Der Kardinal bekreuzigte sich rasch, bevor er mit sorgenvoller Stimme weitersprach: „Wenn allgemein bekannt würde, dass es Brotreste vom letzten Abendmahl unseres Herrn gibt, die dieser berührt hat – und noch viel mehr, wenn der Konsum dieser Brotreste tatsächlich die Wirkung hat, die ihr die Freikellner zuschreiben, nämlich Unsterblichkeit zu verleihen, dann könnten Kriege, Revolutionen die Folge sein! Stellen Sie sich vor: Unsterblichkeit! Wer würde nicht danach streben?"

„Und die derzeit ins Geheimnis des aktuellen Aufenthaltsortes der heiligen Brotreste Christi eingeweihten Freikellner befinden sich im oberösterreichischen Linz an der Donau?", fragte Denizotti gestelzt.

Der Kardinal nickte. „Und auch die Brotreste befinden sich irgendwo in Linz. Und wenn Sie – was ich Ihrem Gesichtsausdruck entnehme – in Erwägung ziehen, dass wir ja diese beiden Herren mit unseren jahrhundertelang bewährten Methoden zur Preisgabe ihres Geheimnisses bewegen könnten, muss ich Sie leider enttäuschen: Der Ältere ist schon recht alt und schwach. Er lebt in einem Pflegeheim und würde die Folter wohl nicht überleben. Wobei noch dazukommt, dass er ... Aber gut, ich will nicht abschweifen. Bleibt der Jüngere. Sein Nachfolger. Abgesehen davon, dass ebenfalls die Gefahr bestünde, dass er bei der Folter stirbt, müssen wir die Möglichkeit in Betracht ziehen, dass ihm der aktuelle Aufenthaltsort nicht bekannt ist."

„Nicht bekannt?" Denizotti runzelte die Stirn.

„Ja. Bei der Weitergabe des Geheimnisses vom Älteren zum Jüngeren dürfte es ... wie soll ich sagen ... zu Übermittlungsschwierigkeiten gekommen sein. Aus diesem Grund hat in den letzten Wochen und Monaten in Linz eine hektische Suche nach dem geheimen Ort begonnen, die uns zum Handeln gezwungen hat. Ein in Linz bekanntes Sprichwort besagt: *In Linz beginnt's.* Und so ist es. Jemand sucht dort höchst intensiv nach dem Brot. Und dieser Jemand hat keine lauteren Motive. Er will die Brotreste essen und dadurch Unsterblichkeit erlangen. Das können wir natürlich nicht zulassen!" Rissoni hieb mit der Faust auf das Tischchen, sodass die Kaffeetasse einen kleinen Sprung in die Höhe machte. „Solange die Brotreste in ihrem geheimen Versteck vor sich hinschimmeln, soll uns das nicht stören, aber wir müssen unbedingt verhindern, dass sie und ihr Geheimnis an die Öffentlichkeit gelangen."

„Und daher haben Sie Aron nach Linz geschickt", sagte Denizotti.

„Ja. Er ist einer der besten Korporäle der Schweizer Garde und mir treu ergeben. Was nichts daran ändert, dass wir ihn nach Abschluss dieser Sache als Mitwisser wohl liquidieren müssen. Wenn auch auf humane Art, das hat Aron sich verdient. Eventuell durch einen Giftpfeil, durch den er sofort tot ist? Vielleicht engagieren wir auch diese begabte Lady aus diesem James-Bond-Film, die Männern während des Sex' die Luftröhre mit ihren Beinen zerquetscht, vor Kurzem erst haben sie im vatikanischen Fernsehen den Film wiederholt ..."

„Die Uncut-Version?"

„Ja, natürlich. Beim Sex umgebracht zu werden, muss doch ein schöner Tod sein, oder? Was meinen Sie?"

„Nun, ich weiß nicht", antwortete sein Sekretär. „Ich bin noch nie beim Sex gestorben. Und dann ... der Film – „Golden

Eye" – ist aus dem Jahr 1995, die Frau muss demnach schon weit über vierzig sein. Wer weiß, ob Aron an so einer alten überhaupt Interesse hat?"

„Egal. Notieren Sie, dass ich mir darüber Gedanken machen muss."

„Muss es denn unbedingt Tote geben?", fragte Denizotti, der dies mit dem fünften Gebot* als nur schwer vereinbar befand.

„Es wird sich nicht vermeiden lassen", antwortete der Kardinal ungerührt. „Wenn Sie bedenken, was alles auf dem Spiel steht, sind ein paar Tote ein Übel, das wir in Kauf nehmen müssen. Schon vor vielen Jahren musste in Linz jemand sterben, der dem Geheimnis auf die Spur gekommen war und drohte, es preiszugeben."

„Ja?" Denizotti rutschte unruhig auf seinem Sitzplatz herum.

„Ja. Damals – im Februar 1988 – waren Sie noch nicht mein Sekretär, daher wissen Sie davon wahrscheinlich nichts. Damals entdeckte ein Linzer Zeitungsreporter das Geheimnis der Freikellner und der heiligen Brotreste!"

„Ein Zeitungsreporter!", rief sein Sekretär überrascht, der keine andere Berufsgruppe mehr fürchtete als diese Schreiberlinge.

„Ja. Dieser Reporter – sein Name fällt mir jetzt nicht ein, er will einfach nicht in meinen Schädel – dieser Reporter also besuchte sowohl dienstlich als auch privat gern Lokale in der Altstadt von Linz und kam dadurch zufällig in Kontakt mit dem damals einzig wissenden Freikellner – einem gewissen Giuseppe ... Josef Pieringer, der in einem dieser Lokale kellnerte. Pieringer – das ist der Freikellner, von dem ich Ihnen

* Für weniger Bibelfeste: „Du sollst nicht töten."

zuvor berichtet habe, dass er nun im Pflegeheim ist – Pieringer also war schon immer eher unzuverlässig und geschwätzig und so dürfte ihm ein unbedachtes Wort herausgerutscht sein, das den Reporter auf die Spur der Freikellner brachte. Und zäh wie er war, kam er so nach und nach tatsächlich auf die gesamte Geschichte."

„Großer Gott!", rief Denizotti entsetzt und bekreuzigte sich.

„Die Veröffentlichung der Freikellner-Story wäre natürlich eine Sensation gewesen, die die Auflagenzahlen seiner Zeitung in ungeahnte Höhen getrieben und ihn – als Minimum – einer Beförderung zugeführt hätte. Er war nicht davon abzubringen, einen Artikel darüber zu schreiben, sodass wir ihn in einer kalten Februarnacht des Jahres 1988, als er wieder einmal eine Lokaltour durch die Linzer Altstadt unternahm, liquidieren mussten. Ein Rekrut unserer bewährten Schweizer Garde schoss ihm eine Pistolenkugel in den Kopf. Der Fall gehört heute – gut ein Vierteljahrhundert später – noch immer zu den ungeklärten Morden in Oberösterreich. Und er wird auch für immer unaufgeklärt bleiben, das garantiere ich Ihnen." Energisch stach er mit der Gabel in seine Mehlspeise, spießte ein Stück auf und schob es in seinen Mund.

„Und warum haben Sie Aron ausgerechnet in dieser Linzer Torten-Produktionsstätte einen Job verschafft?", erkundigte sich Denizotti, der – zartfühlend wie er von Natur aus im Grunde genommen war – genug von bereits verübten und noch bevorstehenden Morden gehört hatte.

„Weil die Fäden für diese plötzliche hektische Suche nach den heiligen Brotresten Christi in dieser Firma zusammenlaufen", erklärte Rissoni. „Und zwar bei –"

„Ja? Bei wem?"

„Bei Lisbeth Landauer."

49. Kapitel – 14:50

Jimi hielt sein Taxi vor Planktons Hotel an und sagte, als Plankton für die Fahrt bezahlen wollte: „Hört mal, Leute, ich mach' euch einen Vorschlag, den ihr gar nicht ablehnen könnt. Ihr seid ja heute ziemlich auf Tour. Für einen Hunderter steh' ich euch exklusiv den ganzen restlichen Tag zur Verfügung. Na, wie klingt das?"

Lisbeth und Plankton sahen sich an. Während Lisbeths Miene zu erkennen gab, dass sie den Vorschlag durchaus überlegenswert fand, schüttelte Plankton den Kopf.

„Nein, danke, aber ich glaube nicht, dass wir auf Ihr freundliches Angebot eingehen sollten."

„He, und warum nicht?", gab Jimi zurück. „Weil Ihnen meine Werbung für das Puff nicht gefällt? Die kann ich notfalls abdecken."

„Das ist es nicht", sagte Plankton. „Ihre Laufhaus-Werbung hat mir im Gegenteil sogar ganz gute Dienste geleistet." Er erklärte Jimi nicht weiter, wie er diese Bemerkung gemeint hatte, und erkundigte sich nach dem Fahrpreis für die Strecke vom Pleschingersee zum Hotel.

„Aber, Leute, Jimi als exklusiven Fremdenführer ... Bis Mitternacht! Das dürft ihr euch nicht entgehen lassen!", versuchte es der langhaarige Taxifahrer nochmals.

„Ich weiß ja nicht einmal, ob wir heute das Hotel noch einmal verlassen werden", log Plankton. „Aber ich versichere Ihnen, falls wir wieder ein Taxi brauchen, rufe ich Sie an. Sie und niemand anderen."

„Na gut", gab sich Jimi geschlagen und kassierte den Fahrlohn.

Lisbeth und Plankton verschwanden im Hotel und fuhren schweigend mit dem Lift in den dritten Stock, wo Plankton sein Zimmer hatte. Noch immer ohne ein Wort zu reden, sperrte Plankton das Zimmer auf, ging zielstrebig auf seinen Laptop zu, der auf dem Tisch stand, klappte ihn auf und schaltete ihn ein.

„Ich habe die Idee nicht so schlecht gefunden", brach Lisbeth das Schweigen. „Ich kann mir nicht vorstellen, dass wir den Rest des Tages nun hier in Ihrem Hotelzimmer verbringen werden. Auch wenn es natürlich ein sehr schönes Zimmer ist mit einem bequem aussehenden Bett."

„Ganz sicher nicht", stimmte Plankton zu. „Wenn wir Piri-Joe gefunden haben, fahren wir sofort zu ihm."

„Und warum nicht in Jimis Taxi?", fragte Lisbeth.

„Weil er mir zu rasch am Pleschingersee war", gab Plankton eher kryptisch zur Antwort.

Lisbeth fragte nicht weiter, sondern sah sich in Planktons Zimmer – einem typischen Hotelzimmer der gehobeneren Klasse – um, bis Plankton verkündete, dass er nun Internetverbindung habe.

„Also starten wir mal die Suchmaschine!", sagte er unternehmungslustig. „Wir suchen nach Josef Pieringer. Also gebe ich bei der Suche ein: *Josef Pieringer*."

Er klickte und wartete kurz, bis auf seinem Bildschirm angezeigt wurde, dass die Suchmaschine 37.000 Ergebnisse gefunden hatte – und das in 0,22 Sekunden.

„37.000 Ergebnisse!", rief Lisbeth. „Die können wir unmöglich alle durchschauen!"

„Nein, natürlich nicht", stimmte ihr Plankton zu. „Wir müssen die Suche einschränken, indem wir zusätzliche Suchbegriffe eingeben. Er war doch Kellner. Also schreibe ich dazu: *Kellner*."

Das zusätzliche Suchwort reduzierte die Anzahl der Ergebnisse auf 7.570.

„Immer noch viel zu viele!“, meinte Lisbeth, um dann selbst auch einen Vorschlag beizusteuern: „Er war doch Kellner im Wienerwald. Geben Sie auch *Wienerwald* ein.“

Plankton tat, was Lisbeth vorgeschlagen hatte, und meldete kurz darauf, dass es jetzt nur mehr „ungefähr“ 389 Ergebnisse waren.

„Na, super!“, rief Lisbeth.

„Aber auch das sind immer noch zu viele!“, stellte Plankton fest. „Abgesehen davon sind das Ergebnisse, mit denen wir nichts anfangen können. Da ist zum Beispiel die endgültige Ergebnisliste des 52. Bewerbs um das Feuerwehrleistungsabzeichen in Gold vom 15./16. Mai 2009 des Landesfeuerwehrkommandos Niederösterreich dabei, wo offenbar Feuerwehrmänner mit den Familiennamen *Pieringer* und *Kellner* sowie weiters mindestens einer mit dem Vornamen *Josef* unter den Teilnehmern waren und auch jemand vom AFKDO – was immer das ist – *Wienerwald* teilgenommen hat.“

„Interessant“, sagte Lisbeth. „Ich wusste gar nicht, dass es diesen Bewerb gibt.* Und AFKDO heißt Abschnittsfeuerwehrkommando.“

„Aha. Was Sie alles wissen.“

„Ja. Ich kannte mal einen, der war bei der Feuerwehr ... Ziemlich gut kannte ich den sogar. Er war der beste Spritzer weit und breit ...“

* Falls es nicht nur Lisbeth, sondern auch Sie interessiert: Hier der Link zur vollständigen Ergebnisliste: *http://www.noelfv.at/feuerwehr/incontent/medien/ma_1/Ergebnis2009.pdf*

Plankton beschloss, auf Lisbeths Erlebnisse mit der Feuerwehr und deren Männern nicht näher einzugehen, und sagte nur: „Solche Ergebnisse helfen uns nicht weiter. Noch dazu glaube ich nicht, dass *Kellner* und *Wienerwald* gute Suchwörter sind. Dass Piri-Joe Kellner im *Wienerwald* war, ist über zwanzig Jahre her, ich glaube nicht, dass das Eingang ins Internet gefunden hat." Er löschte die Suchbegriffe *Kellner* und *Wienerwald* und starrte auf den stehen gebliebenen Namen.

„Jetzt geben Sie mal ein: *Josef Pieringer Freikellner*", befahl Lisbeth munter.

Plankton sah sie zweifelnd an. „Lisbeth, die Freikellner sind eine Geheimorganisation. Ich kann mir nicht vorstellen, dass sie sich ins Internet gedrängt haben."

„Während Sie diese zwei Sätze gesagt haben, hätten Sie mir auch schon den Gefallen tun können", sagte Lisbeth leicht schmollend.

„Na gut." Plankton schrieb neben den Namen des Gesuchten das Wort *Freikellner* und rief aus: „Na ja, da haben wir's!"

„Haben wir's?", fragte Lisbeth freudig erregt. „Tatsächlich?"

„Es wurden keine mit Ihrer Suchanfrage – Josef Pieringer Freikellner – übereinstimmenden Dokumente gefunden", las Plankton vor. „Der Blechtrottel hat auch ein paar Vorschläge für uns: *Vergewissern Sie sich, dass alle Wörter richtig geschrieben sind. Probieren Sie andere Suchbegriffe. Probieren Sie allgemeinere Suchbegriffe. Probieren Sie weniger Suchbegriffe.* Danke, lieber Computer." Er deutete eine Verbeugung an.

Lisbeth unterdrückte einen Fluch und fragte: „Und was machen wir jetzt?"

50. Kapitel – 14:51

Aron erwachte aus seiner kurzen Bewusstlosigkeit im Schatten eines mächtigen Baumes.

Ihm dröhnte der Schädel und die Glieder taten ihm weh, als er versuchte, sich ein wenig zur Seite zu drehen. Eigentlich wollte er nämlich noch etwas weiterschlafen. Er war so müde und so ... nackt!

Entsetzt bemerkte Aron, dass er komplett nackt auf der Wiese lag. Seine Kleidungsstücke lagen in einem lockeren Halbkreis um ihn verstreut.

Nun fiel ihm auch wieder ein, dass er von fünf – oder gar zehn? – wütenden nackten Männern verprügelt worden war. Das Letzte, an das er sich erinnerte, bevor ihn die wohltuende Ohnmacht umfangen hatte, war die Bemerkung des alten Mannes mit den Schlapfen gewesen: „Diesen Spannern müssen wir's ein für allemal zeigen. Das Pärchen von heute Mittag hat behauptet, sie würden nach einem Kellner Ausschau halten, wer weiß, was dieser Perversling für eine Ausrede ..." Mehr hatte er dann nicht mehr gehört (und auch nicht gemerkt, dass er entkleidet worden war).

Aber das genügte, um ihm zu beweisen, dass Lisbeth Landauer und dieser Plankton hier gewesen waren. Es ergab für ihn zwar keinen Sinn, dass diese hier am Pleschingersee im FKK-Gelände nach einem Kellner Ausschau gehalten hatten, aber Kellner ... vielleicht sogar *Frei*kellner ... das konnte kein Zufall sein!

Aron überlegte kurz, ob er sich an den Männern, die ihm diese Abreibung verpasst hatten, rächen sollte. Durch einen zielstrebigen Griff in seine Anzugtasche stellte er fest, dass die

Nudisten seine Pistole nicht gefunden hatten. Er entschied sich aber dagegen. Schließlich hatte er eine Mission zu erfüllen. Wenn man es genau nahm, sogar zwei Missionen. Die Gitterverantwortliche hatte ihm aufgetragen, Lisbeth – und mit ihr auch Plankton – vor mafiosen Tortenfälschern zu schützen, und der Kardinal hatte ihm befohlen ...

Er hielt mit seinen Überlegungen inne. Wie sollte er auch nur eine einzige der beiden Missionen erfüllen, wenn ihm seine Observierungsobjekte abhanden gekommen waren? Denn wenn er ehrlich war (und zu sich selbst war Aron immer ehrlich): Er hatte keine Ahnung, wo sich Lisbeth und Plankton im Augenblick befanden.

Aron erhob sich mühsam und sammelte seine Kleidungsstücke ein. Er beschloss, diese nicht sogleich im FKK-Gelände wieder anzuziehen, denn vielleicht hätte er damit den Zorn der Nudisten aufs Neue erregt, sondern packte sein Gewand nur und schlich wie ein geprügelter Hund zum Bretterzaun, wo er es anlegte, bevor er wieder das Reich der Angezogenen betrat.

Er sah, dass der von Lisbeth ausgeliehene Dienstwagen mit dem L T1 noch immer auf dem Parkplatz stand, und schloss daraus, dass die Zündung wieder einmal streikte und Lisbeth und Plankton offenbar ohne Dienstauto das Weite gesucht hatten.

Nur wohin?

51. Kapitel – 15:00

„Lauter völlig idiotische Ergebnisse!", schimpfte Plankton.

Er und Lisbeth saßen nach wie vor vor seinem Laptop im Hotelzimmer und bemühten sich durch Eingabe verschiedenster Suchworte, auf die Spur von Piri-Joe alias Josef Pieringer zu gelangen, jedoch der ehemalige *Wienerwald*-Kellner war im Internet offenbar ein unbeschriebenes Blatt. Zuletzt hatte Plankton zu *Josef Pieringer Kellner* auch noch dessen Spitznamen *Piri-Joe* eingegeben und dadurch eine Seite angeboten bekommen, die Handwerker vermittelte – unter anderem einen *Josef (Joe) Pieringer* in Bischofshofen, einen Herrn *Piri* im deutschen Burkhardtsdorf und eine Bautischlerei *Kellner*.

„Ich glaube, wir müssen uns geschlagen geben", sagte Plankton schließlich. „Man findet im Internet zwar vieles, aber eben nicht alles."

„Wobei es natürlich auch sein könnte, dass Ihr Piri-Joe seit zwanzig Jahren tot ist – kein Wunder, wenn er so ein anstrengendes Liebesleben geführt hat – und daher nicht einmal die Chance hatte, im Internet verewigt zu werden", warf Lisbeth ein.

„Sie haben recht", sagte Plankton. „Die Möglichkeit, dass er längst tot ist, besteht natürlich. Schade, dass heute das Meldeamt geschlossen hat."

„Glauben Sie, dass wir dort Auskunft bekämen?", fragte Lisbeth.

„Na ja, so ohne Weiteres wahrscheinlich nicht", räumte Plankton ein. „Uns müsste wohl ein guter Grund einfallen, um die Beamten dazu zu bewegen, uns einen Blick ins

Melderegister werfen zu lassen. Aber im Erfinden trefflicher Ausreden sind Sie ja recht gut, wenn ich nur zum Beispiel an unsere Begegnung mit Ihrem Wachau-Saufkumpanen zurückdenke."

„Ach, Sie meinen Dieter!", rief Lisbeth. „Dieter? Ja, Dieter ist die Lösung! Profes-, äh Rupert, Sie sind ein Genie!" Sie griff nach ihrem Handy, das sie zum Aufladen an die Steckdose angeschlossen hatte.

„Wieso ist Dieter die Lösung?", fragte Plankton irritiert.

„Dieter ist ein Computergenie", erklärte Lisbeth. „Er kann jeden Computer knacken, in jedes System eindringen. Zumindest brüstet er sich immer damit. Jetzt kann er es mir mal beweisen." Damit drückte sie auch schon die Tasten ihres Handys.

„Sie haben seine Nummer eingespeichert?", stellte Plankton verwundert fest. „Das in der Wachau muss ja ziemlich feucht und/oder fröhlich gewesen sein. Aber gut. Besser, als wenn wir uns jetzt nochmals durch die Suchmaschine quälen müssten, um erst mal Adresse und Telefonnummer Ihres Dieter herauszufinden."

„Nein, nein, Dieters Nummer hab' ich gespeichert. Er ist jetzt sicher zu Hause."

„Jetzt? Bei diesem schönen Wetter?"

„Dieter geht nie fort. Entweder er sitzt in der Firma vor seinen Monitoren ..."

„Inklusive Fernsehmonitor."

„Genau, oder zu Hause vor seinem PC. – Ja? Dieter?" Offenbar hatte sich ihr Arbeitskollege auch schon gemeldet. „Ja, ich bin's, Lisbeth. Du, Dieter, du sagst ja immer, dass du von deinem Heimcomputer aus sogar ins Pentagon einbrechen könntest ... Nein, nein, ich will nichts vom amerikanischen Verteidigungsministerium, aber wie schaut's denn da mit dem österreichischen Melderegister aus?" Sie schwieg kurz, während Dieter sprach, und sagte dann: „Ja, weißt du, ich möchte ein Klassentreffen organisieren, und von einem Mitschüler fehlt mir noch die Adresse, und ich hätte so gern alle eingeladen ... Ja? Du glaubst, du kannst das? Fein! Also, er heißt Josef Pieringer ..."

Sie wartete längere Zeit, während der Dieter sich offenbar auf seinem PC bis zum – für die Öffentlichkeit nicht zugänglichen – Melderegister durchkämpfte, und schaltete ihr Handy auf Lautsprecher, sodass Plankton ab nun auch Dieters Beiträge zum Telefonat mithören konnte.

„So, Lisbeth", sagte Dieter schließlich und Plankton war in Anbetracht von zwei S in dem kurzen Satz froh, dass Lisbeths Handy zwar internettauglich war (sofern der Akku aufgeladen war), aber keinen Speichel übertragen konnte. „Ich bin drin. Wie, sagst du, heißt der Kerl?"

„Josef Pieringer", wiederholte Lisbeth den Namen des Gesuchten.

Wenig später sagte Dieter brummig und mit sehr sehr vielen S: „Hm, Josef Pieringers gibt's aber eine ganze Menge. Weit über ein Dutzend. Weißt du vielleicht sein Geburtsdatum, dass ich die Suche ein wenig einschränken kann?"

„Moment!" Sie sah Plankton, der die Frage mitgehört hatte, an.

Plankton überlegte. „Also, die Sache mit der Carmen war in der Nacht vom 12. auf den 13. Juli", sagte er dann.

„Wissen Sie das bestimmt?", fragte Lisbeth skeptisch.

„Jeder Mann kann sich an das Datum seiner Entjungferung erinnern", antwortete Plankton. „Ist das bei Frauen etwa anders?"

„Und hat Piri-Joe auch am Tag seines Geburtstags seinen Geburtstag gefeiert?", fragte Lisbeth weiter und ließ offen, ob sie Planktons Frage grundsätzlich nicht beantworten wollte oder nur deshalb, weil sie sich an ihr erstes Mal auf Anhieb nicht erinnern konnte. „Oft feiert man ja erst ein paar Tage oder Wochen später."

„Nein, das war schon am Tag seines Geburtstags", behauptete Plankton.

„Ich glaube, er ist am 12. Juli geboren", sprach Lisbeth auch schon in ihr Handy hinein. „Hast du einen mit 12. Juli?"

„Ja, da ist einer mit Geburtsdatum 12. Juli", sagte Dieter. „Aber das kann nicht der deine sein."

„Wieso nicht?"

„Na, der ist 1937 geboren. So alte Mitschüler kannst du nicht gehabt haben. So oft kann man eine Klasse nicht wiederholen."

„Mitschüler?" Lisbeth wurde rot, was Dieter allerdings nicht sehen konnte. „Sagte ich vorhin *Mitschüler*? Ach, da hab' ich mich versprochen. Pieringer war unser Klassenvorstand, und den möchte ich natürlich auch einladen. Kann schon sein, dass der jetzt Mitte siebzig ist. Kannst du seine Adresse herausfinden?"

„Natürlich. Meine Salome kann alles."

„Äh, Salome?" Sie überlegte kurz. „Versteh' schon. Dein Computer heißt Salome."

„Richtig, woher weißt du das?"

„Dieter, bitte! Die Adresse von Josef Pieringer, geboren 12. Juli 1937! Und um deiner Frage, was für dich dabei herausspringt, zuvorzukommen: Ich werd's mir schon merken, dass du bei mir was gut hast."

„Hätte ich doch nie im Leben gefragt", log Dieter, um

dann zu sagen: „Hm, das ist aber komisch. Na, auf deinen Herrn Klavo Pieringer wirst du bei deinem Klassentreffen wohl verzichten müssen."

„Wieso?", fragte Lisbeth atemlos. „Ist er etwa schon gestorben?"

„Fast", antwortete Dieter. „Seine aktuelle Adresse ist das Pflegeheim Kursana in Linz/Urfahr."

52. Kapitel – 15:08

Als der laute, alles durchdringende Schrei ertönte, erwartete jedermann in der näheren Umgebung, dass sich Tarzan von Haltegriff zu Haltegriff durch die Straßenbahn schwingen würde.

„Rupert, Ihr Handy!", zischte Lisbeth Plankton zu. „Können Sie nicht Ihren SMS-Eingangsklingelton auf etwas Dezenteres umstellen?"

Lisbeth und Plankton hatten vor ein paar Minuten eiligen Schrittes das Hotel verlassen, um auf schnellstem Weg zur Kursana Seniorenresidenz im Linzer Stadtteil Urfahr zu gelangen, und da diese in der Nähe einer Straßenbahnhaltestelle lag, hatten sie beschlossen, ausnahmsweise nicht Jimis Taxi für die Fahrt zu benützen, sondern öffentliche Verkehrsmittel. Daher befanden sie sich nun im Inneren eines sogenannten Cityrunners, wie die seit gut zehn Jahren in Betrieb befindlichen Niederflurstraßenbahnen in Linz genannt werden*.

„*Mister X* hat ohnehin schon lange Zeit nichts mehr von sich hören oder lesen lassen", sagte Plankton, um vor den anderen Straßenbahnfahrgästen das Wort „Entführer" nicht verwenden zu müssen. Er drückte den Klingelton weg und arbeitete sich bis zum Text der SMS durch.

„Jetzt ist er völlig verrückt geworden", sagte er dann.

„Wieso? Was schreibt er denn?"

„TKRAMNEBUATREDFUANOHCSEISNERAW."

* Kaum zu glauben, aber auch in Brüssel, Eskişehir, Genf, Graz, Innsbruck, Łódź und Marseille gibt es Cityrunner!

„Äh, könnten Sie das eventuell wiederholen?", bat Lisbeth.

„TKRAMNEBUATREDFUANOHCSEISNERAW", sagte Plankton nochmals. „Also nichts davon, dass wir noch so und so viele Stunden Zeit hätten, sonst schickt er uns von Ihrem Vater den Daumen oder die Nase oder sonst was, sondern einfach nur: TKRAMNEBUATREDFUANOHCS-EISNERAW."

„Aha. Und was soll das heißen?"

„Ich glaube, das liegt wohl auf der Hand."

„So? Auf Ihrer vielleicht, auf meiner nicht."

„Man muss den Text von hinten nach vorne lesen. Also, diese Aufgabe war wirklich einfach zu lösen!"

„Und was heißt es dann?"

„WARENSIESCHONAUFDERTAUBENMARKT", sagte Plankton, jede Silbe und jeden Buchstaben gleich betonend.

„Warensi? Wer oder was bitte ist ein oder eine Warensi?", fragte Lisbeth.

„Nächster Schritt bei der Entschlüsselung der Botschaft", dozierte Plankton. „Sie müssen sich jetzt auch noch Leer- sowie ein Fragezeichen dazudenken. Dann heißt es: WAREN SIE SCHON AUF DER TAUBENMARKT?"

„Auf *der* Taubenmarkt?", wiederholte Lisbeth. „Muss das nicht heißen: Auf *dem* Taubenmarkt?"

Plankton nickte. „Eigentlich schon. Mit der deutschen Sprache scheint der Entführer ein wenig auf Kriegsfuß zu stehen. Zuerst eine Tür mit einem stummen H, jetzt ein weiblicher Markt ..."

„Aus der SMS ist aber jedenfalls zu schließen, dass wir auf den Taubenmarkt müssen, weil dort offenbar der nächste Hinweis versteckt ist", sagte Lisbeth aufgeregt.

„Zweifellos", stimmte ihr Plankton zu. „Aber wir sind gerade am Taubenmarkt vorbeigefahren, haben noch eineinhalb Haltestellen bis zur Haltestelle Rudolfstraße, von wo es dann nur ein paar Schritte bis zur Kursana sind. Ich würde vorschlagen, wir suchen zunächst einmal Piri-Joe im Pflegeheim auf und fahren anschließend zum Taubenmarkt. Vielleicht kann uns Piri-Joe sowieso nicht helfen, dann sind wir dort bald fertig – oder aber er weiß etwas, dann ist es wichtig, dass wir ihn so schnell wie möglich kontaktieren ..."

„Einverstanden", sagte Lisbeth. „Oh, dort kommt ein Kontrollor! Den erkenn' ich schon eine halbe Straßenbahn gegen den Wind."

Instinktiv griff Plankton nach seiner 24-Stunden-Karte, die er vor dem Einsteigen am Fahrscheinautomaten gelöst hatte. Nur zu gut war ihm noch sein vormittägliches Schwarzfahrerlebnis in Erinnerung. War das wirklich erst vor ein paar Stunden gewesen? Ihm kam es vor, als wären schon Tage seither vergangen ...

„Ihren Fahrausweis bitte", wandte sich der Kontrollor an Lisbeth und Plankton. Während diese ihre Fahrscheine herzeigten, studierte der Kontrollor aufmerksam Planktons Gesichtszüge.

„Vielen Dank", sagte er schließlich und ging weiter.

Jedoch nachdem Lisbeth und Plankton an der Haltestelle Rudolfstraße aus der Straßenbahn ausgestiegen waren, um durch die Fußgängerunterführung in Richtung Seniorenresidenz weiterzugehen, verließ auch der Kontrollor an derselben Haltestelle den Cityrunner und sprach etwas in sein Handy, während er den beiden in geringem Abstand durch die Unterführung folgte.

53. Kapitel – 15:15

Nachdem Lisbeth und Plankton durch die sich automatisch öffnende Glastür das Pflegeheim betreten hatten, entdeckten sie rechts am Ende des Ganges eine in einen weißen Kittel gekleidete Frau, die ganz offensichtlich hier als Pflegerin beschäftigt war.

„He, gute Frau!“, rief ihr Plankton zu. „Kennen Sie sich hier aus?“

„Ob ich mich hier auskenne?“, erwiderte die Frau stirnrunzelnd und ging den beiden entgegen. „Nun, ich arbeite hier seit fünfzehn Jahren, da sollte ich mich eigentlich mittlerweile ganz gut auskennen ...“

„Na, dann werden Sie sicher wissen, wo ich Josef Pieringer finde!“, sagte Plankton freudestrahlend. „Meinen guten, alten Piri-Joe-Kumpel.“

„Josef Pieringer?“, fragte die Pflegekraft etwas überrascht. „Natürlich weiß ich das. Sind Sie ein Verwandter? Ich habe Sie noch nie hier gesehen.“

„Ich bin ein ehemaliger Arbeitskollege von Joe“, erklärte Plankton und log dabei nicht einmal. „Ich habe erst vor Kurzem erfahren, dass er hier im Pflegeheim untergebracht ist.“ Und auch das entsprach der Wahrheit, war es doch noch nicht einmal eine halbe Stunde her, seit ihnen der gute Dieter unter Verletzung sämtlicher Datenschutzbestimmungen diese Auskunft erteilt hatte.

„Ein ehemaliger Arbeitskollege, aha“, sagte die Pflegerin.

„Ja, im Restaurant *Wienerwald* waren wir gemeinsam beschäftigt“, erzählte Plankton, noch immer bei der Wahrheit bleibend. „Ist schon einige Zeit her.“

„Nun, Herr Pieringer hat dort vorne rechts sein Zimmer", sagte die Pflegerin und wies in Richtung Eingang. „Normalerweise teilt er es sich mit einem anderen Mann, aber der ist zurzeit im Krankenhaus, sodass er das Zimmer für sich allein hat."

„Fein!", bemerkte Plankton. „Dann können wir uns ja ganz ungestört unterhalten."

„Für eine ungestörte Unterhaltung mit Herrn Pieringer sehe ich ein kleines Problem auf Sie zukommen", sagte die Pflegeheimbedienstete mit einem zarten Schmunzeln.

„Ein Problem?" Nun war es an Plankton, die Stirn zu runzeln. „Was denn für ein Problem?"

„Herr Pieringer ist hochgradig dement. Selbst wenn Sie vor ein paar Tagen noch sein Arbeitskollege gewesen wären, er würde sich heute nicht mehr an Sie erinnern."

„Dement!", rief Plankton entsetzt.

„Seit fast zehn Jahren ist er nun schon bei uns", erklärte die Pflegerin. „Anfangs war es noch nicht so schlimm mit seiner Demenz, da erinnerte er sich noch an seine Freunde, seine Verwandten, seinen Beruf, aber wie es mit dieser Krankheit halt so ist – es wird von Tag zu Tag schlechter."

„Alzheimer?", fragte Lisbeth.

Die Pflegerin schüttelte den Kopf. „Es gibt viele Erscheinungsformen von Demenz. Alzheimer ist nur eine davon – wenn auch die häufigste und bekannteste. Herr Pieringer leidet an einer anderen Form. Sagen jedenfalls die Ärzte. Im Ergebnis kommt es aber ohnehin aufs Gleiche heraus. Jetzt sind wir schon froh, wenn er sich nach dem Nachmittagsschlaferl erinnert, dass er schon zu Mittag gegessen hat."

Plankton, der ahnte, dass er von einem dementen Piri-Joe wohl keine Informationen über die Freikellner erlangen würde, kratzte sich missmutig am Kopf. „Und er erinnert sich an nichts?“, fragte er. „Nicht an seinen ehemaligen Beruf als Kellner ... nicht an seine Verwandten ...“

„Er hat nicht viele Verwandte. Eigentlich nur mehr einen Sohn, der ihn alle paar Wochen besucht – und den er nicht wiedererkennt.“

„Dann wird er wohl mich auch nicht erkennen“, schloss Plankton messerscharf. „Ich möchte ihn aber trotzdem sehen, wenn es möglich ist.“

„Natürlich. Kommen Sie, ich begleite Sie in sein Zimmer.“

Die Pflegerin ging vor, öffnete die Tür zu dem dem Eingang zum Pflegeheim nächstgelegenen Zimmer und trat ein.

„Ah, Herr Pieringer!“, sagte sie, als sie sah, dass der Zimmerinsasse wach auf seinem Bett saß. „Sie sind munter. Fein. Besuch für Sie!“

Sie gab Plankton und Lisbeth ein Zeichen, dass sie ins Zimmer kommen konnten, und die beiden traten etwas verlegen ein.

Pieringer sah sie an und sagte freundlich „Grüß Gott“.

Lisbeth raunte Plankton zu „Erkennt er Sie vielleicht doch?“, jedoch die Pflegerin, die die hoffnungsvolle Frage mitangehört hatte, schüttelte den Kopf. „Er grüßt alle Menschen freundlich“, erklärte sie. „In seinen wenigen etwas lichteren Momenten ist ihm bewusst, dass er alles und jeden gleich wieder vergessen wird, und um sozusagen auf Nummer sicher zu gehen – es könnte ja jemand zu ihm kommen, den er eigentlich kennen müsste – grüßt er alle freundlich. – Ein ehemaliger Arbeitskollege von Ihnen“, sagte sie dann, zu Pieringer gewandt. „Und seine Frau.“

Plankton fand es nicht der Mühe wert, letzteren Irrtum aufzuklären. Er ging stattdessen auf Pieringer zu und reichte ihm die Hand, die der alte Mann auch ergriff. Während er sagte „Wirst dich wahrscheinlich nicht mehr an mich erinnern, weil das ist fast dreißig Jahre her, dass wir zusammen im *Wienerwald* gekellnert haben“, musterte er Pieringers Züge. Ja, tatsächlich, das war sein ehemaliger Kollege. Natürlich war er fast dreißig Jahre älter geworden und auch deutlich abgemagert und auch die Krankheit hatte sichtbare Spuren hinterlassen, jedoch es war unverkennbar sein alter Kumpel Piri-Joe, seines Zeichens Mitglied der Freikellner – nunmehr leider *dementes* Mitglied der Freikellner.

„Na, ich lass' Sie jetzt allein“, sagte die Pflegerin. „Wenn ich Ihnen einige Verhaltensmaßregeln ans Herz legen darf: Überfordern Sie ihn nicht. Vor allem nicht mit vielen Fragen. Er wird die meisten nicht beantworten können. Und verwenden Sie einfache Sätze. Und wenn er behauptet, dass es heute in der Früh geschneit hat, widersprechen Sie ihm nicht.“

„Ja, ja, schon gut“, sagte Plankton mit leichter Ungeduld und wartete, bis die Pflegerin die Tür hinter sich geschlossen hatte. Er rückte einen Sessel zum Bett und setzte sich zu Pieringer, der auf dem Bett sitzen blieb und seine beiden Besucher mit wachsendem Misstrauen ansah. *Wer waren die zwei bloß? Und was wollten sie von ihm?*

„Piri-Joe!“, sprach Plankton sein Gegenüber an und sah ihm dabei ins Gesicht, ob sich dort irgendein Zeichen des Erinnerns regte. Jedoch Pieringers Gesichtszüge blieben unverändert. Unverändert misstrauisch. *Wer war das?*

„Weißt du noch, wie du mich damals zu dieser Carmen eingeladen hast ...“

„Rupert, glauben Sie, dass das das richtige Thema für einen Dementen ist?“, warf Lisbeth etwas vorwurfsvoll ein und erreichte dadurch, dass Pieringers Interesse erstmals auf sie gerichtet wurde. Er sah sie eindringlich an, als versuchte er, sich zu erinnern, ob er sie schon einmal gesehen hatte.

Lisbeth erriet Pieringers Gedankengang und um ihn nicht sinnlos überlegen zu lassen, sagte sie: „Wir sind uns noch nie begegnet, Herr Pieringer. Ich bin Lisbeth Landauer, die ... Begleiterin von Rupert Plankton."

Pieringer sah wieder Plankton an. *Aha, Rupert Plankton hieß der Mann. Und? Wer war er?*

Und auch Plankton betätigte sich als Gedankenleser, denn er sagte, Pieringers insgeheime Frage beantwortend: „Wir waren gemeinsam beim *Wienerwald*, in den Achtzigerjahren. Schon lange her. Kein Problem, wenn du dich nicht mehr daran erinnerst. Ich habe gehört, du hast einen Sohn?"

Pieringer nickte bedächtig. *Ja, man hatte ihm oft gesagt, dass er einen Sohn hatte, obwohl er sich nicht daran erinnerte ... Wie hieß er noch gleich ... Ach ja!* „Magnus."

„Ach, Magnus heißt er", sagte Plankton. „Magnus Pieringer. Schöner Name. Und was arbeitet er?"

Pieringer dachte angestrengt nach. *Auch das hatte man ihm doch Hunderte Male eingebläut. Irgendwas mit einem Zug. War er nicht Schaffner? Oder Zugführer?* „Zug", sagte er nur.

„Zug?", wiederholte Plankton, der das als Berufsangabe reichlich unbestimmt fand. Aber egal. Es war wohl Zeit, zu den wesentlichen Fragen zu kommen, auch wenn er sich dabei auf Glatteis begab. Aber was hatte er schon zu verlieren?

„Damals, im *Wienerwald*, hast du mich auch zu den Freikellnern geführt", behauptete er kühn und Lisbeth sah ihn wie elektrisiert an. „Weißt du noch, dieses Einführungsritual mit dem Brandmal?" Gespannt beobachtete er Pieringers Mienenspiel, jedoch in dessen Gesicht war keine Veränderung zu bemerken, nur völliges Unverständnis.

„Ich …“, begann Pieringer dann plötzlich und Lisbeth und Plankton warteten, den Atem anhaltend, auf das, was er ihnen zu sagen hatte.

„Ja, Joe?“, ermunterte ihn Plankton zum Weiterreden. „Was ist?“

„Ich … hatte heute noch kein Mittagessen“, sagte Pieringer schleppend.

Plankton seufzte (auch aufgrund der Tatsache, dass er diesbezüglich Leidensgenosse war, denn auch er hatte heute noch kein Mittagessen zu sich nehmen dürfen) und Lisbeth konnte ihm den Vorwurf „Sie haben ihn überfordert“ nicht ersparen.

„Mag schon sein“, gab Plankton knurrend zur Antwort. „Aber ich hatte gehofft, dass sich wenigstens ein bisschen Erinnerungsvermögen bei ihm einstellt.“ Und wiederum zu Pieringer gewandt, sagte er: „FKK. Das Zeichen der Freikellner. Sagt dir das was?“

Pieringer nahm sich nicht einmal die Mühe, den Kopf zu schütteln, sondern wandte diesen zur Seite, zu Lisbeth hin. Er sah ihr ins Gesicht und plötzlich schien irgendetwas in ihm zu arbeiten.

„FKK“, wiederholte Plankton mit wachsender Verzweiflung. „Du hast es am Po eintätowiert. Auf deiner rechten Pobacke. Ich hab’ es gesehen, damals bei der Carmen.“

„Carmen“, wiederholte Pieringer, Lisbeth ansehend. Der Name schien ihm nichts zu sagen. *Hieß diese junge Frau etwa Carmen?*

„Wenn du aufstehst, kann ich dir das Zeichen zeigen“, sagte Plankton. „Du musst nur deine Pyjamahose ein wenig hinunterziehen. Keine falsche Scham, Lisbeth schaut inzwischen weg.“

Jetzt hieß sie auf einmal wieder Lisbeth …

„Er hat vielleicht eine Windel an", zischte Lisbeth Plankton zu, jedoch Plankton hatte Pieringer schon aufgeholfen, sodass der alte Mann etwas wackelig vor ihm stand.

„Wenn du dir deine rechte Pohälfte anschaust, da ist die Tätowierung drauf", sagte Plankton und tatsächlich zog Pieringer, der tagsüber keine Windel tragen musste, seine Pyjamahose bis zu den Knien nach unten und sah über seine rechte Schulter auf seine rechte Gesäßbacke, wo – nach all den Jahrzehnten schon recht schwach und verschwommen – das Freikellner-Zeichen eingebrannt war.

Der Blick auf das FKK schien in Pieringers teilweise zerstörtem Gehirn irgendeine Erinnerung hervorgezaubert zu haben, denn plötzlich blickte er von Plankton zu Lisbeth und wieder zurück und sagte: „Manu?"

„Manu?", wiederholte Plankton. „Was soll das heißen: Manu?"

„Manu", sagte Pieringer nur und schaute wieder auf seinen nackten tätowierten Po.

In diesem Moment ging die Tür auf und die Pflegerin trat ein.

„Was ich Ihnen noch sagen wollte", begann sie, um auf einmal zu erstarren. Ihrem geschulten Pflegerauge boten sich ein Heiminsasse dar, der vor einem Besucher die Hose heruntergelassen hatte, und eben dieser Besucher, der interessiert auf den nackten Po dieses Insassen starrte.

„Also das!", sagte sie nur, weil ihr die Worte fehlten. „Das ist doch ..."

„Ich kann Ihnen das erklären", behauptete Plankton, jedoch die Pflegerin ließ ihn nicht zu Wort kommen.

„Sie können sich Ihre Erklärungen sparen!", rief sie. „Ich hab' ja schon viel erlebt, aber dass Besucher sich an unseren

Insassen aufgeilen … an ihren nackten Hintern … Pervers! Hinaus mit Ihnen! Sofort! Und Sie", sagte sie mit ungewohnter Schärfe zu Pieringer, „ziehen sofort Ihre Hose wieder hinauf oder es gibt kein Abendessen!"

„Es ist nicht so, wie es aussieht", versuchte es Plankton erneut, jedoch Lisbeth gab ihm ein Zeichen, dass er sich Erklärungen sparen sollte und dass es besser war, schleunigst zu verschwinden.

„Na gut", stimmte Plankton diesem Vorschlag zu. „Gehen wir. Hier erfahren wir sowieso nichts mehr. Mach's gut, Piri-Joe!"

„Hinaus!", brüllte die Pflegerin. „Bevor ich noch die Polizei rufe!"

Plankton und Lisbeth zwängten sich an ihr vorbei hinaus auf den Gang und wandten sich dann dem Ausgang zu, während die Pflegerin noch im Zimmer blieb, um Pieringer beim Wiederankleiden behilflich zu sein.

„In lauter saublöde Situationen geraten wir heute", sagte Plankton zu Lisbeth, ohne zu wissen, dass ihm die nächste saublöde Situation unmittelbar bevorstand.

Denn als sie durch die sich vor ihnen öffnende Glastür ins Freie treten wollten, versperrten ihnen acht grimmig und entschlossen dreinblickende Männer, die sich an den Händen hielten und dadurch einen undurchdringlichen Halbkreis bildeten, den Weg.

54. Kapitel – 15:28

„Schon eine Antwort auf deine Taubenmarkt-SMS?“, fragte Manu.

Violetta Grünsteidl schüttelte ungeduldig den Kopf. „Noch nicht. Plankton scheint überhaupt ungern auf SMS zu reagieren. Er könnte doch wenigstens eine kurze Antwort-SMS abschicken, damit wir wissen, ob er die Botschaft verstanden hat.“

„Gib ihm Zeit“, sagte Manu. „Was wir innerhalb von Monaten nicht geschafft haben, kann er nicht innerhalb eines Tages ...“

„Zeit!“, wiederholte Violetta geringschätzig. „Jetzt ist es schon fast halb vier am Nachmittag und wir wissen noch nicht einmal, ob Plankton auf der richtigen Spur ist, ob er den FKK-Hinweis richtig gedeutet hat.“

„Ich bin überzeugt, dass er die wahre Bedeutung des Zeichens bereits erkannt hat“, meinte Manu optimistisch. „Und dann – wenn er auch das Blatt hat – wird er uns die heiligen Brotreste Christi verschaffen. Schließlich steht das Leben seines Freundes Gisbert Landauer auf dem Spiel!“

„Ich wollte, ich könnte deine Zuversicht teilen“, seufzte Violetta. „Überhaupt – dieses Blatt. Ist es wirklich der einzige Hinweis auf den Aufenthaltsort der Brotreste?“

Manu nickte traurig. „Zum Teil bin ich auch selber daran schuld, dass wir den Aufenthaltsort nicht kennen, weil ich die Sache ein wenig verschlampt habe. Als Pieringer mich im Jahr 1978 in die Korporation aufgenommen hat, hat er angekündigt, dass er mir als seinem Nachfolger zu gegebener Zeit das Versteck bekannt geben wird. Nun, damals war er noch jung, so um die vierzig, und ich hatte es nicht eilig, den geheimnisvollen Ort zu erfahren. Das Wissen um den Aufbewahrungsort des Heiligtums bringt ja auch sehr viel Verantwortung mit sich und dafür benötigt man menschliche, wenn nicht sogar übermenschliche Reife, die ich damals noch nicht hatte. In der Folge gingen Pieringer und ich dann verschiedene Wege und ich habe die Angelegenheit ein wenig aus den Augen verloren. Erst vor ein paar Jahren – als ich registrierte, dass Pieringer nun so um die siebzig Jahre alt sein musste – habe ich mir gedacht, dass es nun an der Zeit wäre, dass er mir das Versteck verrät."

„Und du hast ihn ausfindig gemacht – im Pflegeheim."

Wieder nickte Manu traurig. „Ja. Im Zustand fortschreitender Demenz. Ich bin mir nicht sicher, ob er mich überhaupt erkannt hat und ob er wusste, wovon ich sprach, als ich die Brotreste, die Freikellner und das Versteck erwähnte. In einem lichten Moment allerdings hat er aus seinen Papieren diesen einen Zettel herausgesucht und ihn mir gegeben. ‚Hier', hat er gesagt, ‚hier steht alles drinnen.' Doch als ich wenig später zu ihm sagte, er solle nicht so geheimnisvoll tun und mir ohne Umschweife verraten, wo das Versteck ist, aus diesem Zettel würde ich nicht schlau, hat er wieder getan, als verstünde er nicht, wovon ich rede. Und seitdem habe ich kein vernünftiges Wort mehr aus ihm herausgebracht, obwohl ich es immer und immer wieder versucht habe."

„Dann ist Plankton wirklich unsere letzte Hoffnung."

„Ja. Rupert Plankton ist ein weltweit anerkanntes Genie bei allen Dingen, die mit Geheimnissen im Zusammenhang mit Lebensmitteln zu tun haben, und ich glaube, dass er der einzige Mensch auf Erden ist, der in der Lage ist, dieses Rätsel zu lösen. – Wie viel Zeit geben wir ihm noch?"

Violetta sah auf die Uhr. „Eine halbe Stunde. Wenn er bis dahin nicht auftaucht, müssen wir zu anderen Mitteln greifen."

„Bis vier Uhr also", sagte Manu. „Gut."

Die beiden standen im Schatten eines Wohnhauses und beobachteten gut versteckt die gegenüberliegende Straßenseite in der Erwartung, Plankton – und mit ihm wohl auch Lisbeth – würden endlich auftauchen.

Dieses Haus stand allerdings nicht am Taubenmarkt, sondern etwa einen Kilometer entfernt in der Nähe der Kapuzinerkirche ...

55. Kapitel – 15:30

Plankton und Lisbeth blieben wie angewurzelt stehen, als sie das Bollwerk an Männern erblickten, die sie ganz offensichtlich am Weitergehen hindern wollten. Und als auch noch einer der Männer mit einem höchst feindseligen Unterton rief „Rupert Plankton, jetzt entkommen Sie uns nicht!“, war ihnen klar, dass keine Verwechslung vorlag und es diese Männer tatsächlich auf sie – beziehungsweise jedenfalls auf Plankton – abgesehen hatten.

„Rupert, was wollen diese Männer von Ihnen?“, flüsterte Lisbeth ihrem wie erstarrt dastehenden Begleiter zu.

„Ich habe keine Ahnung“, antwortete Plankton ebenso leise. Mit großem Unbehagen stellte er fest, dass sich die Männergruppe mit kleinen Schritten zentimeterweise auf ihn und Lisbeth zubewegte.

„War der eine da – der dritte von links – nicht der Kontrollor, der uns vorhin in der Straßenbahn kontrolliert hat?“, fragte Lisbeth und erreichte dadurch, dass es in Planktons Gesicht nervös zu zucken begann. „Und auch den ganz rechts kenne ich vom Sehen her vom Straßenbahnfahren. Der ist ebenfalls Fahrscheinkontrollor!“

Fahrscheinkontrollore?, schoss es Plankton durch den Kopf. Sein vormittägliches Erlebnis, als er als Schwarzfahrer ertappt worden war und beim Aussteigen seinen Kontrollor niedergestoßen hatte, um flüchten zu können, hatte er nicht vergessen. *Drohte ihm nun die Rache der Kontrollore?*

„Ich glaube, wir ziehen uns besser zurück“, sagte Plankton, fasste Lisbeth bei der Hand und zog sie im Rückwärtsgang ins Gebäude zurück. Die gläserne Eingangstür schloss sich hinter ihnen und ließ acht Fahrscheinkontrollore, die durch ihre langsamen stereotypen Vorwärtsbewegungen wie Zombies aus einem Horrorfilm wirkten, draußen.

„Dann sitzen wir aber in der Falle!", wandte Lisbeth ein. „Wir können ja nicht den Rest unseres Lebens im Pflegeheim verbringen!"

„Natürlich nicht, bei *den* Gebühren!", versuchte Plankton einen Scherz. In diesem Augenblick ging die Tür zu Pieringers Zimmer auf und die Pflegerin, die ihre Arbeit, Pieringer wieder halbwegs ordentlich zu adjustieren, beendet hatte, trat auf den Gang heraus.

„Was!", rief sie. „Sie sind noch immer da?"

„Gibt es hier einen zweiten Ausgang?", fragte Plankton, ohne auf ihre Frage, deren Antwort ohnehin auf der Hand lag, einzugehen.

„Ja, dort hinten links um die Ecke und dann nach dem Speisesaal rechts, dann kommen Sie bei der Stadtpfarrkirche heraus", sagte die Pflegerin und wies in die Richtung. „Und jetzt verschwinden Sie endlich!"

Mit einem hastigen „Danke" begann Plankton auch schon, in die angegebene Richtung zu laufen, Lisbeth im Schlepptau.

Im selben Moment löste sich die Achtmännerkette vor dem Pflegeheim in ihre einzelnen Glieder auf.

„Es muss noch einen zweiten Ausgang geben!", rief einer, den aufmerksame Zeugen des vormittäglichen Vorfalls auf der Mozartkreuzung unschwer als Puppi identifiziert hätten. „Wir trennen uns. Joschi und Sepp gehen hierhin, Pepi und Josef dorthin ..." Mit knappen Handbewegungen gab er seinen sieben Kollegen Aufträge, wo sich jeder von ihnen hinzubegeben hatte, er selbst wollte hierbleiben und den Haupteingang bewachen. „Wer ihn fasst, bringt ihn hierher.

Ich schau' inzwischen, ob ich Otto telefonisch erreiche, er soll als Hauptgeschädigter dabei sein, wenn Rupert Plankton seine gebührende Strafe bekommt."

Die Öffikontrollore kamen gar nicht auf den Gedanken, Puppis Anweisungen infrage zu stellen, und verteilten sich brav um das Pflegeheim, wie Puppi es ihnen befohlen hatte.

In der Kursana-Residenz waren Lisbeth und Plankton mittlerweile beim zweiten Ausgang angelangt, der – wie die Pflegerin richtig gesagt hatte (was wiederum nicht verwunderte, denn wenn sie wirklich schon seit fünfzehn Jahren in dem Haus arbeitete, war es ihr zuzumuten, dass sie über alle Ausgänge Bescheid wusste) – über einen schmalen Gang im Freien gegenüber der Urfahraner Stadtpfarrkirche endete.

„Wir trennen uns hier", sagte Plankton. „Sie haben es nur auf mich abgesehen, es wäre viel zu gefährlich, Sie in diese Sache hineinzuziehen."

„In welche Sache denn?", fragte Lisbeth, die nach wie vor keine Ahnung hatte, worum es bei diesem Rachefeldzug der Kontrollore eigentlich ging.

„Das erzähl' ich Ihnen später. Ich lenke sie jetzt ab und wir treffen uns dann am Taubenmarkt."

Mit diesen Worten ließ er die verblüffte Lisbeth auch schon stehen, trat auf die Straße zwischen dem Pflegeheim und der Kirche und sah sich um.

Der Ruf „Da ist das verdammte Plankton-Schwein!" ließ nicht lange auf sich warten. Er kam von links, von einem kahlköpfigen, dickbäuchigen Mann, der soeben um die Ecke des Pflegeheims gebogen war und der – wie Plankton zufrieden feststellte – noch gut vierzig Meter entfernt war.

Plankton überlegte kurz, ob er im Inneren der Stadtpfarrkirche Urfahr (die Ende der 1990er-Jahre überregional bekannt geworden war, als ihre Sonntagsmesse vom 6. Juni 1999 in ganz Österreich im Fernsehen live übertragen worden war) Zuflucht suchen sollte, bezweifelte aber, ob die Fahrscheinkontrollore die ansonsten bewährte Institution des Kirchenasyls* achten würden, entschied sich daher dagegen und fing an zu laufen – an der Kirche und am Anbau zum Ars Electronica Center vorbei in Richtung Donau.

Dort gab es für ihn – sofern er nicht die Donau schwimmend überqueren wollte – zwei Möglichkeiten, den Fluchtweg fortzusetzen – nach links, stromabwärts, wo er nach gut 170 Kilometern in Wien angekommen wäre, oder nach rechts, stromaufwärts, wo er nach einer deutlich kürzeren Strecke Passau einen Kurzbesuch abstatten hätte können.

Plankton wandte sich nach links.

Nicht weil er die Sehenswürdigkeiten von Wien höher schätzte als die vergleichsweise bescheideneren von Passau, sondern weil er beim Näherkommen gesehen hatte, dass noch die letzten Überreste des Urfahraner Frühjahrsjahrmarkts auf dem Gelände verstreut waren, die ihm möglicherweise ein Versteck boten.

Der Urfahraner Jahrmarkt war eine schon fast zweihundert Jahre alte Linzer Institution. Kaiser Franz I. hatte 1817 mittels kaiserlichem Dekret das Abhalten zweier Märkte pro Jahr genehmigt, wobei der Markt ursprünglich für den Handel mit Waren aller Art bestimmt war und sich erst Ende des 19. Jahrhunderts Belustigungen wie Schießbuden oder Schiffsschaukeln dazugesellten. Mittlerweile war der Jahrmarkt, der umgangssprachlich auch „Urfahrmarkt“ oder „Urfix“ genannt wurde, eine bunte

* Zu dessen Grundlagen siehe etwa *http://de.wikipedia.org/wiki/Kirchenasyl*

Mischung aus Vergnügungseinrichtungen wie Riesenrad, Autodrom und Ringelspielen, aber auch aufregenderen Fortbewegungsmitteln wie Breakdance, Xtreme, Panic und No Limit, aus Süßwaren- und sonstigen Verkaufsständen sowie mehreren Festzelten und Messehallen. Der Urfahrmarkt fand jeweils im Frühjahr und Herbst für die Dauer von neun Tagen statt (eine Woche samt den zwei Wochenenden davor und danach) und lockte jedesmal über eine halbe Million Besucher an.

Der Frühjahrsjahrmarkt hatte am letzten Sonntag geendet. Mittlerweile waren die meisten Standeln und Hallen wieder abgebaut und die meisten Attraktionen wieder weggeschafft worden – aber eben nur die meisten und nicht alle.

Plankton sah schon von Weitem, dass das Riesenrad noch dastand und auf seine Demontage wartete. *Ob er sich dort verstecken konnte …?* Er lief zwischen einigen geschlossenen Buden und an einem Geisterbahnskelett vorbei auf das Riesenrad zu und wagte dabei nicht zurückzusehen, wie weit ihm die Verfolger – allen voran der Dicke mit der Glatze – schon auf den Fersen waren.

Während des Laufens kam Plankton in den Sinn, dass es schon über zehn Jahre her war, seitdem er zum letzten Mal den Urfahranermarkt besucht hatte. Das war damals dienstlich gewesen. In einem aufsehenerregenden Prozess wegen unlauteren Wettbewerbs, den ein Schaumrollenverkäufer (A) gegen einen anderen (B) angestrengt hatte, weil dieser (B) einem Kunden (K) gegenüber behauptet hatte, seine (B's) Schaumrollen seien die besten am ganzen Urfahrmarkt, war er vom Landesgericht (LG) Linz zum Sachverständigen (SV) bestellt worden, um in einem speisologischen Gutachten (GA) zu klären, ob die Behauptung des B der Wahrheit entsprach. Plankton hatte sich dann wochenlang fast ausschließlich von Schaumrollen ernährt und dann seine sachverständige Ansicht in einem zweihundertachtundneunzig (298) Seiten dicken Gutachten erläutert. Der Akt, der mittlerweile aus mehreren Tausend Seiten und kistenweise Beilagen (meist Schaumrollenresten) bestand, war seit geraumer Zeit beim Obersten Gerichtshof (OGH), der kürzlich in einem verstärkten Senat erwogen hatte, das Urteil aus formalen Gründen aufzuheben und den Fall an die erste Instanz zurückzuverweisen, weil der Verhandlungsrichter es verabsäumt hatte, den als Zeugen einvernommenen Schaumrollenkäufer dahingehend zu belehren, dass Zeugen vor Gericht die Wahrheit sagen mussten (vgl §§ 338 ZPO, 288 StGB).

Endlich war Plankton beim Riesenrad angelangt. Atemlos blieb er stehen.

Noch eine Erinnerung – diesmal aus seiner Kindheit – tauchte in ihm auf und er begann unkontrolliert zu zittern.

Es war Anfang der Siebzigerjahre. Er war ein Kind, hatte gerade das Schulegehen begonnen, und sein Onkel Moritz – der jüngere Bruder seiner Mutter, eben erst achtzehn geworden und derzeit beim Bundesheer – machte mit ihm eine Urfahrmarkt-Tour.

Zu jeder ordentlichen Urfahrmarkt-Tour gehörte – nach Ansicht seines Onkels – auch eine Fahrt mit dem Riesenrad.

Es war für den kleinen Rupert das erste Mal.

Mit einigem Respekt hatte er sich dem Monstrum genähert und sich in eine bei seinem Betreten verdächtig schwankende Gondel gesetzt.

Dass er dann abrupt in die Höhe gezogen worden war und von hoch oben auf Linz und Urfahr hinabblickte, hatte ihn eigentlich in der Magengegend noch nicht weiter beeinträchtigt.

Leider war sein Onkel ein Spaßvogel, dem die normale Fahrbewegung des Riesenrads nicht genügte.

Onkel Moritz hatte daher begonnen, die Gondel auch in eine Drehbewegung zu versetzen, obwohl Rupert, sogleich nachdem er dessen Absicht bemerkt hatte, „Nicht, Onkel Moritz, sonst wird mir schlecht!" gerufen hatte.

Moritz hatte nur gelacht, „Rupi, sei nicht so ein Feigling" gerufen, sich um die angekündigte Schlechtwerdung seines Neffen nicht geschert und sogar im Gegenteil auch noch durch heftige Körperbewegungen die Gondel zum Schaukeln gebracht.

Noch heute – gut vierzig Jahre danach – erinnerte sich Plankton, wie erbärmlich schlecht ihm damals geworden war, als sich die Riesenradgondel nicht nur ihrer eigentlichen Bestimmung entsprechend vorwärts, sondern noch dazu in einem wie ihm schien höllischen Tempo rundherum bewegte und dabei auch noch schwankte. Auch dass er seines Onkels Bundesheerkluft von oben bis unten angekotzt hatte, hatte er noch lebhaft in Erinnerung. Seitdem hatte er nie wieder die Gondel eines Riesenrads betreten (und von seinem Onkel hatte es auch nie wieder Urfahrmarkteinladungen gegeben).

Als Plankton nun vor dem Riesenrad diese Kindheitserinnerung in den Sinn kam, fühlte er, wie Schweiß aus seinen Poren trat und das Zittern stärker wurde. Jedoch es half nichts, seine Verfolger waren ihm auf der Spur und es war dringend notwendig, dass er sich irgendwo versteckte.

„Wo ist er hin?", hörte Plankton eine Stimme, die von einer Stelle hinter den Standeln kam, zwischen denen er vor Kurzem durchgelaufen war. Es konnte nicht mehr lange dauern und sie hatten ihn eingeholt.

Kurz entschlossen stieg Plankton über die Absperrung, die Unbefugten das Betreten des Riesenrads untersagte, und enterte eine Gondel. Sie schwankte dabei ein wenig, aber nur kurz. Plankton legte sich auf den Boden der Gondel, war aber mit diesem Versteck nicht zufrieden. Hier konnte er jederzeit von einem vorbeigehenden oder -laufenden Kontrollorzombie entdeckt werden, hier war er zu verwundbar.

Plankton rappelte sich wieder hoch, wodurch er die Gondel wiederum bedrohlich zum Schaukeln brachte, stieg auf ihren Sitz, bekam mit den ausgestreckten Händen die nächsthöhere Gondel zu fassen und zog sich unter Aufbietung aller Kräfte in diese zweite Gondel hoch, in der er sich, sobald er sicher in ihr angekommen war, sogleich auf den Boden fallen ließ und in Embryostellung zusammenrollte, um sich möglichst klein zu machen. Insgeheim betete er, dass die Gondel bald aufhören würde, so verdächtig zu schwingen, und hielt den Atem an.

Da er dabei auch die Augen schloss (ähnlich dem Irrglauben von Kleinkindern, dass man sie nicht sehen kann, wenn sie die Augen zumachen), konnte er nicht beobachten, wie sich fünf Männer dem Riesenrad näherten, er konnte allerdings hören, wie einer von ihnen „Wo ist es bloß hin, dieses verfluchte Plankton-Schwein?“ ausrief.

Ich bin nicht da!, sagte Plankton tonlos vor sich hin. *Ich bin schon ganz weit weg, geht ruhig weiter!*

„Wenn wir den erwischen!“, rief ein weiterer Kontrollor angriffslustig und klatschte dabei mit der linken Faust in die rechte Handfläche, sodass Plankton in seiner Gondel zusammenzuckte.

Leider setzte Plankton durch diese unbedachte Körperbewegung die Gondel in Bewegung und – doppelleider – sah genau in diesem Augenblick einer der Zombies zum Riesenrad hin.

„He!“, rief er und zeigte aufgeregt zu der Gondel, in der Plankton auf dem Boden lag. „Dort ist er! He! In der gelben Gondel liegt er auf dem Boden! He!“

Nun wandten auch die anderen Männer ihre Aufmerksamkeit dem Riesenrad im Allgemeinen und der gelben Gondel im Besonderen zu.

„Tatsächlich!“, „Wir haben ihn!“, „Na, der entkommt uns nicht!“, „Der kann sich auf was gefasst machen!“, waren noch die harmloseren Kommentare.

Plankton sah ein, dass es keinen Sinn mehr hatte, sich auf dem Boden kauernd vor seinen Verfolgern zu verstecken und so zu tun, als wäre er nicht da, und setzte sich auf. „He, Leute, darüber muss man doch vernünftig reden können“, rief er den Männern zu, jedoch Vernunft war zumindest an diesem Samstagnachmittag für die Fahrscheinkontrollore ein Fremdwort.

„Ja, komm du erst mal runter, dann reden wir vernünftig mit dir!“, schrie ihm einer mit einer Verachtung entgegen, dass Plankton kurz überlegte, noch ein paar Gondeln weiter hinaufzuklettern, um noch etwas Zeit zu gewinnen.

In dem Moment, als Plankton diesen Gedanken auch schon wieder verwarf, hörte er – ausnahmsweise von der anderen Seite – eine ihm bekannt vorkommende Stimme, die rief: „He, Professor, zu mir her, schnell!“

Plankton wandte seinen Blick nach rechts. Zwischen dem Urfahrmarktgelände und der Donau verlief ein schmaler asphaltierter Weg, der für Fußgänger und Radfahrer bestimmt war, aber breit genug war, dass auch Fahrzeuge darauf Platz hatten, und eben ein solches Fahrzeug stand nun auf dem Weg, nämlich ein uraltes Taxi mit einer Werbung für das beste Laufhaus von Linz.

„Jimi!", rief Plankton überrasscht, als er merkte, dass die Worte zuvor von dem Taxifahrer ausgesprochen worden waren.

„Rutschen oder springen Sie zu mir herunter!", rief Jimi, der aus dem mit laufendem Motor stehenden Taxi ausgestiegen war und die hintere Tür geöffnet hatte, damit Plankton rasch in den Wagen einsteigen konnte und nicht erst um das Taxi herum zur Beifahrertür laufen musste.

Plankton registrierte, wie seine Verfolger links von ihm mittlerweile schon die Absperrung überstiegen hatten, und beugte sich aus seiner Gondel, um rechts von dieser die Eisenstütze zu ergreifen, die von der Nabe des Riesenrads zum Boden führte. Die Gondel schwankte zwar bedrohlich, jedoch es gelang Plankton, die Stütze zu umfassen, sich mit den Beinen von der Gondel abzustoßen und dann an der Stütze entlang die kurze Strecke zum Boden zu rutschen. Dort angekommen, lief er sofort auf Jimis Taxi zu, sprang durch die geöffnete hintere Tür in dessen Inneres und rief: „Ich bin drin! Fahren Sie los!"

Während der Taxifahrer ohrenbetäubend Gas gab und Plankton mit Mühe die Tür schließen konnte, sah er auch schon, dass der erste Verfolger mit nur minimaler Verspätung am Taxi angelangt war und es ihm sogar noch gelang, wütend auf den Kofferraum zu klopfen, als das Taxi mit quietschenden Reifen davonfuhr.

„Puh, das war aber knapp!", sagte Plankton, während Jimi auf den nächsten Gang schaltete. „Danke."

„Gern geschehen, Professor."

„Und woher wussten Sie diesmal ... Äh, dass das prinzipiell eher ein Fußgänger- und Radfahrerweg als eine Autobahn ist, ist Ihnen aber schon bekannt?", änderte er seine Frage aufgrund einiger Fußgänger, die sich in letzter Sekunde durch Sprünge zur Seite in Sicherheit bringen hatten können, und eines Radfahrers, der in Richtung Donau ausgewichen war.

Jimi knurrte nur irgendwas über Leute, die gefälligst besser aufpassen sollten, bog aber bei der ersten sich bietenden Gelegenheit zu einer auch für PKW zugelassenen Straße ab. Plankton sah durch den Rückspiegel, dass seine Verfolger an der Stelle, wo er ins Taxi gesprungen war, standen und heftig miteinander diskutierten.

„Woher wussten Sie denn, wo ich bin?“, fragte Plankton. „Bei aller Dankbarkeit dafür, dass Sie mich vor diesem wütenden Mob gerettet haben ...“

„Zufälle, Professor“, sagte Jimi grinsend und wenn er mit Pinocchio verwandt gewesen wäre, hätte seine Nase eine deutliche Verlängerung erfahren. „Ich habe einen Fahrgast bei der Kirche abgesetzt. Und als ich Sie davonlaufen sah, hab' ich mir gedacht, Sie brauchen vielleicht Hilfe.“

Da Jimi aber mit Pinocchio nicht einmal entfernt verwandt war, blieb seine Nase unverändert und Plankton, der von dieser Antwort zwar nicht überzeugt war, aber sich nicht weiter dazu äußerte, griff in seine Brieftasche und zog einen 100-Euro-Schein hervor.

„Einen Hunderter, sagten Sie, für den Rest des Tages?“

Jimi griff nach dem Geldschein und steckte ihn ein. „Für den Rest des Tages gehör' ich Ihnen, Professorchen. Wo ist denn Ihre hübsche Begleiterin?“

„Wir treffen sie am Taubenmarkt. Und woher wissen Sie eigentlich, dass ich Professor bin?“

„Hab' ich aus Ihren Gesprächen so herausgehört“, sagte Jimi. „Nicht dass ich lausche, wenn sich meine Fahrgäste unterhalten, aber absichtlich weghorchen tu ich natürlich auch nicht.“

„Aha. Okay. Alles klar. Dann also zum Taubenmarkt."

Als Jimi kurze Zeit später nach der Nibelungenbrücke nach links in die Untere Donaulände abbog und vor ihnen der Hauptplatz lag, kam Plankton das vormittägliche Erlebnis auf dem Flohmarkt mit dem schwarz gekleideten Hünen in den Sinn, und irgendwelche Stränge in seinem Gehirn versuchten beim Stichwort „Flohmarkt", eine Botschaft für Plankton zu formulieren, schafften es jedoch nicht, bis zu Planktons Verstand durchzudringen.

Noch nicht.

56. Kapitel – 15:32

Die Pflegerin sah sich im Aufenthaltsraum um. Wie sie gehofft hatte, war sie allein. Sie wählte am Festnetzapparat eine Nummer, die sie zwar schon längere Zeit nicht mehr gewählt hatte, die sie aber noch immer auswendig wusste.

Es überraschte sie nicht weiter, dass sich nach mehrmaligem Läuten niemand meldete, sondern ihr mitgeteilt wurde, dass sie nun auf der Mailbox gelandet war und ihre Nachricht auf Tonband sprechen sollte.

Sie hatte im Laufe der letzten zehn Jahre nie mit einem Menschen gesprochen, wenn sie diese Nummer gewählt hatte, sondern immer nur Nachrichten auf Band hinterlassen.

Ohne sich überhaupt erst einmal vorzustellen, sagte sie nach dem Piepston rasch: „Zwei Personen, heute Nachmittag.“ Sie nannte den genauen Tag und die Uhrzeit. „Er ist Rupert Plankton, der berühmte Speisologe, ich hab’ ihn gleich erkannt. Sie kenne ich nicht. Sie ist etwa zehn Jahre jünger als er, nicht sonderlich groß, sehr schlank, sehr hübsch. Toller Körper, ohne Neid. Er hat behauptet, er sei Kollege von ihm im *Wienerwald* gewesen. Er wusste offenbar nicht, dass Pieringer seit Langem dement ist. Sie sind nur etwa zehn Minuten geblieben.“ Sie erwähnte nicht, auf welche Weise der Besuch ein plötzliches Ende gefunden hatte, und legte auf.

Sie wusste, dass als Lohn für ihre Mitteilung in einigen Tagen ein namhafter Betrag auf ihr Bankkonto überwiesen werden würde, den zu versteuern sie nicht vorhatte.

Sie wusste jedoch nicht, dass ihr Anruf wenige Minuten später direkt in den Vatikan weitergeleitet würde, um dort Kardinal Rissoni vorgespielt zu werden.

57. Kapitel – 15:45

Der Taubenmarkt ist ein zentraler Platz in Linz. Angeblich ist er sogar der meistfrequentierte Platz in Oberösterreich. Vom Taubenmarkt aus ist es nur ein Steinwurf bis zu dem für Linz nicht minder bedeutenden Hauptplatz – wobei man den Stein in nördliche Richtung schleudern muss, damit er auf dem Hauptplatz einschlagen kann. Wirft man ihn in südliche Richtung, muss der Stein erst einmal um die Erdkugel segeln, um dann auf dem Hauptplatz eintreffen zu können (wobei es, wie am Rande bemerkt werden soll, genau genommen ja gar keine Erdkugel gibt, da die Erde nicht exakt kugelförmig ist) – was den Nachteil hat, dass man erstens wesentlich mehr Kraft für einen derart weiten Wurf aufbringen muss und dass es zweitens auch bedeutend länger dauert, bis der Stein endlich angekommen ist, aber den Vorteil, dass der Stein anfangs (über eine Länge von etwa 1,3 km bis zur Unterführung der Westbahn nahe der Blumau) über die nicht nur für Steine aller Art höchst interessante Landstraße fliegt, die nämlich am Taubenmarkt (wie gesagt in südlicher Richtung) beginnt und die die wichtigste Einkaufsstraße von Linz – und nach der Mariahilferstraße in Wien angeblich die zweitgrößte von Österreich* – ist.

Für Lisbeth, die nach dem Abzug der Fahrscheinkontrollore das Pflegeheim über den Haupteingang verlassen und die zwei Stationen von der Rudolfstraße zum Taubenmarkt mit der Straßenbahn zurückgelegt hatte, war der Taubenmarkt

* Details für Interessierte unter *http://www.austria.info/at/land-und-leute/die-laengsten-einkaufsstrassen-oesterreichs-1139807.html*

noch in anderer Hinsicht von Bedeutung, betrieb doch ihr Vater hier seinen Würstelstand.

Derzeit war ihr Vater allerdings abgängig und auch die Angestellte, die im Würstelstand Dienst versah, hatte ihn seit gestern Vormittag nicht mehr zu Gesicht bekommen.

Lautes Hupen machte sie auf ein Taxi aufmerksam, das vor der Kreuzung stehen geblieben war. Sie erkannte Jimis altes Gefährt und dass Plankton aus ihm herauswinkte. Plankton sprach ein paar Worte mit Jimi, stieg dann aus und lief auf sie zu, während Jimi mit dem Taxi weiterfuhr.

„Rupert!", rief Lisbeth. „Alles in Ordnung?"

„Ja, alles okay. Jimi hat mich gerettet."

„Jimi?" Lisbeth war erstaunt, dass Jimi so plötzlich und noch dazu gerade im rechten Moment aufgetaucht war. Und auch die Beweggründe dieser seltsamen Männer, die ihnen vor dem Pflegeheim aufgelauert hatten – offenbar allesamt Fahrscheinkontrollore –, lagen für sie im Dunkeln. Sie hatte so viele Fragen gleichzeitig ...

„Später", sagte Plankton, als Lisbeth beginnen wollte, ihn mit ihren Fragen zu löchern. „Jetzt geht es erst einmal darum, diesem seltsamen SMS-Hinweis nachzugehen. ‚Waren Sie schon auf dem Taubenmarkt?' Nun, jetzt sind wir am Taubenmarkt. Und? Was bringt es uns?"

Plankton sah sich um. Es war alles wie immer. Straßenbahnen fuhren die Landstraße entlang, Busse und PKWs querten die Haupteinkaufsstraße, die Ampeln an der Kreuzung schalteten ohne erkennbare Störung von Rot auf Grün und wieder zurück, Männer und Frauen gingen ihrer Wege, Landauers Würstelstand hatte geöffnet und erfreute sich regen Zulaufs, ein Plakat warb für ein am Abend im Brucknerhaus stattfindendes Konzert mit dem Bruckner-

Orchester mit Bruckner-Musik (es war erstaunlich, dass nicht auch der Dirigent Bruckner hieß) …

„Was sollen wir bloß hier am Taubenmarkt?“, fragte Plankton laut und mit etwas Zorn in der Stimme. „Haben Sie schon im Würstelstand Ihres Vaters nachgeschaut?“

Lisbeth nickte und erstattete kurz Bericht.

„Hm. Vielleicht warten wir ein wenig, bis etwas passiert …“ Plötzlich ging ein Leuchten über Planktons Gesicht. „Ich könnte mir ja in der Zwischenzeit am Würstelstand Ihres Vaters eine Bosner … oder eine Burenwurst …“ Schon beim Gedanken an gewärmte Würste fühlte er in seinem Mund eine erhöhte Konzentration an Speichel und er hatte Mühe, diesen nicht aus seinen Mundwinkeln tropfen zu lassen.

Jedoch, „Rupert, wie können Sie jetzt nur ans Essen denken!“, schalt ihn Lisbeth. „Überlegen wir lieber, was Pieringer uns sagen wollte, unmittelbar bevor die Pflegerin unangemeldet ins Zimmer geplatzt ist.“

Plankton, dessen Magen mit einem heftigen Knurren gegen die unterlassene Nahrungszufuhr protestierte, zitierte Pieringers letztes Wort: „Manu?“

„Ja, so hab’ ich das auch verstanden“, stimmte ihm Lisbeth zu. „Was soll das bedeuten: Manu?“

„Nun, wenn man es anders ausspricht, ist es die Abkürzung für diesen Fußballverein – Manchester United. ManU.“

„Denken Sie, dass uns Pieringer einen Hinweis auf diesen Fußballklub geben wollte?“, fragte Lisbeth ungläubig.

Plankton schüttelte den Kopf. „Eher nicht. Dann hätte er es wohl auch richtig ausgesprochen. – *Manu.* Hm. Das lateinische Wort für *Hand* heißt *manus* und im sechsten Fall – diese verflixten Lateiner haben ja geglaubt, mit vier Fällen nicht auskommen zu können, und sage und schreibe sechs

Fälle verwendet – wird daraus *manu*. Was allerdings nichts gegen die Finnen ist."

„Äh, was ist nichts gegen die Finnen?"

„Dieser Kult mit den Fällen. Im Finnischen gibt es sogar 15 Fälle."

„Na, das bringt uns jetzt aber auch nicht weiter", wandte Lisbeth ein. „Dieses *manu* heißt dann ja wohl „mit der Hand" oder „durch die Hand"?", fragte sie, die in der Schule in Latein immer Zweier und Dreier (und nur ein einziges Mal einen Vierer) gehabt hatte. Das war allerdings noch vor Pisa gewesen.

„So etwa. Aber ergibt das einen Sinn?"

„Was in dieser Sache ergibt überhaupt einen Sinn?", beantwortete Lisbeth Planktons Frage trotzig mit einer – zugegebenermaßen schwer zu beantwortenden – Gegenfrage. „Dass wir hier auf *der* Taubenmarkt stehen ..."

„Sagen Sie das nochmals!", forderte Plankton sie auf. Seine Gehirnstränge hatten ihre Arbeit wieder aufgenommen und diesmal war ihr Besitzer aufmerksamer als zuvor im Taxi ...

„Was? Dass wir auf *der* Taubenmarkt stehen?"

„Ja, genau das! Nochmals!" Planktons Gehirnstränge bemühten sich redlich. Nur noch kurze Zeit und die Botschaft war angekommen ...

„Wir stehen hier auf *der* Taubenmarkt", wiederholte Lisbeth, sich ein wenig wie ein Papagei vorkommend.

Peng! Vor Planktons geistigem Auge erschien der vormittägliche Hauptplatz-Flohmarkt, aber auch ein Plakat, das für einen anderen Flohmarkt Werbung machte. Und obwohl er des Rätsels Lösung schon deutlich vor sich sah, sagte er zu Lisbeth: „Und jetzt machen Sie im Wort *Taubenmarkt* zwischen den beiden Wortteilen eine Pause von exakt 0,3 Sekunden."

„Wir stehen hier auf der Tauben Markt“, sagte Lisbeth befehlsgemäß.

„Sehen Sie“, sagte Plankton triumphierend. „Jetzt ist der Satz grammatikalisch richtig.“

„Was soll das heißen: *Wir stehen hier auf der Tauben Markt*?“, fragte Lisbeth ungeduldig.

„Nun, abgesehen davon, dass wir hier eben *nicht* auf der Tauben Markt stehen, und der Satz demnach zwar grammatikalisch korrekt, aber inhaltlich, nämlich örtlich unrichtig ist, heißt „der Tauben Markt“ schlicht und einfach „der Markt der Tauben“.“

„Ja, eben der Taubenmarkt.“

„Nicht nur. Denken Sie sich Markt als Abkürzung für Flohmarkt und stellen Sie sich bei den Tauben nicht diese putzigen Vögelchen vor, sondern – Gehörlose.“

„Der Tauben Markt wäre demnach – der Flohmarkt der Gehörlosen?“

„Richtig! Heute Vormittag – als ich vom Schlossberg zum Hauptplatz herunterlief – habe ich ein Plakat gesehen, das Werbung für einen Schulflohmarkt in der Gehörlosenschule in der Kapuzinerstraße machte.“

„Die Gehörlosenschule? So heißt sie aber seit Langem schon nicht mehr. Das ist das *Landesschulzentrum für Hör- und Sehbildung sowie das Sonderpädagogische Zentrum für Sinnesbeeinträchtigte*.“

„Mag schon sein. Da will ich Ihnen gar nicht widersprechen. Im Linzer Sprachgebrauch ist es jedenfalls die Gehörlosenschule. Und dort findet heute ein Flohmarkt statt.“

„Und Sie meinen, mit diesem „Taubenmarkt“ ist deren Flohmarkt gemeint?“

Plankton nickte. „Jedenfalls ergibt dann der scheinbare grammatikalische Fehler einen Sinn. Die Kapuzinerstraße ist ja nicht weit von hier, Jimi soll uns hinfahren."

„Jimi?"

„Ja. Ich vergaß, Ihnen zu sagen, dass ich seinen Vorschlag, uns für hundert Euro den Rest des Tages zur Verfügung zu stehen, angenommen habe. Nicht nur aus Dankbarkeit für meine Rettung aus höchster Not. Ich habe ja den Verdacht, dass er uns die ganze Zeit schon gefolgt ist – seit wir heute Mittag Ihre Firma verlassen haben."

„Gefolgt? Warum sollte er uns verfolgen?"

„Das weiß ich auch nicht. Aber finden Sie es nicht verdächtig, wie schnell er am Pleschingersee war? Ich hatte ihn kaum angerufen, war er auch schon da. Aber er allein, ohne sein Auto. Sein Taxi stand auf einem Parkplatz in einiger Entfernung! Ich habe daher den Verdacht, dass er uns von der Firma aus bis zum Pleschingersee gefolgt ist. Erinnern Sie sich nicht an das Gitarrenspiel, während ich Ihnen nach dem Erlebnis mit den Nudisten von den Freikellnern erzählt habe? Ich glaube, dass er ganz in der Nähe saß, einige Jimi-Hendrix-Nummern vor sich hinklimperte und uns dabei beobachtet, vielleicht sogar belauscht hat."

„Und von so einem wollen Sie sich den Rest des Tages herumkutschieren lassen?", wunderte sich Lisbeth.

„Ja. Denn wenn er uns sowieso verfolgen würde, drehen wir den Spieß einfach um und lassen uns von ihm herumführen. So haben wir ihn immer unter Kontrolle. Wir müssen natürlich aufpassen, dass wir in seiner Gegenwart keine unbedachten Äußerungen fallen lassen – über Freikellner, Brotreste und so."

„Alles klar. Und wo ist er jetzt, Ihr Jimi?"

„Er hat gesagt, gleich nach der Kreuzung gibt es einen Taxistandplatz, dort stellt er sich hin und wartet auf uns."

„Na, dann auf in die Kapuzinerstraße!"

„Ja, auf zum Flohmarkt!"

58. Kapitel – 15:56

Der Hüne – an dieser Stelle sei endlich erwähnt, dass er Giovanni Falcarini hieß und aus Italien stammte – stolzierte mit weit ausladenden Schritten über die Nibelungenbrücke. Ihn interessierte weder das Passagierschiff, das zur selben Zeit unter der Brücke durchfuhr, um wenig später an der rechten Donauseite anzulegen und eine Handvoll Touristen an Land zu speien, die sofort den Hauptplatz mit ihren Fotoapparaten unsicher machen würden, noch das gleich nach der Brücke rechts gelegene Ars Electronica Center, dessen windschiefe, scheinbar auf den Gehsteig herüberragende Glasfassade ihn allerdings doch ein wenig nach links ausweichen ließ, noch das einige Häuser später vor ihm aufsteigende Hotel *Landgraf*, dessen denkmalgeschützte Jugendstilfassade allerdings mehr als einen flüchtigen Blick wert gewesen wäre.

Falcarini hatte für architektonische Feinheiten auch deshalb keinen Sinn, weil er bestrebt war, den ihm vorgezeichneten Weg möglichst rasch zurückzulegen. Die Zeit drängte.

Wie so oft dachte er an seinen Zettel, den er wie eine Schatzkarte immer bei sich trug und auf dem seine Mission festgehalten war.

Auf diesem für ihn so wertvollen Stück Papier standen Zeit und Ort unverrückbar aufgeschrieben.

Die Zeit war klar und stand unmittelbar bevor, jedoch der Ort ... Um diesen aufzufinden, benötigte er Hilfe anderer Leute, denn wenn er den Ort nicht fand, war alles umsonst ...

Und so bog er zielstrebig gleich in die erste Straße nach der Brücke nach rechts ab, in die Friedrichstraße, die früher Fried*hof*straße geheißen hatte (nicht ohne Grund, denn sie lag an einem Friedhof), aber im Jahr 1990 – wohl aus Pietätsgründen – wegen des ebenfalls dort situierten Senioren- und Pflegeheims Kursana umbenannt worden war. Als Insasse eines Pflegeheims hatte man nicht gern eine Wohnadresse, die mit einem Friedhof zu tun hatte.

Eben dieses Pflegeheim tat sich auf der Friedhof-, äh Friedrichstraße gleich als erstes Gebäude rechts vor dem Hünen auf.

Falcarini blieb stehen, warf einen Blick auf seinen Zettel und runzelte die Stirn.

Kursana Residenz … Okay.

Entschlossen betrat er, den Geigenkasten fest in der Hand haltend, das Gebäude. Die Glastür schloss sich mit einem leisen Zischen hinter ihm.

Auf dem Gang war niemand zu sehen.

Falcarini betrachtete kurz das Namensschild des ersten Zimmers. *Franz-Josef Fuß* stand da und – *Josef Pieringer.*

Falcarini sah sich noch einmal um, ob jemand in der Nähe war, und drückte dann, ohne zu klopfen, behutsam die Türschnalle zum Zimmer der Herren Fuß und Pieringer hinunter.

Die Tür öffnete sich, ohne zu knarren oder sonstwie einen Laut von sich zu geben, der allenfalls Pflegepersonal auf den unangemeldeten Besucher aufmerksam gemacht hätte.

Auf leisen Sohlen betrat der Hüne den Raum und schloss die Tür langsam hinter sich.

59. Kapitel – 15:59

Jimi ließ Plankton und Lisbeth auf der Kapuzinerstraße vor dem *Landesschulzentrum für Hör- und Sehbildung* aussteigen und parkte sein Taxi einige Meter weiter vorne.

Plankton sah, dass sich der Flohmarkt bereits seinem Ende zuneigte, was ihn nicht weiter verwunderte, denn die Plakate hatten die Dauer des Flohmarkts mit „10.00 bis 16.00 Uhr" angekündigt. Flohmarktmitarbeiter waren bereits dabei, die Tische wieder abzubauen, und als Plankton herankam, war eigentlich nur mehr ein einziger Tisch vorhanden, der Flohmarktware bereithielt, nämlich Bücher.

Plankton inspizierte die angebotene Ware. Es waren nicht mehr viele Bücher da – entweder waren von vornherein nur wenige ausgestellt gewesen oder aber der Verkauf war sehr gut gewesen.

„Und was machen wir jetzt da?", fragte Lisbeth, die sich nicht vorstellen konnte, wozu ihr Besuch bei diesem beinahe beendeten Flohmarkt gut sein sollte.

„Schauen", sagte Plankton unbestimmt und betrachtete mit Kennermiene die wenigen Bücher, die auf dem Tisch lagen.

In diesem Moment wurde ein junger Mann auf ihn aufmerksam. Während Plankton sich noch fragte, ob er wohl taub, stumm oder sonstwie sinnesbeeinträchtig war und wie sich die Verständigung mit ihm gestalten würde, sagte der Mann auch schon „Schöne Bücher haben wir da", griff, nachdem er Plankton ausgiebig gemustert hatte, in ein Plastiksackerl, das neben ihm auf dem Boden stand, und holte aus diesem ein Buch hervor, das er Plankton zeigte. „Besonders das hier wird Sie interessieren."

Plankton betrachtete das Werk. Es war ein Reiseführer für das Jahr 2007.

„Was soll ich mit einem abgelaufenen Reiseführer?", fragte Plankton sauer. „Das ist, als ob Sie mir das Fernsehprogramm von der vergangenen Woche anbieten."

„Aber, Professor, äh, Rupert, schauen Sie mal, *was* für ein Reiseführer das ist!", rief Lisbeth und deutete aufgeregt auf den Titel des Buches.

„Ein FKK-Reiseführer", sagte Plankton. „Ja und?" Erst dann ging ihm das Licht auf. „FKK!"

„Ja! Das muss eine Bedeutung haben!"

„Geben Sie einmal her." Er nahm dem jungen Verkäufer das Buch aus der Hand und sah es rasch durch. Zwischen zwei Blättern war ein in der Mitte gefalteter DIN-A4-Zettel eingelegt, der offenbar mit den im Reiseführer durch höchst ansprechende Fotos beworbenen FKK-Plätzen nichts zu tun hatte, zeigte er doch auf den ersten Blick – Noten. Musiknoten.

„Was würden Sie denn für dieses Buch gern haben wollen?", fragte Plankton umständlich.

„Was Sie gern hergeben", sagte der Verkäufer.

Flohmarktprofi Plankton hasste zwar diese Standardantwort ungeübter Verkäufer, denn gern gab er grundsätzlich gar nichts her, holte aber aus seinem Geldtäschchen eine Münze hervor und gab sie dem Mann. „Reicht ein Euro?"

Der Mann nickte und steckte das Geld ein.

„Jetzt würde mich noch interessieren", sagte Plankton, während er seinerseits das Buch einsteckte, „von wem Sie dieses Buch bekommen haben. Sie haben es ja offenbar extra für mich zur Seite gelegt?"

„Ja. Es ist noch nicht lange her, eine Stunde vielleicht, da kam so eine Frau auf mich zu, gab mir das Buch und sagte, Sie würden höchstwahrscheinlich auf den Flohmarkt schauen und Ihnen – nur Ihnen – sollte ich dann dieses Buch geben. Dafür hat sie mir hundert Euro gegeben."

„Aha. Gratuliere zu dem leicht verdienten Geld. Und wie haben Sie mich erkannt?"

„Sie hat Sie mir auf einem Foto gezeigt. Auf irgendeinem Buchumschlag. Offenbar sind Sie ein berühmter Autor."

„Das mag wohl sein", sagte Plankton geschmeichelt. „Autor, Restaurantkritiker, Speisenexperte, Getränkespezialist ..."

„Obwohl ich Sie nicht gekannt hatte. Nicht ein bisschen."

„Aha. Soso. Alles klar. Und wie sah diese Dame aus?"

„Durchschnittlich", sagte der junge Mann. „Etwa so alt wie Sie, aber etwas kleiner. Und dünner. Sie sollten vielleicht ein bisschen mehr Sport betreiben. Ja, und lange blonde Haare hat sie gehabt."

„Und war die Frau allein?"

„Ja."

„Ist sie mit einem Auto gekommen?"

Der Flohmarktverkäufer zuckte die Schultern. „Darauf hab' ich nicht geachtet. Auf einmal war sie da und nachdem sie mir die Anweisungen erteilt hatte, war sie auch schon wieder weg. Aber ob sie jetzt in ein Auto eingestiegen ist ... keine Ahnung."

„Und Sie können sie mir nicht etwas genauer beschreiben?"

Der junge Mann schüttelte den Kopf. „Sie war so richtig Durchschnitt. Hätte gut zu Ihnen gepasst. Ach ja, ein Unterschied: Eine echt angenehme Stimme hatte sie. Wie Balsam."

„Hm. Danke jedenfalls. Und noch guten Verkauf."

„Fehlanzeige", sagte der Mann „Wir machen jetzt Schluss. Ich habe eigentlich nur mehr auf Sie gewartet." Damit begann er auch schon, die übrig gebliebenen Bücher in einer Schachtel zu verstauen.

Plankton und Lisbeth verließen die Verkaufsstätte und gingen langsam auf Jimis Taxi zu.

„Kein Wort vor Jimi über das Buch", mahnte Plankton. „Nicht weit von hier ist der Botanische Garten, dort soll er uns absetzen. Im BG finden wir sicherlich einen Platz, wo wir alles Weitere besprechen können."

„BG?"

„Meine persönliche Abkürzung für den Botanischen Garten. Wenn Sie alles Mögliche abkürzen – GV, AvD und was weiß ich noch alles –, kann ich das auch."

Als Lisbeth und Plankton ins Taxi stiegen, merkten sie nicht, dass sie von der gegenüberliegenden Straßenseite aus von zwei – über die Tatsache, dass Plankton nun im Besitz des Buches beziehungsweise des Notenblattes war, hocherfreuten – Personen beobachtet wurden ...

60. Kapitel – 16:13

„Na, dann wollen wir uns mal den FKK-Führer etwas näher ansehen“, sagte Plankton.

Er und Lisbeth hatten sich von Jimi von der Gehörlosenschule – gut, so viel Zeit muss sein, vom *Landesschulzentrum für Hör- und Sehbildung* – zu dem nur wenige Hundert Meter entfernten Botanischen Garten kutschieren lassen. Während der kurzen Fahrt hatten sie zu Jimis Leidwesen beharrlich geschwiegen und dann Jimi befohlen, vor dem Eingang zum BG im Auto auf sie zu warten.

Der Botanische Garten der Stadt Linz zählt zu den schönsten Anlagen Europas. Zumindest steht das so auf der Homepage der Stadt Linz geschrieben und daher wird es wohl stimmen. Auf 4,2 Hektar sind rund 10.000 verschiedene Pflanzenarten zu sehen, in fünf Gewächshäusern entfalten vor allem exotische Pflanzen ihre Pracht. Auch die inmitten der Grünanlagen stehenden Skulpturen österreichischer Künstler halten nur wenige vom Besuch des Botanischen Gartens ab, ein abwechslungsreiches Vortrags-, Ausstellungs- und Veranstaltungsprogramm macht den Garten zum Ort der Begegnung zwischen Mensch und Kultur.

Lisbeth und Plankton nützten den Botanischen Garten allerdings nicht als Ort der Begegnung zwischen Mensch und Kultur, sondern höchstens zwischen Mensch und Mensch, und sie hatten auch für die vielen tatsächlich in schönster Blüte stehenden Pflanzen keinen Sinn. Nachdem Plankton für sich und Lisbeth in Anbetracht des Gebotenen phänomenal günstige Eintrittskarten gelöst und mit Bedauern festgestellt hatte, dass an der Kasse keine warmen Speisen verkauft wurden, hatten sie sofort das nächstgelegene Bankerl aufgesucht und sich niedergesetzt.

Plankton nahm das zusammengefaltete Blatt Papier aus dem Buch, legte es einstweilen zur Seite und blätterte den FKK-Reiseführer dann aufmerksam durch.

„Nichts zu finden", sagte er wenig später. „Außer fast so viele Nackerte wie im *Playboy*."

„Ach, Sie lesen den *Playboy*?", warf Lisbeth schnippisch ein und schlug ihr rechtes über das linke Bein, wodurch Plankton kurz in Erinnerung gerufen wurde, dass sie ihren Slip im Handtäschchen verstaut hatte. „Wonach haben Sie denn eigentlich gesucht?"

„Na, beispielsweise danach, dass auf einzelnen Seiten Worte oder auch nur Buchstaben angestrichen oder sonstwie markiert sind …", sagte Plankton.

„Die dann aneinandergereiht eine geheimnisvolle Botschaft ergeben", setzte Lisbeth seinen Gedankengang fort.

„So etwas Ähnliches", gab Plankton zu. „Aber leider. Nichts. Das Buch ist völlig unangekritzelt. Jungfräulich. Fast neuwertig. Ein Euro war wirklich ein Schnäppchenpreis." Er reichte Lisbeth den FKK-Führer, die ihn ebenfalls interessiert durchblätterte und dabei manchmal einen anerkennenden Pfiff ausstieß, den Plankton aber nicht eindeutig den darin abgebildeten männlichen Wesen oder den Reisezielen zuordnen konnte.

„Das bedeutet, dass die wahre Botschaft wohl in diesem Blatt Papier versteckt ist", sagte Plankton nach Lisbeths letztem Pfiff, entfaltete es und starrte darauf. Es war ganz offensichtlich die Kopie einer Seite aus einer Partitur. Einer sehr alten Partitur, die nur aus Noten – und nicht auch aus Text – bestand (wenn man von ein paar Buchstaben, die am unteren Ende des Blattes hingekritzelt waren, absah), woraus Plankton schloss, dass es sich dabei um kein Lied respektive keine Arie handelte, sondern um ein Instrumentalstück.

„Leider kann ich nicht Noten lesen", brummte Plankton missmutig.

„Ich auch nicht", gestand Lisbeth und sagte nach einem Blick auf das Notenblatt: „Und es steht auch nicht da, um was für ein Musikstück es sich handelt. Eine Überschrift wie „Für Elise" oder „Triumphmarsch aus Aida" oder so wäre wohl das Mindeste, was man von einer ordentlichen Partitur erwarten kann."

„Ich habe natürlich in der Schule im Musikunterricht die einzelnen Noten gelernt", behauptete Plankton. „C-D-E-F-G-A-H-C. Ich kann also ein C von einem D unterscheiden und sogar ein Fis von einem Ges. Aber aneinandergereiht ergeben Noten für mich keine Melodie. Ich bin schon überfordert, wenn ich zu Weihnachten oder Ostern Kirchenlieder aus dem *Gotteslob* singen muss, die ich nicht kenne."

„Und was machen wir jetzt?", fragte Lisbeth niedergeschlagen. „Aufgeben?"

„Nie im Leben!", rief Plankton, um dann den Stand der Ermittlungen mit dem Fragesatz „Wir sind uns also einig, dass der Schlüssel zu dem Rätsel in dieser Partitur steckt?" zusammenzufassen. Und als Lisbeth nickte, setzte er kampfeslustig dazu: „Dann müssen wir uns die Musik eben vorspielen lassen!"

„Vorspielen lassen?"

„Ja."

„Aber wie? Und wo? Und von wem?"

„Auf dem Taubenmarkt habe ich ein Plakat gesehen, dass heute Abend im Brucknerhaus das Bruckner-Orchester ein

Konzert gibt. Sie spielen – Sie werden es kaum glauben – Bruckner."

„Ja, mag sein. Die spielen oft Konzerte im Brucknerhaus. Ist irgendwie auch der Zweck des Brucknerhauses. Aber die werden wohl kaum für uns ihr Programm ändern und statt dem guten, alten Bruckner dieses Zeugs da vortragen ..."

„Und Dirigent des heutigen Konzertes", fuhr Plankton unbeirrt fort, „ist Franz Linzer-Bühr."

„Linzer-Bühr! Der Stardirigent, der in Wels geboren wurde und sich daher jetzt Linzer nennt?"

„Genau der. Und zufällig kenne ich den ganz gut von einem gemeinsamen Fernsehauftritt bei irgendeinem deutschen Privatsender, wo Oberösterreicher präsentiert wurden, die im Ausland Karriere gemacht haben. Na, und nach der Sendung sind wir dann noch um die Häuser gezogen, wie man so schön sagt." Plankton bekam jetzt noch Kopfweh, wenn er nur daran dachte.

„Und Sie glauben, er wird uns helfen?"

„Warum nicht? Wir müssen es jedenfalls versuchen." Plankton nahm sein Handy aus seiner Tasche. „Ich habe sicher seine Nummer gespeichert."

„Aber jetzt ist es halb fünf, und das Konzert ist erst am Abend ..."

„Ich könnte mir vorstellen, dass er schon im Brucknerhaus ist, um mit dem Orchester zu proben. Jimi soll uns zum Brucknerhaus fahren, dort klingle ich den guten Franzl an, na und dann möchte ich sehen, ob er seinem alten Saufkumpan einen Wunsch abschlagen kann ..."

„Also auf zum Brucknerhaus?"

„Auf zum Brucknerhaus!"

61. Kapitel – 16:33

Zu den Sozialleistungen des Papstes für seine Kardinäle gehört es, ihnen begünstigte Jahreskarten für die Vatikanischen Museen zur Verfügung zu stellen. Studenten, Senioren, Behinderte und Kardinäle zahlen nur die Hälfte. Gioacchino Rissoni war allerdings schon so lange Kardinal, dass er glaubte, die vielen Kunstwerke der *Musei Vaticani* schon auswendig zu kennen. Deshalb zog er an diesem schönen Samstagnachmittag einen Spaziergang über den Petersplatz einem Museumsbesuch vor, zumal er mit seinem Sekretär Gaetano Denizotti auch einen Begleiter hatte, mit dem er sich über alle möglichen kirchlichen und auch weltlichen Themen unterhalten konnte.

Nun ist der Petersplatz zwar relativ groß (die größte Breite beträgt 240 Meter, die Tiefe 340 Meter), aber für einen längeren Spaziergang sind die Möglichkeiten doch etwas beschränkt. Daher sagte Denizotti zu seinem Chef, nachdem sie drei Mal den Platz auf und ab gewandelt waren und jedes Mal kurz vor dem publikumswirksam in der Mitte platzierten Obelisken Halt gemacht hatten: „Was halten Eure Eminenz davon, wenn wir ein Stück nach Rom hinein spazieren?"

„Nach Rom hinein?", erwiderte der Kardinal erschrocken. „Sie meinen, wir sollen den Vatikan verlassen und ins Ausland gehen?"

„Es wäre einen Versuch wert", sagte sein Sekretär. „Ich kenne da ein kleines Café abseits der Hauptstraßen, das wir locker zu Fuß erreichen können und wo sie einen hervorragenden Cappuccino zubereiten ..." Die Vorliebe des Kardinals für diese Kaffeesorte war im ganzen Vatikan bekannt. Viele nannte ihn „Cardinale Cappuccino".

„Na gut. Wenn Sie meinen."

Wenig später überschritten sie die unsichtbare Grenze zwischen dem Vatikanstaat und der italienischen Republik und betraten die Via della Conciliazione – jene lang gezogene Straße, die nach etwa einem halben Kilometer zur Engelsburg führt, von der sich Puccini zufolge Tosca mit einem hohen B in den Tod gestürzt hat.

In diesem Moment läutete das Handy des Kardinals. Er warf einen Blick auf das Display, wer ihn da bei seinem Spaziergang störte, und sagte dann: „Oh! Aron! Was mag er wohl wollen?"

„Ja?", meldete er sich. „Aron, mein Sohn, was ist los?"

Aron stand vor seinem Dienstauto auf dem Parkplatz eines Einkaufszentrums im Linzer Industriegebiet. Er hatte die letzten eineinhalb Stunden damit verbracht, kreuz und quer durch Linz zu fahren, in der Hoffnung, irgendwann irgendwo irgendwie Lisbeth und/oder Plankton zu erblicken, jedoch umsonst. In seiner Ratlosigkeit hatte er zunächst erwogen, die Gitterverantwortliche anzurufen, da er ihr aber nicht schon wieder ein neuerliches Versagen eingestehen wollte, hatte er nun die Nummer des Kardinals gewählt. Abgesehen davon musste er sich früher oder später ohnehin entscheiden, wem er eher zu Diensten sein wollte – der Gitterverantwortlichen oder dem Kardinal –, und da schlug das Pendel eindeutig zugunsten des Gottesmannes aus.

„Eure Eminenz", sagte Aron demütig, „ich habe sie verloren."

Der Kardinal überhäufte Aron mit einer Flut von italienischen Schimpfworten, dass sein Sekretär rot vor Scham wurde. Schließlich fasste er sich aber wieder, ließ auch Aron zu Wort kommen, holte tief Luft und sagte dann: „Hör jetzt auf, wie ein Wahnsinniger durch Linz zu fahren und nach den beiden zu suchen, da bist du nur abgelenkt beim Autofahren und baust vielleicht gar noch einen Unfall. Die Linzer Verkehrsrichter sind berüchtigt für ihre harten Urteile. Ich gehe davon aus, dass Signore Plankton und Signorina Landauer ohnehin nicht so rasch fündig werden. Sie werden also früher oder später heute entweder in sein Hotel zurückkehren oder in ihr Haus. Ab da kannst du ihre Spur wieder aufnehmen. Du weißt, in welchem Hotel er logiert und wo sie wohnt? Ja? Gut." Er gab dem Schweizer Gardisten noch einige Ratschläge, wie er es anstellen sollte, sowohl Planktons Hotel als auch Lisbeths Haus gleichzeitig zu überwachen, dann legte er auf.

„Dieser Idiot!", sagte er zu seinem Sekretär. „Ich hatte ihn für geschickter gehalten."

„Er hat sie aus den Augen verloren?"

„Ja."

„Ist Aron jene dritte Person, die über die heiligen Brotreste Bescheid weiß?"

„Aron?" Der Kardinal lachte. „Aber nicht doch! Glauben Sie wirklich, Gaetano, dass ich ein einfaches Mitglied der Schweizer Garde in eines der größten Geheimnisse der römisch-katholischen Kirche einweihe? Nein, Aron weiß zwar über die Existenz von sogenannten Freikellnern Bescheid, aber er hält sie für eine irregeleitete Sekte, die wir überwachen müssen. Ich habe mir für ihn eine schöne Geschichte ausgedacht. Nein, nein, Aron weiß nur das Allernotwendigste."

„Wie und warum haben Sie ihn eigentlich bei dieser Linzer-Torten-Produktionsfirma untergebracht?"

„Ich glaube, ich muss ein wenig ausholen, um Ihnen das zu erzählen", sagte der Kardinal, während er auch schon auf

Geheiß seines Sekretärs in eine Seitenstraße einbog, an deren Ende sich das angekündigte Café befand. „Wie ich Ihnen schon sagte, haben wir die Handvoll Freikellner, die es noch gibt, unter ständiger Überwachung. Bei Josef Pieringer läuft die Kontrolle über ein Mitglied des Pflegepersonals und ist – insbesondere in Anbetracht von Pieringers Demenz – völlig problemlos und eigentlich auch ziemlich überflüssig. Sobald jemand Pieringer besucht, der nicht sein Sohn ist – sein Sohn besucht ihn aus familiären Gründen etwa einmal pro Monat für ein paar Minuten und interessiert uns nicht weiter –, sobald also jemand Fremder Pieringer aufsucht, wird uns das von dieser Pflegerin gemeldet. Was sie übrigens vor etwa einer Stunde getan hat. Plankton und eine attraktive junge Frau – aufgrund der Beschreibung muss es sich wohl um Lisbeth Landauer handeln – haben Pieringer aufgesucht!"

„Oh! Plankton war bei Pieringer! Hat er die Spur aufgenommen?"

„Offenbar. Ja, Plankton ist nicht dumm. Im Gegenteil. Er ist hochintelligent – jedenfalls, was Angelegenheiten betrifft, die auch nur im Entferntesten mit Essen und Trinken zu tun haben. Sein Ruf in diesen Dingen ist überragend. Nicht umsonst ist er der Welt einziger Speisologe. Er war auch schon einmal dem Vatikan zu Diensten, als es darum ging, eine geheimnisvolle Zutat in den Hostien, die Papst Johannes Paul II. bei den Ostermessen verwendete, herauszufinden. Ein sehr geschickter Herr, dieser Rupert Plankton, und verschwiegen obendrein ..."

„Sie wollten mir erzählen, wie Aron bei der Linzer-Torten-Produktionsfirma ...", versuchte Denizotti den Kardinal zum Thema zurückzuführen.

„Ach ja. Die Überwachung von Pieringer ist wie gesagt

einfach. Die seines Nachfolgers gestaltete sich da schon wesentlich aufwendiger. Schließlich ist er ein voll im Leben stehender Mann, den Tag und Nacht zu observieren, ohne dass er es merkt, nicht so leicht ist. Obwohl auch seine Überwachung in den letzten Jahren eigentlich problemlos war. Sie müssen bedenken, Gaetano, er weiß seit Jahren, dass die heiligen Brotreste von Pieringer irgendwo versteckt wurden und dass er aufgrund von Pieringers Demenz von diesem nie erfahren wird, wo sie versteckt sind, aber bislang war es ihm egal. Völlig egal. Er hat keinerlei Versuche unternommen, das Versteck herauszufinden. Bis plötzlich –"

„Ja?", fragte Denizotti gespannt. „Was war plötzlich?"

„Die Liebe, die Liebe ist eine Himmelsmacht", stimmte der Kardinal mit unerwartet festem Tenor die bekannte Melodie aus Johann Strauß' Operette *Der Zigeunerbaron* an, und erklärte Denizotti seinen Ausflug in die leichte Muse mit den Worten: „Er verliebte sich. In eine Frau."

„In eine Frau."

„Ja. Ist ja nicht mehr selbstverständlich heutzutage. Und kaum hatte er mit dieser Violetta zum ersten Mal geschlafen – in ihrer Wohnung übrigens, während im Fernsehen die *Millionenshow* lief, falls Sie diese Details interessieren, und er hat, wie sich das auch gehört, erstens die Missionarsstellung praktiziert und zweitens kein Präservativ verwendet –, kaum hatte er also das erste Mal Sex mit dieser Frau, begannen die Aktivitäten."

„Aktivitäten?", fragte Denizotti, der sich wie ein Papagei vorkam, der die letzten Worte seines Vorredners nachplapperte.

„Ja. Als Erstes begann er ausfindig zu machen, wo sich Plankton gerade aufhielt. Damals war in der Branche schon allgemein bekannt, dass Plankton an einem Buch über berühmte Mehlspeisen arbeitet und er irgendwann einmal nach Linz kommen würde. Für diesen Zeitpunkt mussten sie gerüstet sein. Denn es war klar, dass sie sich Planktons bedienen mussten, um aufgrund der spärlich vorhandenen Hinweise – es gibt da so ein Notenblatt, aus dem niemand schlau wird – zum Versteck zu gelangen. Wie gesagt Planktons Ruf ..."

„Aber wie sollten sie Plankton dazu bewegen, ihnen zu helfen?"

„Indem sie seinen guten Freund aus alten Zeiten Gisbert Landauer entführten und Plankton damit erpressten. Für die Rettung seines Freundes würde er alles tun. Den Freikellner-Regeln entsprechend mussten sie allerdings die Hinweise ein wenig verschleiern, die alten Überlieferungen sehen da offenbar irgendeinen Hokuspokus mit mindestens fünf versteckten Hinweisen vor ..."

Er merkte, dass Denizotti schon der Kopf schwirrte, und beschloss, ihn nicht noch mit weiteren Details zu verwirren. Mittlerweile waren sie in ihrem Zielcafé angelangt und nahmen an einem Tisch beim Fenster Platz. Sie bestellten jeder einen Cappuccino.

„Zu diesem Zweck", fuhr der Kardinal fort, „erwarben sie eine weitere Ausgabe dieses Plakats vom *Letzten Abendmahl*, das in Lisbeth Landauers Büro hängt, und verfremdeten es, indem sie einen Kellner und das FKK-Zeichen dazumalten. Damit wollten sie Plankton, wenn es dann so weit war, einen Hinweis auf die Freikellner geben."

„Ihre Überwachung muss ja wirklich lückenlos sein", sagte der Kardinalssekretär beeindruckt und nahm den Kaffee in Empfang.

„Sie sagen es. Aus all diesen Aktivitäten – und noch einigen mehr – erschlossen wir jedenfalls, dass etwas im Busch war. Die heiligen Brotreste sollten nicht länger in ihrem geheimnisvollen Versteck bis in alle Ewigkeit ruhen, sondern – aus unlauteren Motiven – ans Tageslicht gebracht werden. Das mussten wir verhindern."

„Und darum schickten Sie Aron los."

„Ja. In die Linzer-Torten-Produktionsfirma. Schließlich war vorhersehbar, dass in Lisbeth Landauers Büro – mit dem da-Vinci-Poster – alles beginnen würde."

„Ach, darum sagten Sie, dass dort die Fäden für die plötzliche hektische Suche nach den heiligen Brotresten Christi zusammenlaufen."

„Genau. Und weil Sie auch wissen wollten, wie wir Aron so rasch dort untergebracht haben: Nun, der vorherige Sicherheitsbeauftragte der Firma hatte einen – na ja, nennen wir es Unfall. Der Bedauernswerte. Und glücklicherweise war zufällig unser guter Aron als Nachfolger zur Stelle."

In diesem Moment drang Lärm von der Straße ins Café herein, zwei Römerinnen hatten temperamentvoll zu streiten begonnen, und Rissoni warf interessiert einen Blick hinaus. Denizotti nutzte die Ablenkung seines Chefs dazu, um aus seiner Hosentasche ein Zuckerpäckchen hervorzuziehen, das er heimlich gegen das vom Kellner zu Rissonis Kaffee servierte austauschte.

Denn schon Denizottis leider allzu früh verstorbene Mutter Vincenza Denizotti, geborene Bennili (1929–1985), hatte immer zu ihrem Sohn gesagt, dass es stets zwei Möglichkeiten gibt. Ja oder nein. Schwarz oder weiß. Rot oder grün. Oben oder unten. Barfuß oder Lackschuh ...

Und auch in diesem Fall gibt es zwei Möglichkeiten, sagte sich Denizotti nun.

Entweder die Suche nach den heiligen Brotresten würde sich an diesem Wochenende als ergebnislos herausstellen.

Dann würde er damit aufhören, dem Kardinal Gift in den Zucker zu mischen, und der Kardinal würde sich wohl wieder erholen, ohne je von dem Anschlag auf sein Leben zu erfahren.

Oder aber die Suche würde sich als erfolgreich herausstellen und Aron würde mit den heiligen Brotresten in den Vatikan zurückkehren.

Dann würde er dem Kardinal mit dem nächsten Kaffee das Zuckerpäckchen servieren, das die tödliche Dosis Gift enthielt. Alle Symptome des Todes des Kardinals würden auf einen Herzinfarkt hindeuten und sein plötzlicher unerwarteter Tod würde zwar sehr bedauert, aber auf das doch schon fortgeschrittene Alter des Dahingeschiedenen und den permanenten Stress, dem man als Kardinal ausgesetzt war, zurückgeführt werden.

Denn die heiligen Brotreste wollte Kardinalssekretär Gaetano Denizotti für sich allein.

Dann würde er Unsterblichkeit erlangen und – wenn auch möglicherweise erst in einigen Jahrzehnten oder gar einem halben Jahrhundert – in biblischem bzw. heesterschem Alter zum Papst gewählt werden, um dann auf ewig die katholische Kirche zu regieren und die längst überfälligen Reformen einzuführen ...

„Zucker in Ihren Kaffee?“, wandte sich Denizotti an Rissoni, den die zankenden Weiber nicht länger fesselten, und riss das Zuckerpäckchen auf.

„Gern. Vielen Dank“, sagte Rissoni.

Denizotti streute den Inhalt des Zuckerpäckchens in Rissonis Kaffee und sagte lächelnd: „Nichts zu danken, Eure Eminenz.“

62. Kapitel – 16:51

Der südlich der Donau zwischen der Nibelungen- und Eisenbahnbrücke gelegene und nach dem oberösterreichischen Komponisten Anton Bruckner (1824–1896) „Brucknerhaus“ genannte Konzertsaal bildet zusammen mit dem benachbarten Kunstmuseum „Lentos“ die „Kulturmeile“ von Linz. Während jedoch das Lentos erst zur Eurozeit (nämlich 2003) eröffnet wurde, erhielten die Planer des Brucknerhauses – die Finnen Kaija und Heikki Sirén (die Finnen, das sind die mit den 15 Fällen ...) – ihr Architektenhonorar noch in guten, alten Schillingen ausbezahlt, wurde das Brucknerhaus doch nach ihren Plänen von 1969 bis 1973 erbaut und am 23. März 1974 durch Herbert von Karajan (der fürs Dirigieren wohl auch ein Honorar bekommen hat) und die Wiener Philharmoniker mit Bruckners „Siebten“ feierlich eröffnet. Na ja, Beethoven wäre wohl auch als Eröffnungskomponist eines Brucknerhauses eine schlechte Wahl gewesen ...

Diese Gedanken gingen Plankton durch den Kopf, als er sich mit Lisbeth dem Eingang des Brucknerhauses näherte. Plakate zeigten 19 Uhr 30 als Beginnzeit für Franz Linzer-Bührs Konzert an, jedoch Plankton war zuversichtlich, den berühmten Dirigenten bereits jetzt, am späteren Nachmittag, im Konzerthaus antreffen zu können.

Leider war die Eingangstür geschlossen.

„Und wie kommen wir jetzt hinein?“, fragte Lisbeth.

Plankton holte sein Handy hervor, kämpfte sich bis in sein Verzeichnis der gespeicherten Nummern vor, markierte den Eintrag „Franz Linzer-Bühr“ und tippte auf „Wählen“.

„Dann wollen wir mal sehen“, sagte er und atmete tief ein. *Was, wenn der Dirigent sein Handy ausgeschaltet hatte?* Jedoch schon nach kurzem Warten fiel ihm ein Stein vom Herzen, als sich der Angerufene meldete.

„Franzl?“, rief Plankton erleichtert in sein Handy hinein. „Ich bin’s, Rupert Plankton. Ja, *der* Rupert Plankton! Weißt du noch, damals, bei dieser RTL-Sendung, oder war’s VOX oder meinetwegen auch Kabel 1, da sind wir gemeinsam aufgetreten … Ach, du erinnerst dich? Hast heute noch Schädelweh, wenn du daran denkst?“ Er kicherte und sagte zu Lisbeth: „Er erinnert sich.“

Als Lisbeth meinte „Fein. Vielleicht lässt er uns rein“, fuhr Plankton fort: „Du, ich steh’ jetzt direkt vor dem Brucknerhaus, hast du vielleicht ein paar Minuten Zeit, wir könnten ein Bührchen, äh Bierchen miteinander kippen …“ *Oder ein dreigängiges Menu verdrücken*, fügte er im Geiste sehnsuchtsvoll an.

Franz Linzer-Bühr sagte irgendetwas, das Lisbeth nicht verstehen konnte, dann meinte Plankton: „Ja, ja, klar, du hast eine Probe, aber euren Bruckner könnt ihr in Linz ja sowieso auswendig spielen, den braucht ihr sicher nicht proben, ich halt’ dich auch gar nicht lange auf, ich möchte dir nämlich etwas zeigen.“ Wieder schwieg er kurz, dann sagte er: „Super. Anton macht uns auf und du kommst uns entgegen.“

Während er das Gespräch beendete, sagte er zu Lisbeth: „Es hat geklappt. Er hat zwar nicht viel Zeit, aber um einen Blick auf die Partitur zu werfen, wird’s wohl reichen.“

Wenig später wurde ihnen von einem Abgesandten des berühmten Dirigenten die Tür geöffnet. Linzer-Bühr hatte die drittwichtigste Person des Brucknerhauses höchstpersönlich geschickt, um seinem Gast aufzusperren – den Chefgarderobier Anton B. Dieser – ein etwas bäuerlich wirkender Mann um die Sechzig – stellte sich artig vor und sagte: „Sie müssen ja ein sehr guter Freund von unserem verehrten Maestro sein, dass er wegen Ihnen sogar seine Probe unterbricht."

Plankton wollte dieser Einschätzung gar nicht erst widersprechen, da erblickte er auch schon in der Ferne seinen Freund, der – noch in Jeans und kurzärmeligem Hemd – aus dem großen Konzertsaal heraustrat, den Dirigentenstab locker in der Hand haltend.

„Franzl!", schrie Plankton.

„Ruppi!", schrie Linzer-Bühr zurück.

Die beiden Männer liefen aufeinander zu und umarmten sich, um dann in einen wilden, indianisch anmutenden Freudentanz auszubrechen, der den größten Indianer aller Zeiten nach Pierre Brice – den oberösterreichischen Barden und Dancing-Star Waterloo – hellauf begeistert hätte, und dazu rhythmisch zu rufen: „Möst wie Most und Bühr wie Bier! Möst wie Most und Bühr wie Bier!", wobei Linzer-Bühr immer wieder mit seinem Dirigentenstab auf Planktons Bauch einstach.

Da wurde Linzer-Bühr offenbar darauf aufmerksam, dass Plankton nicht allein gekommen war, denn er beendete seine Begrüßungszeremonie abrupt und sagte etwas atemlos: „Du bist in Begleitung, Ruppi? Davon hast du am Telefon gar nichts gesagt." Er ergriff Lisbeths Hand, führte sie an seinen Mund und deutete einen Handkuss an. „Freut mich. Franz Linzer-Bühr mein Name."

„Das ist Lisbeth Landauer", stellte Plankton seine Begleiterin vor, „eine gute Bekannte von mir."

„Du hast guten Geschmack bei deinen guten Bekannten", gurrte Linzer-Bühr. „Na, den hattest du damals auch schon nach dieser Fernsehsendung, als wir von Lokal zu Lokal gezogen sind ..."

„Brauchen Euer Gnaden mich noch?", mischte sich Anton B. devot ins Gespräch ein. „Weil wenn nicht, würde ich noch einiges zu erledigen haben ..."

„Nein, nein, Anton, danke", sagte Linzer-Bühr, um dann Lisbeth und Plankton zu fragen: „Außer ihr braucht noch Karten für heute Abend? Weil dann soll Anton euch zwei Karten drucken. Wir spielen seine, äh Bruckners *Erste* und *Nullte*. Und bevor ihr jetzt in prustendes Gelächter ausbrecht, Bruckner hat wirklich eine Sinfonie geschrieben, die *Die Nullte* genannt wird."

„Weiß ich, Franzl, weiß ich", sagte Plankton, der zwar keine Noten lesen konnte, aber in klassischer Musik ansonsten sehr gut beschlagen war.

Äh, nur zur Information: Bruckner komponierte seine *Nullte* nicht, wie man annehmen könnte, vor seinen anderen neun Sinfonien, sondern zwischen der Ersten und Zweiten, zog sie dann aber, übermäßig selbstkritisch, wie er war, zurück und schrieb auf das Titelblatt die Worte „ungiltig", „nur ein Versuch", „ganz nichtig" und „annuliert" und setzte eine Null dazu, die er auch noch durchstrich. So fand man diese Sinfonie erst im Nachlass des Komponisten und nannte sie *Nullte*. Sie wurde auch erst 1924, anlässlich der Keierlichfeiten, äh Feierlichkeiten zu seinem hu-hu-hundertsten Gebi-ba-burzeltag, uhraufgezogen äh uraufge-dingst ...

„Und mit dem Linzer Bruckner-Orchester wird das sicher eine denkwürdige Aufführung", behauptete Linzer-Bühr. „Ich übertreibe sicher nicht, wenn ich sage, dass das Bruckner-Orchester nach den Wiener Philharmonikern, zu denen ich ja auch eine gewisse Affinität habe, das zweitbeste Orchester

Österreichs ist. Und bei Bruckner vielleicht sogar das beste, aber sagt das ja nicht meinen Wienern." Er zwinkerte seinen Besuchern jungenhaft zu.

„Vielen Dank, Franzl, für dein freundliches Angebot, aber ich glaube, dass wir heute Abend keine Zeit für einen Konzertbesuch haben", sagte Plankton.

„Soso", sagte Linzer-Bühr, nochmals augenzwinkernd und die Aktivitäten, die Lisbeth und Plankton anstelle eines Konzertbesuches vorhatten, offensichtlich in eine gewisse eindeutige Richtung missverstehend.

Plankton nahm sich nicht die Mühe, den berühmten Dirigenten über seinen Irrtum aufzuklären, und zog das Notenblatt hervor. „Mein lieber Franzl, ich hätte da eine Bitte."

„So? Ruppi, was hast du denn da?"

Plankton hielt Linzer-Bühr das Blatt Papier unter die Nase. „Ich kann ja leider keine Noten lesen, aber du wirst mir sicher sagen können, was das da ist."

Linzer-Bühr sah durch seine Brille das Papier oberflächlich an und sagte dann: „Das ist ein Ausschnitt aus Mozarts *Linzer Sinfonie*. In Mozarts Original-Handschrift. Wieso? Wo hast du das her?"

„Also Mozarts *Linzer Sinfonie*? Bist du dir da ganz sicher?"

„Ja, natürlich, kein Zweifel."

„Und dass es Mozarts Handschrift ist?"

„Hör mal, ich werde doch Mozarts Handschrift kennen! Besser als meine eigene!" Er warf dennoch einen weiteren, diesmal etwas genaueren Blick auf das Notenblatt und wurde dann stutzig. „Also, das ist doch ..."

„Was ist?", fragte Plankton gespannt.

Linzer-Bühr nahm Plankton das Papier aus der Hand und

betrachtete es mit großem Interesse. „Das ist doch …“, wiederholte er.

„Was ist?“, fragte Plankton nochmals.

„Wo hast du das her?“, stellte Linzer-Bühr eine Gegenfrage.

„Ist es wichtig, wo ich das her habe?“, setzte Plankton das Gegenfragenspielchen fort. „Was ist denn damit?“

„Nun, es ist zweifellos Mozarts *Linzer Sinfonie* und es ist gleichfalls zweifellos Mozarts Original-Handschrift, aber da sind haufenweise Fehler darin!“, ließ Linzer-Bühr endlich die Katze aus dem Sack.

„Fehler!“, rief Plankton aufgeregt. „Was meinst du mit Fehler?“

„Nun, musikalische Fehler. Ich kenne doch die *Linzer Sinfonie*! Als ob ich sie selbst geschrieben hätte … Und hier, im dritten Takt dieses Ausschnitts, müsste ein G stehen, stattdessen steht da ein C. Tststs. Und der lange Strich davor – soll das ein Wiederholungszeichen sein? Und ein paar Takte weiter, da sollte ein C stehen und was ist da? Ein H! Stell dir vor, ein H! Statt einem C! Da liegen Welten dazwischen! Und da … diese Pause … völlig unsinnig … Ruppi, wo hast du das her?“

Plankton beantwortete die Frage nicht, sondern fragte eindringlich: „Und du bist dir sicher, dass diese Partitur von Mozart eigenhändig geschrieben wurde?“

„Ja. Hundertprozentig sicher. Da würde ich bei Armin Jauch und Günther Assinger sogar bei der Millionenfrage einloggen. Aber das ergibt doch keinen Sinn! Sicher, Mozart war ein Spaßvogel, aber warum sollte er in eine Abschrift seiner *Linzer Sinfonie* lauter Fehler hineinschreiben? Noch dazu so blöde Fehler.“

„Blöd?“, griff Plankton das Stichwort auf. „Wieso sind die Fehler blöd?“

„Weil sie musikalisch keinen Sinn ergeben. So wie das geschrieben steht, muss es klingen wie … wie Katzenmusik." Er überlegte kurz, dann führte er plötzlich seine Zeigefinger zum Mund und ließ einen lauten Pfiff ertönen, der Plankton schlagartig und schmerzlich an seine mittäglichen Erlebnisse denken ließ, als der nackte Beschlapfte seine nicht minder nackten FKK-Kollegen auf ähnliche Weise herbeigepfiffen und auf sie gehetzt hatte.

Glücklicherweise bewirkte das Pfeifen des Maestros nicht, dass wütende nackte Menschen auf dem Gang des Brucknerhauses erschienen, sondern dass Chefgarderobier Anton B., ordnungsgemäß bekleidet, angetrabt kam. „Ja?", sagte er, „soll ich vielleicht doch zwei Karten ausdrucken lassen, erste Reihe fußfrei, samt Gutschein für ein Glaserl Sekt in der Pause?"

„Nein, aber ihr habt sicher einen Kopierer in irgendeinem Büro stehen."

„Ja, natürlich. Was heißt einen? Dutzende!"

Franz Linzer-Bühr reichte Anton die Partiturseite.

„Könntest du davon so viele Kopien machen, dass jeder der Musiker eine bekommt? Ich möchte mir nämlich von eurem wunderbaren Orchester dieses weit weniger wunderbare Musikstück vorspielen lassen."

Plankton und Lisbeth sahen sich an. Genau das war ihr Wunschtraum gewesen!

„Natürlich, mach' ich sofort!", sagte Anton und lief mit dem Blatt Papier in der Hand davon.

„Unser Anton ist einsame Spitze", sagte Linzer-Bühr. „Ein Mann für alles. Aber kommt doch mit mir in den Saal, dort könnt ihr euch dann anhören, wie falsch das klingt."

Lisbeth und Plankton folgten Linzer-Bühr in den Konzertsaal und nahmen in der ersten Reihe Platz. Die Musiker des Bruckner-Orchesters saßen, leger gekleidet und die Pause nützend, um Müsliriegel, Schokolade oder Bananen zu verspeisen, auf dem Podium und harrten gespannt weiterer Anweisungen ihres Gastdirigenten. Dieser wartete aber noch, bis wenig später Anton herbeigeeilt war und an die Orchestermitglieder die von ihm hergestellten Kopien verteilt hatte. Je eine weitere Kopie übergab er an Linzer-Bühr und an Plankton, der sie wieder einsteckte.

„Also, Leute, ihr spielt das jetzt so, wie es da steht", wandte sich Linzer-Bühr mit der Autorität eines charismatischen Stardirigenten an die Musiker und stellte sich auf das Podest, seinen Dirigentenstab in die vorgeschriebene Position bringend. „Ihr werdet merken, dass einiges komplett falsch klingt, aber ich möchte, dass ihr euch davon nicht beirren lasst und einfach weiterspielt – wie gesagt genau so, wie es da steht."

Er hob den Dirigentenstab und gab den Einsatz für den Beginn.

Zweieinhalb Takte lang erklang Mozarts *Linzer Sinfonie* so, wie man sie gewohnt war, dann plötzlich – im dritten Takt, genau wie Linzer-Bühr es vorausgesagt hatte – war ein völlig falscher Ton zu vernehmen. Die Musiker wirkten zwar etwas verschreckt, spielten aber als wahre Profis mutig weiter, um dann wenige Takte beziehungsweise Sekunden später wieder von einem völlig daneben klingenden Ton verunsichert zu werden. So ging es fast zwei Minuten weiter, bis die Musiker im Wesentlichen zeitgleich am Ende des Notenblattes angelangt waren und die Instrumente endlich verstummten.

„Was war denn das für eine Sauerei?", sprach ein Geiger aus, was alle seine Kollegen – und mit ihm auch der Dirigent – dachten.

„War Mozart besoffen, als er das geschrieben hat?", fragte ein anderer, der offenbar ebenfalls die Handschrift des Komponisten erkannt hatte.

„Wollt ihr es noch einmal hören?", wandte sich Linzer-Bühr an Plankton und Lisbeth, jedoch diese schüttelten den Kopf.

„Nein, danke", sagte Plankton, „aber herzlichen Dank, dass du es mir vorgespielt hast. Ich kenne natürlich die *Linzer Sinfonie* und ich habe etwa fünfzehn Fehler mitgezählt."

„Das wird etwa hinkommen", stimmte ihm Linzer-Bühr zu. „Ich glaube, mit den falschen Pausen sind es achtzehn Fehler."

„Würdest du mich für verrückt halten, wenn ich dich bitte, mir die Fehler ganz exakt zu beschreiben?", fragte Plankton vorsichtig. „In welchem Takt welche falsche Note anstelle welcher richtigen Note steht."

Linzer-Bühr ließ seine Meinung zur Frage, ob er Plankton für verrückt hielt, im Geheimen und begann stattdessen mit der Aufzählung der Fehler: „Nun, wie ich schon sagte, im dritten Takt –"

„Moment!" Plankton holte aus seiner Tasche das Handdiktiergerät heraus und trat zum Dirigenten. „Damit ich nicht mitschreiben muss ..." Er schaltete auf Aufnahme.

„Also, wie gesagt, im dritten Takt war statt einem G ein C, im sechsten Takt ..."

Nachdem Linzer-Bühr alle Fehler aufgelistet hatte, schaltete Plankton das Diktiergerät wieder aus und steckte es in seine Tasche.

„Danke, Franzl, du hast mir sehr geholfen. Und jetzt wollen wir dich nicht länger langweilen ..."

„Ihr langweilt mich nicht", erwiderte der berühmte Dirigent nachdenklich. „Im Gegenteil. Ihr habt mich sehr, sehr neugierig gemacht ..."

63. Kapitel – 17:30

Als sich Plankton wenige Minuten später in der Nähe des Brucknerhauses neben Lisbeth auf eine Bank setzte, ging ihm durch den Kopf, dass er zur Abwechslung einmal kein Kochbuch, sondern ein Buch über die schönsten Bankerl von Linz schreiben könnte. Dieses Bankerl hätte 4,5 von 6,0 möglichen Punkten bekommen, wobei die gute Wertung aus der herrlichen Lage im Donaupark mit Blick auf die (zumindest laut Johann Strauß) schöne blaue Donau und den Pöstlingberg resultierte und die 1,5 Punkte Abzug von der Höchstwertung, da es in der prallen Sonne lag, die an diesem Spätnachmittag den Linzern noch beachtliche 26 Grad im Schatten bescherte.

Plankton und Lisbeth hatten übereinstimmend beschlossen, sich nicht gleich wieder zu Jimis Taxi zurückzubegeben, sondern zunächst einmal ohne neugierigen Lauscher zu besprechen, was sich aus den neuen Erkenntnissen für sie ergab.

„Mozart hat also in seine *Linzer Sinfonie* ganz viele böse Fehler eingebaut", resümmierte Lisbeth. „Und was bringt uns diese Spaßvogelaktion bei unserer Suche nach den heiligen Brotresten Christi?"

„Das ist eine lange Geschichte", sagte Plankton und wischte sich Schweiß von der Stirn.

„Was heißt das?" Lisbeth starrte ihn an. „Sie wissen, was die Fehler in der Sinfonie zu bedeuten haben?"

Plankton schüttelte den Kopf. „Das nicht. Noch nicht. Aber Mozart und seine *Linzer Sinfonie* passen sehr gut in die ganze Geschichte hinein."

„Erzählen Sie!"

„Lisbeth, erinnern Sie sich noch, was ich Ihnen am Pleschingersee sagte? Dass die Spur der Brotreste in der zweiten Hälfte des 18. Jahrhunderts nach München führt, konkret ins Umfeld des Hofbräuhauses?"

„Ja, ich erinnere mich. Und?"

„Ich wollte Ihnen gerade berichten, was laut Überlieferung der Freikellner Anfang der 1780er-Jahre in München geschah, als Ihr LT1-Auto nicht ansprang und wir uns anderen Themen widmen mussten."

„Und was war dort in den 1780er-Jahren?"

„Die Frage ist nicht, *was* damals in München war, sondern *wer*!"

„Ja, wer denn?"

„Wolfgang Amadeus Mozart."

„Mozart?"

„Ja, der gute, alte – na ja, nicht wirklich alte – Mozart. Er weilte Ende 1780, Anfang 1781 in München wegen der Uraufführung seines *Idomeneo*. Damals war er gerade 24 Jahre alt."

Lisbeth dachte bei *Idomeneo* spontan an Dieters Eichkätzchen, obwohl ihr natürlich klar war, dass *Idomeneo* primär eine – nach ihrem Geschmack etwas zu langatmig geratene – Mozartoper war.

„Ja und? Wollen Sie damit sagen, dass Mozart ..."

Plankton nickte. „Glaubwürdigen Dokumenten zufolge war Mozart ein Freikellner. Ich habe Ihnen zwar gesagt, dass die heiligen Brotreste immer nur von Kellner zu Kellner weitergegeben wurden, aber keine Regel ohne Ausnahme. Mozart war die Ausnahme von der Regel."

„Mozart ein Freikellner?! Davon habe ich noch nie gehört! Dass er ein Frei*maurer* war, weiß ja heutzutage jedes Kind, aber ein Frei*kellner* ..."

„Und doch bestätigen es die Dokumente. Und es ist auch ziemlich naheliegend."

„Wieso?"

„Nun der bekannte Mozartforscher Joseph Heinz Eibl hat einmal ausgerechnet, dass Mozarts Lebenszeit über 13.000 Tage betrug und dass er davon 3.720 Tage auf Reisen war."

„Ja und?"

„Na, Reisende speisen vorwiegend in Lokalen. Mozart hat im Laufe seines Lebens nachweislich mehr als 5.000 Mal auswärts gegessen. Wundert es Sie da, dass er häufig in Kontakt mit Wirten, Köchen und Kellnern kam? In einigen seiner vielen erhaltenen Briefe erwähnt er etwa einen Kellner im Gasthaus *Zur Goldenen Schlange* in Wien, wo er in seinem letzten Lebensjahr oft speiste, mit dem Spitznamen „Primus". Nein, es würde mich gar nicht wundern, wenn Mozart in München in Kontakt mit Kellnern kam, er sich mit einem der Kellner des Hofbräuhauses – dem, der die heiligen Brotreste besaß! – anfreundete und dieser ihn in die Geheimnisse der Freikellnerei einweihte und schließlich sogar zu seinem Nachfolger bestimmte."

„Das heißt, Mozart gelangte 1781 in München in den Besitz der heiligen Brotreste Christi?", fragte Lisbeth ungläubig.

„So scheint es. Bezeichnend ist ja, dass Mozart nach seinem Aufenthalt in München sein Leben radikal änderte. Noch im selben Jahr quittierte er seinen Dienst bei Fürsterzbischof Hieronymus Colloredo in Salzburg – er verstand sich mit dem alten Knacker ohnehin nicht so recht – und übersiedelte nach Wien. Das Wissen um eines der größten Geheimnisse der Menschheit muss bei Mozart auch eine Änderung seiner eingefahrenen Lebensweise bewirkt haben."

„Und wie beziehungsweise wann kamen die Brotreste nach Linz?“

Plankton wischte sich wieder mit den Handrücken über die Stirn, um die Ströme von Schweiß, die ihm über die Augen zu fließen drohten, auf die beiden Seiten seines Gesichtes – mehr in Richtung Ohren – abzulenken. „Seien Sie mir nicht böse, Lisbeth, aber das erzähl' ich Ihnen später. Hier, in der prallen Sonne, wird es mir jetzt einfach zu heiß.“ Er ersparte sich und Lisbeth den Zusatz, dass er mittlerweile auch schon derart hungrig war, dass er selbst einen Panettone mit Appetit verspeist hätte. „Und dann müssen wir wohl auch endlich unsere nächsten Schritte einleiten.“

„Und die wären?“, fragte Lisbeth, auf deren Gesicht ebenfalls ein paar Schweißperlen glänzten.

„Drittens“, sagte Plankton und zeigte dabei seinen Daumen. „Ich muss mich in Ruhe den einzelnen Fehlern in Mozarts Sinfonie widmen. Sie müssen eine Bedeutung haben, die ich bislang noch nicht erkannt habe. Irgendein Zahlencode oder etwas Ähnliches. Zuvor möchte ich aber noch zweitens dem Mozarthaus in der Altstadt einen Besuch abstatten. Vielleicht finden wir dort einen Hinweis.“ Und als ihn Lisbeth überrascht ansah, setzte er dazu: „Na ja, in diesem Haus komponierte Mozart bekannterweise seine *Linzer Sinfonie*, und da die *Linzer Sinfonie* ganz offenkundig etwas mit dem Fall zu tun hat, kann es nicht schaden, wenn wir einmal einen Blick dorthin werfen.“

Mit dem Wort „Gut“ gab sich Lisbeth mit dieser Erklärung zufrieden und wischte sich mit dem unteren Ende ihrer offensichtlich aus saugkräftigem Material bestehenden Bluse, die sie zu diesem Zweck aus ihrem Lederrock zog, über ihr schweißbenetztes Gesicht, dabei ihren braungebrannten und modelhaft flachen Bauch und – sozusagen als Draufgabe – auch die unteren Ausläufer ihrer wohlgeformten nackten Brüste entblößend. „Und gibt's auch noch ein erstens?"

„Ja", sagte Plankton, ein paar Mal heftig schluckend. „Als Allalala, äh Allererstes möchte ich Piri-Joe nochmals aufsuchen. Ich glaube, dass er als sozusagen letzter Eingeweihter lange im Besitz dieses Notenblattes war. In Anbetracht von Piri-Joes fortgeschrittener Demenz habe ich zwar wenig Hoffnung, aber vielleicht, vielleicht weckt das Papier, wenn ich es ihm unter die Nase halte, irgendeine Erinnerung in ihm."

„So wie er plötzlich dieses *Manu* gesagt hat?"

„Genau. Mag dies nun ein Fußballclub sein oder irgendetwas mit einer Hand zu tun haben."

„Dann also nochmals auf zu Piri-Joe?"

„Ja. Auf zu Piri-Joe!"

Als Lisbeth und Plankton am Brucknerhaus vorbei zu Jimis Taxi gingen, warfen sie keinen Blick zurück.

Und daher sahen sie nicht, wie ein schwarzgekleideter glatzköpfiger Hüne an der Tür des Brucknerhauses rüttelte und sich dann, als diese nicht aufging, umdrehte und ihnen mit zornigem Blick nachschaute ...

64. Kapitel – 17:55

Lisbeth und Plankton schafften es auch während der Fahrt vom Brucknerhaus zur Kursana-Residenz, kein einziges Wort miteinander zu sprechen, sodass Jimi schließlich gequält ausrief: „He, Leute, was ist los mit euch? Hab' ich euch was getan? Redet mit mir! Schweigt mich nicht an!"

„Nehmen Sie's nicht persönlich, Jimi", sagte Plankton zu ihm, während Jimi auch schon sein Taxi in der Nähe des Pflegeheims einparkte. „Wir haben halt über allerhand nachzudenken ..."

Er und Lisbeth eilten zum Eingang des Pflegeheims und stellten befriedigt fest, dass weit und breit niemand zu sehen war, dessen Beruf es war, Fahrscheine zu kontrollieren. Sie betraten das Haus durch die Glasschiebetür, Plankton klopfte anstandshalber bei Pieringers Zimmer und öffnete sodann, ohne erst lange eine Aufforderung zum Eintreten abzuwarten, die Tür.

„Piri-Joe?", flüsterte er ins Zimmer hinein.

Als keine Antwort kam, trat er ein, Lisbeth folgte ihm.

„Leer!", rief Lisbeth überrascht.

„Zumindest menschenleer", stellte Plankton mit Blick auf die nach wie vor vorhandenen Einrichtungsgegenstände richtig.

„Vielleicht sitzt er im Aufenthaltsraum beim Abendessen?", überlegte Lisbeth laut.

„Das glaube ich nicht", sagte Plankton. „Essen die in diesen Pflegeheimen nicht schon um vier Uhr nachmittags zu Abend, damit sie um dreiviertel fünf zu Bett gebracht werden können?"

„Kann ich Ihnen helfen?", ertönte plötzlich eine Stimme von der Tür und Lisbeth und Plankton drehten sich um. Eine Pflegerin – eine andere als die, die sie am Nachmittag empfangen und schließlich hinausgeschmissen hatte – stand da und sah sie fragend an.

„Ja." Plankton setzte sein freundlichstes Lächeln auf. „Ich wollte meinen guten alten Lieblingskumpel Piri-Joe besuchen", sagte er, es ein ganz klein wenig übertreibend. „Also, sein richtiger Name ist Pieringer Josef."

„Herrn Pieringer?", wiederholte die Pflegerin den Namen des zu Besuchenden. „Oh, es tut mir sehr leid, Ihnen das sagen zu müssen, aber Herr Pieringer ist heute Nachmittag verstorben."

„Verstorben!" Plankton schrie es geradezu heraus.

„Ja, verstorben", bestätigte die Pflegekraft. „Ich wollte ihm vor etwa einer Stunde das Abendessen bringen und da hab' ich ihn tot auf dem Boden liegend vorgefunden. Sind Sie ein naher Bekannter? Ich hab' Sie hier noch nie gesehen."

„Na ja, nahe ...", ließ Plankton, der sich vom Schock der Todesnachricht noch nicht ganz erholt hatte, diese Qualifizierung im Ungewissen. „Vor einer Stunde, sagten Sie ..." *Vor etwa zweieinhalb Stunden hatten sie noch mit ihm gesprochen ...*

„Ja. Wie gesagt wollte ich ihm gerade sein Abendessen servieren."

Sie wies auf ein volles Tablett, das unangetastet auf dem Tisch stand, und Plankton schoss kurz die Überlegung durch den Kopf, dass dieses Essen ja nun ohnehin verwaist war und ob nicht möglicherweise er, um sich vor dem Hungertod zu retten ..., aber ein Funkeln in Lisbeths Augen, die offenbar Gedanken lesen konnte, ließ ihn die Erwägung nicht zu Ende denken. Stattdessen fragte er stirnrunzelnd: „Und woran ist er gestorben? Als ich ihn das letzte Mal gesehen habe“, er vermied es, der Pflegeheimangestellten zu verraten, dass das erst wenige Stunden her war, „war er noch kerngesund – zumindest im Rahmen seiner Möglichkeiten.“

Die Pflegerin zuckte die Schultern. „Keine Ahnung. Sie müssen wissen: Dass bei uns hier jemand verstirbt, ist nicht gerade ungewöhnlich, wir haben eine wöchentliche Sterbensrate von durchschnittlich 3π durch 4 mal √8 …“

„Mir ist schon klar, dass Pflegeheime eine höhere Sterbensrate haben als beispielsweise Kindergärten“, unterbrach Plankton sie, bevor sie mit weiteren Zahlen oder gar Prozentsätzen angeben konnte, „aber ist er eines natürlichen Todes verstorben oder –“

Nun war es an der Pflegerin, die Stirn zu runzeln. „Eines natürlichen Todes? Das will ich ja doch stark hoffen! Oder glauben Sie etwa, dass ihn jemand ermordet hat …?“

65. Kapitel – 18:14

„Piri-Joe tot!“

Lisbeth konnte es noch immer nicht fassen. Jimi hatte sie in der Altstadt in der Nähe des Mozarthauses abgesetzt, um sich – wahrscheinlich vor dem Landestheater, wie er ankündigte – einen Parkplatz zu suchen, und Lisbeth und Plankton spazierten gerade auf das Haus Altstadt 17 zu, als Lisbeth dieser Ausruf über die Lippen kam.

„Das kann kein Zufall sein“, sagte Plankton grimmig.

„Sie meinen –?“

Plankton nickte bedeutungsschwer, erklärte aber nicht weiter, was er damit meinte – möglicherweise auch, weil sie mittlerweile an ihrem Ziel angekommen waren.

„Voilà. Das Mozarthaus. Altstadt 17“, schaffte es Lisbeth, mit nur fünf Worten (oder Wörtern) drei Sätze zu füllen.

„Hier entstand 1783 Mozarts *Linzer Sinfonie*“, erklärte Plankton, was Lisbeth aber ohnehin wusste und was auch auf einer Informationstafel zu lesen war. „Beziehungsweise hieß das damals ja noch ‚Symphonie‘.“

„Ob Sinfo- oder Symphonie“, sagte Lisbeth ungeduldig. „Was bringt uns das weiter? Paps schmachtet vielleicht in irgendeinem Verlies und wartet darauf, dass sie ihm einen weiteren Finger oder wer weiß was abschneiden, und wir bewundern währenddessen Häuser in der Altstadt …“

Plankton ließ sich nicht auf Lisbeths Gefühlsausbruch ein, sondern betrachtete aufmerksam jeden Stein des Hauses.

Das heutige „Mozarthaus“ mit der Adresse Altstadt 17, 4020 Linz, ist ein dreigeschoßiger Rennaissancebau aus der zweiten Hälfte des 16. Jahrhunderts, dessen Fassade und

Portal in der Barockzeit erneuert wurden. Auf die Tatsache, dass sich hier Mozart mit der dann nach der Schaffensstadt benannten Sympho- oder Sinfonie abgeplagt hat, weisen – abgesehen von dem an der Außenfassade des Hauses angebrachten offiziellen Hinweisschild – eine im Hauseingang in einer Mauernische versteckte Mozartbüste, die der Bildhauer Walter Ritter (1905 Graz – 1986 Linz) im Jahr 1957 geschaffen hat, und eine Musikinstallation, die es ermöglicht, in das Musikstück hineinzuhören, hin.

Nachdem Plankton sich beim Eingang genau umgesehen hatte, trat er ins Innere des Gebäudes, Lisbeth folgte ihm. Ein schöner, dreigeschoßiger Arkadenhof aus dem 17. Jahrhundert tat sich vor ihm auf und er erblickte eine weitere Gedenktafel, die allerdings nicht an Mozart, sondern an den Planer der Pöstlingbergbahn erinnerte – einen gewissen Ing. Josef Urbanski, der von 1893 bis 1895 hier gewohnt hatte und daher naturgemäß nie mit Mozart zusammengetroffen war. Nun wurde im Inneren des Mozarthauses unter anderem ein Restaurant betrieben. Auch der Wirtschaftslandesrat der oberösterreichischen Landesregierung hatte die Vorteile der prominenten Adresse erkannt und sich mitsamt seinem Team hier angesiedelt, wobei Gerüchte besagten, dass vor allem die Musikinstallation für die Wahl dieses Hauses als Regierungssitz ursächlich gewesen war, weil seine Mitarbeiter, wenn ihnen im Büroalltag langweilig wurde oder die Computer ausfielen, nur ein paar Schritte machen mussten, um sich Ausschnitte aus Mozarts schöner Sinfonie anhören zu können.

Lisbeth ließ Plankton bei seinem Detektivspiel gewähren, und als er fertig zu sein schien, fragte sie: „Und?"

Plankton zuckte die Schultern. „Ich habe nichts Außergewöhnliches entdecken können. Aber dass nun hier im Inneren des Mozarthauses ein Lokal ist, scheint mir ein Fingerzeig von oben zu sein ..."

Lisbeth verstand. „Sie meinen, dass wir endlich etwas essen sollten?"

Plankton nickte, innerlich aufatmend, dass Lisbeth ihm nicht gleich mit ihren Fingernägeln das Gesicht zerkratzt hatte, weil er sich erlaubt hatte, das Thema Nahrungsaufnahme anzuschneiden.

„Ich komme um vor Hunger", sagte er mit Leidensmiene. „Ich weiß, dass Ihr Vater in Gefahr, möglicherweise sogar in Lebensgefahr schwebt, aber deshalb können wir uns nicht tagelang nur von Luft und äh dings ernähren. Wenn mein Magen leer ist, ist auch mein Hirn leer und ..."

„Ich hab' schon kapiert", sagte Lisbeth. „Na gut, gehen wir etwas essen. Hier ist es bummvoll, aber ich kenne in der Nähe ein gutes Restaurant, das [redacted] *, und während wir essen, können Sie mir erzählen, wie die heiligen Brotreste nach Linz kamen."

Und so begaben sich Lisbeth und Plankton zu dem (nicht) erwähnten Restaurant. Auf die Frage des Kellners, was es sein dürfe, sagte Plankton: „Ganz egal, Hauptsache schnell."

„Verzeihung, der Herr", gab der Kellner naserümpfend zur Antwort, „schnell geht bei uns gar nichts, weil bei uns alles frisch zubereitet wird. Wenn Sie als einzige Anforderung an Ihr Essen stellen, dass es *schnell* geht, würde ich Ihnen ein anderes Etablissement empfehlen. McDonald's etwa oder einen Pizzaservice. Oder einen Würstelstand. Der am Taubenmarkt genießt einen ausgezeichneten Ruf."

* Hier könnte ... (eh schon wissen!)

„Natürlich haben Sie recht", lenkte Plankton ein, „bei qualitativ gutem Dinieren kommt es nicht auf die Schnelligkeit an. Ich bin beeindruckt. Wo haben Sie das gelernt?"

„Ich pflege mich anhand diversester Medien weiterzubilden", näselte der Kellner. „Ich sehe mir einschlägige Sendungen an. Rach, den Restauranttester etwa. Oder diese Promikochereien. Aber der Größte unter ihnen allen ist Rupert Plankton." Er sprach den Namen mit einer Ehrfurcht aus, die schon fast religiös zu nennen war.

„Da will ich Ihnen nicht widersprechen", sagte Plankton schmunzelnd. „Nun, dann bringen Sie uns erst einmal die Speisekarte."

Wenig später, nachdem sie das Essen bestellt hatten, wandte sich Plankton an Lisbeth mit der Frage: „Wo waren wir mit Mozart stehen geblieben?"

„Dass er 1781 in München in den Besitz der Brotreste gelangte und dann nach Wien übersiedelte."

„Ach ja, genau. In Wien heiratete er dann ein Jahr später Constanze Weber. Und damit sein Vater, seine Schwester und seine Freunde in Salzburg seine frisch Angetraute kennenlernen konnten, unternahmen die Mozarts dann im Herbst 1783 eine Reise nach Salzburg. Die Details dort überspringe ich, jedenfalls machten sie auf der Rückreise nach Wien dann in Linz Station."

Plankton wartete kurz, weil ihm die Suppe serviert wurde – eine Buchstabensuppe. Er überprüfte kurz, ob wirklich alle Buchstaben vertreten waren, fand das H und das M etwas überrepräsentiert, dann nahm er gierig ein paar Löffel voll zu sich, gab der Suppe die Note 7,8 (von 10), notierte dies in seinem Notizbuch und setzte fort: „In Linz wurden sie vom Grafen Johann Joseph Anton von Thun-Hohenstein – einem alten Gönner Mozarts – regelrecht abgefangen. Sie verbrachten daraufhin im Haus des Grafen – eben dem heutigen ‚Mozarthaus' – einige Tage und der Graf lud Mozart ein, ein Konzert zu geben."

„Und weil Mozart keine Sinfonie bei sich hatte", setzte Lisbeth fort – zum einen, weil ihr als Linzerin die Geschichte der *Linzer-Sinfonie* zumindest im Groben vertraut war und sie keinen Vortrag hören wollte, zum anderen, um Plankton die Gelegenheit zu geben, seine Suppe fertig zu essen, bevor sie kalt wurde, „schrieb er eben einfach eine neue."

Plankton nickte. „In einem seiner berühmten Briefe an seinen Vater schreibt Wolferl am 31. Oktober 1783 – einen Tag nach der Ankunft in Linz – sinngemäß:" Plankton hob den Zeigefinger und veränderte seine Stimme, möglicherweise, um wie Mozart zu klingen (wobei allerdings bezweifelt werden darf, dass Plankton tatsächlich wusste, wie sich Mozarts Stimme angehört hatte): „Am Dienstag, dem 4. November, werde ich hier im Theater ein Konzert geben. Und weil ich keine einzige Sinfonie bei mir habe, so schreibe ich über Hals und Kopf an einer neuen, welche bis dahin fertig sein muss."

„Okay", sagte Lisbeth. „So entstand also die *Linzer-Sinfonie*. Und? Was hat das mit den Freikellnern zu tun?"

„Anlässlich dieses Aufenthalts in Linz", sagte Plankton mit seiner normalen Stimme und mit wieder gesenktem Zeigefinger, „händigte er die heiligen Brotreste einem in Linz tätigen Kellner aus. Die Überlieferung der Freikellner besagt, dass Mozart beschlossen hatte, sich lieber aufs Komponieren und Aufführen seiner Werke zu konzentrieren. Er wollte die Bürde, der die heiligen Brotreste besitzende Freikellner zu sein, wieder loswerden und daher übergab er sie – die Brotreste, aber auch die Bürde – in Linz an einen Nachfolger, der ihm von der Freikellnerkorporation bestimmt wurde. Mozart gab also vorzeitig auf, was bei den Freikellnern noch nie da gewesen war und zu einigem Unmut innerhalb der Korporation führte, der dann darin gipfelte, dass 1791 –"

„Und an wen?", unterbrach ihn Lisbeth.

„An wen er die Brotreste übergeben hat?" Plankton, der seine Suppe brav fertiggelöffelt hatte, zog seine Stirn in Falten. „Das ist nicht exakt überliefert. Es kommen einige Kellner infrage – insbesondere die Namen Gröschl, Eschbach, Haberfellner und Schmid werden genannt –, aber wie heißt es so schön: Nichts Genaues weiß man nicht."

„Und wahrscheinlich ist es auch egal, wer Mozarts Nachfolger wurde", sagte Lisbeth, die ihr Essen – geröstetes Taubenleberfilet – serviert bekam.

„Beethoven", warf der Kellner ein. „Musikgeschichtlich ist zweifellos Beethoven als Mozarts Nachfolger einzustufen."

„Diese Ansicht vertreten viele", sagte Plankton. „Sie dürfen aber auch Schubert nicht vergessen." Und als der Kellner achselzuckend von dannen gezogen war, um Planktons Hauptspeise zu holen (er hielt von Schubert nicht allzu viel), setzte er fort: „Für unsere Suche nach dem derzeitigen Aufenthaltsort ist es wahrscheinlich wirklich ohne Bedeutung, wem Mozart 1783 die heiligen Brotreste übergeben hat. Aber trotzdem. Anlässlich der Weitergabe der Brotreste an seinen Nachfolger hat Mozart offenbar einen geheimnisvollen Hinweis in Form dieses Notenblattes seiner *Linzer Sinfonie* verfasst."

„Eine *Linzer Sinfonie* mit lauter Fehlern", sagte Lisbeth.

„Mozarts Sinfonie Nr. 36 in C-Dur, Köchel-Verzeichnis 425, landläufig als *Linzer Sinfonie* bezeichnet, hat keine Fehler", mischte sich der Kellner wieder ein, den bestellten

Pöstlingberger Schwammerlbraten vor Plankton stellend. „Sie ist unvergleichlich, einzigartig und fehlerlos."

„Da haben Sie sicher recht", sagte Plankton, und um den Kellner, dessen Schubert-Aversion er zuvor gespürt hatte, ein wenig zu ärgern, setzte er dazu: „Aber Schuberts *Unvollendete* ist besser."

Der Kellner überlegte kurz, ob er Plankton zur Strafe das Essen wieder wegnehmen sollte, schüttelte geringschätzig den Kopf und zog ab.

„Und dieses Notenblatt", fuhr Lisbeth fort, „wurde dann von Freikellner zu Freikellner weitergegeben, bis es schließlich bei Piri-Joe und seinem eigenen Nachfolger landete."

„Genau. Nur dass Piri-Joes Nachfolger damit offenbar nichts anfangen kann, sodass er mich ins Spiel gebracht hat. Ich soll anhand der Hinweise in dem Notenblatt herausfinden, wo die heiligen Brotreste versteckt sind, und sie ihm liefern. Nur dann gibt er Ihren Vater frei."

„Und – glauben Sie, dass Sie es schaffen?"

Plankton zuckte die Schultern. „Ich habe Ihnen schon gesagt: Die von Mozart in dieses Notenblatt eingebauten Fehler, die wir ja nun dank meinem Freund Franzl kennen, sind sicherlich der entscheidende Hinweis. Aber ich brauche einen ruhigen Platz, um mir aus den Fehlern einen Reim zu machen." Er kratzte sich am Kopf. „Am besten wird sein, Jimi fährt Sie dann nach Hause und mich in mein Hotel, dort kann ich dann in Ruhe ..."

„Aber wieso denn? Kommen Sie doch zu mir", schlug Lisbeth vor. „In meinem Wohnzimmer haben Sie Ruhe genug. Ich werde den Fernseher ganz leise drehen. Und ich werde Ihnen einen ganz, ganz starken Kaffee machen, damit Sie munter bleiben, bis Sie das Rätsel gelöst haben."

„Mit viel Zucker?"

„So viel Sie wollen. Und ein Stück Linzer Torte gibt's auch dazu. Schauen Sie, Rupert, es macht ja keinen Sinn, wenn Sie in Ihr Hotel fahren und ich nach Hause. Wenn Sie dann aus Mozarts Fehlern schlau geworden sind, müssen wir uns wahrscheinlich sowieso wieder treffen, da können Sie gleich mit mir kommen."

Plankton nickte. „Das ist wohl wirklich das Vernünftigste. Aber zuerst esse ich noch diesen köstlichen Pöstlingberger Schwammerlbraten zu Ende, dann soll uns Jimi zu Ihnen nach Hause fahren."

66. Kapitel – 18:34

Violetta Grünsteidl sah ungeduldig auf ihre Armbanduhr. „Schon halb sieben vorbei! Und noch immer keine Nachricht von Plankton!"

Manu legte seinen Arm um seine Geliebte und streichelte ihr blondes Haar. Sie saßen in Vìos Eigentumswohnung auf der Couch und sahen sich eine DVD über tropische Schmetterlinge an.

„Du darfst nicht so ungeduldig sein, mein Schatz", sagte Manu beruhigend, während ein Zebrafalter (Heliconius charitonius tuckeri) über den Fernsehbildschirm flog. „Plankton ist auf der richtigen Spur. Er hat das Notenblatt. Jetzt braucht er wohl einige Zeit, um die darin versteckten Hinweise aufzuspüren und richtig zu deuten. Und auch wenn ich es heute schon drei Mal gesagt habe, nämlich um 10 Uhr 20*, um 14 Uhr 21** und um 15 Uhr 30***: Was uns gemeinsam monatelang und mir allein jahrelang nicht gelungen ist, kann ihm nicht innerhalb einiger weniger Stunden ..."

„Du hast ja recht", räumte Violetta (zum nun auch schon vierten Mal in diesem Buch) ein. „Trotzdem. Ob wir ihm nicht wieder einmal eine SMS schicken sollten, dass er sich gefälligst beeilen soll, weil ansonsten ..."

„Das kann sicherlich nicht schaden. Und was hältst du davon, wenn wir ihm auch eine kurze Videobotschaft zukommen lassen?"

* im 15. Kapitel
** im 43. Kapitel
*** im 54. Kapitel

„Ein Video?"

„Ja. Um ihm den Ernst der Lage klarzumachen. Gisbert Landauer in seinem Gefängnis. Wir müssten ihn nur dazu bewegen, eine kurze Mitteilung an Plankton zu richten. Mit dem Inhalt: ‚Lieber Freund, beeile dich und tu alles, was meine Entführer wollen, sonst ist es aus mit mir'. Oder so ähnlich."

„Nun, das dürfte ja wohl nicht allzu schwer sein, ihn zu einer solchen Ansprache an seinen Freund zu zwingen", sagte Violetta augenzwinkernd und eine Weiße Baumnymphe (Idea leuconoe clara) bewundernd. „Vor allem, wenn ich ihm eine Pistole vorhalte."

„Und wenn du ihn zusätzlich auch noch mit dem Messer bedrohst", schlug Manu fantasievoll vor. „So nach dem Motto: Welcher Finger darf's denn heute sein …"

Violetta erschauderte beim Gedanken an das viele Blut, das letzte Nacht aus Landauers Wunde geströmt war. „Gut. Machen wir das. Obwohl …"

„Ja?" Er stand auf und schaltete den DVD-Player aus, sodass das Fernsehbild auf dem Bildschirm erschien und sich der soeben noch in der Luft herumschwirrende Schmetterling – ein aufgrund der Geschwindigkeit seines Herumflatterns nicht näher definierbarer aus der Familie der Monarchen – in eine andere Art von Monarchen, nämlich den schwedischen König, verwandelte, über dessen Eskapaden ein Bericht gebracht wurde.

„Obwohl ich es weit lieber hätte, wenn nicht schon wieder Blut fließt …"

67. Kapitel – 19:05

Als Lisbeth und Plankton vor dem Landauer'schen Zweifamilienhaus Jimi schonend beibrachten, dass sie ihn nun nicht weiter benötigen würden, traten Tränen in die Augen des Taxifahrers.

„Aber, Leute", sagte Jimi, und es fehlte nicht viel und es wäre ein leichtes Schluchzen in seiner Stimme gewesen, „ihr könnt mich doch nicht so einfach wegschicken. Das kann es doch nicht schon gewesen sein!"

„Jimi, ich wohne hier", sagte Lisbeth sanft. „Es kommt öfters vor, dass Taxifahrer ihre Kunden nach Hause bringen und sich dann wieder von ihnen trennen."

„Ja, schon", antwortete Jimi und wischte sich eine Träne aus dem rechten Augenwinkel. „Aber der Tag ist doch noch jung und ihr habt mich für den Rest des Tages bezahlt. He, ich gehöre euch bis Mitternacht! Vielleicht wollt ihr ja nochmals fort? Ausgehen, ins Kino, in ein Konzert, in einen Swingerclub, tanzen, was weiß denn ich ..."

„Eben gar nichts wissen Sie", sagte Plankton ruppig, während er ausstieg. „Und ich bin mir ziemlich sicher, dass wir heute Nacht nicht tanzen gehen wollen."

„Falls wir morgen wieder ein Taxi benötigen, werden wir uns ganz sicher an Sie wenden", tröstete Lisbeth den verzweifelten Taxifahrer.

„Na gut", gab sich Jimi geschlagen. „Wisst ihr, ihr seid mir direkt ans Herz gewachsen. Irgendwie fühle ich, dass mich das Schicksal mit euch verbunden hat, dass da ein tieferer Sinn dahintersteckt, dass ich und ihr, also wir uns begegnet sind ..."

„Schon gut, Jimi“, sagte Lisbeth, bevor Jimi allzusehr ins Philosophische abglitt. „Wenn es das Schicksal so will, werden wir uns sicher wiedersehen.“

„Davon bin ich überzeugt“, sagte Jimi und gab Gas.

„Da sind wir also“, sagte Lisbeth und sperrte das Tor auf, das den Weg durch einen kleinen, von zahllosen Johannisbeersträuchern bewachsenen Garten freigab, hinter dem das Landauer'sche Anwesen in die Höhe ragte. Plankton war vor gut zwanzig Jahren das letzte Mal hier zu Gast gewesen, als er Landauer vor seiner kulinarischen Weltreise, die zu seinem ersten internationalen Buch-Bestseller geführt hatte, seinen Abschiedsbesuch abgestattet hatte. Seiner Erinnerung nach hatte sich am Aussehen des Hauses seitdem nichts geändert. Es war ein typisches Fertigteilhaus aus den frühen Achtzigerjahren.

Lisbeth schloss nun auch die Eingangstür auf und sie betraten das Haus.

„Behalten Sie die Schuhe ruhig an“, sagte Lisbeth, zog ihre aus und ging ins Wohnzimmer vor. Eine dreiteilige schwarze Ledergarnitur samt einem mächtigen Tisch mittendrin beherrschte das Zimmer. Plankton wählte den Zweisitzer aus und ließ sich mit einem seufzenden „Ach, ist das lange her, seitdem ich das letzte Mal hier war“ hineinfallen.

„Soll ich Ihnen jetzt gleich den versprochenen Kaffee machen?“, fragte Lisbeth, jedoch Plankton schüttelte den Kopf und holte das Diktiergerät sowie das Notenblatt aus seiner Tasche.

„Papier und Schreibzeug wären mir wichtiger“, sagte er. „Anhand von Franzls Angaben werde ich jetzt die einzelnen Fehler in Mozarts Sinfonie aufschreiben und optisch auf mich wirken lassen. Akustisch haben wir's ja schon überstanden.“

Lisbeth zauberte aus einem Fach des Wandverbaus (Eiche natur) einen Schreibblock sowie einen Kugelschreiber hervor und legte beides auf den Tisch.

„Macht es Ihnen was aus, wenn ich erst einmal duschen gehe und mir was Bequemeres anziehe?", fragte sie.

Plankton überlegte kurz, was es Bequemeres geben konnte als das Outfit, das sie schon anhatte, schüttelte aber nur wieder den Kopf. *Warum sollte es ihm was ausmachen, wenn sich Lisbeth frisch machte?*

„Gut, dann verschwind' ich jetzt für ein Weilchen unter der Dusche", kündigte Lisbeth an. „Haben Sie Hunger oder Durst?"

Plankton schüttelte zum dritten Mal innerhalb einer Minute den Kopf, da fuhr Lisbeth auch schon fort: „Falls Sie, während ich dusche, Hunger oder Durst bekommen, der Kühlschrank steht in der Küche."

Plankton schluckte die beiden Bemerkungen, die ihm auf der Zunge lagen – nämlich dass er den Kühlschrank ohnehin nicht im Schlafzimmer oder im Bad erwartet hätte und wie lange sie wohl vor hatte zu duschen – hinunter und nickte stumm. Noch während Lisbeth das Wohnzimmer verließ, schaltete er das Diktiergerät ein.

„Also, wie gesagt, im dritten Takt war statt einem G ein C", erfüllte die wohlklingende Stimme des weltberühmten oberösterreichischen Stardirigenten Franz Linzer-Bühr den Raum. „Im sechsten Takt steht statt einem C ein H und danach ist ein Pausenzeichen, das hier nicht hingehört. Ach ja, vor dem allerersten Fehler – dem falschen C im dritten Takt – ist auch ein langer senkrechter Strich. Das könnte ein Wiederholungszeichen sein, aber zum einen fehlen für ein Wiederholungszeichen die beiden Punkte rechts davon und der Strich zieht sich auch nicht bloß über die fünf Linien des Notensystems, sondern herunter bis zum C, also bis zur falschen Note. Erkläre ich das eh alles deppensicher, dass sogar du es verstehst, Ruppi? Ja? Gut. Im achten Takt ist dann statt einem F ein G. Das ist zwar nur knapp daneben, aber es klingt trotzdem fürchterlich falsch. Im elften Takt dann statt wieder einem F ein A."

Plankton drückte auf die Pausentaste des Diktiergeräts und betrachtete seine bisherige Mitschrift.

Auf dem Zettel stand geschrieben:

WdhZ (?) vor 3 G C – 6 C H + Pause – 8 F G – 11 F A

Plankton zuckte hilflos die Schultern und setzte die Wiedergabe des Tonbandmitschnitts fort. Er beeilte sich, alle Informationen mitzuschreiben, und drückte dazu manchmal auch auf die Pausentaste seines Diktiergeräts. Sobald die Aufnahme zu Ende war, spulte er sie an den Anfang zurück, horchte sie sich nochmals vollständig an und kontrollierte, ob er alles richtig mitgeschrieben hatte. Wie er nicht anders erwartet hatte, stimmte alles.

Nun stand auf seinem Zettel:

WdhZ (?) vor 3 G C – 6 C H + Pause – 8 F G – 11 F A – 13 C B + Pause – 15 F E – 16 G Es + Pause – 18 D E – 19 A Es – 22 F C – 24 D H – 25 E B – 27 G A – 29 H C – 29 F H

Na gut, dachte sich Plankton. *Und was soll das nun heißen?*

Mittlerweile hatte er doch Durst bekommen. Er holte sich aus dem Kühlschrank, der sich tatsächlich in der Küche befand, eine Cola-Dose, die er ins Wohnzimmer trug, machte sie dort auf und nahm einen kräftigen Schluck, sich insgeheim denkend: „Wenn ihr wüsstet, dass ich den Geheimcode dieses Getränks längst geknackt habe!" Dann setzte er sich wieder hin und starrte seine Niederschrift an. *Ja, die Geheimzutat von Coca-Cola hatte er herausgefunden, aber was diese Fehler in Mozarts Partitur bedeuteten ...*

Er beschloss, systematisch vorzugehen.

Wenn man davon ausging, dass die Tonleiter aus den Noten C, D, E, F, G, A, H und C bestand und wenn man für das C die Zahl 1, für das D die 2, für das E die 3 und so weiter einsetzte, vielleicht ergab dies dann einen Zahlencode? Also statt 3 G C – 3 5 1. Aber wie sollte er dabei das Es – den Halbton unter dem E, der in seiner Liste zweimal vorkam – behandeln? Als 2½? Und das B – den Halbton unter dem H – als 6½?

Und ob es eine Bedeutung hatte, dass Mozart manchmal zwei aufeinanderfolgende Takte ohne Fehler gelassen hatte (etwa zwischen dem dritten und sechsten Takt), dann wieder nur einen (etwa zwischen dem 11. und 13. Takt), dann wieder gar keinen (sowohl im 18. als auch im 19. Takt befand sich je ein Fehler) und dass er im letzten Takt (dem 29.) gleich zwei Fehler eingebaut hatte?

Plankton nahm noch einen Schluck und stellte die Dose dann auf den Tisch. Er verschränkte die Arme im Nacken und starrte in die Ferne. *Was wollte ihm die Botschaft sagen?*

Ob es vielleicht auch darauf ankam, die wievielte Note im jeweiligen Takt die falsche war? Linzer-Bühr hatte zu diesem Thema nichts aufs Tonband gesprochen, jedoch Plankton konnte zumindest so gut Noten lesen, dass er innerhalb eines Taktes erkennen konnte, welche Note etwa das C war. Wenn er sich beispielsweise den dritten Takt ansah, wo – statt einem G – ein C stand ... Plankton nahm das Notenblatt zur Hand. Das C war die zweite Note des dritten Taktes. Und das falsche H im sechsten Takt? War ebenfalls die zweite Note. Das G im achten Takt allerdings war die dritte Note und das A im elften Takt die erste.

Plankton legte das Notenblatt wieder auf den Tisch und besah sich seine Niederschrift aufs Neue. Wie viele Fehler waren es nun eigentlich insgesamt? Wenn er rein die Notenfehler zählte – ohne die Pausen und dieses fragliche Wiederholungszeichen ganz am Anfang – waren es fünfzehn Fehler. Plankton war ein wenig stolz darauf, dass er dies bei der Wiedergabe des Stücks durch das Linzer Bruckner-Orchester richtig mitgezählt hatte. Dazu kamen noch drei Pausen – somit war man bei der von Linzer-Bühr angegebenen Zahl achtzehn. *Gut. Und was nützte es ihm nun, dass sie beide recht gehabt hatten?*

Irritiert stand er auf und ging mit großen Schritten im Wohnzimmer auf und ab. Im Wandverbau, aus dem ihm Lisbeth zuvor das Schreibmaterial herausgesucht hatte, erblickte er neben der Stereoanlage in mehreren Reihen eine große Anzahl von CDs. Es waren allesamt Klassik-CDs – vor allem Opern und Sinfonien, aber auch ein paar Operetten und Neujahrskonzerte. Plankton fragte sich, wer wohl im Hause Landauer der Klassik-Fan war – sein Freund Gisbert oder dessen Tochter Lisbeth oder möglicherweise auch beide –, und sah sich die CD-Titel speziell der Sinfonien genauer an. Es waren Gesamtausgaben der Beethoven-, Schubert-, Bruckner- und Mahler-Sinfonien dabei – und auch Mozarts späte Sinfonien, zu denen ja auch die *Linzer* zählte. Plankton nahm die CD-Box mit den Mozart-Sinfonien aus dem Regal, registrierte mit einem genießerischen Schnalzen seiner Zunge, dass Herbert von Karajan die Berliner Philharmoniker dirigierte, und las sich im Beiheft durch, was die Redakteure der Plattenfirma so zur *Linzer Sinfonie* zu sagen hatten. Allerdings stand dort nur, was er ohnehin wusste – Heimreise von Salzburg nach Wien, Zwischenaufenthalt in Linz, Graf von Thun-Hohenstein, Brief an Papa, habe keine Sinfonie fertig, muss eine neue schreiben, blablabla ... Die Freikellner wurden mit keinem Wort erwähnt, aber das hatte er ja auch nicht ernsthaft erwartet.

„Soll ich Ihnen Musik auflegen, damit Sie sich besser konzentrieren können?"

Lisbeth war ins Zimmer getreten.

Sie hatte offenbar erfolgreich geduscht und dabei diverse einschlägige Pflegemittel verwendet, denn obwohl sie einige Meter von Plankton entfernt stand, konnte er ihren frischen Duft riechen. Ihr atemberaubend schöner Körper steckte nun in einem violetten Bademantel, der ihr bis knapp oberhalb der Knie reichte und den sie mit einem Gürtel lose zusammengebunden hatte. Darunter trug sie offensichtlich nichts.

„Es stört Sie hoffentlich nicht, dass ich's mir in meinem Bademantel bequem gemacht habe?", fragte sie, ohne Planktons Reaktion auf ihre erste Frage abzuwarten, die Plankton deshalb noch nicht beantworten hatte können, weil Lisbeths Anblick seine Reaktionszeit um einige Sekunden verzögert hatte. Im Straßenverkehr wäre diese Reaktionsverspätung möglicherweise fatal gewesen und hätte erhebliches Mitverschulden an einem eventuellen Verkehrsunfall begründet, hier bewirkte sie nur, dass Lisbeth zu Plankton trat, ihm die CD-Box aus der Hand nahm und feststellte „Oh, Mamas Mozart-Sinfonien", was Planktons insgeheime Frage, wer von den beiden noch lebenden Landauers der größere Klassik-Fan war, nur unzureichend beantwortete. „Wollen Sie in die *Linzer Sinfonie* hineinhören?"

„E-, even-, -tuell", war alles, was Plankton darauf einfiel.

Lisbeth suchte aus der Box die CD heraus, die Mozarts

Sinfonie Nr. 36 enthielt, gab sie in den CD-Player und startete die Musik.

„Vielleicht inspiriert es Sie tatsächlich, wenn Sie die *Linzer Sinfonie* unverfälscht hören", meinte Lisbeth, während sie es sich auch schon auf dem Zweisitzer gemütlich machte und dem auf dem Tisch liegenden Zettel, auf dem Plankton die Fehler notiert hatte, einen raschen Blick schenkte. Plankton setzte sich neben sie und sagte, wiederum nicht sonderlich geistreich: „Hilft's nichts, so schadet's nichts."

„Die *Linzer* dauert gut eine halbe Stunde", sagte Lisbeth. „Genießen wir sie."

Plankton nickte und war versucht, seinen Arm um Lisbeth zu legen, unterließ es aber und beugte sich vielmehr nach vorne, um auf seine Mitschrift der Fehler zu schauen.

„Bis jetzt bin ich daraus noch nicht schlau geworden", sagte er zerknirscht.

„Pst!", mahnte Lisbeth. „Lehnen Sie sich zurück und lassen Sie die Musik auf sich einwirken. Vielleicht spricht Mozart durch sein Werk zu Ihnen."

Plankton gehorchte und lehnte sich zurück. Er schloss seine Augen, während das Adagio und das Allegro Spiritoso des ersten Satzes aus den Lautsprecherboxen erklangen.

Als er sie gut acht Minuten später, zu Beginn des Andante-Satzes kurz öffnete, sah er, dass auch Lisbeth ihre Augen zugemacht und ihren Arm auf die Lehne der Sitzgarnitur gelegt hatte.

Wenn Plankton auch nur zwei Zentimeter nach oben rutschte, würden seine Schultern ihre Hand berühren ...

68. Kapitel – 21:57

Die Sonne machte bereits Anstalten, hinter den zahlreichen Linz umgebenden Bergen* zu versinken, als Plankton einen weiteren Zettel wütend zerknüllte. Nachdem er Dutzende Varianten erfolglos ausprobiert hatte, hatte er zuletzt die Fehler untereinander geschrieben, dann den Noten Zahlenwerte zugewiesen (dem C die 1, dem D die 2, dem Es die 2½ etcetera) und die sich daraus ergebenden Zahlenspalten addiert, wobei er die Pausen beim Zusammenrechnen ignorierte. Als Ergebnis waren dann 265, 57 und 65 herausgekommen und, wenn er diese drei Zahlen wieder addierte, 387. Beziehungsweise wenn er die zwei kleineren Zahlen (57 und 65) von der großen abzog, 143.

3	G	C		3	5	1
6	C	H	+ Pause	6	1	7
8	F	G		8	4	5
11	F	A		11	4	6
13	C	B	+ Pause	13	1	6,5
15	F	E		15	4	3
16	G	Es	+ Pause	16	5	2,5
18	D	E		18	2	3
19	A	Es		19	6	2,5
22	F	C		22	4	1
24	D	H		24	2	7
25	E	B		25	3	6,5
27	G	A		27	5	6
29	H	C		29	7	1
29	F	H		29	4	7
				265	57	65

* Pöstlingberg, Pfenningberg, Bauernberg, Freinberg, Froschberg und – nicht zu vergessen! – Ebelsberg

Na und?

Das alles ergab nicht den geringsten Sinn!

Er leerte seine vierte Tasse Kaffee, stand auf und spazierte wieder wie aufgezogen im Landauer'schen Wohnzimmer herum.

„Noch immer nichts?", fragte Lisbeth, die aus der Küche eine Großpackung Würfelzucker geholt hatte.

„Nein. Ich komme einfach nicht hinter Mozarts Geheimnis!"

„Vielleicht sehen Sie alles viel zu kompliziert?", meinte Lisbeth, womit Plankton allerdings auch nicht sehr geholfen war.

In diesem Augenblick meldete sich Planktons Handy – allerdings nicht mit dem Tarzanschrei, sondern mit den etwas dezenteren Anfangstönen der *Kleinen Nachtmusik*. Als er diese vor ein paar Stunden anstelle des Tarzan-Gebrülls als akustischen Hinweis für einlangende Mitteilungen aktiviert hatte, hatte er noch nicht geahnt, dass Mozart den ganzen heutigen Abend bestimmen würde ...

„Vom Handy Ihres Vaters!", rief Plankton aufgeregt. „Doch diesmal ist es kein Text, sondern ..."

„Ja?"

„Eine Videodatei!"

Plankton runzelte die Stirn, drückte auf „Video anschauen" und erstarrte.

„Rupert, was haben Sie?", fragte Lisbeth erschrocken, als sie Planktons Gesichtsausdruck bemerkte.

„Nichts", sagte Plankton, das Handy wieder einsteckend. Er war allerdings merklich blass geworden, sodass Lisbeth mit Bestimmtheit forderte: „Rupert, ich will wissen, was für eine SMS Sie da jetzt erhalten haben!"

„Ich glaube, Sie sollten sich das besser nicht anschauen“, sagte Plankton.

„Ich bestehe darauf!“, schrie Lisbeth. „Geht es um meinen Vater? Ist Paps darauf zu sehen?“

Plankton nickte.

„Dann will ich das Video sehen. Sofort!“

Sie machte Anstalten, Plankton das Handy aus der Hosentasche zu ziehen, jedoch Plankton gab sich geschlagen, holte sein Handy freiwillig wieder hervor, drückte nochmals auf die Taste zum Starten des Videos und ließ Lisbeth dabei über seine Schulter schauen.

Man sah einen schmalen Raum, in dem sich keinerlei Einrichtungsgegenstände befanden. Eine nackte Glühbirne mit nur schwacher Leuchtkraft (*wahrscheinlich eine Energiesparlampe*, dachte Plankton) hing von der Decke herab und beleuchtete den Raum nur spärlich. An der weißen Wand lehnte eine dunkle Gestalt, auf die nach wenigen Sekunden hingezoomt wurde.

„Paps!“, rief Lisbeth.

Tatsächlich war diese Gestalt Gisbert Landauer. Entkräftet rutschte er, während er immer mehr das Videobild füllte, zu Boden und man konnte erkennen, dass sich auf seiner Hose im Bereich des Hosenschlitzes ein nasser Fleck ausgebreitet hatte.

„Diese Unmenschen!“, rief Lisbeth. „Sie lassen ihn nicht einmal auf die Toilette gehen, wo er doch fast jede Stunde muss …“

Dann fuhr die Kamera an Landauers Körper hoch. Man sah, dass seine Hände vor den Bauch gefesselt waren und dass einen Finger seiner rechten Hand ein mit Blut beschmutzter Verband bedeckte. Schließlich erreichte die Kamera Landauers Kopf.

Lisbeth schrie auf.

Landauers Gesicht war blutverschmiert. Vor allem über dem rechten Auge hatte er eine Platzwunde, aus der noch immer Blut zu tropfen schien, aber auch einige weitere Stellen seines Kopfes schienen reichlich lädiert. Endlich hielt die Kamera auf Landauers Mund zu und er sprach eindringlich einige Worte.

„Lauter!", rief Lisbeth. „Stellen Sie es lauter!"

Aber noch bevor Plankton auf Lisbeths Zuruf reagiert hatte, war die Aufnahme auch schon zu Ende. Sie hatte nicht einmal eine halbe Minute gedauert.

„Was hat er gesagt?", fragte Lisbeth aufgeregt. „Spielen Sie es noch einmal vor! Ich will hören, was Paps gesagt hat."

„Zwecklos", sagte Plankton. „Dazu müsste ich erst mein Handy zur Reparatur bringen."

„Wieso?"

„Es spielt Videodateien nur ohne Ton ab", erklärte Plankton. „Bis jetzt war mir das egal, weil ich mir ohnehin nie Videos schicken lasse, aber so wie es ausschaut, sollte ich es schleunigst reparieren lassen. Gott sei Dank ..."

„Ja?", rief Lisbeth hoffnungsvoll. „Haben Sie trotzdem verstanden, was Paps gesagt hat?"

„Nein. Ich wollte sagen: Gott sei Dank bin ich noch innerhalb der Garantiezeit ..."

„Soll das heißen, die Entführer haben uns ein Video mit einer Botschaft von Paps geschickt und wir können nicht einmal feststellen, was er uns mitteilen will?", fragte Lisbeth ungläubig.

„Wenn Sie nicht zu der Personengruppe gehören, die im Lippenlesen geübt ist, fürchte ich, dass es so ist", sagte Plankton entmutigt. „Ich habe die Szene jetzt zwei Mal gesehen, aber leider ... ich bin aus seinen Lippenbewegungen nicht schlau geworden. Ja, wenn sie uns das Video vor vier Uhr nachmittags geschickt hätten, dann hätten wir es wem von dieser Taubstummenschule vorspielen können, bei deren Flohmarkt wir waren, die können dort sicher alle von den Lippen ablesen …"

Lisbeth begann zu weinen. „Haben Sie gesehen, was sie mit Paps angerichtet haben?", schluchzte sie. „Diese Monster …" Plötzlich kam Leben in sie. „Ich will ihn sprechen."

„Was meinen Sie – ihn sprechen? Den Entführer?"

„Nein, Paps. Die Entführer und wir sind ja durch Ihr Handy miteinander verbunden. Wenn sie uns Nachrichten schicken können, können genausogut wir ihnen Nachrichten schicken."

„Ja, freilich, aber …"

„Schicken Sie ihnen eine SMS: ‚Bevor ich euch die heiligen Brotreste Christi übergebe' – die ‚heiligen Brotreste Christi' würde ich ein wenig abkürzen, etwa ‚HeiBroReChri', damit es nicht zu viele Zeichen werden –, will ich meinen Vater sprechen!' Sie sollen uns dann hier anrufen und erst wenn ich von Paps gehört habe, dass es ihm so halbwegs gut geht, suchen wir nach den Heibrorechri weiter."

„Aber, Lisbeth, das verwirrt die Entführer nur. Sie müssen bedenken, ich schreibe denen ja von *meinem* Handy aus, und wenn ich da schreibe, dass ich *meinen* Vater sprechen will, werden sie sich nicht auskennen. Die kennen meinen Vater ja überhaupt nicht!"

„Na, dann schreiben Sie halt, Sie wollen Gisbert sprechen. Oder Lisbeth will ihren Vater sprechen. Egal, ich glaube, dass die Entführer intelligent genug sind, um sich aus der SMS einen Reim zu machen."

„Sie meinen also tatsächlich …?"

„Ja."

„Nun ja, vielleicht haben Sie recht."

Plankton tippte flink einen Text in sein Handy, las ihn Lisbeth vor und sandte nach deren Sanktus die SMS ab.

„Nun heißt es wohl abwarten, wie sie darauf reagieren", sagte er abschließend. „Das soll mich aber nicht davon abhalten, mir weiter den Kopf über diese seltsame Botschaft von Mozart zu zerbrechen. Wenn Sie mir vielleicht noch einen Kaffee machen könnten ..."

„Selbstverständlich. Und ich bringe Ihnen auch noch ein Stück Linzer Torte, schließlich hab' ich genug davon im Haus. Nur die sauberen Erdäpfel gehen mir langsam aus ..."

Mit diesen Worten verschwand sie aus dem Wohnzimmer und Plankton widmete sich wieder Mozarts Notenblatt.

Was hatte Lisbeth gesagt? Er solle nicht so kompliziert denken ...

Wenn er die Sache ganz einfach betrachtete, dann kam es wohl auf die Fehler an, die Mozart in dieses Notenblatt geschrieben hatte. Nicht auf die Stellung der falschen Noten in der Partitur, also in welchem Takt sie sich befanden, auch nicht, welche richtigen Noten sie ersetzten und ob es sich um Viertel-, Achtel- oder Sechzehntelnoten handelte – nein, ganz einfach die falschen Noten. Die Fehler. Zuerst ein senkrechter Strich – fast wie ein I –, dann ein C und ein H, und nach einer Pause G – A – B ...

In diesem Moment klingelte Planktons Handy.

Der Klingelton (die Melodie jenes munteren Marschlieds, das am Beginn eine Frage stellt, die es im nächsten Satz auch sogleich selbst beantwortet: „Wozu ist die Straße da? Zum Marschieren!"*) verriet Plankton, dass diesmal keine SMS

* Erstmals gesungen von Heinz Rühmann im Film „Lumpazivagabundus" aus dem Jahr 1936; Komponist Hans Lang (1908–1992)

eingelangt war, sondern dass jemand mit ihm leibhaftig sprechen wollte.

Ob das der Entführer, möglicherweise auch Landauer war ...?

„Lisbeth!", schrie er, noch bevor er aufs Display schaute, ob erstens der Anrufer seine Nummer mitschickte und ob es zweitens, wenn erstens zutraf, Gisbert Landauers Handynummer war, und als Lisbeth ins Wohnzimmer stürzte, dabei den Gürtel ihres Bademantels verlierend, setzte er überflüssigerweise hinzu: „Da ruft jemand an! Jemand will mit mir telefonieren!"

„Ja?", meldete er sich dann atemlos und schaltete den Lautsprecher dazu, sodass Lisbeth das gesamte Gespräch mitverfolgen konnte. „Professor Rupert Plankton hier."

„Ruppi, altes Haus, ich bin's!", antwortete der Anrufer.

„Ja?", sagte Plankton wieder. „Wer denn? Der Entführer?"

„Was redest du denn da schon wieder für einen Quatsch?", bekam er zur Antwort. „Ich bin's. Franz Linzer-Bühr. Der Franzl!"

„Ach, du bist es, Franzl", sagte Plankton, halb erleichtert und halb enttäuscht. „Dich hab' ich am allerwenigsten erwartet."

„Schaut so aus. Was hast du da von einem Entführer gefaselt?"

„Ach, nur so ein Spiel. Äh, wir spielen Mozarts *Entführung aus dem Serail* nach. Telefonisch. Ich bin der Haremswächter Osmin und warte auf einen Anruf von einem der Entführer und wie jetzt das Telefon geläutet hat, weil jemand angerufen hat, hab' ich mir gedacht, das wär' ... äh, Jimi – der Mitspieler, der den Belmonte, also den Entführer, spielt – aber so wie es ausschaut, ist es nicht Jimi, sondern bist es vielmehr du ... äh ..."

„Aha. Alles klar. Klingt interessant, das Spiel. Wird sicher ‚Spiel des Jahres'. Möchte ich direkt mitspielen, als Dirigent. Äh, warum ich dich jetzt mitten in der Nacht anrufe ... Ich hab' nicht viel Zeit, die Aufführung ist gerade vorbei und ich muss gleich wieder raus zum Verbeugen – die Linzer sind ja wirklich unersättlich beim Klatschen und Johlen ..."

„Ja?" Plankton konnte tatsächlich im Hintergrund heftigen Applaus und vereinzelte „Zugabe!"-Rufe hören.

„Obwohl sich das Bruckner-Orchester heute einige Schnitzer geleistet hat", sagte Linzer-Bühr vorwurfsvoll. „Ich vermute ja, das Spielen von diesen vielen Fehlern in deiner *Linzer Sinfonie* hat sie insfi-, äh infis, äh –"

„Angesteckt?", schlug Plankton vor.

„Ja, danke, angesteckt. Und wegen diesem Mozart-Blattl muss ich dich noch einmal sprechen. Können wir uns treffen?"

„Wegen dem Mozart-Blatt?", wiederholte Plankton überrascht. „Wieso? Was ist damit?"

„Ich bin da auf was draufgekommen", erklärte der Dirigent, um dann seinem ersten Geiger, der ihn zum Verbeugen auf die Bühne holen wollte, „Ja, ja, ich komm' ja gleich, spielt halt einstweilen ohne mich eine kurze Zugabe!", zuzurufen. „*Die Moldau* oder *An der schönen blauen Donau* oder den *Schneewalzer* oder irgendsowas."

„Worauf bist du denn draufgekommen?", wollte Plankton wissen. „Sag schon!"

„Nicht am Telefon. Ich komm' zu dir. Bist du in einem Hotel?"

„Nein, nicht im Hotel." Er sah Lisbeth an – und musste sich dabei zwingen, in ihr Gesicht zu schauen und nicht auf ihren Bademantel, der nun nicht länger durch den strengen Gürtel zusammengehalten wurde und sich daher, einen etwa zehn Zentimeter breiten Spalt freigebend, vor ihrem Körper geöffnet hatte – und als Lisbeth durch ihre Körpersprache zu erkennen gab, dass sie kein Problem damit hatte, wenn Linzer-Bühr sie hier besuchte, sagte er: „Ich bi- bi- bin bei Frau Landauer. Du weißt schon, die Frau, die mich heute Nachmittag zu dir begleitet hat."

Ein anerkennender Pfiff, der das Johlen und Kreischen des im Großen Saal des Brucknerhauses anwesenden Publikums mit Leichtigkeit übertönte, war Linzer-Bührs Antwort. „Na, du bist aber ein Glückspilz! Da will ich dich aber nicht stören."

„Nein, nein, wenn du mir etwas Wichtiges mitzuteilen hast, störst du ganz und gar nicht. Wann kannst du kommen?"

„Na ja, ich lass' mich hier von den Linzern noch groß feiern, eine halbe Stunde oder so, und dann kann ich mich sicher loseisen."

Plankton gab Linzer-Bühr die Adresse von Landauers Wohnhaus durch und beendete dann das Gespräch. „Was wird er denn so Wichtiges entdeckt haben?", murmelte er vor sich hin.

„Da bin ich auch schon sehr gespannt", sagte Lisbeth, der offenbar noch nicht aufgefallen war, dass ihr Bademantel nicht mehr den ursprünglichen Halt hatte. „Ach ja, ich wollte Ihnen ja noch ein Stück Linzer Torte bringen! Uraltes Geheimrezept."

Damit verließ sie auch schon wieder das Zimmer und Plankton nahm den Zettel, auf dem er die Fehler notiert hatte, zur Hand.

Nicht zu kompliziert denken, befahl er sich. *Nur auf die Fehler schauen ...*

Sich auf dieses Blatt Papier zu konzentrieren, war allerdings leichter gesagt als getan, wenn man den Anblick von Lisbeth Landauer in ihrem auseinanderklaffenden Bademantel frisch in seinem Gehirn gespeichert hatte …

69. Kapitel – 22:24

Der Mann bemühte sich, leise mit seinen Schuhen aufzutreten, als er sich dem Gartentor näherte, um nur ja keinen Lärm zu machen. Die Straße, in der die Landauer'sche Liegenschaft gelegen war, war nun menschenleer und so sah ihn niemand, als er die Klinke des Gartentors vorsichtig nach unten drückte.

Überrascht stellte er fest, dass das Tor nach innen aufschwang. Es war nicht abgeschlossen.

Er stieß das Tor auf und huschte mit raschen, aber lautlosen Schritten auf dem gepflasterten Weg durch den Garten zum Haus, wo er leichten Druck auf die Tür ausübte. Jedoch während Lisbeth Landauer beim Gartentor – ob absichtlich oder weil sie darauf vergessen hatte, war schwer zu sagen – auf ein Wiederversperren verzichtet hatte – die Haustür war fest verschlossen.

Der Mann hatte eigentlich nichts anderes erwartet.

Er lehnte sein rechtes Ohr an die Tür. Lisbeth war sicherlich noch auf, schließlich drang Licht aus einem Fenster ins Freie. Ob er sie vielleicht hören konnte ...

Er wartete etwa eine halbe Minute, jedoch alles blieb still. So schlich er geduckt entlang der Hausmauer bis zu dem Fenster, hinter dem das Licht eingeschaltet war. Aber auch dort lauschte er vergebens.

Der Mann überlegte gerade, auf welche Weise er versuchen sollte, ins Haus zu gelangen, als ihn ein harter Schlag auf den Hinterkopf traf. Langsam sank er zu Boden und er war bereits bewusstlos, als er auf dem Rasen aufschlug, sodass er nicht spürte, wie er in der Folge an den Füßen gepackt und durch die das Haus umgebende Wiese an dessen hinteres Ende gezerrt wurde.

Dort erst wurden seine Beine losgelassen und eine Taschenlampe leuchtete ihm ins Gesicht.

70. Kapitel – 22:26

Plankton bereitete es schon einige Mühe, seine Augen offen zu halten und sich auf das Gekritzel auf seinen vielen Zetteln zu konzentrieren, daher stand er auf und trat an den Wandverbau. Neben den CDs waren einige Fotoalben eingereiht, die mit Jahreszahlen beschriftet waren.

Wann war ich häufig mit Gisbert zusammen?, ging es Plankton durch den Kopf. *So Anfang, Mitte der Achtzigerjahre ...*

Er nahm ein jahreszahlenmäßig dazupassendes Album heraus und blätterte es durch, auf der Suche nach einem Foto, das ihn gemeinsam mit seinem Freund zeigte.

Lisbeth gesellte sich zu ihm. „Noch immer nichts?“, fragte sie.

Plankton wusste im ersten Moment nicht, ob sie seine Suche nach einem Foto, seine Bestrebungen, das Mozart'sche Rätsel zu lösen, oder den von ihr sehnlich erwarteten Anruf ihres Vaters (oder wenigstens der Entführer) meinte, aber da die Antwort auf alle drei Varianten dieselbe war, schüttelte er nur den Kopf.

„Sehen Sie, auf diesem Foto bin ich mit Ihrem Vater abgebildet!“, rief Plankton, als er fündig geworden war. „Da waren wir vom Restaurant *Wienerwald* aus auf einem Betriebsausflug. Der dritte von links in der zweiten Reihe bin ich.“

„Aha. Und wo ging's hin?“

„Na, wohin wohl? Natürlich in den Wienerwald.“

Plankton blätterte weiter. „Oh!“, sagte er plötzlich peinlich berührt. „Ich wusste nicht, dass auch Nacktfotos ...“

„Wie?“, rief Lisbeth neugierig. „Zeigen Sie her!“ Sie warf einen Blick auf die ins Album geklebten Fotos. „Ach, das dürfte ein FKK-Urlaub in Kroatien gewesen sein. Ja, hier steht's ja: 1984, Kroatien. Da hat Mama Paps von hinten fotografiert. Und auf dem nächsten dann Paps Mama von vorne. Das muss Ihnen jetzt aber nicht unangenehm sein ..."

„Na ja, ein bisschen doch", sagte Plankton. Nachdem er versucht hatte, einen Fleck von einem der Fotos zu wischen, klappte er das Album zu und stellte es wieder in den Schrank. „Familienfotos anzuschauen, bringt uns leider auch nicht weiter", bemerkte er entmutigt und setzte sich wieder an den Tisch.

„Eine Frage geht mir nicht aus dem Kopf", sagte Lisbeth. „Jesus ließ Brotreste zurück, okay, und darum gibt es die heiligen Brotreste Christi. Beim letzten Abendmahl teilte Jesus aber nicht nur das Brot, er nahm doch auch noch den Kelch, reichte ihn seinen Jüngern und sprach: ‚Trinket alle daraus, das ist mein Blut, das für euch vergossen wird zur Vergebung der Sünden'. Oder so ähnlich."

„Ja, und? Worauf wollen Sie hinaus?"

„In diesem Kelch war doch wohl Wein?"

„Ja, natürlich, Wein, was denn sonst? Aufgrund des von Jesus vorgenommenen Vergleichs mit Blut ist anzunehmen, dass es Rotwein war, obwohl heutzutage der Messwein grundsätzlich Weißwein ist. Damals, im ersten Jahrhundert nach Christus, befanden sich die hochklassigen Rotweinanbaugebiete im heutigen Israel in der Gegend von –"

„Ist doch egal, ob es Rot- oder Weißwein war", unterbrach ihn Lisbeth. „Meine Frage ist, ob Jesus auch den Wein nicht vollständig austrank, ob es also auch Weinreste von ihm gibt."

Plankton runzelte die Stirn. „Heilige Weinreste Christi? Nein, davon habe ich noch nie gehört. Es ist wohl davon auszugehen, dass Jesus zwar etwas Brot übrig ließ, aber den Wein trank er sicher aus. Ich will nicht behaupten, dass er ein Schluckspecht war, aber an Wein lag ihm schon recht viel. Denken Sie bloß daran, dass er bei dieser Hochzeit zu Kana – wo er nicht selbst geheiratet hat, aber eingeladen war – sogar Wasser in Wein verwandelt hat. Ich will ihm da auch gar keinen Vorwurf machen – gegen ein gutes Weinderl ist nichts einzuwenden, schließlich musste er im Anschluss an die Feier ja auch nicht fahren –, aber seinen Wein hat Jesus sicher immer ausgetrunken."

„Das heißt, es gibt zwar heilige Brotreste von Christus, aber keine Weinreste", schloss Lisbeth das Thema ab*, um zwanglos vom Wein zu einem anderen Getränk zu wechseln: „Soll ich Ihnen noch einen Kaffee machen?"

Plankton verneinte. Er hatte ohnehin schon sehr viele Tassen des von Lisbeth äußerst stark angelegten Gebräus zu sich genommen. *Ja, Lisbeth verstand sich darauf, richtig guten Kaffee zu machen – Kaffee mit der Betonung auf dem doppel E nach dem doppel F und nicht auf dem A davor ...*

Diese buchstabenbezogenen Überlegungen brachten ihn wieder zu Mozarts Notenblatt zurück, in dem sich ja ebenfalls (falsche) E-s und A-s befanden.

Nicht nur E-s (als Mehrzahl von E), sondern auch – sogar zweimal – ein Es.

Wie lautete die Mehrzahl der Note Es? 1 Es, 2 Esse?

Und wenn man das Es so schrieb, wie man es aussprach – als S?

* Damit ist auch sichergestellt, dass Plankton in seinem nächsten Abenteuer nicht von Freiwinzern gezwungen wird, nach den Heiligen Weinresten Christi (heiweirechri) zu suchen.

Er nahm eine seiner Mitschriften zur Hand – die, auf der er die Fehler untereinander geschrieben hatte – und starrte darauf. Vor seinem Geiste verwandelten sich die Es (oder Esse?) in S und auf einmal …

… läutete das Handy.

Wozu ist die Straße da, zum Marschieren …

Lisbeth stieß einen spitzen Schrei aus. „Ob das Paps ist?"

Plankton warf einen Blick auf das Display und nickte. „Zumindest sein Handy", sagte er aufgeregt.

Er nahm das Gespräch an. Diesmal meldete er sich nicht mit „Professor Rupert Plankton", sondern mit einem vorsichtigen „Ja? Hallo?"

„Rupert?", kam mit schwacher Stimme die Antwort.

„Ja. Gisbert, bist du's?"

„Ja. Rupert, ich hab' nicht viel Zeit. Nur eine Minute. Habt ihr –"

Da hatte Lisbeth Plankton auch schon das Handy aus der Hand gerissen. „Paps! Bist du das? Wie geht es dir?", schrie sie ins Telefon.

„Lisbeth! Dass ich dich noch einmal sprechen darf … Nun, es geht mir … den Umständen entsprechend …"

„Was heißt das? Sie haben dich misshandelt! Du brauchst es gar nicht leugnen, ich hab' das Video gesehen …"

„Dann habt ihr meine Botschaft erhalten? Gebt ihnen, was sie von euch wollen. Nur dann hab' ich eine Chance … Ich weiß zwar nicht, wonach sie suchen und warum sie glauben, dass ihr es wisst, aber …" Er unterbrach sich und fragte hoffnungsvoll: „Wisst ihr es?"

„Ja, Paps, wir haben herausgefunden, hinter was sie her sind", sagte Lisbeth atemlos. „Und wir sind auch schon nahe dran …"

„Wunderbar", sagte Landauer, und er klang echt erleichtert. „Ich glaube, wenn ihr es ihnen gebt, lassen sie mich vielleicht frei.“

„Paps, wo bist du? Wo halten sie dich gefangen?“

„Ich bin im ...“

In diesem Moment hörte man aus dem Hintergrund eine tiefe Frauenstimme, die rief: „Untersteh dich und gib ihr auf diese Frage eine Antwort! Manu, beende das Gespräch!“

Während sich Lisbeth und Plankton bei der Nennung des Namens Manu wie elektrisiert ansahen, war zu hören, wie ein Mann, der in der Nähe von Gisbert Landauer zu stehen schien, zu diesem „Geben Sie das Handy her“ sagte, wie Landauer kurz Widerstand leistete und dann einen gequälten Schrei ausstieß, und dann – war die Leitung tot.

„Paps!“, schrie Lisbeth ins Handy hinein und als sie merkte, dass das Gespräch beendet war, reichte sie Plankton kraftlos das Mobiltelefon.

„Nicht dass ich Kritik äußern möchte“, sagte Plankton vorsichtig, „aber ob die Frage nach seinem Aufenthaltsort eine recht kluge war, wage ich doch zu bezweifeln.“ Als er aber sah, dass Tränen in Lisbeths Augen standen, trat er zu ihr und zog sie an sich. Willig senkte sie ihren Kopf an seine Brust.

„Nicht weinen, Lisbeth“, sagte Plankton, tröstend ihre Schultern und den Rücken tätschelnd und sich dabei ertappend, dass er die Situation bis zu einem gewissen Grad sogar genoss, „ich bin sicher, wir können Ihren Vater retten. Übrigens, so nebenbei: Unmittelbar vor seinem Anruf ist es mir gelungen, Mozarts Botschaft zu entschlüsseln.“

71. Kapitel – 22:30

Als Violetta Grünsteidl Gisbert Landauers Handy wieder einsteckte, bemerkte sie, dass Landauers Hand mit dem Verband über dem verletzten Finger zitterte und eine Träne über seine Wange rollte.

„Was gibt's da groß zu heulen?", fuhr sie ihn unfreundlich an.

„Dass ich meine Tochter auf diese Weise ...", sagte Landauer, dann brach ihm die Stimme.

„Ach, stell dich nicht so an!", gab Violetta zurück. „Wenn Plankton erst einmal geliefert hat, wirst du deine Lisbeth wiedersehen."

Landauer nickte langsam und zwang sich, einen weiteren Gefühlsausbruch zu unterdrücken. „Dann kann ich wohl nur hoffen ..."

Violetta äußerte sich dazu nicht weiter, sondern sah Manu, der neben ihr stand, fest ins Gesicht. „Und bevor es hier allzu sentimental wird, hätte ich mir jetzt lieber die DVD mit den Schmetterlingen weiter angesehen ..."

72. Kapitel – 22:33

„Sie haben Bozarts Motschaft, äh Mozarts Botschaft entschlüsselt?“, rief Lisbeth aufgeregt, sich von Plankton zu dessen Leidwesen lösend.

„Ja. Ich habe gemacht, was Sie mir geraten haben – mich auf das Wesentliche konzentriert, nicht zu kompliziert gedacht.“

„Und?“

Plankton schüttelte den Kopf. „Leider ist die Botschaft für uns Heutige völlig wertlos.“

„Was meinen Sie damit – für uns Heutige?“

„Nun, damals – zu Mozarts Zeit – hatte die Botschaft vielleicht eine Bedeutung, aber für uns, die wir heute auf der Suche nach dem Aufenthaltsort der Brotreste sind, ist sie ohne jeden Wert.“

Lisbeth war völlig irritiert. „Was soll das heißen? Und was bedeuten nun die vielen Fehler in der Sinfonie?“

„Sie brauchen nur die falschen Noten als Buchstaben aneinanderzureihen, die Note Es dabei als Buchstaben S behandeln und den langen Strich am Anfang –“

„Das Wiederholungszeichen?“

„Ja, genau das meine ich. Nur dass es kein Wiederholungszeichen ist.“

„Sondern?“

„Na, wie sieht der Strich denn aus, wenn Sie in Buchstabendimensionen denken?“

„Wie ein I.“

„Richtig. Und genau das soll der Strich auch sein. Ein I. Weil er für seinen Text ein I brauchte, es aber ein I als Musiknote nicht gibt, hat sich Mozart auf diese Weise durchgeschummelt. Wenn man also diesen langen Strich als I nimmt, kommt folgendes heraus: I – C – H – Pause – G – A – B – Pause – E – S – Pause – E – S – C – H – B – A – C – H. Und wenn Sie nun die drei Pausen als Leerzeichen verwenden und den Text in einem Fluss lesen, ergibt dies den Satz ‚Ich gab es Eschbach'."

„Wer um Himmels willen ist Eschbach?"

„Der Kellner, dem Mozart 1783 in Linz über Geheiß der Freikellner die heiligen Brotreste Christi übergeben hat. Als Sie mich in diesem hervorragenden Restaurant in der Nähe des Mozarthauses* fragten, an wen Mozart die Heibrorechri weitergegeben hat, sagte ich Ihnen, dass einige infrage kommen. Etwa drei oder vier. Nun, einer davon war dieser Eschbach – 1783 Kellner beim *Goldenen Anker* in der Hofgasse, dem ältesten Wirtshaus von Linz. Und jetzt wissen wir, dass er es wirklich war."

„Und was bringt uns das?"

„Wie ich schon sagte: Nichts. Diese Mitteilung mag um 1800 ihren Sinn gehabt haben, falls jemand damals nach dem aktuellen Inhaber der Brotreste forschte, für uns ist es aber völlig bedeutungslos, wem Mozart die Brotreste übergeben hat. Wenn Sie davon ausgehen, dass sie durchschnittlich alle zwanzig Jahre den Besitzer wechseln, also fünf Mal im Jahrhundert, haben seitdem mindestens zehn weitere Übergaben stattgefunden, von denen wir keine Ahnung haben."

„Und die für uns auch irrelevant sind, weil wir ja wissen, dass der vorletzte Besitzer Piri-Joe war", ergänzte Lisbeth.

* Wie gesagt, in der nächsten Auflage ...

Plankton nickte niedergeschlagen. „Das viele Nachdenken und Grübeln war völlig umsonst. Wir stehen so weit wie am Anfang. Dieser verfluchte Mozart!“ Zornig packte er das Notenblatt und zerknüllte es. „Geschieht ihm ganz recht, dass sie ihn 1791 umgebracht haben …“

„Was sagen Sie da?“, rief Lisbeth entsetzt.

„Was meinen Sie? Dass ihm recht geschieht?“

„Nein, das andere. Dass sie ihn umgebracht haben. Wer?“

„Na, die Freikellner. Liegt das nicht auf der Hand?“

„Für mich nicht. Sie wollen behaupten, die Freikellner haben Mozart ermordet?“

„Ja, natürlich. Erwähnte ich das nicht?“

„Nein“, sagte Lisbeth und es klang ein wenig eingeschnappt. „Bisher nicht.“

„Oh. Ich dachte … Im Restaurant hab’ ich Ihnen doch berichtet, dass einiger Unmut innerhalb der Freikellner-Korporation herrschte, weil Mozart vorzeitig aufgegeben hatte, und dass dieser dann darin gipfelte …“

„Ja?“

„Dass einer von der Korporation ihn 1791 getötet hat.“

„Aber … ich verstehe nicht … Mozart von den Freikellnern ermordet? Ich weiß natürlich, dass sich um Mozarts Tod viele Gerüchte ranken. Die berühmteste Legende besagt ja, dass ihn sein Komponistenkollege Salieri ermordet hat, die Rede ist auch von einem anonymen ‚grauen Boten‘ – dem Boten des Todes –, der Mozart in seinem Todesjahr das *Requiem* in Auftrag gab …“

Plankton winkte ab, weil ihm diese Geschichten natürlich alle bekannt waren. „Die Diagnose des Totenbeschauers besagte ‚hitziges Frieselfieber‘“, ergänzte er. „Was immer das ist. Es klingt jedenfalls ungesund. Mozart selbst war übrigens davon überzeugt, vergiftet worden zu sein. Wenige Wochen vor seinem Tod äußerte er sich gegenüber seiner Frau Constanze während eines Besuchs im Prater: ‚Gewiss, man hat mir Gift gegeben.'" (Diesmal verzichtete Plankton darauf, beim Zitat mit Mozarts Stimme zu sprechen.) „Na, und glauben Sie nicht, dass Mozart selbst am besten wusste, was ihm fehlte?"

„Sie meinen also, er ist tatsächlich vergiftet worden?"

Plankton nickte, als wäre dies eine unumstößliche Tatsache.

„Und von wem?"

„Ich habe Ihnen den Namen des Mörders heute schon genannt."

„Ja?" Lisbeth war verwirrt. Sie konnte sich nicht erinnern, dass dieses Thema heute schon angesprochen worden war. Als Plankton merkte, dass sie nicht wusste, wen er meinte, fuhr er fort: „Na, wo kann man am besten vergiftet werden, wenn nicht die eigene Frau mit ihren Kochkünsten dafür sorgt? Wenn man auswärts isst. Ich sagte Ihnen schon, dass Mozart in seinem letzten Lebensjahr häufig im Gasthaus *Zur Goldenen Schlange* in Wien speiste, wo ein ‚Primus' genannter Kellner war. Mozart erwähnt diesen Primus in einigen seiner Briefe. In einem Brief wenige Tage vor seinem Tod schreibt Mozart etwa: ‚Ich habe meinen treuen Kameraden Primus eben ums Essen geschickt.' Tja, das hätte er nicht tun sollen, der gute Mozart, denn erstens war dieser Primus gar kein so treuer Kamerad, sondern Freikellner, und zweitens war das Essen, das er ihm lieferte, vergiftet."

„Unglaublich. Dieser Primus hat Mozart vergiftet?"

„Ja. Im Auftrag der Freikellner-Korporation. Aus Rache dafür, dass Mozart die Freikellner-Sache verraten, sich von ihr abgewandt hatte."

Lisbeth musste sich setzen, um diese neuen Fakten verdauen zu können.

„Um aber zum Ausgangsthema zurückzukommen", sagte Plankton. „Dass ich Mozarts Rätsel gelöst habe, nützt uns gar nichts. Mozarts falsche Noten besagen nur, wem er damals die Brotreste weitergegeben hat, nicht aber, wo sie sich jetzt befinden. Der ganze Aufwand war umsonst."

„Das heißt aber auch: Wir wissen nicht mehr als am Anfang?"

Langsam nickte Plankton. „Ich fürchte, Sie haben recht."

„Und wie sollen wir dann den Aufenthaltsort der heiligen Brotreste herausfinden?", fragte Lisbeth verzweifelt. „Nur so können wir Paps retten!"

Plankton zuckte die Achseln. „Wenn ich ehrlich sein soll, so habe ich im Moment nicht die geringste Ahnung. Äh, ist Ihnen auch aufgefallen, dass die Frau den Mann Manu genannt hat?"

Lisbeth nickte eifrig. „Ja. Ich ..."

Lisbeth kam nicht mehr dazu, den Satz zu vollenden, weil es in diesem Augenblick an der Tür klingelte.

73. Kapitel – 22:34

Aron drehte den Mann, den er niedergeschlagen und im Dunkeln zur Hinterseite des Hauses gezerrt hatte, auf den Rücken. Er holte eine Taschenlampe aus seinem Kampfanzug und leuchtete dem nach wie vor Bewusstlosen ins Gesicht.

Vor ihm lag sein Kollege aus der Linzer-Torten-Produktionsfirma Dieter!

Verwirrt schaltete Aron die Taschenlampe wieder aus und hockte sich ins Gras, um nachzudenken.

Was um Himmels willen hatte AvD Dieter hier bei Lisbeth Landauer zu suchen?!

Gehörte Dieter etwa gar zu den „Bösen", vor denen er im Auftrag der Gitterverantwortlichen Lisbeth Landauer schützen sollte?

Oder war Dieter einer von denen, die Lisbeth und Plankton am Auffinden des Beweisstücks für den Vatikan hindern wollten?

Verdammt! Aron musste sich nun wirklich einmal entscheiden, ob er eher der Gitterverantwortlichen zu Diensten sein wollte oder ob er lieber Kardinal Rissonis Befehle befolgte ...

Vergiss die Gitterverantwortliche, lautete die Antwort, die Aron sich selbst gab. Sie war bloß eine gewöhnliche Sterbliche, während der Kardinal ein Mann Gottes war. Ein Gottesmann mit eindeutigen Befehlen. *Folge Lisbeth Landauer und Rupert Plankton, bis sie das Beweisstück für das Vorhandensein der abtrünnigen Sekte der Freikellner gefunden haben, nimm es ihnen ab, töte sie nötigenfalls, wenn sie sich dir in den Weg stellen, und bringe es mir in den Vatikan. Capito?*

Die Befehle waren unmissverständlich und Aron hatte vor, sie getreu zu befolgen.

Jedoch welche Rolle spielte Dieter in diesem tödlichen Spiel?

74. Kapitel – 22:36

Lisbeth schlang den Bademantel fester um sich, als sie zur Haustür ging, Plankton folgte ihr.

„Ja?", rief sie durch die geschlossene Tür, bemüht, ihre Stimme fest klingen zu lassen.

„Ich bin's!", gab ein Mann nicht minder laut zur Antwort. „Franz Linzer-Bühr. Bin ich hier richtig bei Familie Landauer und meinem guten alten Freund Rupert Plankton?"

„Ja, Sie sind richtig hier", sagte Lisbeth, während sie auch schon die Tür öffnete. „Kommen Sie rein, Maestro. Sie verzeihen hoffentlich, dass ich mir nicht mehr angezogen habe?"

„Äh, da gibt's nichts zu verzeihen", sagte Linzer-Bühr etwas verunsichert. „Es ist völlig ausreichend, was Sie angezogen haben, es müsste gar nicht mehr sein, das heißt, ich meine ..."

„Red dich nicht in einen Wirrwarr hinein, Franzl", sagte Plankton, „komm rein und mach die Tür hinter dir zu."

Der Dirigent gehorchte und folgte Lisbeth und Plankton ins Wohnzimmer, wo er nach Aufforderung von Lisbeth auf der Sitzgarnitur Platz nahm. Lisbeth und Plankton blieben neben ihm stehen und sahen auf ihn hinab.

„Du hast ziemlich aufgeregt geklungen am Telefon", kam Plankton gleich zur Sache. „Dir ist bei Mozarts Notenblatt etwas aufgefallen?"

„Du kommst ja ohne Umschweife zum Thema", stellte Linzer-Bühr ein wenig irritiert fest. „Ja, mir ist was aufgefallen."

„Und was?"

„Wenn ich das Original sehen könnte", sagte Linzer-Bühr ausweichend, und in seine Augen trat für den Bruchteil einer Sekunde ein merkwürdiges Glitzern, „dann wäre ich mir ganz sicher …"

„Ganz sicher?", wiederholte Plankton. „Wessen wärst du dir ganz sicher?"

„Was ich bislang zu sehen bekommen habe, war ja nur eine Kopie", antwortete Linzer-Bühr, neuerlich einer direkten Antwort aus dem Weg gehend. „Beziehungsweise nachdem Anton das von dir mitgebrachte Notenblatt vervielfältigt hatte, sogar nur die Kopie einer Kopie." Er zog das Blatt, das ihm im Brucknerhaus beim Dirigieren als Partitur gedient hatte, aus einer Hosentasche. „Ich müsste das Original sehen." Und wieder glitzerte es kurz in seinen Augen.

„Franzl, ich besitze das Original nicht", sagte Plankton ruhig. „Alles was ich habe, ist diese Kopie. Oder, wie du es treffend genannt hast, die Kopie der Kopie. Möglicherweise ist es auch die Kopie einer Kopie einer Kopie."

„Das Original", keuchte Linzer-Bühr. „Ich muss das Original sehen!"

„Franzl!" Plankton war entsetzt über den Ausbruch seines Freundes.

„Stell dir vor, eine bislang unbekannte Partitur mit Mozarts Handschrift", rief Linzer-Bühr enthusiastisch. „Noch dazu ein musikalischer Scherz von ihm. Ein nicht gerade gelungener und sogar ziemlich in die Hose gegangener Scherz, wenn du mich fragst, aber vielleicht sind wir gewöhnlich Sterblichen nur zu dumm, um den Sinn zu verstehen, der hinter dieser Kakofonie steckt. Jedenfalls wäre es eine Sensation in der Musikwelt, wenn bekannt würde, dass es diese Notenschrift gibt …"

„Und das Original wäre wohl auch viel Geld wert", sagte Plankton trocken. „Ich kann mich erinnern, dass im Jahr

2009 eine bis dato unbekannte Partitur von Mozart erstmals nach ihrer Entdeckung in Frankreich in der Öffentlichkeit gespielt wurde und dass damals geschätzt wurde, dass eine Versteigerung der Partitur 100.000 bis 200.000 Euro einbringen könnte. Gib es zu, Franzl, du bist hinter dem Original her!"

„Bin ich so leicht zu durchschauen?", erwiderte Linzer-Bühr gequält. „Es stimmt, ich will unbedingt das Original haben. Aber nicht wegen des Geldes, das müsst ihr mir glauben, 100.000 oder 200.000 oder eine Million Euro mehr zu besitzen, ist für mich ohne Bedeutung. Aber eine Original-Partitur von Mozart ..." Er schlug die Hände vor dem Kopf zusammen.

„Ich glaube dir, Franzl", sagte Plankton. „Aber wie ich dir schon sagte – und jetzt bist du an der Reihe, mir das einfach glauben zu müssen: Wir besitzen das Original nicht. Und wir wissen auch nicht, wo es sich befindet und wem es gehört. Leider."

Linzer-Bühr schüttelte traurig den Kopf. Er schien um Jahre gealtert zu sein. „Schade. Aber dass mir an der Partitur etwas aufgefallen ist, war nicht gelogen. Das war nicht bloß ein Vorwand, um dich aufzusuchen!"

„Ja?", war Plankton interessiert. „Was ist dir denn aufgefallen?" Irgendwie drehte sich das Gespräch im Kreis, denn das hatte er ihn schon zu Beginn der Unterhaltung gefragt.

„Ich habe dir ja bestätigt, dass die Partitur von Mozart geschrieben wurde, und das stimmt ja auch. Aber diese Buchstaben am unteren Ende der Seite – die stammen nicht von Mozart!"

Plankton nahm das Notenblatt zur Hand. „Du meinst diese Schriftzeichen da unten? Ja, die sind mir auch schon aufgefallen, aber dann habe ich sie vor lauter Grübeln über Mozarts in die Sinfonie hineingepackte Fehler aus den Augen verloren. Und die sind nicht die Handschrift von Mozart?"

„Todsicher nicht!"

„Hm. Was steht denn da? Auf der Kopie ist das schwer zu entziffern ..."

„Darum bräuchten wir ja so dringend das Original!", versuchte es Linzer-Bühr aufs Neue.

Auch Lisbeth warf einen Blick auf das Notenblatt. „Also das heißt *Mag*", sagte sie, „und daneben steht *Pb*."

„Ja, und dann ein *Dr*, das Folgende sieht aus wie *BSM* und zu guter Letzt steht da noch –"

„*Fase*", sagte Lisbeth. „Was immer das heißen soll."

„Mag – Pb – Dr – BSM – Fase", fasste Plankton zusammen und auch Linzer-Bühr nickte. „Ja, so würde ich das auch entziffern", stimmte er zu. „Ich habe zwar keine Ahnung, was diese Notizen zu bedeuten haben, aber eines ist sicher: Mozart hat das nicht geschrieben."

„Danke, Franzl, für den Hinweis. Und jetzt wollen wir dich nicht länger aufhalten, du bist sicher müde nach gleich zwei Bruckner-Sinfonien, die du dirigieren musstest."

Das war so deutlich, dass sogar der berühmte Dirigent es verstand. Er erhob sich sofort von seinem Sitzplatz und verabschiedete sich.

Nachdem Linzer-Bühr das Landauer'sche Haus verlassen hatte, versank Plankton wieder in der Ledergarnitur. „Somit beginnt das Rätseln aufs Neue", sagte er, um dann selbstanklagend zu rufen: „Ich habe mich wie ein Idiot verrannt."

„Wieso?" Lisbeth setzte sich zu Plankton auf die Couch.

„Die heiligen Brotreste Christi wurden unter den Freikellnern von Generation zu Generation weitergegeben", erklärte Plankton seinen Gefühlsausbruch, „und dabei wurde auch diese seltsame Partiturseite weitergegeben. Jetzt bin ich mir sicher, dass bald niemand mehr wusste, welchen Zweck diese Seite eigentlich hatte, aber sie gehörte einfach dazu, wurde einfach mit übergeben. Gut zweihundert Jahre nach Mozarts Tod landeten die Brotreste und die Partitur schließlich bei Piri-Joe. Der versteckte die Brotreste an einem uns leider noch immer nicht bekannten Ort und als er merkte, dass es mit seinen Geisteskräften zu Ende ging, schrieb er auf das Notenblatt auf das untere Ende einen Hinweis, damit er sich auch später noch in Erinnerung rufen konnte, wo er die Brotreste versteckt hatte."

Lisbeth nickte. „Leider verwendete er für den Hinweis keinen ganzen Satz, ja nicht einmal ganze Wörter ..."

„... oder Worte, sondern irgendwelche geheimnisvollen Abkürzungen. Und leider unterschätzte er auch das Ausmaß seiner Demenzerkrankung, denn nach einiger Zeit war er so dement, dass er sich nicht mehr daran erinnern konnte, was die Abkürzungen zu bedeuten hatten – beziehungsweise dass er überhaupt einmal Freikellner gewesen war und die heiligen Brotreste Christi besessen hatte."

„Und jetzt müssen wir herausfinden, was diese Wortfetzen zu bedeuten haben", sagte Lisbeth niedergeschlagen. „Mag Pb Dr BSM Fase."

Plankton gähnte. „Ja. So schaut es aus. Und wenn wir das herausgefunden haben, wissen wir, wo die heiligen Brotreste sind." Er gähnte nochmals. „Oder auch nicht."

„Rupert, Sie müssen sich ausruhen", sagte Lisbeth besorgt. „Sie sind jetzt schon über zwölf Stunden ununterbrochen hinter dieser Sache her. Sie brauchen einfach eine Pause."

„Ich glaube, Sie haben recht. Meine Bemühungen, hinter

das Rätsel von Mozarts Fehlern in der *Linzer Sinfonie* zu kommen, haben mich doch sehr erschöpft. Ich werde mich ein paar Stunden aufs Ohr legen und dann mit hoffentlich neuer Frische ..."

„Sie könnten in Paps' Bett schlafen", schlug Lisbeth vor. „Solange er nicht da ist ..."

„Nein, das möchte ich nicht", wandte Plankton sofort ein. „Das erschiene mir nicht richtig. Er ist jetzt erst die zweite Nacht weg und da kann ich doch nicht gleich sein Bett übernehmen ... Nein, ich bleibe hier auf der Ledergarnitur liegen."

Lisbeth stand auf. „Ich könnte Ihnen auch mein Bett anbieten", sagte sie dabei. „Es ist breit genug für zwei – ein sogenanntes Doppelbett – und sicher bequemer als die Couch."

Als Lisbeth langsam das Wohnzimmer durchquerte, löste sich der Morgenmantel von ihrem Körper. Sie ließ ihn liegen, drehte sich um und sagte sanft zu Plankton, der sich aufgesetzt hatte:

„Sie können es sich ja noch überlegen, wo Sie lieber schlafen ..."

DRITTER TAG
(SONNTAG)

75. Kapitel – 07:45

Plankton saß vollständig bekleidet am Küchentisch. Er hatte sich ein Glas Orangensaft eingeschenkt und eine mindestens zwei Tage alte Semmel halbiert und die beiden Teile dick mit Butter und Honig bestrichen, jedoch sowohl das Getränk als auch die Semmelhälften standen unangetastet vor ihm auf dem Tisch. Neben diesem bescheidenen Frühstück lag ein Zettel, auf den Plankton in Großbuchstaben geschrieben hatte: MAG PB DR BSM FASE. Und auf diesen Zettel starrte er gerade, als Lisbeth, in ein dünnes, beinahe durchsichtiges Nachthemd gekleidet, in die Küche kam. Sie trat hinter Plankton, beugte sich ein wenig nieder, schlang die Arme um seinen Hals und fragte: „Na, Rupert, hast du gut geschlafen … den zweiten Teil der Nacht?"

Plankton lehnte seinen Kopf zurück, sodass er auf Lisbeths Brust zu ruhen kam, sah ihr in die Augen und sagte: „Ja. Danke. Für alles."

Lisbeth strich mit einer liebevollen Geste über Planktons Gesicht, dabei insgeheim urteilend, dass der Zweitagesbart Plankton noch um eine Spur männlicher machte, als er es ohnehin schon war, löste sich von ihm und fragte: „Bist du schon auf einen grünen Zweig gekommen mit diesem Buchstabenwirrwarr?"

Plankton wiegte den Kopf. „Na ja", sagte er. „Wenn wir das Offensichtliche annehmen, so ist ‚Mag' die allgemein anerkannte Abkürzung für Magister. Und wenig später kommt ein ‚Dr', was wiederum bekannterweise für Doktor steht."

„Akademiker unter sich", warf Lisbeth ein.

„Ja. Nur das ‚Pb' dazwischen passt nicht hinein. Zumindest kenne ich keinen akademischen Titel mit der Abkürzung Pb."

„Postbeamter? Nein, da steckt nichts Akademisches dahinter."

„Mit Sicherheit nicht. Lisbeth, woran lässt dich ‚Pb' denken?"

„Ist Pb nicht das chemische Zeichen für Blei?"

„Richtig. An Blei habe ich auch als Erstes gedacht. Pb vom lateinischen Wort ‚plumbum'. Blei hat die Ordnungszahl 82, ist ein giftiges Schwermetall und steht in der 4. Hauptgruppe, der Kohlenstoffgruppe, und 6. Periode des Periodensystems. Blei ist leicht verformbar und hat einen vergleichsweise niedrigen Schmelzpunkt. Ist dir übrigens aufgefallen, Lisbeth, dass ich – seitdem ich mit dir zusammen bin – nicht mehr an Dozenteritis leide? Früher wäre ich unfallfrei nur bis zur Kohlenstoffgruppe gekommen und danach hätte es mich sprachlich geschleudert. Aber seit ich und du ... also du und ich ..."

„Ja, Rupert, das ist mir aufgefallen, und es freut mich für dich", antwortete Lisbeth. „Und danke auch für den Nachhilfeunterricht in Sachen Blei. Aber was bringt uns das Blei im Verein mit einem Magister und einem Doktor?" Sie trat ans Waschbecken, um Wasser in eine Glaskanne laufen zu lassen. „Willst du auch einen Kaffee Marke extrastark?"

Plankton nickte und biss in eine Semmel. „Keine Ahnung", nuschelte er. „Entweder das Blei passt nicht zu den Akademikern davor und dahinter oder die Akademiker passen nicht zum Blei."

„Wenn Pb für Blei steht", überlegte Lisbeth laut, „könnte dann das Mag nicht für Magnesium stehen?"

Plankton schüttelte den Kopf. „Magnesium hat das Symbol Mg – und nicht Mag."

„Und wenn der Verfasser dieser Schriftzeichen – wir gehen ja davon aus, dass es Piri-Joe war – wenn der also sich bei den chemischen Elementen nicht so gut ausgekannt hat und bloß *angenommen* hat, dass Magnesium das Symbol Mag hat …?"

„Gut. Mag sein. Und was bedeutet dann das Dr?", fragte Plankton, sich von der Semmel herabgetropften Honig vom Daumen leckend.

„Keine Ahnung", gestand Lisbeth. „Vielleicht Drahovium?"

„Drahovium?", wiederholte Plankton. „Was soll denn das sein?"

„Keine Ahnung. Hab' ich gerade erfunden."

„Toll. Ein neues chemisches Element, entdeckt von Lisbeth Landauer bei der Suche nach den heiligen Brotresten Christi. Damit wirst du in die Geschichte eingehen." Dann wurde Plankton wieder ernst. „Vielleicht ist es auch die Abkürzung für Drogen", meinte er. „Magnesium, Blei und Drogen. Passt das irgendwie zusammen? – Verdammter Honig!" Wieder war ihm welcher auf den Finger getropft. Lisbeth trat zu ihm, führte seine Hand zu ihrem Mund und leckte ihm den Honig vom Daumen. „Ist doch kein Problem", sagte sie. „Ich liebe Honig. Wenn du willst, können wir nachher den Honig mit ins Bett nehmen und …"

„Lisbeth, danke, gern, später, aber wollten wir nicht eigentlich deinen Vater retten? Und dazu müssen wir diesen Buchstabencode knacken. Und mögen Mag, Pb und Dr nun Akademiker oder chemische Elemente sein, die zwei weiteren Wortfetzen passen so oder so nicht zu ihnen. BSM und Fase."

„BSM … Bei SM fiele mir ja noch etwas ein, aber B-SM …"

„Du denkst an Sado-Maso?", war Plankton überrascht. „Und das B davor?"

„Vielleicht eine Bielefelder Abart von Sadomasochismus.

BSM – Bielefelder Sado-Maso." Lisbeths Tonfall ließ allerdings erkennen, dass sie selbst nicht von ihrer Deutung überzeugt war.

„Nun, wenn du im Internet schaust – was ich getan habe, nachdem ich heute um sechs Uhr in der Früh aufgestanden bin ..."

„Wobei du mich glücklicherweise weiter schlafen hast lassen ..."

„... dann findest du einige Abkürzungsmöglichkeiten für BSM. Bahnen der Stadt Monheim zum Beispiel. Oder Bergisches Straßenbahnmuseum. Oder Bund Saarländischer Musikvereine. Aber alle diese Begriffe ergeben für mich keinen Sinn. Nein, BSM muss ganz was anderes heißen!"

„Und die Fase? Hast du dazu auch etwas im Internet gefunden?"

„Natürlich. Die Fase ist eine abgeschrägte Fläche, die durch Bearbeiten einer scharfen Kante an einem Werkstück entsteht."

„Aha. Interessant."

„Findest du? Ich glaube ja, dass sich Piri-Joe hier verschrieben hat und in Wahrheit ‚Phase' gemeint hat. Viele Leute haben bei einem Ph bei der Rechtschreibung Schwierigkeiten. Wer weiß, vielleicht hat Piri-Joe auch die nächste Rechtschreibreform vorweggenommen, bei der das Ph gänzlich abgeschafft wird?"

„Wie der Photograph, der jetzt ein Fotograf ist?"

„Ja."

„Oder der Philosoph, der zum Filosofen degradiert wird?"

„Ja. So in etwa."

„Aber selbst wenn wir jetzt für alle Wortfetzen mögliche Bedeutungen gefunden haben – zusammen ergeben sie nicht den geringsten Sinn! Magister – Blei – Doktor – Bielefelder Sado-Maso …"

„Könnte auch Bochumer Sado-Maso sein", warf Plankton ein. „Oder Bremer. Oder Bruck an der Murer."

„Sado-Maso jedenfalls, und Phase. Und jetzt sag mir bitte, was das bedeuten soll."

Plankton zuckte die Schultern. „Und wenn es Namen sind?"

„Was?"

„Na, nach dem Mag und dem Dr. Er meint einen Magister Pb – nenn mir irgendeinen Namen, zu dem Pb einen Sinn ergibt!"

„Pirkelbauer."

„Okay. Magister Pirkelbauer, Doktor BSM, also sagen wir Berndt-Stefan Mayr …"

„Und Phase? Nein, Rupert, wenn du meinst, dass das mehr Sinn ergibt …"

„Du hast recht."

„Magister und Doktor …", sagte Lisbeth in einem Tonfall, der Plankton aufsehen ließ.

„Was ist? Hast du eine Idee?"

„Ja, vielleicht. Mir ist da gerade eine Satire in den Sinn gekommen, die ich einmal gelesen habe, von einem Linzer Bestsellerautor, warte, ich habe sein Buch im Regal, eine Satirensammlung, sie heißt *Männer beim Friseur …*" Sie lief aus der Küche, um wenig später mit dem Buch wiederzukehren. „Und da gibt es eine Satire, wo sich zwei über Titel unterhalten. Wie man zu einem Titel kommt, ohne studieren zu müssen. Echt witzig." Sie blätterte in dem Buch. „Da hab' ich's schon. ‚Wenn ich noch einen Sohn bekomme', sagt da der eine Mann zum anderen, ‚nenne ich ihn Dragomir. Da kann er seinen Vornamen mit Dr. abkürzen und erspart sich das Doktoratsstudium. Oder Magnus – für den Magister.‘ Zitat Ende.“ Sie klappte das Buch wieder zu.

„Schön. Lustig. Und worauf willst du hinaus?“, fragte Plankton verwirrt.

„Dass ein Dr vor einem Namen nicht unbedingt Doktor bedeuten muss. Und ein Mag nicht unbedingt Magister.“

„Sondern auch Magnus“, sagte Plankton.

„Genau.“

„Magnus!“, wiederholte Plankton.

„Ja, das sagtest du schon.“

„Piri-Joes Sohn heißt Magnus!“, stellte Plankton fest, worauf ihn Lisbeth mit großen Augen erstaunt ansah.

„Ja, Magnus!“, bekräftigte Plankton. „Ich habe doch gestern Nachmittag Piri-Joe nach seinem Sohn gefragt. Wie er heißt und was er beruflich macht. Und er heißt Magnus!“

„Du meinst, Piri-Joe hat mit dem Mag seinen Sohn – Magnus – gemeint?“

„Möglich wäre es. Du selbst hast mich jetzt mit dieser blöden Satire auf die Idee gebracht.“ Plankton sah nochmals auf das Blatt Papier. „Magnus!“

„Und was ist mit diesem Magnus? Hat er zu Silvester Blei gegossen …? Und dann Drogen genommen … Um dann nach Bielefeld zu einer Sado-Maso-Party zu fahren?“

„Keine Ahnung. Aber diese Magnus-Spur müssen wir weiter verfolgen. Hast du irgendwo ein Telefonbuch?“

„Ja, natürlich. Was hast du vor?“

„Herausfinden, ob ein Magnus Picringer im Telefonbuch steht. Und wenn er dies tut, ihn anrufen.“

„Du willst ihn einfach anrufen?“

„Ja. Warum nicht? Ich kann ihm doch als alter Freund

seines Vaters zu dessen Tod gratu-, nein, wie heißt das, kondolieren."

Lisbeth nickte und lief ins Vorzimmer, um ein Telefonbuch herbeizuholen.

„Jetzt können wir nur hoffen, dass er da drin steht", sagte sie. „Nicht, dass wir wieder den guten Dieter bemühen müssen."

„Nein, wir haben Glück", sagte Plankton, nachdem er im Telefonbuch auf der richtigen Seite gelandet war. „Hier steht ein Magnus Pieringer samt Festnetznummer." Er holte sein Handy hervor und wählte die Nummer. Nachdem es acht Mal geläutet hatte und Plankton schon aufgeben und wieder auflegen wollte, meldete sich doch noch eine Frauenstimme. „Ja? Pieringer?", sagte sie verschlafen, und es klang eher wie eine Frage als wie eine Feststellung.

„Frau Pieringer?", sagte Plankton und nachdem Frau Pieringer bestätigt hatte, dass sie tatsächlich Frau Pieringer war, nannte er seinen Namen – Professor Rupert Plankton – und bat darum, Magnus Pieringer sprechen zu dürfen.

„Moment mal, da muss ich erst schauen, ob er schon auf ist", antwortete Frau Pieringer. Dann wurde ihre Stimme dumpf, weil sie eine Hand über die Sprechmuschel legte, während sie nach ihrem Mann rief.

Und so hörte Plankton nur undeutlich Frau Pieringers Worte: „Kannst du mal kommen, Maggi?"

76. Kapitel – 08:08

Maggi ...

In Planktons Gehirn schlug ein Blitz ein.

Maggi!

Diesen Namen – sofern man diese Koseform respektive Verunglimpfung des (übrigens aus dem Lateinischen stammenden und „Der Große" bedeutenden) Vornamens Magnus als Namen ansah – hatte er doch gestern erst gehört!

Der Hüne tauchte in seinem Gedächtnis auf, wie er (der Hüne) ihn (Plankton) auf dem Flohmarkt auf dem Hauptplatz verfolgt hatte, und wenn Plankton die Erlebnisse des Vortags in seiner Erinnerung noch ein wenig weiter zurückspulte, sah er sich, wie er vom Schlossberg kommend in den Hauptplatz eintauchte, rechts von sich den Flohmarkt sah und links ...

„Tut mir leid", unterbrach die Stimme von Frau Pieringer seine Gedanken. „Er liegt noch im Bett und will jetzt nicht aufstehen. Schließlich ist es Sonntag und acht in der Früh ..."

„Zehn nach acht", korrigierte Plankton. „Aber es wäre wichtig."

„Tut mir leid", wiederholte Frau Pieringer. „Sein Vater ist gestern gestorben und da geht es ihm nicht so gut ..."

„Weiß ich ja!", unterbrach sie Plankton. „Also dass sein Vater gestern gestorben ist. Deswegen rufe ich ja an. Ich war ein Freund seines Vaters, ein sehr guter Freund sogar, und ..."

Nun unterbrach sie ihn. „Er will jetzt jedenfalls mit niemandem reden. Vielleicht rufen Sie gegen Mittag noch einmal an", sagte sie und legte auf.

Plankton starrte sein Handy an und setzte seine gedankliche Reise in das Linz von gestern fort.

Rechts vor sich sah er die Dreifaltigkeitssäule und daneben den Flohmarkt … und links die Bergbahn, aus der der Fahrer ausgestiegen war und zu einem Mann rief:

„Hallo, Maggi!"

Die Doppelconference von Maggi und Knorr!

Was hatte Maggi auf Knorrs Frage, ob er heute Dienst habe, geantwortet?

„Ja, muss dieses Wochenende wieder bei den Zwergerln meine Runden drehen."

„Rupert, was ist mit dir?", riss ihn Lisbeth in die Gegenwart zurück. „Sie hat längst aufgelegt, ist dir das nicht aufgefallen?"

„Maggi und Knorr", sagte Plankton nur.

Lisbeth schüttelte den Kopf. „Jetzt trinken wir erst mal unseren Kaffee, eine Suppe kann ich dir später machen."

„Maggi Pieringer dreht bei den Zwergerln auf dem Pöstlingberg seine Runden", sagte Plankton bedeutungsvoll.

„Was ist denn los mit dir, Rupert?", fragte Lisbeth besorgt. „Ist dir nicht gut? Ist das auch wirklich nur Orangensaft in dem Glas?"

„Ist ‚Pb' für euch Linzer nicht auch eine Abkürzung für den Pöstlingberg?"

„Nun … ja", sagte Lisbeth vorsichtig. „Möglich. Ich bin zwar noch nicht oft in die Verlegenheit gekommen, das Wort Pöstlingberg abkürzen zu müssen – meiner Erinnerung nach überhaupt noch nie –, aber wenn ich Pöstlingberg abkürzen *müsste*, würde ich wohl auch ‚Pb' schreiben. Du meinst, das ‚Pb' auf dem Notenblatt steht für Pöstlingberg?"

Plankton nickte heftig. „Magnus auf dem Pöstlingberg – das soll es heißen. Ich glaube, dass es Magnus' Beruf ist, in der Grottenbahn mit dem Zug zu fahren."

„In der Grottenbahn?"

Die Grottenbahn ist eine der beliebtesten Attraktionen von Linz. Sie wurde 1906 in einem der maximilianischen Befestigungstürme am Pöstlingberg errichtet. Ein elektrisch angetriebener Zug in Drachengestalt fährt auf einer kreisförmigen Bahn durch den äußeren Verteidigungsring der historischen Wehranlage und beleuchtet bei mehreren Rundfahrten abwechselnd die linken und rechten Nischen, wo sich liebevoll gestaltete Gruppen mit Zwergen befinden.

„Wie kommst du darauf, dass Magnus Pieringer den Grottenbahnzug lenkt?", fragte Lisbeth.

Plankton berichtete ihr kurz von dem Gespräch, das er am Vortag am Hauptplatz mit angehört hatte. „Dieser Maggi muss unser Magnus sein", schloss er. „Und wenn er bei den Zwergerln seine Runden dreht, heißt das wohl, dass er den Zug in der Grottenbahn lenkt. Kannst du dich nicht erinnern, was Piri-Joe antwortete, als ich ihn fragte, was sein Sohn von Beruf ist?"

„Zug", holte Lisbeth Piri-Joes einsilbige Auskunft aus ihrem Gedächtnis hervor.

„Richtig. Er lenkt einen Zug. Aber nicht bei der ÖBB, wie ich eigentlich angenommen hatte, nein, er steuert den Drachen-Zug in der Grottenbahn. Den Drrrrrachen-Zug."

„Aha. Gut. Und warum rollst du das R so?"

„Drrrrache", sagte Plankton nochmals. „Abgekürzt Dr ..."

Lisbeth riss ihre Augen auf. „Du meinst, das ‚Dr' in Piri-Joes Fußnote steht für Drache?"

„Ja. Mag Pb Dr. ‚Magnus am Pöstlingberg mit dem Drachen – der war mir behilflich, die Heiligen Brotreste Christi zu verstecken', soll das heißen."

„Rupert! Wir sind dem Geheimnis auf der Spur!", rief Lisbeth aufgeregt.

„Ja. Schaut so aus. Jetzt müssen wir nur noch das BSM und die Phase richtig deuten und dann haben wir Piri-Joes Hinweis auf das Versteck entschlüsselt."

„Glaubst du, dass das Versteck in der Grottenbahn ist?", fragte Lisbeth.

Plankton nickte. „Davon bin ich überzeugt. Ich glaube, dass Piri-Joe seinen Sohn Magnus dazu gebracht hat, es irgendwo in der Grottenbahn zu verstecken. Möglichkeiten gibt es dort wohl genug."

„Dann müsste ja sein Sohn den Aufenthaltsort der heiligen Brotreste kennen?"

„Nicht unbedingt. Du darfst nicht vergessen, dass das Geheimnis nur unter Kellnern weitergegeben wird, wenn du mal von Mozart als Ausnahme von der Regel absiehst, und Magnus ist Grottenbahndrachenfahrer und kein Kellner. Ich glaube, Magnus weiß gar nicht, was für einen Schatz er damals auf Bitten seines Vaters versteckt hat. Wahrscheinlich hat ihm sein Vater gesagt, es handle sich um einen Scherz."

„Dann könnten wir ja diesen Maggi fragen, wo er damals dieses Ding hingetan hat?"

„Ja, könnten wir. Wenn er mit uns sprechen würde. Und das will er vor Mittag nicht. Wobei es durchaus auch sein könnte, dass dieses Versteckspiel damals so unbedeutend für ihn war, dass er es längst vergessen hat."

„Das heißt, wir warten nicht bis Mittag, sondern sehen selbst nach?"

„Du hast es erraten."

„Na, dann auf in die Grottenbahn!"

77. Kapitel – 09:17

„Ich hoffe, Sie hatten zwei erfolgreiche Tage?“, fragte der Rezeptionist den großgewachsenen, glatzköpfigen, ganz in Schwarz gekleideten Mann, nachdem dieser die Hotelrechnung in bar beglichen hatte.

„Nein, hatte ich nicht“, antwortete dieser brummig mit einem undefinierbaren Akzent. „Ganz und gar nicht.“

Der Hotelangestellte, der nur aus Höflichkeit eine seiner beiden Standardfragen gestellt hatte, reagierte darauf nur mit einem „Schön, schön, freut mich für Sie“ und reichte dem Hünen den Zahlungsbeleg.

„Kann ich meinen Koffer noch ein paar Stunden bei Ihnen hier stehen lassen?“, fragte Falcarini. „Er wäre mir bei meinem letzten Ausflug in Linz ansonsten im Weg.“

„Selbstverständlich“, sagte der Rezeptionist. „Und auch Ihren Geigenkasten – es ist doch ein Geigenkasten? – können Sie einstweilen hier abstellen.“

„Natürlich ist es ein Geigenkasten“, gab Falcarini unfreundlich zur Antwort, „was denn sonst? Und nein, kommt auf gar keinen Fall infrage, dass ich den dalasse. Den nehme ich mit.“ Zur Bekräftigung drückte er den Kasten fest an seinen Körper.

„Ganz wie Sie wollen. Obwohl – bei uns ist noch nie etwas weggekommen. Und wenn doch, sind wir versichert. Bis 1.000 Euro jedenfalls. Wird ja nicht gerade eine Stradivari sein.“

Falcarini wollte sich nicht auf eine Diskussion über den Inhalt seines Geigenkastens einlassen. „Können Sie mir ein Taxi herbeirufen?“, fragte er.

„Selbstverständlich“, sagte der Hotelangestellte wieder und griff zum Telefon. „Wo soll’s denn noch hingehen?“

„Auf den Pöstlingberg“, sagte der Riese. „Ich will eine Runde in der Grottenbahn drehen.“

78. Kapitel – 09:47

Der Pöstlingberg ist der Hausberg der Linzer.

Während die Stadt Linz 266 Meter über dem Meeresspiegel liegt (übrigens genauso wie Idstein im hessischen Rheingau-Taunus-Kreis und Glauchau im sächsischen Landkreis Zwickau, während die bolivianische Hauptstadt La Paz auf rekordverdächtigen 3.600 Metern Höhe liegt, also etwa 13,5 Mal so hoch wie Linz, Idstein und Glauchau), äh, beginnen wir den Satz lieber noch einmal von vorne …

Während die Stadt Linz also 266 Meter über dem Meeresspiegel liegt, erreicht der Pöstlingberg die stolze Höhe von 539 Metern. An seinem höchsten Punkt steht weithin sichtbar die im Jahr 1748 (übrigens das Geburtsjahr des französischen Botanikers Antoine-Laurent de Jussieu, † 1836 in Paris, der Stadt der Liebe, die zum Teil nur 33 Meter über dem Meeresspiegel liegt, sofern man nicht auf der Spitze des Eiffelturms steht, der allein 342 Meter hoch ist …), äh, encore une fois!

Am höchsten Punkt des Pöstlingbergs wie gesagt steht die 1748 fertiggestellte Pfarrkirche und Wallfahrtsbasilika *Sieben Schmerzen Mariä*, die allgemein „Pöstlingbergkirche" genannt wird und deren markante Fassade als Wahrzeichen der Landeshauptstadt Linz gilt. Aufgrund ihrer außerordentlichen Lage ist sie auch als Hochzeitskirche sehr beliebt und auch sonst ist der Pöstlingberg ein gern besuchtes Ausflugsziel und eine vornehme, teure Wohngegend.

Um auf den Pöstlingberg zu gelangen, kann man, wenn man gut zu Fuß ist, vom Bischöflichen Gymnasium Petrinum über den sogenannten Kreuzweg hinaufmarschieren. Fußmarode,

Faulpelze oder es eilig Habende können auf der Hagen- und Hohen Straße mit dem Auto hinauffahren, am idyllischsten ist allerdings eine Fahrt mit der Pöstlingbergbahn.

Die Pöstlingbergbahn, von der 96,8 % der Linzer mit (durchaus berechtigtem) Stolz behaupten, sie sei die steilste Adhäsionsbahn der Welt (wobei 71,5 % von ihnen allerdings bei genauerem Nachfragen nicht angeben können, was der Begriff ‚Adhäsion' eigentlich bedeutet*), wurde 1897 errichtet und verlief ursprünglich vom Bergbahnhof Urfahr auf den Pöstlingberg. Im Jahr 2008 wurde sie – nach Ansicht des Autors und seiner Gattin ohne zwingende Notwendigkeit – von 1.000 auf 900 Millimeter umgespurt und an das Netz der Linzer Straßenbahn angeschlossen, sodass sie seitdem ihre Endhaltestelle am Hauptplatz in der Innenstadt hat und Fahrgäste, die erst in Urfahr zusteigen (wie etwa der Autor und seine Gattin), meist keinen freien Sitzplatz mehr vorfinden. Bei einer Streckenlänge von 4,14 Kilometern überwindet die Bahn einen Höhenunterschied von 255 Metern in 20 Minuten, wobei die Steigung der Bahn fast durchgehend beachtliche 10,5 % beträgt.

Lisbeth und Plankton hatten beschlossen, mit der Bergbahn auf den Pöstlingberg hinaufzufahren. Nicht nur, weil es die idyllischste, romantischste Art war, den Linzer Hausberg zu erklimmen, sondern auch, weil ihnen die Möglichkeit, mit dem Auto hinaufzufahren, aufgrund des derzeitigen Aufenthalts von Lisbeths Auto bei einem städtischen Abschleppunternehmen und des fahruntüchtigen LT1-Dienstwagens am Pleschingersee verwehrt war, sie nicht

* Im Bahnwesen spricht man von einer Adhäsionsbahn (auch Reibungsbahn), wenn der Antrieb allein über die Haftung der Räder erfolgt. Alles klar?

wieder ein Taxi herbeirufen wollten und die Grottenbahn ohnehin erst um zehn Uhr ihre Pforten öffnete, sodass genügend Zeit für eine Reise in der Bergbahn zur Verfügung stand.

Der Fahrer war ein anderer als der, der am Vortag das Gespräch mit Maggi geführt hatte. Plankton hatte es sich beim Einsteigen aber dennoch nicht verkneifen können, an den Fahrer gewandt die Bemerkung fallen zu lassen: „Gestern hab' ich einen Ihrer Kollegen kennengelernt. Ein netter Kerl. Knorr hat er geheißen, wenn ich seinen Namen richtig verstanden habe ...", worauf der Fahrer bestätigt hatte, dass einer seiner Kollegen tatsächlich Knorr hieß. Ewald Knorr. Somit war auch das Rätsel um Maggi & Knorr gelöst.

Die Bahn hatte gerade fahrplanmäßig sekundengenau vor dem Linzer Tiergarten Halt gemacht, wo eine Familie aus- und ein einzelner Mann einstieg, als Lisbeth zu Plankton sagte: „Haben wir das auch ganz sicher richtig gehört: ‚Manu, beende das Gespräch'?"

„Ja. Ich glaube schon. Warum fragst du?"

„Und wenn wir uns verhört haben und es hat geheißen ‚Magnus, beende das Gespräch'?"

„Du meinst, der männliche Entführer ist Magnus? Piri-Joes Sohn?"

„Ja. Manu und Magnus klingen ja doch irgendwie ähnlich und über das Handy war es nicht so gut zu verstehen ..."

„Nein", sagte Plankton kopfschüttelnd. „Nein, das glaube ich nicht. Es stimmt schon, schlampig ausgesprochen oder zugehört klingt Magnus vielleicht ein wenig wie Manu, aber das ergäbe keinen Sinn. Wenn Magnus damals über Geheiß seines Vaters die Brotreste irgendwo in der Grottenbahn versteckt hat, warum sollte er dann jetzt uns durch Entführung deines Vaters dazu einspannen, sie ihm wieder zu suchen? Er müsste doch selbst am besten wissen, wo er sie damals abgelegt hat."

Lisbeth nickte langsam. „Wahrscheinlich hast du recht." Sie nahm seine Hand fest in die ihre.

„Bist du aufgeregt?", fragte Plankton liebevoll.

Sie nickte wieder. „Wir stehen so knapp davor. Ich spüre es. Und wenn wir die Heibrorechri", sie sah sich eilig um, um sich zu vergewissern, dass ihr Gespräch nicht belauscht wurde, bemerkte allerdings nur den Mann, der zuvor eingestiegen war und demonstrativ nicht in ihre Richtung schaute, „wenn wir die gefunden haben, dann lassen sie Paps hoffentlich frei."

„Hoffentlich", sagte Plankton. „Ja, ich glaube auch, dass wir auf dem richtigen Weg sind. Mag, Pb und Dr haben wir bereits entschlüsselt und das hat die möglichen Aufenthaltsorte der äh Dings von der unendlichen Weite des Weltalls auf einen verhältnismäßig engen Raum – die Linzer Grottenbahn – eingegrenzt. Und wenn wir dann vor Ort sind, wird uns die Bedeutung von ‚BSM' und ‚Fase' auch klar werden, da bin ich mit ganz sicher." Er drückte ihre Hand.

Während des Rests der Fahrt schwiegen Lisbeth und Plankton, jeder in seine eigenen Gedanken versunken.

Als sie wenige Minuten später, an der Endhaltestelle angekommen, weiterhin schweigend ausstiegen, bemerkten sie nicht, dass hinter ihnen ein etwa zwölfjähriger Bub, der als Ministrant für die 10-Uhr-Messe eingeteilt war und sich unterwegs mit einer Banane gestärkt hatte, deren Schale achtlos auf das Pflaster warf.

Und sie registrierten auch nicht, dass der Mann, der an der Haltestelle Tiergarten zugestiegen war, ihnen auf ihrem Weg in Richtung Grottenbahn folgte und dabei leise in sein Handy sprach ...

79. Kapitel – 10:04

Kurz nach Öffnung der Grottenbahn um zehn Uhr vormittags waren es erst wenige Menschen, die eine Fahrt mit dem Drachenzug unternehmen wollten. Lisbeth und Plankton nahmen in der ersten Reihe des Drachens direkt hinter dem Fahrer Platz.

„Maggi heute nicht da?", wandte sich Plankton jovial an den Fahrer.

„Nein, der kommt heute nicht", antwortete der Fahrer schlecht gelaunt. „Todesfall in der Familie. Ich bin statt ihm da. Hab' einspringen müssen."

Plankton gab sich mit dieser Antwort zufrieden und lehnte sich zurück.

Er hatte sich noch bei Lisbeth im Internet über die Grottenbahn schlau gemacht. 1906 hatte die Geschichte der Märchenwelt im Pöstlingberger Befestigungsturm mit dem elektrisch angetriebenen Drachenzug und den ersten Tieren und Zwergen ihren Anfang genommen. 1936 waren erste Märchendarstellungen sowie die Nachbildung des historischen Linzer Hauptplatzes gefolgt. Eine Fliegerbombe hatte dann 1945 die Anlage zerstört, jedoch es war bald entschieden worden, sie wieder aufzubauen, und nach der Neuschaffung der Zwergen- und Märchenwelt durch die Bildhauerin Friederike Stolz war sie dann 1948 wieder eröffnet worden. 1950 waren lebensgroße Märchenfiguren neben dem Hauptplatz in den Seitengassen dazugekommen, die 1999 neu gestaltet und mit Licht- und Toneffekten versehen worden waren. 2005, rechtzeitig zum 100-jährigen Geburtstag, hatte dann der Kopf des Drachen, der seit einiger

Zeit aus unerfindlichen Gründen Lenzibald hieß, eine neue Nebelmaschine erhalten.*

Und irgendwo hier, schloss Plankton seine Überlegungen zur Geschichte der Grottenbahn ab, *lagerten seit schätzungsweise zehn Jahren die heiligen Brotreste Christi …*

Die Fahrt nahm ihren Anfang. Plankton war als Kind mehrmals mit der Grottenbahn gefahren und hatte dann befunden, das sei nichts für heranwachsende Jugendliche oder gar Erwachsene, doch er musste zugeben, dass es ihm jetzt, in seinem fünften Lebensjahrzehnt, Spaß machte, mit dem Drachen Lenzibald drei Runden zu drehen. Während der ersten Runde wurden die Zwergengruppen beleuchtet, die sich in den Nischen links von der Bahn befanden, während der zweiten die rechten Nischen und während der dritten Runde erstrahlte die gesamte Grotte im Glanz von tausend bunten Lichtern.

Wo konnten die heiligen Brotreste Christi nur sein? Bei irgendeiner Zwergengruppe? Etwa in der Zwergenküche? Oder bei den Zwergen, die den kranken Hasen pflegten? Oder bei denen, die auf der Schneckenpost ritten? Waren sie etwa bei den Zwergen, die gegen Käfer und Hornissen kämpften? Plankton seufzte. Es gab zu viele Möglichkeiten, und wenngleich Lenzibald natürlich kein Höllentempo bei seiner Rundfahrt vorlegte, war die Geschwindigkeit doch zu hoch, um alle möglichen Verstecke im Vorbeifahren absuchen zu können.

Nach der dritten Runde war die Reise im Drachen zu Ende und die Fahrgäste mussten aussteigen. Nun ging es programmgemäß über eine Treppe hinunter in den Märchenkeller.

* Für weitere Infos siehe *http://www.linzag.at/cms/media/de/linzagwebsite/dokumente/infomaterial_1/linien_1/grottenbahnfolder.pdf*

In der Zwischenzeit hatten sich schon weitere Leute beim Eingang angestellt, um im Drachen Platz zu nehmen – unter ihnen ein großer, ganz in Schwarz gekleideter Herr ohne Haare mit einem Geigenkasten in der Hand …

80. Kapitel – 10:06

Der Schweizergardist Aron Lüttersrythli stand in 23,7 Metern Entfernung vom Zugang zur Grottenbahn hinter einem Baum versteckt und blickte durch sein Fernglas auf die Straße davor.

Er hatte eine schlaflose Nacht im Linzer Torten-Dienstwagen L T007 verbracht und ohne Unterbrechung die Landauer'sche Liegenschaft bewacht. Zuvor hatte er noch seinen Firmenkollegen Dieter bilderbuchmäßig an Händen und Füßen verschnürt, ihm ein Stück Leukoplast über den Mund geklebt und sich vergewissert, dass es Dieter möglich war, durch die Nase zu atmen. Schließlich war er ein Menschenfreund und wollte Dieter nicht umbringen – auch wenn der ihn mit seinem ständigen Lispeln und noch mehr mit seinem dauernden GZSZ-Schauen oft genervt hatte. Nun, für Dieter gab es derzeit keine guten, sondern eher schlechte Zeiten …

Als Aron am heutigen Morgen bemerkt hatte, dass Lisbeth Landauer und Rupert Plankton das Haus verließen und zu Fuß zur Straßenbahnhaltestelle schlenderten, war er ihnen im Dienstauto mit gehörigem Sicherheitsabstand gefolgt. Dann war er langsam hinter der Straßenbahn hergefahren und als am Hauptplatz die von ihm Verfolgten in die Bergbahn umstiegen, war ihm ihr Ziel klar: der Pöstlingberg. Er hatte dann, ohne die höchstzulässige Fahrgeschwindigkeit von 50, streckenweise auch bloß 30 km/h, zu überschreiten, lange vor der Bergbahn deren Ziel erreicht, das Auto auf dem Parkplatz stehen gelassen und aus sicherer Entfernung das Ankommen von Lisbeth und Plankton beobachtet. Dann war er ihnen zur Grottenbahn gefolgt, in die er sich allerdings nicht hineintraute, da er die Gefahr, dass die zwei ihn dort bemerkten, als zu hoch einschätzte. So wartete er heraußen darauf, dass sie die Grottenbahn wieder verließen. Dann musste er ihnen noch ein kleines Stück folgen und ihnen – nötigenfalls mit Gewalt – das Ding abnehmen, hinter dem Kardinal Rissoni her war und von dem er annahm, dass Lisbeth und Plankton es finden würden. Nach wie vor wusste Aron nicht, worum es hier eigentlich ging, die Angaben des Kardinals waren vage und zum Teil auch widersprüchlich gewesen, aber schließlich stand es ihm als einfachem Schweizergardisten nicht zu, die Anordnungen eines Kardinals infrage zu stellen.

Arons Handy läutete. Nicht das mit der Direktverbindung in den Vatikan, sondern sein Linzer-Torten-Diensthandy. Aron ließ das Fernglas sinken und holte das Handy aus einer seiner vielen Taschen hervor. Die Gitterverantwortliche rief ihn von ihrem Privathandy aus an! Auf die hatte er ja ganz vergessen! Sollte er abheben? Eigentlich hatte er mit seiner Arbeit bei der Linzer-Torten-Firma ja abgeschlossen. Sobald er Lisbeth und Plankton das Ding abgenommen hatte, würde er von Hörsching aus den nächsten Flieger nach Rom nehmen und die Gitterverantwortliche konnte ihn ... Andererseits war nicht auszuschließen, dass die zwei heute noch nicht fündig wurden und dass die Angelegenheit vertagt würde, in welchem Fall er doch noch in die Firma zurückkehren musste, um seine Rolle als Securitybeamter noch eine Zeitlang weiterzuspielen.

All diese Gedanken gingen Aron während des Bruchteils einer Zehntelsekunde durch den Kopf, dann hob er ab.

„Ja, Madame?“

„Aron?“, tönte die angenehme Mezzosopranstimme der Gitterverantwortlichen an sein Ohr. „Wo um Himmels willen stecken Sie denn?“ Sie klang eher besorgt als wütend.

Kurz wog Aron ab, ob er die Wahrheit sagen oder lügen sollte. Nun, nichts sprach dagegen, dass er an seinem freien Sonntag einen Spaziergang am Pöstlingberg machte, und daher sagte er: „Am Pöstlingberg, Madame. Warum?“

„Am Pöstlingberg?“, wiederholte die Gitterverantwortliche überrascht. „Was machen Sie denn am Pöstlingberg?“

„Nun, ich bin ja noch nicht lange in Linz“, gab Aron zur Antwort, und dabei log er nicht einmal, „und daher sehe ich mir so nach und nach alle Sehenswürdigkeiten an. Damit es mir nicht wieder passiert, dass ich Ihre schönen Badeseen verwechsle. Sehr eindrucksvoll, Ihr Hausberg.“

„Ach, verschonen Sie mich mit dem Hausberg, Sie sollten doch Fräulein Landauer beschützen, falls sie in Plesching Probleme mit der Tortenfälschermafia ...“

„Oh, ja, natürlich“, beeilte sich Aron zu antworten. „Tut mir leid, dass ich vergessen habe, Sie zu benachrichtigen, aber leider. Als ich am Pleschingersee ankam, war von Frau Landauer und diesem Herrn Plankton nichts mehr zu sehen.“

„Nichts mehr zu sehen? Aha. Na gut. Ich will, dass Sie mir morgen genauen Bericht erstatten“, sagte die Gitterverantwortliche und beendete das Gespräch, ohne, wie es sich eigentlich gehört hätte, Aron einen schönen Sonntag zu wünschen.

Aron steckte sein Handy wieder ein und führte das Fernglas erneut ans Auge.

81. Kapitel – 10:12

„So", sagte Lisbeth, nachdem sie den Linzer Hauptplatz betreten hatten. Natürlich hatten sie nicht den „echten" Hauptplatz betreten, sondern die detailgetreue Nachbildung des Hauptplatzes mit Fassaden der Geschäftshäuser aus der Zeit um 1900, die unter einem Sternenhimmel das Zentrum des Untergeschoßes bildete. „Hast du schon eine Idee …?"

„Nein, hab' ich nicht", gestand Plankton ein. „Sie könnten überall sein. So ein paar Brotkrümel, wie auch immer verpackt, nehmen nicht viel Platz weg. Hm, BSM … Da war doch eine Zwergengruppe, die gegen Hornissen kämpfte … Oder waren es zu groß geratene Bienen?"

„Ja, und?"

„Bienen stechende Monster", meinte Plankton. „Vielleicht heißt BSM ‚Bienen stechende Monster', und die Brotreste sind dort versteckt." Aber schon aus seinem Tonfall war zu schließen, dass er an diese Deutung selbst nicht glaubte.

„Na ja, dann suchen wir halt hier herunten", sagte Lisbeth, klang jedoch ein wenig niedergeschlagen.

Plankton unterzog bereits die Figur des Würstelmanns, der ein Paar Frankfurter in einer Zange hielt, einer genaueren Inspektion, Lisbeth widmete ihr Interesse der Gemüsefrau. Dann betrachteten sie die weiteren Figuren, die im Zentrum des Platzes standen – die Marktfrau und die Gänsemagd – mit Akribie, aber ohne Erfolg.

„Schauen wir uns die Märchenfiguren an", schlug Plankton vor und Lisbeth nickte.

Vom Hauptplatz führten sieben Seitengassen sternförmig weg, in denen jeweils zwei Märchengruppen angelegt waren –

Hänsel und Gretel, Aschenputtel, Rotkäppchen, Frau Holle, die Bremer Stadtmusikanten, der Froschkönig und viele andere Figuren aus Grimms Märchenwelt.

Lisbeth und Plankton nahmen sich eine nach der anderen vor und überprüften sie genau.

Während sie in der Seitengasse waren, die Rumpelstilzchen und den Gestiefelten Kater beherbergte, betraten die Grottenbahnbesucher, die nach ihnen die drei Runden im Drachen gedreht hatten, das Untergeschoß.

Der große kahle Mann mit Namen Falcarini war unter ihnen. Er würdigte den Würstelmann und die weiteren Figuren, die auf dem Hauptplatz aufgestellt waren, keines Blickes und bog sofort in die erste Seitengasse links ein. Vor Aschenputtel machte er Halt und ging in die Knie.

Im oberen Geschoß standen zur selben Zeit fünf aufgebrachte Männer vor der Kasse.

„Wir müssen hier hinein!", rief einer von ihnen zur Frau, die an der Kasse saß. Wenn diese öfters die öffentlichen Verkehrsmittel benutzt hätte, hätte sie den aufgeregten dicken Mann möglicherweise als Fahrkartenkontrollor wiedererkannt, und wenn sie überdies ein gutes Namensgedächtnis gehabt hätte, wäre ihr wohl auch sein Spitzname Puppi in Erinnerung geblieben. So aber sagte sie zu dem Mann: „Kein Problem, wenn Sie sich eine Eintrittskarte kaufen." Und schnippisch setzte sie dazu: „Oder sind Sie von der Polizei und haben einen Durchsuchungsbefehl?"

Ein Begleiter Puppis – er hieß Konrad und war der Fahrscheinkontrollor, der bei der Haltestelle Tiergarten in die Pöstlingbergbahn eingestiegen war, Plankton sofort erkannt und daraufhin seine Kollegen alarmiert hatte – sagte: „Kaufen wir uns halt eine Karte. Das muss es uns wert sein."

So lösten die fünf jeder eine Karte und eilten zum Drachen, der kurz vor der Abfahrt stand.

„Hier drin sitzt er nicht!“, rief Puppi, nachdem er die Leute, die bereits im Drachen Platz genommen hatten, gemustert hatte.

„Da geht's hinunter!“, sagte Konrad, auf die Treppe deutend. „Wahrscheinlich ist er da unten.“

„Na, dann runter!“, rief Puppi entzückt.

Doch Puppi und seine Freunde hatten die Rechnung ohne den Wirt – sprich, ohne den Zugsführer gemacht. „He!“, rief dieser den Männern zu, „zuerst kommt die Fahrt mit dem Drachen! Und dann erst geht's runter!“

„Wir verzichten auf den Drachen“, erklärte Puppi. „Wir wollen gleich hinunter.“

„Nichts da!“, entgegnete der Drachenfahrer. „Zuerst die Drachenfahrt, dann der Märchenkeller. So ist das vorgeschrieben.“

„Wir verzichten auf –“, wollte Puppi wieder beginnen, jedoch der Mann im Drachen wiederholte stur: „Sie können auf die Drachenfahrt nicht verzichten. Vorschrift ist Vorschrift.“

Die Fahrscheinkontrollore waren zwar zu fünft und daher schon rein mengenmäßig dem Drachenmann überlegen, jedoch sie wollten keinen Streit provozieren und fügten sich. Brav setzten sie sich in Lenzibald hinein, Puppi maulte noch kurz und leise „Na, dann fahr doch endlich los mit deinem blöden Drachenvieh!“ und dann setzte sich der Zug auch schon in Bewegung.

Im Keller standen Lisbeth und Plankton mittlerweile vor Schneewittchen, die scheintot in ihrem Sarg lag und von den Zwergen beweint wurde. Doch nirgends war irgendetwas zu sehen, was auch nur entfernt wie ein Behälter für Brotreste aussah, mochten diese nun heilig oder unheilig sein.

„Das ist jetzt schon die letzte Märchengruppe“, sagte Lisbeth. „Und wir haben nichts gefunden. Nichts.“

„Wir müssen uns alles noch einmal ansehen, noch viel genauer“, erwiderte Plankton. „Und wir müssen nachdenken. Denk nach, Rupert“, sagte er zu sich selbst und schlug sich mit der Faust auf die Stirn. „BSM ... Phase ... BSM ...“

„Von Bregenzer Sado-Maso keine Spur“, versuchte Lisbeth einen schwachen Witz. „Oder waren es Bremer?“

„Nein, ich glaube Bielefelder“, sagte Plankton.

„Auch recht“, meinte Lisbeth, doch als sie Planktons Gesichtsausdruck sah, fragte sie: „Was ist? Hab’ ich was Falsches gesagt?“

„Im Gegenteil!“, rief Plankton vergnügt. „Etwas ganz und gar Richtiges! Das muss es sein! Komm mit!“ Er packte sie bei der Hand und zog sie aus der Seitengasse hinaus auf den Hauptplatz.

Einige Seitenstraßen weiter betrachtete Giovanni Falcarini Hänsel und Gretel so aufmerksam, als wolle er alle Details der Märchengruppe auswendig lernen.

82. Kapitel – 10:21

Nachdem der Mann dreimal Sturm geläutet und an die Haustür geklopft hatte und ihm noch immer nicht geöffnet worden war, sah er ein, dass entweder niemand zu Hause war oder man ihm nicht aufmachen wollte.

Lagen wahrscheinlich im Bett, die zwei, und trieben es miteinander ... Er auf ihr oder sie auf ihm ...

Der Mann schlich die Hausmauer entlang um die Ecke des Hauses, wo er das Schlafzimmer vermutete, und legte sein Ohr ans Fenster.

Da! War da nicht ein Stöhnen ...

Tatsächlich stöhnte da jemand! Jedoch das Geräusch kam nicht aus dem Schlafzimmer, sondern von der Hinterseite des Hauses. Neugierig ging der Mann ein paar Schritte weiter, bog um die nächste Ecke und ... sah einen Mann in der Wiese liegen, verschnürt wie ein Paket und durch ein Stück über den Mund geklebtes Leukoplast an verständlichen Äußerungen gehindert.

„Ja, was ist denn mit Ihnen passiert!“, rief der Mann aus und bückte sich zu dem im Gras Liegenden, der allerdings nur eine sprachlich nicht eindeutig identifizierbare Antwort gab, die ein wenig wie „Hm hm hm“ klang.

Mit einer raschen Handbewegung riss der Mann dem Gefesselten das Klebeband vom Mund, was diesem ein lautes „Autsch!“ entlockte, dann löste er seine Fesseln.

„Ja, was ist denn Ihnen passiert?“, wiederholte er seine zuvor nur unzureichend beantwortete Frage. „Wer hat Sie denn so behandelt?“

„Keine Ahnung“, sagte Dieter wahrheitsgemäß. „Ich bekam einen Schlag auf den Kopf ... und als ich aufwachte, war ich gefesselt und geknebelt. Aber ... ich kenn' Sie doch ... Sind Sie nicht der berühmte Dirigent? Karajan oder so ähnlich?"

„So ähnlich", sagte der Mann, der Dieter befreit hatte, ein wenig stolz darauf, dass er sogar in legerer Freizeitkleidung erkannt worden war. „Franz Linzer-Bühr."

„Wusst' ich's doch!", rief Dieter. Und gleich noch einmal: „Wusst' ich's doch! Wusst' ich's doch!"

„Ja, das sagten Sie schon", gab Linzer-Bühr etwas verwundert zurück. „Was wollten Sie denn eigentlich hier?", fragte er, sich nicht weiter darum kümmernd, dass ihn dies eigentlich nichts anging.

„Ach, die Frau, die hier wohnt, ist eine Arbeitskollegin von mir", gab Dieter zur Antwort. „Die wollte ich besuchen." Er konnte dem Dirigenten ja wohl nicht gestehen, dass er vorgehabt hatte, sich von Lisbeth seine Belohnung, die ihm seiner Meinung nach dafür zustand, dass er ihr zuliebe ins Melderegister eingedrungen war, in natura abzuholen. „Und Sie? Was machen Sie hier?"

„Ähnliches", wich auch der Dirigent einer direkten Antwort aus. Er konnte wohl ebensowenig zugeben, dass ihm Mozarts Notenblatt nicht aus dem Kopf ging und er einen neuerlichen Versuch unternehmen wollte, sich in den Besitz des Originals zu setzen.

„Gut, dass wir das geklärt haben", sagte Dieter, sich mühsam aufrappelnd und seine mit Striemen gezeichneten Handgelenke reibend.

„Wollen Sie das nicht bei der Polizei anzeigen?", fragte Linzer-Bühr. „Schließlich sind Sie überfallen worden."

„Ach nein", wehrte Dieter ab. „Jetzt ist die Geschichte bisher ganz ohne Polizei ausgekommen und das will ich zum

Schluss hin nicht ändern. Ich könnte den Bullen sowieso keine Täterbeschreibung geben. Sowieso. Sowieso."

„Ja, das sagten Sie schon", bemerkte Linzer-Bühr neuerlich. „Dieses ‚Sowieso'. Sie wiederholen merkwürdig viele Sätze, in denen der Buchstabe S mehrfach vorkommt. Zuvor auch schon dieses ‚Wusst' ich's doch' …"

„Ja. Zum Testen. Zum Testen. Zum Testen. Ist Ihnen denn gar nicht aufgefallen, dass ich nicht mehr lisple … nicht mehr lisple?"

„Wie? Nein. Taten Sie denn das vorher?"

„Ja! Bis gestern Abend habe ich gelispelt wie ein Weltmeister und jetzt … Haben Sie gehört, wie ich das Wort ‚jetzt' völlig lispelfrei über meine Lippen gebracht habe? Jetzt … jetzt … jetzt … lispelfrei … frispel- äh lispelfrei …"

„Ja, hab' ich. Gratuliere. Offenbar hat der Schlag auf Ihren Kopf da etwas bewirkt. Vielleicht hat er Ihr Sprachzentrum im Gehirn reaktiviert …"

„Siebzehn Sarazener sezieren stolzesrot sechzehn zerzauste Säbelzahntiger", gab Dieter völlig ohne zu lipseln von sich.

„Wie bitte?"

„Siebzehn Sarazener sezieren stolzesrot sechzehn zerzauste Säbelzahntiger", wiederholte Dieter den einprägsamen Satz. „Kein einziger Lispler!"

„Wie gesagt: gratuliere. Kennen Sie das Lied *Was kann der Sigismund dafür, dass er so schön ist*?"

„Ja. Warum?"

„Singen Sie das doch einmal. Um zu testen, ob Sie auch lispelfrei singen können. Die Dur können Sie sich aussuchen."

„Die was?" Dieter wartete die Antwort nicht ab, räusperte sich, dann sang er *Was kann der Sigismund dafür, dass er so schön ist* mit angenehmer fester Tenorstimme und ohne jedes Lispeln.

„Oh!“, rief Franz Linzer-Bühr erstaunt. „Sie haben eine schöne Stimme. Singen Sie es nochmals! Vielleicht ein wenig höher.“

Dieter sang die Zeile aus der Operette *Im Weißen Rössl* um eine Terz höher. Linzer-Bühr sah ihn verblüfft an.

„Sie haben wirklich eine ausnehmend schöne Stimme. Kennen Sie *La donna è mobile*?“ Er sang Dieter den Anfang der berühmten Arie vor (um einen halben Ton zu tief, wie kritisch angemerkt werden soll). „Das ist aus –“

„– der Fernsehwerbung“, sagte Dieter. „Ja, den Song kenn' ich.“

„Gut. Wenn Sie den ... Song einmal anstimmen könnten?“

Dieter sang den Beginn der Kanzone aus Verdis Oper *Rigoletto* – so schön, dass Linzer-Bühr ein erregtes Zittern nicht unterdrücken konnte.

„Und wenn Sie jetzt vielleicht noch eine Tonleiter singen könnten?“, bat er und intonierte: „Do re mi fa so la si do.“ Dieter kam dem Wunsch nach, worauf Linzer-Bühr sagte: „Und jetzt vom letzten hohen Do ausgehend noch einmal in die Höhe.“ Dieter tat es und stieg mühelos aufs hohe C, das er gut zehn Sekunden lang hielt und dann zu einem Pianissimo zurücknahm, von dem aus er es wieder zu einem Forte anschwellen ließ.

Linzer-Bühr griff sich ans Herz. *Ich habe den Tenor des 21. Jahrhunderts entdeckt,* sagte er sich. *Domingo + Pavarotti + Carreras zum Quadrat.*

„Soll ich noch was singen?“, fragte Dieter. „Vielleicht was Höheres, Schwierigeres. Singen ist geil.“

Vergiss diesen Mozart-Wisch, schoss es Linzer-Bühr durch den Kopf, *mach aus diesem Menschen die Wiedergeburt von Caruso.* „Äh, haben Sie sich schon einmal überlegt, unter

Anleitung eines kompetenten Musikpädagogen und Managers – wie ich einer bin – professionellen Gesangsunterricht zu nehmen …?“, fragte er vorsichtig.

Und wenig später verließen die beiden Männer wie zwei gute alte Freunde Arm über Schulter das Landauer'sche Anwesen, ohne einen Blick zurückzuwerfen.

83. Kapitel – 10:27

„Mit deinen Bremer Sado-Maso-Praktiken hast du mich darauf gebracht“, sagte Plankton zu Lisbeth. „Beim Stichwort ‚Bremen‘ hat’s dann bei mir geklingelt.“

„Die Bremer Stadtmusikanten“, sagte Lisbeth. „BSM heißt Bremer Stadtmusikanten?“

Plankton nickte. Sie standen in der Seitengasse, in der eine Schlüsselszene aus dem Märchen „Die Bremer Stadtmusikanten“ dargestellt war. Die vier Tiere standen, auf die bekannte Weise übereinander aufgestellt – Hund auf Esel, Katze auf Hund und Hahn auf Katze – vor dem Räuberhaus und erschreckten durch ihre „Musik“ die Räuber. Auch zwei Räuberfiguren gehörten zu der Gruppe. Beiden war das Entsetzen aufgrund des Geschreis, das die vier Musikanten machten, ins Gesicht geschrieben. Der eine lag vor dem Haus rücklings auf dem Boden, der andere hielt sich im Haus auf, in dessen Mitte ein Tisch platziert war, auf dem Essenssachen, ein Krug und eine kleine Vase standen.

„Und wo sind nun die heiligen Brotreste?“, fragte Lisbeth.

Plankton grinste. „Wir haben recht gehabt mit der Annahme, dass der gute Piri-Joe leichte Schwierigkeiten mit der Rechtschreibung hatte. Nur haben wir Unrecht gehabt, wenn wir gemeint haben, er wollte mit dem ‚Fase‘ das Wort ‚Phase‘ schreiben.“

„Sondern?“

„Na, mit welchem Buchstaben wird das F am häufigsten verwechselt?“

„Mit dem V?“

„Du sagst es. ‚Fase‘ soll in Wirklichkeit ‚Vase‘ heißen.“

„Du meinst also, die Brotreste sind in einer Vase?“

„Ich bin überzeugt davon“, sagte Plankton und wies auf die Vase, die auf dem Tisch im Inneren des Räuberhauses stand. Es war eine kleine, unauffällige, altertümlich aussehende Vase, die einem flüchtigen Beobachter der Märchengruppe nicht weiter auffiel, die aber, wenn man sie genauer betrachtete, schon rein stilmäßig und auch von den Größenverhältnissen her nicht ganz zur übrigen Dekoration passte. „Wenn du mich fragst: In dieser unscheinbaren Vase stecken die heiligen Brotreste Christi.“

In diesem Moment drang gedämpft Lärm vom Hauptplatz in die Seitenstraße herein. Fünf düster dreinblickende Männer hatten über die Treppe den Märchenkeller erreicht.

„Keiner da!“, rief Puppi aus, als am Hauptplatz niemand zu sehen war.

„Wir müssen uns verteilen! Hier sind sieben Seitengassen“, sagte sein Kollege Konrad. „In jeder kann er stecken!“

„Wir sind aber nur zu fünft“, bemerkte ein weiterer Fahrkartenkontrollor scharfsinnig. „Wir können gleichzeitig nur in fünf Seitengassen suchen. Und währenddessen entwischt er uns aus Gasse Nummer sechs oder sieben!“

„Sepp hat recht“, lobte Puppi. „Ich bleibe hier und decke den Ausgang ab und ihr vier sucht in den Seitengassen.“

Während Puppi am Hauptplatz in der Nähe des Ausgangs stehen blieb, schwärmten seine vier Kollegen in die Seitengassen Nummern eins bis vier aus.

In Seitengasse Nummer sechs stieg soeben Plankton über das Absperrgitter, das derartige Aktionen eigentlich verhindern sollte, in die Märchengruppe, trat vorsichtig über den auf dem Boden liegenden Räuber hinweg und durch die Tür ins Haus hinein und nahm behutsam die Vase vom Tisch.

„Endlich haben wir dich!“, sagte er leise zur Vase. Deren Öffnung war durch ein kleines Stück Tuch fest verstopft, sodass keine Luft an den Inhalt gelangen konnte, aber auch die Sicht ins Innere versperrt war. Plankton schüttelte sie vorsichtig, was Lisbeth zum Ausruf „Rupert, beeil dich, da draußen sind Leute!“ veranlasste. Daraufhin stieg Plankton über die Absperrung zurück zu Lisbeth und reichte ihr mit den Worten „Gib sie in dein Handtäschchen“ die Vase. Seine eigene Tasche hatte er bei Lisbeth im Schlafzimmer vergessen. „Und dann nichts wie raus hier!“

Auf dem Hauptplatz stellte sich ihnen ein Mann in den Weg.

„Halt!“, rief er. „Na, Sie feiner Herr Robert Lenkton, heute entkommen Sie uns nicht!“ Puppi stieß einen schrillen Pfiff aus, um seine vier Kollegen, die noch in den Seitengassen steckten, herbeizuholen.

„Was wollen Sie von mir?“, fragte Plankton, obwohl er den Mann wiedererkannt und daher so seine Ahnung hatte. „Lassen Sie mich in Ruhe. Abgesehen davon heiße ich Rupert und nicht Robert und Plankton und nicht Lenkton. Rupert Plankton. *Professor* Rupert Plankton, um genau zu sein. Sie suchen also den Falschen.“

„In Ruhe sollen wir Sie lassen?“, rief Puppi, der die Arme ausgebreitet hatte und so Lisbeth und Plankton am Weitergehen hinderte. Ein weiterer Mann, der aus einer Seitenstraße herausgestürzt kam, schrie: „Das könnte Ihnen so passen!“, wieder ein anderer, plötzlich auftauchender johlte: „Jetzt haben wir Sie!“, und da bald alle sieben handelnden Personen durcheinanderschrien (auch Lisbeth und Plankton beteiligten sich am Tohuwabohu mit einigen treffenden Bemerkungen zur aktuellen Lage), entstand ein ziemlicher Tumult.

Da ertönte plötzlich ein Gebrüll: „Wer wagt es, mit seinem Geschrei diese heiligen Mauern zu entweihen!"

Ein riesiger, ganz in Schwarz gekleideter Mann war aus einer der Seitengassen (und zwar aus Nummer fünf) herausgetreten und baute sich vor den Streitenden auf. Die fünf Fahrscheinkontrollore blickten entsetzt zu dem Mann, der ihnen erschien wie Rübezahl, der sich von seinem Platz losgerissen hatte. Plankton nutzte die Ablenkung der Männer aus, indem er Lisbeth einen Wink gab und sich unter dem nach wie vor ausgebreiteten Arm von Puppi hindurch duckte und zum Ausgang lief. Lisbeth tat es ihm nach.

„Wer wagt es?", schrie Giovanni Falcarini nochmals und trat auf die fünf verbliebenen Männer zu. „Diese Stätte ist ein Schrein der Ruhe und des Heiligtums. Hier hat niemand zu plärren und zu pfeifen!"

„Ach, regen Sie sich nicht künstlich auf!", sagte der kleinste der fünf, der am raschesten seine Fassung wiedergewonnen hatte (und sich insgeheim einredete, dass sie ja zu fünft waren und der Riese allein war, sodass sie im direkten Kampf immerhin ein Unentschieden erreichen konnten). „Wer da am lautesten schreit, sind sowieso Sie!"

„Ja, genau!", rief Puppi, der in Anbetracht ihrer Überzahl ebenfalls seinen Mut wiedergefunden hatte. „Stören Sie uns gefälligst nicht dabei, wie wir ..."

In diesem Augenblick bemerkte er, dass Plankton (und mit diesem auch Lisbeth) verschwunden war. „Jetzt ... Wo ist der Kerl hin?", rief er.

„Weg!", sagte Sepp. „Er ist uns entwischt ... weil dieser Mann da", er deutete auf Falcarini, „uns abgelenkt hat!"

„Schon wieder entwischt!", rief Puppi. „Das darf doch nicht wahr sein. Aber diesmal haben wir einen Schuldigen!"

Die fünf Männer blickten einander an, dann nickten sie und schlossen sich – wie am Vortag vor dem Pflegeheim – zu einem Halbkreis zusammen.

„Sie sind schuld, dass uns dieser Verbrecher entkommen ist“, sagte Puppi leise, während die Fünfmännergruppe langsam auf Falcarini zuging. Dieser wich instinktiv zurück.

„Wer weiß, vielleicht sind Sie sogar ein Komplize von diesem Plankton“, wagte ein anderer Kontrollor eine Vermutung.

„Ja, genau, ein Komplize!“, griff Konrad den Gedanken auf, ohne ihn allerdings inhaltlich weiterzuentwickeln.

„Und wenn uns der Hauptschuldige davongelaufen ist, dann müssen halt jetzt Sie dafür bezahlen!“, drohte Puppi.

Falcarini sah ein, dass die fünf Männer es ernst meinten, und wenn er auch größer und kräftiger war als jeder Einzelne von ihnen, so konnte er es mit allen fünf gemeinsam wohl nicht aufnehmen. Er beschloss daher, einer Konfrontation aus dem Weg zu gehen. Er wich immer weiter zurück und da das Untergeschoß der Grottenbahn kreisförmig angelegt war, gelangte er nach einigen Schritten rückwärts zum Ausgang.

„He, dort ist er ja!“, rief er, und als die fünf Männer in die Richtung schauten, in die er deutete, nützte er ihre sekundenlange Ablenkung, indem er mit großen Schritten die Treppe hinauflief.

„Ist ja gar nicht wahr!“, schrie Puppi, als er die Finte erkannt hatte. Und im selben Augenblick erkannte er auch, dass der Hüne auf der Flucht war.

„Ihm nach!“, rief er.

Falcarini hatte einige Schritte Vorsprung, als er von der Grottenbahn ins Freie trat. Am Ausgang verlor er einen Teil seines Vorsprungs aber wieder, weil er überlegte, ob er nun links oder rechts weiterlaufen sollte.

Er entschied sich für rechts.

Er gelangte dadurch aber lediglich auf den Spazierweg, der einige Hundert Meter weit um das Pöstlingberggelände ohne Abzweigung und somit Ausweichmöglichkeit herumführt. Daher gelang es ihm auch nicht, seine Verfolger abzuschütteln. Puppi und ein weiterer nicht gerade schlank zu nennender Kontrollor bildeten zwar bald die abgeschlagenen Schlusslichter der Verfolgertruppe und auch Sepp fiel im Mittelteil des Parcours deutlich zurück (um im Ziel dann immerhin Platz 3 zu belegen), aber zwei weitere Herren (unter ihnen Konrad) waren durchaus als fit zu bezeichnen und blieben Falcarini mit einigen Metern beziehungsweise Sekunden Rückstand hart auf den Fersen.

Das Ende des Rundkurses nahte. Noch im Laufen wog Falcarini die Möglichkeiten der weiteren Flucht ab und entschied sich für die Endhaltestelle der Bergbahn, die vor ihm auftauchte. Hier würde er wohl Menschen finden, die sich seiner erbarmten und ihn im Kampf gegen diese Mörderbande unterstützten, noch dazu, wo gerade eine Bergbahn eingefahren kam ...

Falcarini sprintete auf die Bergbahn zu. Er drehte seinen Kopf leicht zur Seite, um über die Schulter schauend den aktuellen Rückstand seines Verfolgerquintetts abschätzen zu können.

Aufgrund dieses Blicks zurück bemerkte er die auf dem Boden liegende Bananenschale nicht. Er trat auf sie, rutschte auf ihr aus, wankte, stolperte ... und stürzte über die Stufe, die den Zugang zur Bergbahn von der Gleisanlage abtrennte, hinunter vor die auf ihn zukommende Bahn.

Deren Fahrer – ein gewisser Ewald Knorr – versuchte zwar noch, eine Notbremsung einzuleiten, konnte jedoch nicht verhindern, dass der Körper des bedauernswerten Signore Falcarini mit einem grässlichen Geräusch unter der Bahn verschwand und sich Sekunden später die Geleise der Bergbahn blutrot färbten …

84. Kapitel – 10:42

Schwer atmend, aber auch schwer beeindruckt, starrten Lisbeth und Plankton auf die atemberaubende Skyline von Linz.

Sie hatten – anders als der Hüne – nach dem Ausgang aus der Grottenbahn den Weg nach links eingeschlagen und waren nach gut einer Minute Laufens vor der Entscheidung gestanden, entweder a) geradeaus weiter zu rennen, wo sie dann entweder a1) bei der Pöstlingbergbahnendstation oder a2) am Autoparkplatz gelandet wären, oder b) neuerlich nach links abzubiegen, wo ihnen die mächtige Pöstlingbergkirche Schutz versprach, oder aber c) nach rechts, wo die Aussichtsplattform zwar weit weniger Schutz bot, aber einen großartigen Blick auf Linz gewährte.

Sie hatten sich gegen die Bergbahn, gegen den Parkplatz und sogar gegen die Kirche und für klein c, die Aussichtsplattform, entschieden. Hier wollten sie verschnaufen und ihre weiteren Schritte überlegen.

Die Entscheidung gegen die Kirche war übrigens nicht aus religiösen Gründen erfolgt, sondern weil zahlreiche Stufen nach oben zurückzulegen gewesen wären, was sich Lisbeth und Plankton in ihrem reichlich erschöpften Zustand nicht antun wollten.

„Rupert“, sagte Lisbeth, sich widerwillig vom beeindruckenden Anblick der unter ihnen in der Maisonne glitzernden Stadt lösend und Plankton streng ins Gesicht schauend, „jetzt wird es aber wirklich Zeit, dass du mir beichtest, was du diesen Männern angetan hast, dass sie so einen Hass auf dich entwickeln, dass sie dir sogar in der Grottenbahn auflauern, sodass du gezwungen bist …“

„Hör mit den vielen ‚dass' auf, Lisbeth“, unterbrach sie Plankton, „sonst wird der Satz zu kompliziert. So viele Nebensätze ... Du verlierst den Hauptsatz aus den Augen!“

„Das ist jetzt nicht witzig“, sagte Lisbeth und stampfte mit dem Fuß auf.

„Nein, ist es nicht“, gab Plankton zu. „Aber es ist noch immer nicht die richtige Zeit für die Erklärung von Nebensächlichkeiten.“ Er packte sie bei der Schulter. „Lisbeth, wir haben die Brotreste! Jetzt können wir deinen Vater befreien!“

Er ließ Lisbeth los, griff nach seinem Handy und wählte die Nummer von Gisbert Landauers Handy. Er wartete kurz, dann meldete sich auch schon eine Frauenstimme. „Ja?“

„Ich bin's, Plankton“, sagte Plankton kurz angebunden und auf sämtliche Titel verzichtend. „Wir haben, was Sie wollen.“

„Gut. Das wurde auch langsam Zeit. Wo sind Sie?“

„Auf dem Pöstlingberg“, sagte Plankton. „Am besten, wir treffen uns auf dem Parkplatz. Aber damit eines klar ist: Ich gebe Ihnen die äh dings nur im Austausch gegen Gisbert Landauer. Zug um Zug. Auge um Auge, Zahn um Zahn. Wenn er nicht bei Ihnen ist, können Sie sich den Weg hierher von vornherein sparen.“

„Ich glaube nicht, dass Sie in der Lage sind, Forderungen zu stellen“, erwiderte die Frau kühl. „Aber keine Angst, ich bringe Ihnen Ihren Gisbert Landauer schon mit. Ich bin sowieso froh, dass ich ihn – beziehungsweise das, was von ihm noch übrig ist – endlich loswerde.“

„Gut. Also, wie gesagt am Pöstlingbergautoparkplatz. Wann können Sie da sein?“

„In etwa zehn Minuten“, sagte die Frau und legte auf.

„Zehn Minuten noch“, sagte Plankton zu Lisbeth, „dann hast du deinen Vater wieder. Beziehungsweise das, was von ihm noch übrig ist. Der Austausch findet auf dem Parkplatz statt. Komm, wir gehen schon mal hin."

Plankton nahm Lisbeth bei der Hand und verließ mit ihr die Aussichtsplattform. Gemeinsam gingen sie in Richtung Parkplatz und nahmen dabei eine Abkürzung durch das kleine Wäldchen, das sich neben dem Parkplatz befand. Plankton atmete tief durch.

Die Stille dieser vielarmigen, mächtigen Baumriesen ließ ihn erstaunen. Nur ein leichtes Rauschen der höchsten Wipfel war zu hören. Die Strahlen der Sonne brachen spärlich durch die dichten immergrünen Nadeln und hinterließen ein wechselndes Muster auf dem weichen erdigen Waldboden.*

Zwischen zwei großen Nadelbäumen gab Plankton Lisbeth ein Zeichen, stehen zu bleiben. „Hier warten wir", sagte er. „Von hier aus haben wir einen guten Überblick über alle Autos, die auf dem Parkplatz ankommen. Von hier aus sehen wir auch, ob die Entführer deinen Vater dabei haben oder nicht."

„Hände hoch!", lautete die unerwartete Reaktion auf Planktons Kurzansprache. Die Worte kamen auch nicht von Lisbeth, sondern von –

„Aron!", rief Lisbeth überrascht, als sie erkannte, wer offenbar hinter einem anderen dicken Baum auf sie gewartet hatte und nun hervorgetreten war, um sie mit einer unangenehm echt aussehenden Pistole zu bedrohen. „Was machen denn Sie da?"

* Damit der Autor nicht Gefahr läuft, seinen Doktortitel aberkannt zu bekommen, sei hier ordnungsgemäß zitiert, dass dieser Absatz – mit freundlicher Genehmigung der Autorin – wortwörtlich dem Kriminalroman „Der Zauber des Falters" von Helga Weinzierl, dem einzigen weiblichen Mitglied der Linzer Krimiautorengruppe *Krimi⁷*, entnommen (d. h. abgeschrieben) ist („Der Zauber des Falters", S. 155). Danke, Helga, bussi.

„Hände hoch, hab' ich gesagt", gab Aron, ohne auf die Frage näher einzugehen, zur Antwort. „Alle beide!"

Als Lisbeth und Plankton die Entschlossenheit sowohl in Arons Blick als auch in seinen Gesten erkannten, gehorchten sie, Plankton konnte sich aber die Bemerkung „Das melde ich morgen der Gitterverantwortlichen!" nicht verkneifen.

„Gut so", sagte Aron, unbeeindruckt von Planktons Drohung mit der GV und auf Lisbeths und Planktons gehorsames Händehochstrecken Bezug nehmend. „Und jetzt heraus mit der Sache. Wer von Ihnen hat sie?"

„Ich habe keine Ahnung, wovon Sie reden", versuchte Plankton einen Bluff, und Lisbeth ergänzte: „Von was für einer Sache sprechen Sie?"

„Sie wissen ganz genau, wovon ich rede", knurrte Aron, insgeheim hoffend, dass Lisbeth und Plankton nicht merkten, dass er selbst keine Ahnung hatte, hinter was für einem Gegenstand er eigentlich her war. „Entweder Sie geben das Ding heraus, bevor ich bis drei gezählt habe, oder aber ich muss leider meine Waffe verwenden, um meiner Forderung etwas Nachdruck zu verleihen. Eins."

„Aber, Aron!", rief Lisbeth verzweifelt. „Wir haben uns doch immer gut verstanden! Gut, vielleicht hab' ich Sie ab und zu ein wenig von oben herab behandelt, weil ich immerhin stellvertretende Gitterverantwortliche bin und Sie nur ein gewöhnlicher Securitymensch ..."

„Zwei."

„Äh, Aron, für wen arbeiten Sie denn eigentlich?", versuchte Plankton, Aron in ein Gespräch zu verwickeln.

„Zweieinhalb", sagte Aron. „Und damit Sie informiert sind: Ich beabsichtige, meinen ersten Schuss Herrn Plankton zu widmen und die letzte Hälfte vor der Zahl drei nicht noch einmal zu teilen. – Ich wiederhole: Zweieinhalb."

„Und drei!", sagte eine Männerstimme. Gleichzeitig hörte man das Sausen eines schweren Gegenstandes – eines dicken Astes, wie sich wenig später herausstellte –, ein dumpfes Geräusch, als dieser Gegenstand auf Arons Kopf landete, ein kurzes Stöhnen, das Aron ausstieß, bevor ihn die Bewusstlosigkeit umfing, und ein lautes „Jimi!", das Lisbeth ausrief, als sie merkte, wer sie da in höchster Not gerettet hatte.

„Jimi!", rief nun auch Plankton. „Sie kommen ja wie gerufen!"

„Scheint so", sagte der Taxifahrer, den Ast zu Boden fallen lassend und Arons Pistole an sich nehmend.

„Ich weiß, dass ich Ihnen gestern mit ähnlichen Fragen auf die Nerven gegangen bin, aber sie liegt mir schon wieder auf der Zunge", sagte Plankton. „Wo kommen denn Sie auf einmal her?"

„Nun, Professor", antwortete Jimi, „heute ist es wirklich ein Zufall. Ich hatte eine Fuhre hier herauf – einen seltsamen, ganz in Schwarz gekleideten, glatzköpfigen Riesen mit einem Geigenkasten – und nachdem der ausgestiegen war, sah ich Sie beide, wie Sie von der Pöstlingbergbahnendstation in Richtung Grottenbahn gingen, und ich hab' gestern, als wir uns verabschiedeten, die Wahrheit gesagt, dass ich glaube, dass uns das Schicksal zusammengeführt hat. Daher bin ich Ihnen gefolgt, auch nachdem Sie die Grottenbahn fluchtartig wieder verlassen hatten, und als ich von Weitem schon gesehen habe, dass dieser Mann da", er wies auf den regungslos auf dem Boden liegenden Aron, „Sie im Wald mit einer Pistole im Anschlag erwartete, hab' ich einen kleinen Umweg genommen und mich von hinten an den Mann angeschlichen und – zack ..."

„Wunderbar", sagte Plankton. „Da sind wir Ihnen sehr zu Dank verpflichtet. Aber weil Sie zuvor gesagt haben, dass es *heute* ein Zufall war – *gestern* war es offenbar kein Zufall, dass Sie immer wieder unsere Wege gekreuzt haben?"

„Nicht ganz", brummte Jimi zerknirscht. „Um ehrlich zu sein, ich hab' Sie gestern im Taxi über eine Entführung reden hören und weil ich immer ein wenig knapp bei Kasse bin und es bei Entführungen meist Lösegeld gibt, hab' ich mir gedacht, es fällt vielleicht für mich auch ein wenig was ab, und daher bin ich Ihnen heimlich gefolgt, schon von dieser Linzer-Torten-Firma zum Pleschingersee, wo ich Sie dann auch ein wenig belauscht, aber leider nicht allzu viel verstanden habe ..."

„Sie waren also tatsächlich dieser Gitarrenklimperer!"

„Gitarrenklimperer!", wiederholte Jimi beleidigt.

„Nichts für ungut", sagte Plankton. „Wie gesagt heute war es unser Glück, dass Sie zur rechten Zeit am rechten Ort waren."

In diesem Moment regte sich Aron, der aus der Ohnmacht wieder erwacht war.

Mit den Worten „Na, du Verbrecher!" stieß Jimi, der in Anbetracht der in seiner Hosentasche steckenden Pistole sich als sehr mutig erwies, dem Mann mit dem Fuß in die Seite. „Damit hast du nicht gerechnet, dass Jimi Lüttersrythli ein Auge auf dich hat!"

Aron murmelte etwas Unverständliches und unterbrach sich dann, Jimi erstaunt anstarrend: „Wie? Wie haben Sie gesagt?"

„Schlecht hören tust du auch noch?", verspottete Jimi sein Opfer. „Typisch Schweizer. Du bist doch ein Schwyzer? Hab' ich sofort an deinem Dialekt erkannt, weil ich hab' selbst viele Jahre in der Schweiz gelebt ..."

„Lüttersrythli?“, setzte Aron nach. „Sie heißen Lüttersrythli? Jimi Lüttersrythli?“

„Ja. Na und? Ich hab’ den Namen meiner Frau angenommen, als ich vor gut dreißig Jahren in der Schweiz lebte. Leider hat sie mich dann verlassen, mitsamt meinem Sohn. Hab’ ihn nie wiedergesehen.“

„Hieß dieser Sohn vielleicht – Aron?“, fragte Aron.

„Ja, Aron, stimmt“, sagte Jimi verwundert. „Wieso weißt du – äh, wissen Sie das?“

„Jimi“, sagte Lisbeth feierlich. „Der Mann, der hier vor Ihnen im Staube liegt, heißt – Aron Lüttersrythli.“

„Nein!“

„Ja.“

„Dann ist er – sind Sie – bist du …“, stotterte Jimi.

„Dein Sohn. Papa!“

„Aron!“

Jimi half Aron auf die Beine, studierte seine Gesichtszüge, erkannte gewisse familiär bedingte Übereinstimmungen in Form der Nase und Ohren und nahm ihn dann gerührt in die Arme.

„Papa!“, schluchzte Aron.

„Mein Sohn!“

„Mama hat mir oft von dir erzählt, von diesem verrückten Österreicher mit dem Jimi-Hendrix-Tick, der sie dann verlassen hat …“

„Ich sie?“, rief Jimi entrüstet. „Sie hat mich verlassen!“

„Sie dich? Mir hat sie immer erzählt, du hättest sie und mich sitzen lassen …“

„Das ist ja alles sehr interessant“, mischte sich Plankton ein, „und ich freue mich auch sehr über diese unerwartete Vater-Sohn-Zusammenführung, aber wir müssen leider weiter im Programm." Er hatte beobachtet, wie ein Auto auf den Parkplatz gefahren war, das von einem Mann gelenkt wurde, der von Weitem zumindest andeutungsweise so aussah wie Gisbert Landauer.

„Ja, gut, äh ..." Jimi überlegte. „Was hältst du davon, Söhnli", sprach er mit Schweizer Dialekt, „wenn wir auf unsere unerhoffte Wiederbegegnung einen trinken gehen? Ich hätte dich so viel zu fragen, und du willst wahrscheinlich auch viel wissen ..."

„Darauf kannst du Gift nehmen, Papa", sagte Aron ebenfalls in kaum verständlichem Schwyzerdütsch. Dann hielt er kurz inne. Der Kardinal tauchte in seinen Gedanken auf und drohte ihm mit dem Zeigefinger (oder war's der Mittelfinger?), Aron besann sich auf die Aufgabe, die ihm übertragen worden war, und bedachte die möglichen Konsequenzen, wenn er versagte, und dennoch war sein Entschluss eindeutig: „Ach was, der Alte soll selber schauen, wie er zu dem Ding kommt", sagte er sich, „dass ich meinen Papi wiedergefunden habe, ist viel wichtiger."

Er legte seinen Arm um Jimis Schulter, würdigte Lisbeth und Plankton keines weiteren Blickes und schritt dann mit Jimi von dannen, in Richtung Pöstlingberg-Wirtshaus.

Zur selben Zeit stieg der Mann, der vor allem deshalb wie Gisbert Landauer aussah, weil er Gisbert Landauer *war*, aus dem Wagen, nachdem er ihn vorschriftsmäßig eingeparkt hatte. Auch eine mittelgroße schlanke Frau mit langen blonden Haaren, die hinter ihm gesessen war, kletterte aus dem Auto.

Es war auch von Lisbeths und Planktons Versteck hinter den Bäumen aus gut zu sehen, dass sie mit einer kleinen Pistole auf Landauer zielte.

85. Kapitel – 2.576,13 HZ (himmlische Zeit)

Der Hüne hatte sich den Himmel ganz anders vorgestellt.

Der Hüne stammte ja aus Südtirol, aus einem kleinen Kaff in der Nähe des auch nicht gerade großen Ortes Terlan, der – seiner Ansicht nach – schönsten Gegend der Welt, und so ähnlich hätte er sich auch den Himmel vorgestellt, wenn er in seinem – im Alter von 32 Jahren 4 Monaten und 15 Tagen so plötzlich beendeten – Leben je vor die Anforderung gestellt worden wäre, sich Gedanken über das Aussehen des Himmels zu machen.

Sanfte Hügel, bewachsen mit Obstbäumen und Weinstöcken, im Hintergrund das Südtiroler Gebirge, über allem ein blauer Himmel und eine strahlende, aber keinen Hautkrebs verursachende Sonne, dezent im Hintergrund spielen die Südtiroler Philharmoniker unter der umsichtigen Leitung von Franz Linzer-Bühr Richard Strauss' *Alpensinfonie* … Ja, so sollte seiner Ansicht nach der Himmel beschaffen sein, aber nicht wie ein hundert Jahre altes Amtsgebäude …

Der Hüne saß auf einer hölzernen Bank auf dem Gang in einem Gebäude, das ganz offensichtlich eine Behörde war. Er wusste nicht, wie er hierhergekommen war und worauf er eigentlich wartete, und es erstaunte ihn sehr, dass ihm dies im Grunde genommen egal war, und dass er auch über die Tatsache, dass ihm ein Bein fehlte (das linke übrigens) und ein Arm (der rechte) mehrfach gebrochen war und in einem höchst seltsamen Winkel vom Oberkörper abstand, nicht sonderlich beunruhigt war, zumal ihm die bei seinem Tod erlittenen Verletzungen keinerlei Schmerzen bereiteten. In der heil gebliebenen linken Hand hielt er seinen Geigenkoffer, dessen Form und Aussehen durch den Zusammenstoß mit der Bergbahn ebenfalls erheblich gelitten hatten.

Die Tür des Zimmers mit der Nummer 249, vor dem er saß, ging auf und ein Mann undefinierbaren Alters trat heraus.

„Der Nächste bitte“, sagte er mit angenehmer Stimme.

Der Hüne erhob sich – etwas schwerfällig, weil er das mit bloß einem Bein noch nicht so gewohnt war – und reichte dem Mann seine verdrehte rechte Hand zum Gruß. „Giovanni Falcarini“, stellte er sich dabei mit Südtiroler Akzent vor.

„Oberamtsrat 249“, nannte der Beamte als Antwort seinen Titel und eine Nummer. „Stellvertretender Gebietsleiter für Linz und Umgebung, Männer, Jahrgänge 1970 und jünger. Kommen Sie herein.“

Falcarini hüpfte ins Büro des Oberamtsrats, nahm auf einem Sessel Platz und legte den Geigenkasten auf den Schreibtisch, Oberamtsrat 249 setzte sich hinter den Tisch, Falcarini gegenüber, und schlug einen Akt auf.

„Oberamtsrat 249 ist ein seltsamer Name“, erlaubte sich Falcarini zu bemerken.

„Finden Sie? Nun ja, wir meinen, wir können es den Frischverstorbenen nicht zumuten, sich die Namen ihrer Bearbeiter zu merken, daher nennen wir uns hier genauso wie unsere Zimmernummer. Ich habe Zimmer Nr. 249, daher heiße ich auch 249.“

„Oberamtsrat 249.“

„Ja, Oberamtsrat, abgekürzt OAR. Den Titel haben wir uns natürlich nicht nehmen lassen.“

„Ich hab’ mir den Himmel – oder was immer das hier ist – ganz anders vorgestellt.“

„So? Ja, das sagen viele. Sieht viel mehr aus wie ein Gericht, nicht wahr?“ OAR 249 kicherte.

„Keine Ahnung, ich war noch nie bei Gericht“, sagte Falcarini. „Aber Sie haben recht, genau so stelle ich mir ein Gericht vor.“

„Wir haben uns gedacht, unsere Erstaufnahmestellen müssen nicht unbedingt schon himmlisch aussehen“, erklärte der Oberamtsrat. „Wir haben sie – von den besten Architekten der letzten Jahrhunderte – Gerichtsgebäuden nachbilden lassen. Sie befinden sich hier in einer exakten Kopie des Bezirksgerichts Linz. Wir haben es bis ins kleinste Detail nachbauen lassen. Sogar die nicht regulierbaren Heizungen, die verwirrende Zimmernummerierung und die nicht funktionierende Uhr am Ende des Ganges ...“

„Ganges?“

„Nicht der Fluss in Indien“, erklärte der Beamte. „Genetiv von Gang.“

„Aha“, sagte Falcarini uninteressiert. „Und wozu bin ich hier?“

„Himmelaufnahmeverfahren“, sagte 249, sich dem Akt widmend. „Wir müssen doch feststellen, ob Sie würdig sind, in Zukunft im Himmel zu lustwandeln. Sie sind als Winzer abgetreten?“

„Ja. Na ja, das Weingut gehört mir noch nicht, sondern meinen Eltern.“

„Ich bedaure, es sagen zu müssen, aber aufgrund Ihres vor etwa einer Viertelstunde eingetretenen Todes wird es Ihnen leider nie gehören.“

„Oh! Na ja. Daran hatte ich noch gar nicht gedacht. Jedenfalls hab’ ich bei meinen Eltern auf dem Weingut mitgearbeitet.“

„Und dann sind – waren – Sie auch Musiker?“ Der Beamte wies auf den Geigenkasten.

„Ja. Natürlich. Oder glauben Sie, in dem Kasten ist ein Maschinengewehr?" Er lachte über den angedeuteten Witz, öffnete mit beiden Händen den Geigenkasten (und war neuerlich überrascht, dass ihm der mehrfach gebrochene rechte Arm dabei keinerlei Probleme bereitete) und gönnte Oberamtsrat 249 einen kurzen Blick auf die wie durch ein Wunder heil gebliebene Geige. „Ich spiele im Kurorchester von Terlan die erste Geige", erklärte er dann.

„Spielte", versetzte 249 das von Falcarini verwendete Verb von der Gegenwart in die Mitvergangenheit.

„Oh! Daran muss ich mich erst gewöhnen."

„Wird schon noch. Und warum sind Sie nach Linz gekommen – mit Ihrer Geige?"

„Ein Kurgast hat mich spielen hören und war von mir regelrecht begeistert", schilderte Falcarini stolz. „Nach dem Konzert ließ er mich einige Soli spielen. Richtig schwierige Sachen, nicht das übliche Kurkonzertprogrammgedudle wie *Dichter und Bauer*-Ouvertüre, *Wilhelm Tell* und so weiter. Also Soli etwa von Paganini – Sie kennen Paganini?"

„Nicht persönlich."

„Er – der Kurgast – hat dann gesagt, er sei Direktor des Konzerthauses in Linz, ich sei so toll und er möchte mich für einen Soloabend engagieren."

„Und daher sind Sie nach Linz gekommen?"

„Ja. Verstehen Sie, das war meine große Chance. Ich habe ja immer schon davon geträumt, als Geiger berühmt zu werden ..."

„Schade, ausgeträumt. Sie sind also nach Linz ..."

„Ja. Nur mit dem nötigsten Gepäck. Meiner Geige, meinem Gewand – ganz in Schwarz, das mein Markenzeichen werden soll ..."

„Sollte."

„Ja, und mit dem Zettel, auf den mir der Konzerthauschef damals das Datum des Konzerts, die Adresse und seine Telefonnummer aufgeschrieben hatte." Falcarini griff in seine Hosentasche, wo er bislang den Zettel immer aufbewahrt hatte, fand ihn jedoch nicht.

„Egal", befand der Beamte. „Falls Sie das Konzert aufgrund Ihres Unfalls versäumt haben – nachholen können Sie es sowieso nicht."

„Ja, weil Sie da sagen *versäumt*. Irgendetwas stimmt da nicht."

„So? Was?"

„Nun, das Konzert war für den Samstagabend geplant. Nachdem ich am späten Donnerstag nach Linz gekommen war und in einem billigen Hotel eingecheckt hatte, wollte ich natürlich das Konzerthaus aufsuchen, mir alles ansehen. Jedoch niemand in dem Hotel kannte die Adresse! Und auch im Stadtplan war die Straße nicht zu finden!"

„Aha. Vielleicht sind Sie einem Schwindler aufgesessen und der Kurgast war gar kein Konzerthausdirektor, sondern ein Scherzbold? Haben Sie nicht versucht, den Mann anzurufen?"

„Das hab' ich natürlich. Hundertmal hab' ich die Nummer gewählt, was sag' ich hundertmal, sicher zehn Mal oder so. Aber da kam immer nur ein Düdldü."

„Düdldü?"

„Ja. Die Nummer stimmte offenbar nicht."

„Da werden Sie aber ziemlich verzweifelt gewesen sein."

„Verzweifelt und wütend. Um mich abzureagieren ..."

„Haben Sie sich erst einmal gegeißelt?"

„Oh, Sie wissen davon? Hier heroben gibt es wohl keine Geheimnisse? Nein, Geißeln steht bei mir immer am

Freitagabend auf dem Programm. Nie am Donnerstag. Nein, um mich abzureagieren und einen klaren Kopf zu bekommen, hab' ich beschlossen, erst einmal eine Sightseeingtour durch Linz zu machen. Ich ließ mir von den Hotelleuten die Sehenswürdigkeiten von Linz beschreiben und die hab' ich dann am Freitag und Samstag abgeklappert, eine nach der anderen. Gibt ja ganz schön viel zu entdecken in diesem Linz. Gleich am Freitagvormittag war ich etwa auf dem Taubenmarkt, war allerdings enttäuscht, dort kaum Tauben zu entdecken, auf dem Markusplatz sind viel mehr ..."

„Linz hat einen Markusplatz?"

„Nein, ich meine den Markusplatz in Venedig. Dort sind viele Tauben. Aber ich glaube, wir sind vom Thema abgekommen. Dann war ich in einem berühmten Kaffeehaus in der Nähe des Taubenmarkts ..."

„Sie brauchen mir jetzt nicht im Detail erzählen, wo überall in Linz Sie waren", versuchte der Oberamtsrat – ein wenig auch in Gedanken an seine eigene, in Kürze bevorstehende Kaffeepause –, den Redeschwall seines Gegenübers zu bremsen.

„Nein, natürlich nicht. Aber am Samstag hatte ich dann ein seltsames Erlebnis."

„Ja?"

„Nun, zunächst habe ich mir den Neuen Dom angesehen, der ist Pflichtprogramm für jeden Touristen, und dann bin ich auf den Hauptplatz. Dort war ein Flohmarkt. Weil ich ohnehin nichts Besseres zu tun hatte, hab' ich mir halt angeschaut, was alles so auf dem Flohmarkt angeboten wurde. Und bei einem Stand bin ich fündig geworden."

„So?" Etwas ungeduldig begann Oberamtsrat 249, mit den Fingern auf den Schreibtisch zu trommeln.

„Ja. Ein *Lexikon der berühmten Geiger* hab' ich gefunden. Ein wunderschönes Buch, das ich unbedingt haben wollte, um jeden – na ja, fast jeden – Preis. Wer weiß, in der nächsten Auflage des Buches würde vielleicht ich stehen! Nur leider – der Verkäufer war gerade nicht da."

„So so. Höchst bedauerlich." Das Klopfen steigerte sich zu einem Trommelwirbel.

„Da bin ich halt weitermarschiert und hab' den Stand im Auge behalten. Ich war gerade einige Reihen weiter, als ein Mann zu diesem Stand kam und sich ebenfalls für dieses Buch interessierte. Nein, wenn ich mich recht erinnere, hat er sich sogar für zwei Bücher interessiert, jedenfalls hat er zwei Bücher in die Hand genommen. Da hab' ich Angst bekommen, dass er mir das Geiger-Lexikon wegschnappen will. ‚He! Sie da!', hab' ich geschrien. Ich weiß nicht, ob ich auch noch dazugesetzt habe ‚Das Geiger-Lexikon hab' ich zuerst geseh'n!' Jedenfalls hörte der Mann nicht auf meine Zurufe, im Gegenteil, plötzlich lief er davon und nahm dabei auch noch die beiden Bücher mit! Ich ihm nach …"

„Entschuldigen Sie vielmals", unterbrach ihn der Beamte. „Aber so kommen wir nicht weiter. Das ist für unser Himmelaufnahmeverfahren völlig unerheblich. Außer Sie hätten ihn erwischt und ihn verprügelt, das würde Ihnen ein paar Minuspunkte einbringen, weil das gehört sich nicht …"

„Nein, ich hab' ihn nicht erwischt und daher auch nicht verprügelt", sagte Falcarini. „Leider."

„Das will ich jetzt nicht gehört haben." OAR 249 starrte auf seinen Computer, der durch ein akustisches Signal zu erkennen gegeben hatte, dass eine neue Nachricht eingelangt war, dann stieß er einen kurzen Pfiff aus. „Na, da haben wir ja was für die Plus- und Minuspunkte-Gegenüberstellung! Gut, dass wir hier so vernetzt sind! Der Kollege, der für Todesfälle Linz, männlich, Jahrgänge 1935 bis 1940 zuständig ist, mailt mir gerade aus einem seiner Fälle – Josef Pieringer –, dass Sie ihn getötet haben!"

86. Kapitel – 11:02

Lisbeth war nun nicht länger zu halten.

„Paps!“, schrie sie und trat hinter dem Baum hervor. Gezwungenermaßen gab auch Plankton sein Versteck auf und stellte sich schützend neben sie.

„Lisbeth!“, rief Landauer und lief auf seine Tochter zu. Er war nun anständig angezogen und auch die Wunden in seinem Gesicht, die Lisbeth auf der Videobotschaft so verschreckt hatten, waren fachmännisch versorgt worden, sodass keine Verletzungen mehr zu sehen waren. Lediglich ein Finger der rechten Hand war noch von einem – im Gegensatz zum Zustand auf der Videobotschaft sauberen – Verband bedeckt.

Der Befehl „Stop!“ ließ nicht nur Lisbeth das Blut in ihren Adern gefrieren, sondern auch Landauer augenblicklich stehen bleiben. Er wusste auch ohne sich umzudrehen, dass die Frau die Pistole auf ihn gerichtet hatte. Instinktiv hob er die Hände.

„Jeder bleibt jetzt einmal stehen, wo er gerade steht“, befahl die Frau. Sie hatte eine angenehme Mezzosopranstimme, die Plankton an irgendwen erinnerte. An eine Opernsängerin, die er in letzter Zeit gehört hatte? Die Lettin Elina Garanca? Lettin? Das erinnerte ihn an Lettland. *KFZ-Kennzeichen von Lettland?* Das wiederum hatte sie zum Da-Linzi-Code geführt. Und wegen diesem Da-Linzi-Code, der eigentlich ein Da-Vinci-Code gewesen war, standen sie nun hier ... In Planktons Kopf drehte sich alles. Egal, an wen ihn die Stimme erinnerte, er kam im Moment nicht darauf. Jedenfalls sah die Frau mit ihren langen blonden Haaren aus wie eine Reinkarnation (oder Parodie?) von Marilyn Monroe.

Marilyn Monroe? Sagte ihm das nicht auch etwas? Und war es bloß Einbildung, dass diese Taube, die auf dem Baum rechts neben ihnen saß, sie aufmerksam zu beobachten schien? Er war ganz offensichtlich schwer burn-out-gefährdet …

Die Frau benötigte einige Schritte, um zu Gisbert Landauer aufzuschließen. Als sie ihn eingeholt hatte, stellte sie sich schräg hinter ihn und zielte mit der Pistole auf seine Nierengegend. Zu Plankton sagte sie: „Haben Sie, was wir wollen?"

Das Wort „wir" machte Plankton augenblicklich bewusst, dass der zweite Entführer, den sie am Telefon „Manu" genannt hatte, nicht im Auto mitgekommen war. *Vielleicht streift er so wie zuvor Aron und Jimi hier irgendwo durch den Wald, um die Situation von einer anderen Stelle aus beobachten zu können?*

„Ja", beantwortete er die Frage der Frau. „Ich habe Ihnen gesagt, dass wir es haben, und ich lüge nicht."

„Das würde ich Ihnen auch nicht raten", sagte die Frau, eine bedeutungsvolle Bewegung mit der Hand machend, die die Pistole hielt. „Wo sind sie?"

„Wir sind hier", antwortete Plankton.

„Nein, nicht Sie – groß geschrieben –, sondern sie – kleingeschrieben. Die Brotreste. Treiben Sie keine Spielchen mit mir, Plankton!"

„In einer kleinen Vase", sagte Plankton.

„Gut. Wir machen es jetzt so: Lisbeths Vater wird jetzt zu Ihnen gehen, ganz langsam, Sie überreichen ihm die Brotreste beziehungsweise die Vase, ebenfalls ganz langsam und keine falsche Bewegung, und dann wird Lisbeths Vater sich im Rückwärtsgang wieder zu mir begeben und mir die Vase aushändigen. Alles klar? Und wenn ich auch nur andeutungsweise der Meinung sein sollte, dass Sie ein falsches Spiel mit mir treiben wollen, ist Landauer ein toter Mann."

Plankton nickte, Lisbeth schlug sich vor Angst die Hand auf den Mund.

Die Frau gab Landauer mit der Pistole ein Zeichen, dass er losgehen sollte, und Landauer setzte sich langsam in Bewegung.

Tränen standen in seinen Augen, als er sich seiner Tochter näherte und „Lisbeth!" mit dem Zusatz „Es tut mir so leid" sagte.

„Paps!", rief Lisbeth nur leise schluchzend und öffnete den Verschluss ihres Handtäschchens.

„He! Was soll das?", schrie die Entführerin sogleich.

„Alles in Ordnung, keine Panik, nicht schießen", rief Plankton und fuchtelte mit den Händen herum. „Die Vase ist in dem Handtäschchen drinnen."

„Und wer sagt, dass nicht auch eine Pistole oder Handgranate in der Tasche drin ist?", entgegnete die Frau. „Drehen Sie die Handtasche um und lassen Sie den Inhalt auf den Boden fallen. Landauer, Sie heben dann die Vase auf und bringen sie zu mir."

Lisbeth gehorchte. Sie ließ den Inhalt ihres Täschchens auf den Waldboden fallen. Diverse Utensilien, die in einer weiblichen Handtasche wohl unverzichtbar sind, die im Detail aufzuzählen aber die Wiedergabe des weiteren Handlungsverlaufs ungebührlich verzögern würde, fielen aufs Moos, aber auch die Vase, in der sich gut verschlossen die heiligen Brotreste Christi befanden, und die Spieleschachtel, in der Lisbeth der abgeschnittene Finger ihres Vaters übermittelt worden war und die sie bislang noch nicht aus ihrer Tasche genommen hatte.

Die Kartenspielschachtel öffnete sich, der Finger kullerte heraus und zerbrach in zwei Teile.

Und während sich Gisbert Landauer bückte, um die Vase aufzuheben, und dabei den verbundenen Ringfinger der rechten Hand etwas von sich abstreckte, damit die Wunde nicht berührt wurde, erschien vor Planktons Auge ein Fotoalbum mit Schnappschüssen von einem FKK-Urlaub, ein Josef Pieringer, der Lisbeth mit der Frage „Manu?" anstarrte – und dann war ihm alles klar …

87. Kapitel – 2.621,08 HZ

„Ich soll jemanden getötet haben!", rief Giovanni Falcarini entsetzt. Wenn ihn nicht das eine fehlende Bein daran gehindert hätte, wäre er aufgebracht von seinem Sessel aufgesprungen.

„Ja. Sie werden im Akt Josef Pieringer als Verursacher seines Todes geführt."

„Josef Pieringer! Wer soll das überhaupt sein? Ich kenne keinen Pieringer, weder einen Josef noch sonst irgendeinen."

„Josef Pieringer, Insasse – nunmehr ehemaliger Insasse – des Pflegeheims Kursana. Wollen Sie etwa behaupten, dass Sie gar nicht in diesem Pflegeheim waren, nicht in Pieringers Zimmer gegangen sind?"

Falcarini runzelte die Stirn. „Ein Pflegeheim … Natürlich war ich in dem Pflegeheim … Wobei da stand ‚Residenz' und nicht ‚Pflegeheim'."

„Ist inhaltlich dasselbe", behauptete 249 kühn. „Na also!"

„Aber das kann ich erklären!", rief der Südtiroler.

„Na, da bin ich aber gespannt."

„Nachdem ich bis Samstagmittag nicht in Erfahrung gebracht hatte, wo sich dieses ominöse Konzerthaus befand – wen ich auch fragte, die Adresse war jedem unbekannt –, habe ich es einmal umgekehrt versucht und habe mich danach erkundigt, wo es in Linz Konzerthäuser gibt. Zwei wurden mir genannt – das Brucknerhaus und das Bruckner-Konservatorium. Ich habe beschlossen, diese beiden Häuser aufzusuchen. Wenn tatsächlich in einem dieser Häuser für den Abend ein Konzert von mir geplant war, so musste man doch dort davon wissen!"

„Ja ja, alles klar, aber was hat das mit dem Pflegeheim und dem bedauernswerten Herrn Pieringer zu tun?“

„Nun, fürs Brucknerhaus hatte ich überall Plakate gesehen, dass dort am Abend Franz Linzer-Bühr mit dem Bruckner-Orchester – und nicht ich – ein Konzert geben würde, daher habe ich es zuerst beim Bruckner-Konservatorium versucht. Passanten hatten mir so ungefähr gesagt, wo dieses war, ich bin also über die Brücke und dann nach rechts abgebogen und dann war ich mir nicht mehr sicher, wo ich nun weitergehen musste. Das erste Haus rechts war dann diese Residenz –“

„Sie können ruhig ‚Pflegeheim‘ sagen, wir sind ja unter uns.“

„Ja, gern, danke, und ich hab’ mir gedacht, bevor ich mich verirre, frag’ ich da drinnen nach, wo dieses Konservatorium ist. Ich bin also rein in die Resi-, ins Pflegeheim und gleich ins erste Zimmer hinein ...“

„Ins Zimmer von Josef Pieringer“, ergänzte Oberamtsrat 249.

„So? Keine Ahnung. Möglich. Na, jedenfalls hab’ ich gleich gesehen, dass ich hier falsch bin, ich wollte ja mit einer Schwester oder einem Pfleger sprechen und nicht mit einem möglicherweise halb dementen Insassen.“

„Pieringer war nicht halb, er war schon neun Zehntel dement“, stellte 249 richtig.

„Aha. Ich drehte daher gleich wieder um und fragte bei einer Pflegerin nach, die ich auf dem Gang traf, wo es hier zum Bruckner-Konservatorium geht.“

„Das Problem ist nur“, sagte der Beamte, „dass Pieringer die letzte Zeit schon immer geträumt hatte, dass ihn bald der Tod in Gestalt eines großen, schwarz gekleideten Mannes mit einer Sense in der Hand holen würde. Als er Sie an der Tür gesehen hat – groß, ganz in Schwarz gekleidet, mit irgendeinem Gegenstand, den er nicht genau identifizieren konnte, in der Hand – hat er geglaubt, es ist soweit, und vor Aufregung einen Herzinfarkt erlitten, an dem er wenige Minuten später verstorben ist."

„Oh! Das tut mir aber leid. Das wusste ich nicht. Aber deswegen habe ich ihn doch nicht umgebracht!"

„Ich habe auch nicht von Umbringen gesprochen", verteidigte sich 249. „Ich habe nur gesagt, Sie haben ihn getötet. Das heißt im juristischen Sinn, Sie sind kausal für seinen Tod. Kausalität eines Tuns liegt dann vor, wenn man das Tun nicht wegdenken kann, ohne dass der Erfolg in seiner konkreten Gestalt entfiele. Strafrecht, erstes Semester."

„Das habe ich jetzt nicht verstanden", sagte Falcarini aufrichtig.

„Macht nichts. Ich wollte damit sagen, Ihr Erscheinen an der Zimmertür war zwar ursächlich für den Tod des armen Herrn Pieringer, aber Sie trifft daran keine Schuld. Daher gibt's auch keinen Minuspunkt. Äh, um auf das Bruckner-Konservatorium zurückzukommen ..."

„Ja, dort erfuhr ich dann, dass das nun gar nicht mehr ‚Bruckner-Konservatorium' heißt, sondern ‚Anton Bruckner Privatuniversität', und dass dort 900 Studierende in verschiedenen Studienrichtungen – vor allem im Konzertfach – unterrichtet werden*. Leider erfuhr ich aber auch, dass dort niemand von einem Auftritt von mir wusste."

„Also auf ins Brucknerhaus!"

„Ja. Dort war's dasselbe. Franz Linzer-Bühr ja, Giovanni Falcarini nein."

* Nähere Informationen unter *http://www.bruckneruni.at*

„Shit!", stieß 249 hervor. „Und wie sind Sie dann auf den Pöstlingberg gekommen – Ihren Schicksalsberg?"

„Schicksalsberg? Das haben Sie schön gesagt, 249."

„Oberamtsrat 249. So viel Zeit muss sein."

„Entschuldigung. Nun, im Hotel lag ein Prospekt über die Grottenbahn. Und da ich ein leidenschaftlicher Märchenfan bin – da Sie ja offenbar alle meine Geheimnisse kennen, wissen Sie wohl auch, dass ich am ganzen Körper mit Märchenfiguren tätowiert bin ..."

„Ja. Schade um Ihr Bein. Rapunzel machte sich recht gut auf Ihrem Unterschenkel."

„Finde ich auch. Daher habe ich beschlossen, dass ich mir diese Grottenbahn unbedingt ansehen muss. Und so bin ich vom Hotel aus mit dem Taxi – so ein altes, klappriges Modell, das Werbung für ein Bordell gemacht hat, komische Werbeträger haben die in diesem Linz – mit dem bin ich also auf diesen Berg gefahren, zur Grottenbahn, um mir die Märchenwelt dort anzusehen. Und ich sage Ihnen: Ein Wahnsinn. Ein Traum. Perfekt. Ultimativ. Schöner als Disneyland und Legoland und alle Erdbeerländer zusammen."

„Da werden sich die Linzer freuen. Nur schade, dass Sie es ihnen nicht mehr erzählen können. Und in der Grottenbahn, in der Märchenwelt, hatten Sie dann eine unheimliche Begegnung der dritten Art mit einer Horde wildgewordener Fahrscheinkontrollore."

„Keine Ahnung, was das für Männer waren. Jedenfalls haben sie mit ihrem Geschrei die Würde dieser heiligen Räume verletzt. Da musste ich einschreiten, das war ich den Märchen schuldig."

Der Oberamtsrat nickte verständnisvoll. „Damit haben Sie einem Paar, das von den Männern aus Gründen, die aufzuarbeiten jetzt zu weit führen würde, aufgehalten wurde, zur Flucht verholfen. Das gibt für Sie einen Pluspunkt. Nur blöd, dass die Kerle dann Sie in den Tod gehetzt haben. Dumm gelaufen."

Der Oberamtsrat machte sich eine abschließende Notiz und schlug die Akte zu.

„Und jetzt ...", sagte er und winkte Falcarini näher zu sich ...

88. Kapitel – 11:21

Noch während sich Landauer, die kleine Vase in der Hand haltend, wie befohlen im Rückwärtsgang zur Entführerin zurückbewegte, rief ihm Plankton nach:

„Es tut dir also leid, Gisbert?“

„Wie?“ Landauer schien verwirrt.

„Das hast du doch zu Lisbeth gesagt. Dass es dir leid tut.“

„Äh ... schon möglich ... Worauf willst du hinaus, Rupert?“

„Damit wolltest du wohl ausdrücken, es tut dir leid, dass du sie so hintergangen, so ein falsches Spiel mit ihr – mit uns – getrieben hast, nicht wahr, Gisbert? Oder soll ich besser sagen: Nicht wahr, Manu? Freikellner Manu!“

Landauer blieb augenblicklich stehen und starrte Plankton mit offenem Mund an. Auch Lisbeth blickte entsetzt auf ihn.

„Ja, Gisbert, du bist gar nicht entführt worden. Das war alles nur ein Trick, damit ich für euch – für dich und deine sogenannte ‚Entführerin‘ – die heiligen Brotreste Christi auftreibe!“

„Aber, Rupert“, rief Lisbeth. „Was sagst du da?“

Plankton bückte sich und hob den in zwei Teile zerfallenen Mittelfinger auf. Er betastete die beiden Bruchstücke, dann biss er in eines hinein. Lisbeth stockte vor Entsetzen und Übelkeit der Atem.

„Marzipan“, stellte Plankton fest. „Du warst schon immer ein hervorragender Konditor, Gisbert. Kompliment. Täuschend echt.“

„Danke“, sagte Landauer stolz. „War aber auch eine Heidenarbeit, den Finger so hinzubringen, dass er ausschaut wie echt.“

„Paps!“, rief Lisbeth. „Dann ist es also wahr ...?“

„Ja, Lisbeth", gestand Landauer ein. „Ich bin gar nicht entführt worden. Rupert hat recht. Das war nur ein Vorwand."

„Aber dein Finger ... Der ist doch verletzt?"

Landauer sah auf seinen verbundenen Finger. „Ja, schon. Beim Herstellen des Marzipan-Fingers hab' ich mich geschnitten. So richtig tief geschnitten. Das hat geblutet, Mann oh Mann ..."

„Und die Videobotschaft, die du uns zukommen hast lassen?" Lisbeth konnte es noch immer nicht fassen, dass ihr eigener Vater sie so hintergangen hatte.

„Das war nur, um euch ein wenig zur Eile anzutreiben. Damit ihr merkt, dass die Lage ernst ist. Ich hab' ja gesagt, Lisbeth, dass es mir leid tut. Das Video haben wir im Keller von Vìo gedreht. Altes Gewand, etwas Schminke für den Kopf, Wasser für die Hosentürlgegend ..."

„Und der Handyanruf gestern Abend? Da waren doch zwei Männer? Ich hab' mit dir gesprochen, dann hat sie", sie deutete mit einer geringschätzigen Kopfbewegung auf die Frau neben ihrem Vater, die dessen Beichte ungerührt zuhörte, „gesagt ‚Manu, beende das Gespräch', dann hast du mit einem Mann gekämpft ..."

„Alles nur gespielt", sagte Landauer. „Da waren nur wir zwei – Vìo und ich."

„Aber – Manu?", warf Plankton ein. „Den Namen verstehe ich nicht. Du heißt doch Gisbert. Gisbert der Erste Landauer."

„Irrtum", erwiderte Landauer.

„Wieso Irrtum?"

„Du meinst offenbar, dass das Mittelding in meinem Namen Gisbert I. Landauer ‚der Erste' bedeutet. Falsch. Es ist ganz einfach der Buchstabe I – die Abkürzung für meinen zweiten Vornamen."

„Du hast einen zweiten Vornamen?“, rief Plankton überrascht.

„Ja, stell dir vor. Immanuel. Ich heiße Gisbert Immanuel Landauer. Und Immanuel war mir immer schon zu lange, sodass ich es zu Manuel abgekürzt habe. Oder noch kürzer – und so kennt man mich unter den Freikellnern – Manu.“

„Und seit wann bist du Freikellner?“, fragte Plankton.

„Seit 1978. Piri-Joe hat mich in die Korporation gebracht. Nur leider hat er vergessen, wo er die Brotreste versteckt hat, sodass ich dich bemühen musste … Ich wusste, wenn es einer zuwege bringt, dann nur du …“

„Danke für die Blumen.“

„Wie hast du es erraten? War es der in zwei Teile zerbrochene Finger?“

„Auch. Dann ist mir – als du die Vase aufgehoben hast – aufgefallen, dass du den Ringfinger verbunden hast. Der – angeblich – abgeschnittene Finger war aber ein Mittelfinger.“

„Ja, ich hab' mich in den Ringfinger geschnitten. Tut noch immer scheußlich weh …“

„Und dann hab' ich gestern ein Nacktfoto von dir gesehen. Zufällig. Ließ sich nicht vermeiden. FKK-Urlaub in Kroatien, 1980er-Jahre. Da ist deine Hinterseite zu sehen. Rücken, Po. Zunächst hab' ich geglaubt, auf dem Foto – genau gesagt dort, wo dein Hintern war – ist ein Fleck, und hab' versucht, ihn wegzuputzen, aber das ging nicht. Und jetzt weiß ich, warum es nicht möglich war. Es war gar kein Fleck. Es war das Zeichen der Freikellner, das dir auf den Hintern eintätowiert ist – das FKK-Zeichen, das nur ausgeschaut hat wie ein Fleck!“

„Ich hab' dir ja gesagt, Vìo, dass er ein schlaues Kerlchen ist“, sagte Landauer stolz zu der Frau an seiner Seite.

„Und dann haben wir gestern Piri-Joe aufgesucht", berichtete Plankton weiter. „In einem kurzen lichten Moment hat er Lisbeth ins Gesicht geschaut und gesagt: ‚Manu?' Lisbeth, du schaust deinem Vater im Gesicht sehr ähnlich. Piri-Joe hat, als er dich angesehen hat, für einen kurzen Augenblick geglaubt, dein Vater – Manu – steht vor ihm."

„Nein!" Lisbeth konnte es nicht glauben.

„Ja, für Piri-Joe hieß ich seit der Aufnahme in die Korporation Manu", erzählte Landauer weiter. „Sehr schmerzhaft, diese Aufnahme übrigens. Würde ich niemandem empfehlen. Das Einbrennen dieses FKK-Zeichens ist ja auch schuld daran."

„Schuld woran?", fragten Lisbeth und Plankton zugleich.

„An meinen – wie soll ich sagen – urologischen Problemen. Ich muss Piri-Joe zugute halten, dass er zuvor noch nie jemanden gebrandmarkt hatte, dass er also Neuling auf dem Gebiet war. Leider ist er beim Setzen des Brandmals zunächst einmal ausgerutscht und seitdem ... muss ich alle paar Stunden aufs Klo."

Während Plankton ein „Autsch!" nicht unterdrücken konnte, meldete sich die Frau neben Landauer mit „Das ist ja alles schön und gut" erstmals in diesem Kapitel zu Wort. „Sie wissen nun also, dass die Entführung nur gespielt war. Auch recht. Wichtig ist, dass wir nun haben, was wir wollten – die heiligen Brotreste Christi. Damit ist uns die Unsterblichkeit sicher. Manu, übergib sie mir!"

Gisbert-Manu Landauer hob die Vase in die Höhe und streckte den Arm feierlich der Frau entgegen. Diese machte einen Schritt auf ihn zu.

Dabei streifte sie mit dem Kopf den Ast eines Baumes.

Und plötzlich wurde Vìo von dem Ast skalpiert ...

89. Kapitel – 11.40

Als Gioacchino Rissoni die Kantine für Kardinalsangehörige betrat, interessierte ihn die in lateinischer Sprache verfasste Speisekarte, die Leberknödelsuppe, Münchner Weißwürste mit Pommes und Karamelpudding als Menü (um sagenhaft günstige 3 Euro 20 bzw. ohne Suppe 2 Euro 90) anpries, nicht ein bisschen. Sein Hauptaugenmerk galt seinem Handy, das seit gut einer halben Stunde verweigerte, mit Aron in Linz Kontakt herzustellen. Soeben hatte er es zum vierten Mal versucht, jedoch eine freundliche Automatenstimme hatte ihm wie auch schon zuvor mitgeteilt, dass kein Anschluss unter dieser Nummer bestünde.

Der Kardinal ahnte, dass etwas schiefgegangen war. *War Arons Inkognito aufgeflogen und er enttarnt worden?*

Rissoni konnte ja nicht wissen, dass Aron beschlossen hatte, ins Taxiunternehmen seines Vaters einzusteigen und dem Vatikan den Rücken zu kehren, und dass er als äußeres Zeichen dieser Veränderung sein Handy, das ihn direkt mit dem Kardinal verbunden hatte, von der Aussichtsplattform des Pöstlingberges in weitem Bogen auf die darunter befindliche und zum Parkplatz führende Straße geworfen hatte, wo es höchst unsanft auf dem Asphalt gelandet und – sofern der harte Aufprall nicht schon zu einem Totalschaden geführt hatte – zum Überdruss auch noch von einem LKW überfahren worden war.

Sein Sekretär Gaetano Denizotti trat zu ihm. „Haben Sie schon Nachricht von Aron, Eure Eminenz?“, fragte er mit einer demütigen Verbeugung.

Der Kardinal steckte sein Handy ein, zauberte ein falsches Lächeln auf seine Lippen und nickte. „Ja, Gaetano“, sagte er. „Alles ist gut gegangen. Es ist Aron gelungen, sich in den Besitz der … Sie wissen schon … zu setzen.“

Denizotti rief aufgeregt: „Dann kommen die … wir wissen schon … endlich in den Schoß der Kirche zurück?“ Er sah sich verstohlen um, ob sie auch nicht belauscht wurden, jedoch soweit ersichtlich hörte ihnen niemand zu, obwohl die Kantine, die einen hervorragenden kulinarischen Ruf genoss, gut besucht war. Einige Kardinäle stellten sich bei der Essensausgabe an oder hatten diese Aufgabe ihren Sekretären übertragen, weitere saßen bereits in kleinen Gruppen, den neuesten Vaticano-Tratsch besprechend, bei Tisch.

Der Kardinal nickte. „Aron ist schon auf dem Weg zum Flughafen. Er müsste heute Nachmittag rechtzeitig zum 16-Uhr-Kaffee hier ankommen. Ich habe ihn angewiesen, die … wir wissen schon … entweder mir oder Ihnen auszuhändigen.“

„Ihnen oder mir?“, wiederholte Denizotti mit einem verräterischen Glitzern in den Augen. „Ihr Vertrauen, Eminenz, ehrt und rührt mich zugleich!“

„Keine Ursache“, sagte der Kardinal.

„Ich glaube, das Auffinden der … äh, wir wissen schon, aber die anderen wissen es nicht und sollen es auch nie erfahren … sollten wir feiern“, schlug Denizotti vor. „Eure Eminenz trinken ja keinen Alkohol, jedenfalls nicht vor acht Uhr abends, aber darf ich Ihnen einen extrasüßen Cappuccino holen?“

„Nur wenn Sie einen mittrinken“, antwortete Rissoni.

„Gern“, sagte Denizotti und entschwand auch schon zu der Stelle, wo Kaffee ausgeschenkt wurde. Er bestellte due cappuccini und sobald ihm diese ausgehändigt worden waren, gab er in den, den er beabsichtigte, dem Kardinal zu servieren, weißes Pulver aus einem Päckchen hinein, das er schon auf dem Weg zur Kaffeeausgabe verstohlen aus einer Hosentasche hervorgeholt und aufgerissen hatte. Dann trug er die beiden Kaffeetassen zu seinem Chef und stellte sie auf ein kleines rundes Stehtischchen.

„So, Eure Eminenz, Ihr Cappuccino“, sagte er. „Zucker ist schon drin.“

„Fein“, sagte der Kardinal und nahm die für ihn bestimmte Tasse in die Hand. „Oh!“, rief er plötzlich und deutete zur Tür. „Der Papst besucht uns! Ja, wenn es Münchner Weißwürste gibt, kann er nicht widerstehen ...“

„Der Papst!“, rief Denizotti aufgeregt, drehte sich um und sah in die angegebene Richtung. Auch als Sekretär eines Kardinals hatte man nicht oft die Gelegenheit, dem Papst leibhaftig zu begegnen.

Mit einer blitzschnellen Handbewegung, von der Denizotti nichts mitbekam, stellte der Kardinal die Kaffeetasse, die er soeben noch in der Hand gehalten hatte, vor seinen Sekretär hin und nahm dessen Tasse auf. Denizotti hatte sich in der Zwischenzeit die Augen fast wundgesehen, aber keinen einzigen Papst erblickt.

„Wo?“, fragte er, „Wo ist der Papst?”

„Ich habe mich offenbar geirrt“, sagte der Kardinal zerknirscht. „Na ja, das Alter. Ich brauche wohl eine neue Brille.“

„Egal“, sagte Denizotti und nahm die Tasse hoch, die vor ihm stand. „Na dann ... Prost, Eure Eminenz. Falls man das bei einem Cappuccino sagen darf.“

„Egal“, sagte nun auch der Kardinal, prostete seinem Sekretär zu, führte die Tasse zum Mund und leerte sie zur Hälfte.

„Bäh“, sagte er sodann, worauf Denizotti, der es ihm mit dem Halbleeren gleich getan hatte, fragte: „Was ist? Schmeckt Ihnen der Kaffee nicht?“

„Nein“, sagte der Kardinal. „Ich hatte vergessen, dass Sie nie Zucker in Ihren Kaffee geben.“

„Nein, ich trinke ihn lieber ohne“, sagte Denizotti. Dann endlich verstand er den Sinn des von seinem Vorgesetzten soeben gesprochenen Satzes. Er starrte auf die Tasse, die er halbleer getrunken hatte, und ein entsetzter Ausdruck trat in sein Gesicht. „Sie haben doch nicht etwa die beiden Tassen vertau- ...“, krächzte er, da verzerrten sich auch schon seine Gesichtszüge und er griff sich ans Herz. „Sie haben doch nicht etwa ...“, versuchte er nochmals den Satz zu beginnen, jedoch es sollte ihm nicht mehr gelingen, ihn zu Ende zu sprechen. Mit einem erstickten Schrei fiel er zu Boden, während der Kardinal rief: „Hilfe! Zu Hilfe! Mein Sekretär hat einen Herzanfall!“

Leute eilten herbei – vorwiegend Kardinäle oder deren Sekretäre, die ihr Mittagsmahl unterbrachen, aber in Ermangelung einer medizinischen Ausbildung nicht sonderlich helfen konnten. Hilfe war aber ohnehin nicht mehr möglich, denn als endlich der Kantinenkoch dazu kam, der eine Grundausbildung in medizinischen Angelegenheiten (mit dem Schwerpunkt Vergiftungen) absolviert hatte und der vielleicht ein wenig helfen hätte können, war Gaetano Denizotti bereits tot.

„Gott sei seiner Seele gnädig“, sagte der Kardinal, über seinen Sekretär gebeugt, und machte das Kreuzzeichen. „Er hat in letzter Zeit oft über Schmerzen im Brustbereich geklagt und ich habe ihm geraten, einen Arzt aufzusuchen, aber offenbar hat er meinen Rat in den Wind geschlagen“, erklärte er seinen Kardinalskollegen. „Schade um ihn, er war ein hervorragender Sekretär. Intelligent, loyal, nicht unhübsch mit seinen schönen langen Haaren ... Er möge morgen um sieben Uhr früh mit allen Ehren begraben werden."

„Morgen schon?", fragte einer der Sekretäre, zu dessen Aufgaben es gehörte, Begräbnisse vorzubereiten. „Um sieben Uhr früh? Quasi mitten in der Nacht? Und ohne Obduktion?"

„Ohne Obduktion", bekräftigte der Kardinal, sich mühsam wieder erhebend (die Bandscheiben ...). „Ich bestätige hiermit offiziell, dass Kardinalssekretär Gaetano Denizotti an einem Herzinfarkt verstorben ist. Das wird Ihnen wohl genügen."

„Natürlich genügt mir das, Eure Eminenz", sagte der Mann mit einer Verbeugung.

„Und jetzt bringen Sie bitte die Leiche weg", sagte der Kardinal, 2 Euro 90 in vatikanischen Euro-Münzen aus seinem Geldtäschchen hervorkramend. „Ich nehme das Menü ohne Suppe."

90. Kapitel – 11.47

Der Ast streifte der Frau, die von Gisbert-Manu Landauer ‚Vìo' genannt wurde, die Perücke vom Kopf, sodass die falschen blonden Haare zu Boden fielen und eine Frau mit extrem kurzen Haaren übrig blieb.

„Die Gitterverantwortliche!", rief Lisbeth.

„Ich hab' es ja geahnt!", behauptete Plankton.

„Hast du nicht!", widersprach Lisbeth.

„Hab' ich doch!", beharrte Plankton. „Mir ist die Stimme gleich so bekannt vorgekommen. Die angenehme Mezzosopranstimme der Gitterverantwortlichen! Und dann – Marilyn Monroe!"

„Was ist mit Marilyn Monroe?", fragte Lisbeth irritiert.

„Als sie aus dem Auto ausgestiegen ist, hat sie mich gleich an Marilyn Monroe erinnert. Vielleicht auch an eine Parodie von Marilyn Monroe, aber egal. Und gestern hast du einmal Marilyn Monroe erwähnt."

„So? Hab' ich das?"

„Ja. Du hast mir erzählt, dass dein Vater einen eigenen Schlüssel für die Firma hat, weil er dich mehrmals nach Festivitäten von dort abgeholt hat, und bei der heurigen Faschingsfeier – so hast du mir erzählt – war die GV als Marilyn Monroe verkleidet ..."

„Ja, richtig, das hab' ich dir erzählt", gab Lisbeth zu. „Und ich hab' dir dann gesagt, dass die Gitterverantwortliche zu Recht GV abgekürzt wird."

„Ja, das hast du. Und was sollte das heißen – zu Recht?"

„Nun, ihr richtiger Name ist Grünsteidl Violetta. Abgekürzt G. V."

„Bei dieser Faschingsfeier hab' ich Vìo kennengelernt", sagte Gisbert Landauer sanft und in zärtlicher Erinnerung versunken. „Kennen und lieben. Ihre schlanke Figur. Ihr langes blondes Haar. 20 Jahre jünger als ich ..."

„Die GV hat Haare, die ausschauen, als wären sie von Ratten abgenagt!", protestierte Lisbeth.

„Na ja, darum trägt sie auch außerhalb der Firma immer die blonde Langhaar-Perücke", sagte Landauer. „So schaut sie – wenn ich deinen Vergleich mit den Ratten auf andere Weise verwenden darf – rattenscharf aus."

„Und ihr seid ein Paar seit dieser Faschingsparty?", fragte Lisbeth ihren Vater ungläubig. „Du und die GV? Ich fass' es nicht."

„Ja. Ich liebe sie so sehr, dass ich ihr das Geheimnis der Freikellner verraten habe."

„Und sie hat dich dann auf die Idee gebracht, dass ihr euch die heiligen Brotreste einverleibt, damit ihr unsterblich werdet?"

Lisbeths Vater nickte. „Mir persönlich wäre die Unsterblichkeit nicht unbedingt als erstrebenswertes Ziel erschienen", sagte er, „aber Vìo meinte ..."

„Nun schieb es nur ja nicht ausschließlich auf mich!", warf die Gitterverantwortliche ein, die ihre Perücke aufgehoben und – wenn auch etwas schief – wieder aufgesetzt hatte. „Auch du hast gemeint ..."

„Ist ja egal", wehrte Landauer ab. „Jedenfalls machten wir uns auf die Suche nach den Brotresten, und als wir nicht fündig beziehungsweise aus diesem Notenblatt nicht schlau wurden, wussten wir, dass uns nur einer helfen kann: Rupert."

„Und wie ist das abgelaufen?", fragte Plankton, obwohl er einen Teil der Wahrheit schon kannte.

„Nun, es war klar, dass du bei deinen Recherchen für dein neues Buch über geheimnisvolle Mehlspeisen früher oder später nach Linz kommen würdest", sagte Landauer. „Darauf bereiteten wir uns vor. Einer meiner Glaubensbrüder – Kellner im Flughafenrestaurant Hörsching – hatte die Aufgabe, mich sofort über deine Ankunft zu informieren. Leider bist du früher als erwartet angekommen – offenbar weil du den Panettone nicht länger ertragen hast –, sodass es etwas hektisch wurde ... Nur gut, dass wir in eine weitere Ausgabe des Posters vom *Letzten Abendmahl* den Kellner und das FKK-Zeichen schon vorher hineingezeichnet hatten."

„Am Freitag – als ich mit dir Lisbeth in der Firma besuchte – hing noch das Originalbild an der Wand", sagte Plankton.

„Stimmt nicht", widersprach Landauer. „Das Original schmückt die Nordwand des Speisesaals der Dominikanerkirche *Santa Maria delle Grazie* in Mailand. Aber wenn du damit das ursprüngliche, unverfremdete Poster meinst, hast du recht. Lisbeth hat dir dann die Firma gezeigt und ich blieb – nachdem ich mich schlafend gestellt hatte – in ihrem Büro."

„Du hast gar nicht wirklich geschlafen?", rief Lisbeth.

„Nein. Sobald ihr weg wart, bin ich zunächst zu Vìo in ihr Büro, wir hatten Sex miteinander, auf ihrem Schreibtisch, und dann bin ich mit ihr in die Backstube, um meinen Mittelfinger aus Marzipanmasse nachzubilden. Das hat einige Zeit gebraucht, schließlich war ich konditormäßig ein wenig aus der Übung, aber das Ergebnis konnte sich sehen lassen. Es hat euch beide getäuscht. Leider hab' ich mich dabei geschnitten, aber Vìo hat die Wunde behelfsmäßig verbunden."

„Was heißt da behelfsmäßig", wandte die GV GV (Gitterverantwortliche Grünsteidl Violetta) ein wenig beleidigt ein. „Besser ging's halt nicht. Schließlich bin ich keine ausgebildete Krankenschwester, sondern diplomierte Gitterverantwortliche. Und in eines der zahllosen städtischen Krankenhäuser zu fahren, die in Linz herumstehen, um die Wunde nähen zu lassen, war zeitlich nicht drin."

„Ich mach' dir ja keinen Vorwurf, Schatz", sagte Landauer zärtlich, dann widmete er sich wieder seinen Zuhörern Lisbeth und Rupert. „Jedenfalls verbrachte ich dann den ersten Teil der Nacht bei Vìo in ihrer Wohnung, wo wir zunächst einmal Sex miteinander hatten. In ihrem Bett. Dann – schon weit nach Mitternacht – hatten wir nochmals Sex, diesmal auf dem Teppich – und dann brachte ich das Austauschposter in die Firma."

„Du warst also der großgewachsene dunkel aussehende Mann, der um 4 Uhr 15 Minuten und 21 Sekunden nach Idomeneo auf dem Firmenparkplatz aufgetaucht ist, der das Bild in die Firma geschleppt und es dabei wie ein Schild vor sich hergetragen hat!", rief Plankton.

„Stimmt", gab Landauer zu. „Ich wusste natürlich über die Überwachungskamera Bescheid und damit ich auf den Aufnahmen nicht zu erkennen bin, habe ich das Bild vor mein Gesicht gehalten. Äh, das mit Idomeneo hab' ich jetzt allerdings nicht verstanden."

„Egal. Und nachher?"

„Ich habe das Austauschbild in Lisbeths Zimmer gehängt – ich weiß nicht, ob dir bekannt ist, dass ich einen Schlüssel für ihr Büro besitze ..."

„Doch", sagte Plankton säuerlich, „das ist mir bekannt."

„Das andere Bild – das Original, sozusagen – hab' ich in ein Büro ganz in der Nähe von deinem Büro, Lisbeth, gebracht, das leer steht. In diesem hab' ich auch etwas unbequem auf einer Couch die restliche Nacht verbracht."

„Warum bist du nicht zu deiner geliebten Vìo zurück?", wollte Lisbeth wissen, wobei die Aussprache des Wortes „geliebten" leicht ironiegetränkt war. „Ihr hättet nochmals Sex miteinander haben können – etwa in der Badewanne."

„Weil mir drei Mal in einer Nacht zu anstrengend ist. Ich bin Mitte sechzig! Und weil mich dann die Kamera wieder gefilmt hätte", gab Landauer zur Antwort.

„Siehst du, das ist mir auch aufgefallen!", rief Plankton plötzlich. „Ein Mann betritt in der Nacht das Firmengelände und wird dabei von der Überwachungskamera gefilmt. Aber es gibt keine Aufnahme, wie er das Gelände wieder verlässt! Das heißt, er muss die Nacht in der Firma verbracht haben!"

„Okay", sagte Lisbeth. „Und weiter?"

„Ich sperrte mich natürlich ein", fuhr Landauer fort. „Ich konnte ja nicht wissen, ob du nicht vielleicht aus welchem Grund auch immer in dieses leer stehende Büro hineinschaust, da erschien es mir sicherer, mich einzuschließen. Mein Handy hatte ich zuvor bei Vìo gelassen."

„Und von diesem Handy aus haben Sie zunächst Lisbeth und dann mir SMSe geschickt", sagte Rupert zur Gitterverantwortlichen. „SCHAU VOR DIE TÜHR", zitierte er. „TÜHR mit stummem H. Sehen Sie, das ist mir auch aufgefallen. Als wir – Lisbeth und ich – in Ihrem Büro waren, haben Sie Aron befohlen, er solle gehen und hinter sich die Tür schließen. Schon damals ist mir aufgefallen, dass Sie das Wort ‚Tür' so komisch aussprachen. Eben wie ‚Tühr'. Mit einem stummen H."

„Na und?", gab die Gitterverantwortliche zurück. „Jeder hat so seine sprachlichen Eigenheiten oder gar Sprachfehler. Denken Sie nur an Dieter, unseren Dauerlispler."

„Als mir dann Vìo kurz nach Mittag Bescheid gab, dass ihr

die Firma verlassen habt, um zum Pleschingersee zu fahren, hab' ich mein selbst gewähltes Gefängnis verlassen und mich erneut Vìo angeschlossen", kam Landauer wieder zum Thema zurück – allerdings offen lassend, wie oft und wo er dann Sex mit ihr gehabt hatte. „Wobei ich bis jetzt nicht weiß, was ihr eigentlich am Pleschingersee wolltet."

„Ist ja jetzt egal", sagte Plankton.

„Na, und den Rest wisst ihr ja."

„Scheint so."

„Wobei mich überrascht hat, dass ihr ab Ruperts Anruf gerade mal zehn Minuten gebraucht habt, um hier herauf zu kommen", bemerkte Lisbeth zu ihrem Vater.

„Nun, aufgrund von Vorinformationen gingen wir davon aus, dass ihr euch auf dem Pöstlingberg aufhaltet", antwortete statt Gisbert Landauer die Gitterverantwortliche unbestimmt und – für Lisbeth und Plankton allerdings nicht erkennbar – in Anspielung auf ihr Telefonat mit Aron. Sie hatte Arons Behauptung, dass er sich auf dem Pöstlingberg nur die Beine vertrat, gleich nicht geglaubt, sondern geahnt, dass er Lisbeth und Plankton hierher gefolgt war, und sich daraufhin sofort mit Gisbert beziehungsweise Manu ins Auto gesetzt, um die Anzahl der Personen, die sich für das Finale der Geschichte auf dem Linzer Hausberg tummelten, um zwei zu erhöhen.

Lisbeth ging auf die ihr rätselhafte Antwort der GV nicht näher ein, sondern sagte zu ihrem Vater: „Und jetzt habt ihr sie endlich – die heiligen Brotreste Christi."

„Ja. Endlich."

„Du wolltest sie mir übergeben", sagte die Gitterverantwortliche zu Landauer, worauf dieser ihr tatsächlich die kleine Vase aushändigte.

„Da hast du, mein Schatz“, sagte er dabei. „Der Inhalt dieser unscheinbaren Vase wird uns beiden Unsterblichkeit verleihen.“

„Da irrst du dich, Gisbert-Manu Landauer“, sagte die Gitterverantwortliche mit einem zynischen Lächeln und den Lauf der Pistole herumschwenkend. „Unsterblich werde nur ich allein. Du nimmst jetzt gefälligst deine Hände hoch und begibst dich ganz langsam und ohne falsche Bewegung zu deiner Tochter und Herrn Plankton ...“

91. Kapitel – 2.700,92 HZ

„Und jetzt“, sagte Oberamtsrat 249 zu Falcarini, „möchte ich aber wirklich wissen, warum Sie in Linz mit Ihrer Geige nicht landen konnten, ob Sie vielleicht tatsächlich einem Schwindler auf den Leim gegangen sind, der sich mit Ihnen einen Spaß erlaubt hat, indem er Sie nach Linz lockte. Aber was hätte er davon? Geben Sie mir mal den Zettel, auf dem Sie sich die Adresse aufgeschrieben haben.“

„Tut mir leid, aber den muss ich bei meinem Unfall verloren haben“, sagte der Südtiroler Winzer-Geiger bedauernd. „Ich hatte meinen Schatz – den Zettel – entweder in meiner Hosentasche – dort ist er aber nicht – oder fest in meiner Hand verschlossen. Er muss mir aus der Hand gefallen sein, als mich die Bergbahn erwischt hat.“

„Ja, das kann gut sein“, sagte der Beamte verständnisvoll. „Wenn einen eine Bergbahn rammt, hat man seine Glieder wahrscheinlich nicht mehr so unter Kontrolle. Aber das werden wir gleich haben.“ Er drückte auf die Tastatur seines Computers. „Ihren exakten Todesort wissen wir ja aus dem Akt, da geben wir einmal die Koordinaten ein.“ Er tippte ein paar Zahlen ein, drückte auf die ENTER-Taste und schon Sekundenbruchteile später hatte er ein Bild auf dem Monitor, das gestochen scharf die Gleise der Linzer Bergbahn zeigte – ziemlich blutverschmierte Gleise (immerhin hatte man das abgetrennte Bein des Südtirolers mittlerweile entfernt – OAR 249 fragte sich, ob man es an die im Linzer Tiergarten gehaltenen Raubtiere verfüttert hatte).

„So, und jetzt sehen wir uns da ein bisschen um, ob wir eventuell irgendwo einen Zettel liegen sehen“, sagte 249 und bewegte das Bild mit der Maus. Wenig später rief er: „Das da könnte ein Zettel sein“ und zoomte näher ins Bild hinein.

„Shit!“

„Was ist?“, fragte Falcarini gespannt.

„Der Zettel liegt verkehrt da. Also mit der Schrift nach unten.“

„Oh weh!“

„Aber wir geben noch nicht auf!“, rief Oberamtsrat 249 kampfeslustig. „Ja, wer sind wir denn! Wir sind der Himmel! Wenn wir derlei kleine Problemchen nicht lösen können …“ Er tippte auf der Tastatur seines Computers wild herum. „Mal schauen, ob wir in Linz eine himmlische Taube frei haben. Die könnte hinfliegen und den Zettel mit ihrem Schnabel umdrehen.“

„Aha. Interessant, was Tauben heutzutage alles können.“

„Nur gewisse Tauben. Unsere Tauben. Oh, schade. Die für Linz zuständige Taube ist besetzt.“

„Besetzt? Wie kann eine Taube besetzt sein?“

„Mit einem Auftrag besetzt“, erläuterte der Beamte.

„Einem sehr wichtigen Auftrag offenbar. Höchste Geheimhaltungsstufe. Na gut, das Tauberl steht uns jedenfalls nicht zur Verfügung. Aber wir haben ja auch noch andere Methoden.“ Er griff nach dem Telefon, wählte eine Kurzwahl, wartete einen Moment und sagte dann: „Hallo, Kollege, hier Oberamtsrat 249 von der Erstaufnahme. Können Sie mir mit einem kleinen Wind aushelfen?“ Er schwieg kurz und flüsterte Falcarini zu: „Amtsrat 304 – Kollege vom Wetter“. Während der Südtiroler nickte und sich fragte, was Amtsrat 304 wohl noch tun musste, um zum Oberamtsrat befördert zu werden und wer hier eigentlich für Beförderungen zuständig war, sagte 249 auch schon ins Telefon: „Ja, ich müsste ein

Stück Papier umdrehen, es liegt verkehrt auf dem Boden, und mit einem kleinen Luftzug ... Ja? Wunderbar! Ich maile Ihnen die Koordinaten."

Er beendete das Telefonat, dann widmete er sich wieder seinem Computer.

„So", sagte er dann. „Jetzt müssen wir nur noch kurz warten. Oh, es geht schon los!"

Auf dem Computerbildschirm war zu sehen, wie ein anfangs schwacher, dann immer kräftiger werdender Windstoß durch die Bäume fuhr und alles, was sich in der Nähe befand, in heftige Bewegung versetzte. Auch Falcarinis ominöser Zettel flog durch die Luft und der himmlische Beamte musste sich anstrengen, seiner Flugbahn zu folgen.

Plötzlich verstärkte sich der Wind zu einem Sturm, der an den Bäumen nicht nur rüttelte, sondern, immer stärker werdend, auch einzelne schwächere Bäume entwurzelte und zu Fall brachte. Doch Witzbold Amtsrat 304 hatte mit einem gewöhnlichen Sturm noch nicht genug, er drehte an seinem Windstärkehebel, ließ ihn erst bei „orkanartiger Sturm bis 111 km/h" einrasten und war erst dann zufrieden, als ein Kleinwagen, bei dem der Fahrer offenbar vergessen hatte, die Handbremse anzuziehen, von einer Sturmböe in die Höhe gehoben und einige Meter durch die Luft geschleudert wurde. Erst danach drehte er den Regler wieder zurück, sodass sich der Wind wieder beruhigte. Der Zettel, den 249 während der vielleicht eine halbe Minute dauernden Winddemonstration nur mit Mühe verfolgen hatte können, flatterte auf einen Gehweg und blieb – mit der Schrift nach oben – liegen.

„Geschafft!", rief OAR 249. „Immer zu kleinen Scherzen aufgelegt, die Wettermänner. So, jetzt zoomen wir noch ein bisschen hinein, bis wir alles gut lesen können ..."

92. Kapitel – 12.05

„Aber … Schatz!“, rief Gisbert Landauer ungläubig.

„Es hat sich ausgeschatzt!“, gab die Gitterverantwortliche unfreundlich zurück. Sie hatte die Pistole nun auf Gisberts Brust gerichtet und da Gisbert Landauer ein großer, kräftiger, ja sogar massig zu nennender Mann war, gab seine Brust ein hervorragendes Ziel ab. Kaum anzunehmen, dass die GV diese Zielscheibe verfehlt hätte …

„Aber … Vìo!“, rief Landauer, der es noch immer nicht glauben konnte, dass seine Geliebte mit der Pistole auf ihn zielte.

„Es hat sich auch ausgevìot!“, sagte die GV ungerührt (und mit der ihr eigenen etwas schlampigen Aussprache, sodass es klang wie „ausgewiehert“). „Ich bin nun am Ziel meiner Träume. Mir winkt die Unsterblichkeit. Du warst mir nur ein Mittel zum Zweck. Ja, glaubst du, ich teile die Brotreste mit dir und laufe Gefahr, dass die halbe Ration nicht ausreicht, mir vollständige Unsterblichkeit zu verleihen! Also, los, Hände hoch und ab zu deiner Tochter und Plankton! Und du kannst mir glauben, Manu – ach, was sag’ ich, Gisbert, schließlich heißt du Gisbert, wie ich diesen saublöden Namen Manu gehasst habe, obwohl, wenn man’s recht bedenkt, Gisbert auch nicht viel besser ist! –, äh, was wollte ich eigentlich sagen, ach ja, du kannst mir also glauben, Gisbert-Manu, dass ich nicht zögern werde zu schießen, wenn du nicht augenblicklich gehorchst.“

Noch bevor die Gitterverantwortliche in der Zielgeraden ihres aus 119 Wörtern (611 Zeichen bzw. 730 Buchstaben inkl. Leerzeichen) bestehenden Monologs angelangt war, hatte sich Gisbert Landauer wie befohlen langsam und mit erhobenen Händen zu seiner Tochter und Plankton auf den Weg gemacht, die der unerwarteten Wendung sprach-, atem-, regungs- und ratlos gefolgt waren.

„Endlich bist du mein!", flüsterte die Gitterverantwortliche liebevoll in Richtung Vase und begann, mit der Hand, mit der sie die Pistole hielt, das Tuch von der Öffnung zu ziehen.

Plötzlich kam ein Wind auf.

Ein anfangs schwacher, dann immer kräftiger werdender Windstoß fuhr durch die Bäume und setzte alles, was sich in der Nähe befand, in heftige Bewegung. Plötzlich verstärkte sich der Wind zu einem Sturm, der an den Bäumen nicht nur rüttelte, sondern, immer stärker werdend, auch einzelne schwächere Bäume entwurzelte und zu Fall brachte. Ein Kleinwagen, bei dem der Fahrer offenbar vergessen hatte, die Handbremse anzuziehen, wurde von einer Sturmböe in die Höhe gehoben und einige Meter durch die Luft geschleudert.*

Während der Orkan Lisbeth und Plankton an die mächtigen Bäume, vor denen sie standen, drückte und auch Lisbeths Vater an den Stamm einer dicken Eiche gepresst wurde, konnte die Gitterverantwortliche, die schutzlos am Rande des Parkplatzes stand, dem Auto, das durch die Luft auf sie zugeflogen kam, nicht ausweichen. Sie schrie auf, die Vase fiel ihr aus der Hand und zerschellte auf dem Boden in mehrere Teile.

Plankton, Lisbeth und ihr Vater mussten starr vor Schreck mit ansehen, wie die scharfkantige Stoßstange des

* An dieser Stelle sei auf die Kopier- und Einfügefunktion moderner Computerschreibprogramms hingewiesen: Den zu kopierenden Text markieren, Strg + C für Kopieren, mit dem Cursor zur Stelle, wo er eingefügt werden soll, und dort Strg + V für Einfügen, und fertig ist die Hexerei.

Kleinwagens, der übrigens eine Taxiaufschrift trug und für das beste Laufhaus von Linz Werbung machte, der Gitterverantwortlichen den Kopf vom Rumpf trennte.

Und während der Körper der Gitterverantwortlichen, in zwei ungleich große, aber annähernd gleich blutende Teile zerstückelt, zu Boden fiel, stürzte sich vom Ast des Baumes rechts neben Plankton die Taube herunter, pickte, ohne von den Luftböen auch nur im Geringsten behindert zu werden, die Brotbrösel, die aus der Vase gekullert waren, auf und entschwand mit ihnen im Schnabel gen Himmel ...

93. Kapitel – 2.714,52 HZ

„So, was steht da alles auf diesem ominösen Zettel?", fragte Oberamtsrat 249 gespannt. „Das gestrige Datum, eine Telefonnummer, Stadthalle Linz in der Strohgasse ..."

„Ja, sehen Sie, kein Mensch in Linz kannte diese Stadthalle!", rief Falcarini aufgeregt.

„Ich werd' mich jetzt wahrscheinlich einer Beamtenbeleidigung schuldig machen – einer Beamtenbeleidigung im umgekehrten Sinn –, aber ich kann nicht anders ...", stöhnte 249.

„Äh, das versteh' ich nicht. Beamtenbeleidigung im umgekehrten Sinn?"

„Ja. Da wird nicht ein Beamter beleidigt, sondern beleidigt umgekehrt ein Beamter – ich – einen Nichtbeamten – Sie."

„Und das heißt?" Falcarini runzelte die Stirn.

„Dass Sie das größte Rindvieh aus Südtirol samt Umgebung sind, das je auf Erden gewandelt ist. Ein Idiot. Ein Vollidiot sogar. Entschuldigen Sie, aber diese Bemerkung musste ich loswerden, jetzt ist mir leichter." Oberamtsrat 249 wischte sich den Schweiß von der Stirn.

„Ja, gern geschehen, aber wieso?"

„Wissen Sie, warum Sie in Linz dieses Konzerthaus nicht gefunden haben?"

„Nein."

„Und warum Sie telefonisch nicht durchgekommen sind?"

„Nein!"

„Weil sich dieses Konzerthaus – konkret eine Stadthalle – in der Strohgasse in Linz befindet."

„Ja, das weiß ich ja!"

„In Linz mit der Postleitzahl 53545. Und mit einer Telefonvorwahl 02644."

„Ja, das steht da."

„02644 ist eine deutsche Telefonvorwahl! Weil … 53545 Linz ist Linz am Rhein!"

EPILOG

Einige Tage später um 10:26

„Nein! Nicht schon wieder!“, rief Plankton. „Geh weg!“

„Rupert, es muss sein“, versuchte Lisbeth ihn zu beruhigen. „Und es tut auch gar nicht weh.“

„Nein, nimm das Ding weg!“, wehrte sich Plankton. „Ich will nicht.“

„Aber anders geht es nicht“, blieb Lisbeth standhaft. „Entweder – oder.“

Lisbeth Landauer hatte den LKW, an dessen Steuer sie saß, nach der Abfahrt von der Stadtautobahn auf einen Kaufhausparkplatz gelenkt und den Motor abgestellt. Plankton saß neben ihr und sah sie missmutig an. Vor etwa einer Viertelstunde waren in der Linzer-Torten-Produktionsfirma die riesigen Bleche im Laderaum des Lastwagens mit Hunderten von frisch gebackenen Linzer Torten vollgeräumt worden, Lisbeth hatte dann den Mann, der als Fahrer eingeteilt gewesen war, mit dem Befehl „Weg da, diese Fuhre übernehme ich!“ zur Seite geschoben und war mit Plankton eingestiegen. Und nun stand sie auf dem Parkplatz und versuchte Plankton davon zu überzeugen, dass es unumgänglich war, die Augenbinde wieder aufzusetzen. Schließlich fügte sich Plankton und ließ sich die Binde umlegen.

„Aber ich sage dir“, murrte er, um das Gesicht zu wahren, „das ist das letzte Mal, dass ich dieses Ding trage!“

„Ja, natürlich, Rupert“, sagte Lisbeth. „Aber ich löse ja nur mein Versprechen ein. Schließlich habe ich dir versprochen, dass ich dich dann, wenn wir dieses Abenteuer gut überstehen, belohnen werde.“

„Stimmt“, sagte Plankton. „Aber du hast mich doch schon belohnt. Insgesamt vier Mal sogar.“

„Diese Art von Belohnung meinte ich aber nicht“, erwiderte Lisbeth schmunzelnd, während sie auch schon den Lastwagen durch den dichten innerstädtischen Vormittagsverkehr lenkte. „Ich hatte da eigentlich an das Geheimnis unserer Linzer Torte gedacht, hinter dem du so her bist.“

„Und dieses Geheimnis werde ich nun erfahren?“, fragte Plankton erwartungsvoll.

Lisbeth nickte, was Plankton durch die Augenbinde allerdings nicht sehen konnte.

„Was du alles kannst“, wechselte Plankton kurzfristig das Thema. „Sogar Lastwagen fahren.“

„Ja. Hab’ ich von meinem lettischen Freund gelernt. Den hab’ ich manchmal bis zur Grenze begleitet, wobei er mich fahren hat lassen, und bin dann per Anhalter zurück. Ist ganz einfach, wenn man’s einmal kann.“

„Du als Gitterverantwortliche hättest es ja nicht nötig, selbst mit dem LKW zu fahren. Du könntest dir ein ganzes Rudel von Fahrern zuteilen lassen“, meinte Plankton und wieder nickte Lisbeth.

„Ja, als Gitterverantwortliche hat man gewisse Privilegien in der Firma.“

„Ging ja schnell mit deiner Beförderung von der Stellvertreterin zur Gitterverantwortlichen“, sagte Plankton.

„Ja, die Firma hat rasch gehandelt. Schließlich waren nach diesem ereignisreichen Wochenende einige Neubesetzungen nötig. Abgesehen von der GV, die ihren Wunsch nach Unsterblichkeit mit einem grauenhaften Tod gebüßt hat, ist ja auch Aron nicht mehr bei der Firma und auch Dieter mussten wir nachbesetzen.“

„Ach ja, Nichtmehrlispler Dieter. Hab' ich das recht verstanden, dass er als erster Tenor für das neue Linzer Musiktheater vorgesehen ist?"

„Ja. Er hätte auch an der Wiener Staatsoper ins Engagement gehen können, aber er hat gesagt, wenn er sich's schon aussuchen kann, dann geht er an ein wirklich erstklassiges, modernes Haus. Und bis die neue Spielzeit beginnt, tritt er in dieser deutschen Talenteshow auf."

„Germany's Next Topmodel?"

„Nein, die andere. ‚Deutschland sucht den Superstar'. Er rechnet sich gute Chancen fürs Finale aus."

„Und dein Paps?"

„Der hat sich vom ersten Schock erstaunlich schnell wieder erholt", sagte Lisbeth. „Er hat vor, die Freikellner-Korporation aufzulösen. Jetzt, wo die Brotreste auf immer verschwunden sind, hat die Gruppe schließlich ihren Daseinszweck verloren. Und den Tod – und noch mehr den Verrat – seiner geliebten Vìo wird er wohl auch bald überwinden. Du wirst sehen: In der Fortsetzung dieser Geschichte ist er wieder ganz der Alte."

Plankton nickte nachdenklich. Als er merkte, dass der LKW stehen blieb, und Lisbeth den Motor abstellte, fragte er: „Sind wir schon da?"

„Ja. Augenbinde oben lassen!"

„Ja, ja. Wo sind wir denn?" Er öffnete die Beifahrertür des Lastwagens und zog die Luft durch die Nase ein. „Irgendwie riecht's da komisch. Das erinnert mich ..."

„Ja? Woran erinnert dich das?"

„An meine Jugend", sagte Plankton. „Ich hab' dir ja gesagt, warum ich damals Linz verlassen habe, und genauso ein Geruch ist das heute."

Mittlerweile waren sie aus dem LKW ausgestiegen. Lisbeth öffnete die hintere Tür des Lastwagens. Einem Mann, der aus einer Lagerhalle hervorgetreten war, gab sie mit Handzeichen zu verstehen, dass er die Tortenbleche aus dem Wagen holen und sie in der Halle auf riesigen Paletten aufreihen solle, dann nahm sie Plankton die Augenbinde ab.

„Wo sind wir hier?", fragte Plankton, während sich seine Augen an die geänderten Lichtverhältnisse gewöhnten.

„An der Stelle, wo unsere frisch gebackenen Linzer Torten hinkommen, um einige Wochen in spezieller Umgebung weiter zu reifen", erklärte Lisbeth. „Diese zusätzliche Reifung verleiht ihnen den besonderen Geschmack, den nur unsere echten Linzer Torten haben."

„Und das ist das Geheimnis?"

„Ja."

„Aber – um was für eine Art von Reifung handelt es sich denn?"

„Nun, sieh dich um. Wo sind wir hier?"

„Im Industriegebiet? Im VÖEST-Gelände?"

Lisbeth widersprach nicht.

„Und das, was dich vor Jahrzehnten aus Linz vertrieben hat", sagte sie, „ist das Geheimnis unserer Linzer Torte – die spezielle Linzer Luft ..."

ENTSCHULDIGUNG
(statt eines Nachworts)

Statt eines Nachworts möchte ich mich entschuldigen.

1) Bei allen Linzerinnen und Linzern (also auch bei mir selbst), weil ich ihre (unsere) Luft als schlecht bezeichnet habe. Wer allerdings das Buch bis zum Ende gelesen hat (wer nicht: Sofort wieder vorne weiterlesen, es gehört sich nicht, bei Romanen am Ende anzufangen!), der wird zugeben, dass das für den „Schlussgag" wichtig war.

2) Dann natürlich bei allen Linzer FahrscheinkontrollorInnen (man beachte das Binnen-I). Ich kenne zwar keine(n) persönlich, aber ich gehe davon aus, dass die Angehörigen dieses Berufsstandes nicht so blutdürstig, mordgierig, rachelüstern, erbarmungslos … (weitere Adjektive nach Belieben einsetzen) sind wie im Buch geschildert. Man kann es allerdings auch positiv sehen und den beispiellosen Zusammenhalt unter KollegInnen hervorstreichen.

3) Dann bei meinem Sohn Alexander, einem profunden Kenner des Urfahraner Jahrmarkts und seiner Fahrattraktionen (sozusagen ein „Urfixologe"), für die Nichtbeachtung seines Hinweises, dass meine Schilderung von Planktons Flucht aus dem Riesenrad technisch unmöglich und die Szene daher „in sich unschlüssig" ist (er hat es etwas drastischer ausgedrückt, aber damit muss man als liebender Vater fertig werden). Wenn dann das Buch mit Tom Hanks und Cameron Diaz verfilmt wird, wird der Regisseur (Spielberg überlegt noch) ein Riesenrad bauen lassen, das den Anforderungen der Szene gerecht wird (diese eine Million Dollar Mehraufwand fällt dann auch nicht mehr ins Gewicht).

4) Bei den Bayerischen Motorenwerken für die Behauptung, eines ihrer Fahrzeuge springe nicht immer verlässlich an. Aber sorry, ihr lieben Leute von BMW, ihr seid selber schuld, ich hatte euch angeboten, für eine Subvention von 100.000 Euro oder die Abnahme von 10.000 Exemplaren dieses Buches Lisbeth einen Mercedes, Audi oder Opel (oder was immer ihr wollt) als Dienstwagen zuzuschanzen!

5) Und nicht zuletzt bei einem mittlerweile leidlich bekannten, aus Oberösterreich stammenden Dirigenten, dass ich mir seinen Vornamen Franz ausgeborgt habe. Als kleine Entschädigung möchte ich ihn gern auf einen Cappuccino – ohne Zucker – einladen; falls er also dieses Buch samt Nachwort gelesen hat: der Verlag stellt gern den Kontakt her (am Mittwochnachmittag geht es bei mir allerdings eher schlecht).

Dies führt zu guter Letzt noch zu dem wohl unvermeidlichen Hinweis – nein, nicht dass die Unschuldsvermutung gilt (obwohl, das natürlich auch, von Ausnahmen abgesehen), sondern dass die Geschichte allein meiner Fantasie entsprungen ist, alle Personen frei erfunden sind und eine allfällige Ähnlichkeit mit lebenden oder toten oder scheintoten Personen rein zufällig ist etcetera etcetera blablabla.

Mit einer Einschränkung: Mozart hat tatsächlich gelebt!